难哄

First Frost

完结篇

 江苏凤凰文艺出版社
JIANGSU PHOENIX LITERATURE AND
ART PUBLISHING

First Frost

我渴望有人至死都暴烈
明白爱和死一样强大

从舞台上看到她的那一瞬间，
就想把她抓回自己的世界，
将她身上的所有光芒都藏匿进怀中，
不让其他人看见。

可又觉得，她在所有人眼里就应该是这样的模样，
带着万丈光芒。

如果你不来。那么，我就去见你。

ZHU
YI
WORKS

竹已作品

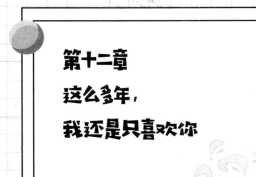

第十二章
这么多年，
我还是只喜欢你

"还没发现啊？这么多年，我还是——
"只喜欢你。"

外头天已经彻底亮了，但窗帘紧闭着，客厅内显得昏昏沉沉。临近十二月，南芜的气温再度下降，昼夜温差更是大。

温以凡已经坐到桑延旁边的沙发上。她醒来还没多久，只穿着薄薄的长袖长裤。脱下外套又觉得有些冷，她不自觉地哆嗦了一下。

桑延脸上情绪渐收，没有多余的动作。

朝他的方向靠近，温以凡将动作放缓，一边等着他阻止的言语，一边这么一点儿一点儿地挪过去。但直到离桑延仅剩半米远时，他依然一声不吭，只饶有兴致地瞧她。

温以凡只好停下来，安静地等了一会儿。

像看戏一样，桑延依然未动。

"……"

等不到阻拦，温以凡也没再靠过去，镇定自若地给自己一个台阶下："这下你应该明白了，如果你不锁门的话，就大概会发生这么个情况。"

桑延笑了："什么情况？"

距离拉得近，他的存在感浓厚而强烈，温以凡没了刚刚什么话都能往外扯的勇气。她抬头看了一下时间，扯开话题："那我先去准备一下，该上班了。"

桑延侧头，懒洋洋地说："这不什么都没发生？"

"……"温以凡看他。

桑延身上大半的毯子都滑落到地上，也没半点儿去捡的意思。他的眉目嚣张，表情飞扬跋扈，看着天不怕地不怕，似是完全不把她的话放在眼里。

温以凡没跟他计较，弯下腰，帮他把毯子捡了起来。她捏着毯子的一角，正想说点儿什么的时候，忽地感觉毯子的另一端被用力一扯。

她还未松手，猝不及防，身子顺势被向前带，整个人半扑在桑延的身上。

安全距离被打破。

温以凡屏住呼吸，手下意识地撑着他身旁的软垫。但缓冲不及，她的鼻尖碰上桑延的下颌，轻轻蹭过。她下意识地仰头，倏忽间，对上桑延漆黑的眼。

他的呼吸，连带着他整个人，都是滚烫的。

一时间，温以凡忘了做出反应。

桑延的目光沉沉，夹杂着暗昧。他的喉结轮廓深刻，很明显地滚动了一下。而后，他的视线垂下，定在她嘴唇的位置，定格两秒，又上拉。莫名其妙地，温以凡觉得有点儿口干。

"怎么？"桑延忽地出了声，声线带了点儿沙哑，"这次敢了？"

这话瞬间拉回温以凡的理智，她往后退，坐直了身子。七零八乱的时刻，她甚至也没懂桑延这话是什么意思，胡乱地否认："不敢。"

桑延面不改色地抬眼。

温以凡含糊地搪塞了一句："下次吧。"

借着时间不早了的原因，温以凡没继续待在客厅，起身回了房间。她进到厕所里，往牙刷上挤了点儿牙膏，动作又停下，缓缓平复着呼吸。

她后知后觉地感到有些庆幸，幸好把持住了。在清醒的情况下，没名没分就对桑延做这种事情，那也太不尊重他了。

不过桑延怎么突然扯毯子了？

本来毯子快掉地上了，他都没管。但一看到她去碰他的毯子，就立刻有了动静……这是怕她不只要抢他的房间，连他仅有的一条毯子也要霸占吗？

她的形象都已经成这样了吗？

温以凡分出精力，思考着桑延刚刚的话。她一边刷着牙，一边想着那话的意思。没过多久，她就想起了前段时间桑延的话。

——你想侵犯我。

——敢就过来。

温以凡神色僵住，脑子里同时浮现出桑延那张近在咫尺的脸。她把泡沫吐掉，漱了漱口，又回想起自己随便敷衍着回应桑延的话。

"……"

唉，不过，感觉也不差这句了。

跟他住久了，温以凡都有种被同化了的感觉。把脸也洗干净后，她用毛巾把脸上的水擦干，非常不合时宜地冒出了个念头，也不知道之后有没有敢的机会。

温以凡突然意识到，自己这追人的道路有点儿歪了。光是做这种嘴上功夫，似乎是没有任何用处的。

温以凡觉得现在跟桑延的相处状态，就有点儿像——他一直觉得自己是世界上最牛的人物，但看到她做出了比他更牛的行为，他便不甘示弱，自然而然地跟她抗衡起来。

桑延这人绝不会吃亏，也不怕被恐吓，活得格外自我。再这么发展下去，他们会不会真成仇人？

回到单位，温以凡坐到位置上，翻了翻桌上的资料。隔壁的苏恬习惯性地过来跟她八卦，又询问了一下她的进度。

温以凡想了想："我打算加快速度了。"

这些天听到的一直都是"还在努力当中"，此时终于换了句话，苏恬听着还有种很欣慰的感觉："怎么加快？"

"我准备约他吃饭，虽然不知道他会不会同意……"说着说着，温以凡转了话锋，"不过在那之前，我还得做一件事情。"

"什么？"

温以凡认真道："提升自己。"

苏恬没听清："嗯？"

"想追人的话，不能只把精力放在对方身上，"琢磨了这么多天，温以凡终于得出了个结论，"还得努力提升自己，让自己变得更好。"

苏恬沉默了一会儿，觉得这话确实挺有道理："所以你现在打算……"

"我想多做点儿新闻，"温以凡眼尾稍扬，认认真真地说，"努力在三年之内拿到台里的'十佳记者'称号。"

"……"苏恬重复了她说的时间，"三年？"

"嗯。"

苏恬提醒："你确定三年后对方还没找对象吗？"

温以凡转头，低声解释："这两件事情我是同时进行的呀。"

"啊？"

"我希望让他觉得，"温以凡思考了一下，说出了自己的想法，"我是个很努力的人。"

就算现在不够好，也会通过努力，慢慢变得更好的。

再三挑选后，温以凡在十二月初定下了约桑延外出吃饭的时间。她希望自己是时间充裕的那方，所以就定在了她的休息日。

那天是周五。因为是工作日，所以桑延还得上班。

也不清楚桑延会不会加班，温以凡思来想去，还是打算提前跟他约好。要是他说他没空的话，她还能斟酌着改时间。

温以凡出了房间。此时桑延刚洗完澡，正坐在沙发上玩手机。

温以凡慢吞吞地坐到另一侧的沙发上，假装自己是出来喝水的。她往杯里倒着水，顺带偷偷地往桑延的方向看了眼，恰好被他抓到了。

温以凡轻抿了一下唇，注意到他屏幕上的游戏界面，扯了个话题："我最近也在玩这个游戏。"

桑延看她："什么时候？"

温以凡跟他尬聊："就最近，还挺好玩的。"

闻言，桑延朝她抬了抬手机，闲闲地道："那来一局？"

"……"想到自己那三脚猫的功夫，以及桑延毫不留情的毒舌能力，温以凡摇摇头，"下次吧，我的手机在房间里。"

桑延没再说什么。

温以凡喝了口水，开始切入主题："你这周五晚上有空吗？"

桑延偏头："怎么？"

"我最近听同事说，你公司附近有家店的烤鱼还挺好吃的。"温以凡镇定地道，"你有空的话，我们一块儿去吃？"

桑延把手机放下，盯着她看了好几秒。而后，他若有所思道："终于要还欠我的饭了？"

温以凡稍愣，又觉得这样理解也没什么错，只好点点头。

桑延收回目光："噢。"

温以凡又问了一遍："那你有空吗？"

沉默了几秒，桑延淡淡地嗯了一声。

"那我那天到你公司楼下找你？"也不知道他介不介意这点，温以凡解释，"我周五休息，可以提前过去找你。不然，我们直接在店里见也可以。"

桑延继续看手机："不用。"

温以凡嘴唇动了动，还没说出话来，又听到他说："我下班之后要回来一趟。"

温以凡："嗯？"

"到时候一块儿出门。"

"……"温以凡低头，又喝了口水，"好的。"

想说的话说完了，温以凡也没再继续待在客厅。她起了身，走了几步又回头说："那周五那天，我再提醒你一下？"

桑延回看她，慢条斯理道："行。"

得到这个答案，温以凡的心里才踏实起来，回到房间里。

另一边。此时此刻，客厅。

桑延继续玩着游戏，过了一会儿，唇角莫名弯了起来。

周五晚上。

温以凡从衣柜里拿出仅有的几条裙子，从中选了条卡其色的长裙。

她套上一件长款的毛呢外套，坐到梳妆台前，花了大半个小时来化妆。

盯着镜子里的自己，温以凡想把眉眼化得稍微柔和些，看着没那么锋利。她拿起眼影盘，加深眼窝，又用眼线笔把眼尾往下拉。

她挣扎了好一会儿，感觉也没什么用处。

温以凡抿唇，放弃挣扎。出房间前，瞥见桌上的香水，她拿了起来，迟疑地往耳后喷了点儿。

在客厅坐了半个小时左右，桑延便回来了。他放下钥匙，习惯性地往客厅的方向瞥了眼，视线在她身上定了片刻才挪开。

温以凡站了起来，下意识地问："你回来有什么事情吗？"

桑延随口说："拿个东西。"

温以凡哦了一声，没多问。

桑延回了趟房间，很快就出来了。可能拿的是什么小东西，他手上也没提东西，跟刚进去的时候没什么区别。他往玄关处走，对她说："走吧。"

温以凡跟在他身后，点头："好。"

两人上了车。温以凡系上安全带，跟他报了烤鱼店的名字。

大概是听过这家店，桑延也没打开导航，直接就发动了车子。

温以凡琢磨着要不要跟他聊点儿什么，但又觉得这样似乎会影响他开车。她看向窗外，想着自己做过的车祸报道，很快就作罢。毕竟一会儿到店里，他们还有很多时间聊。

倒也离得近，开车过去还不到二十分钟。

这家店在一个小型的商圈旁，前方是停车区域。位置不偏，车子开到那儿就直接能看到烤鱼店的名字。招牌和装修风格都用的红色系，格外醒目。店面很大，此时正是饭点儿，里头顾客不少，一眼看过去满满当当的。

温以凡和桑延一块儿走进去，跟门口的服务员报了"两人"。他们被带到一张二人桌边，正想坐下，突然有个女声喊了句："经理？"

这声音脆生生的，听着有点儿耳熟，温以凡顺势看了过去。

隔壁是个大桌，坐了八个人，看着也是刚来没多久，桌上只有碗筷和茶水，中央摆放着一个铁盆，里头装着塑料包装和倒掉的茶水。

郑可佳坐在其间，穿着姜黄色的裙子。她的长相是那种甜软的漂亮，笑起来尤为好看，还有颗小虎牙。在这嘈杂的人群中，显得格外醒目。

下一秒，她的视线一偏，跟温以凡对上，郑可佳的笑容明显收敛了一些。

边上一个男人开了口，有些纳闷："延哥，你不是不来吗？"

桑延往那边扫了一圈："你们聚餐定在这儿？"

"是啊！"男人瞥了眼他旁边的温以凡，笑道，"既然碰上了，就一块儿吃吧。你作为老大，我们部门的聚餐你都不参加，这像话吗？"

听到这话，温以凡才明白过来，这群人应该是桑延的同事。又往郑可佳身上看了一眼，温以凡倒是没想过她现在已经开始上班了。不过算起来，她今年应该大四了？好像也差不多了。

桑延没立刻给答复，偏头，稍稍弯腰，问她："行不行？"

"……"温以凡回神，"可以的。"

观察着她的表情，过了几秒，桑延才收回眼，让服务员加了两把椅子。

入座后，温以凡正整理衣服，忽地听到郑可佳喊了她一声。郑可佳坐在桑延的另一侧，距离她并不远。她平静地抬头，礼貌地笑了笑，什么话也没说。

对面一个烫了锡纸烫的男人讶异地问了句："你们认识吗？"

郑可佳声音清脆："我姐。"

"这么巧吗？"锡纸烫问，"亲姐？"

可能是觉得这关系一时也难以解释清，郑可佳笑了笑，直接默认。

听到这个回答，桑延侧头看了郑可佳一眼，很快就收回。他的手肘撑在桌上，整个人对着温以凡的方向，漫不经心道："你有妹妹？"

温以凡自顾自地撕着碗筷的包装，诚实地说："继妹。"

桑延瞄她，没继续问。

锡纸烫很自来熟，直接喊道："郑姐姐——"

他接下来的话还没说完，桑延便打断了他："她姓温。"

"……"锡纸烫有点儿蒙，"不是可佳的姐姐吗？难道你们一个随爸爸姓，一个随妈妈姓？"

温以凡恰好把包装彻底拆开，温和地解释："重组家庭。"

郑可佳接话："对。"

锡纸烫："这样啊。"

"介绍一下呀，延哥。"坐在郑可佳旁边的男生岔开话题，笑嘻嘻地道，"这是嫂子？"

正打算拿起热水壶，听到这话，温以凡的动作顿住，帮桑延澄清："不是的，我是他——"她也不知道该怎么形容两人的关系，干脆中规中矩地说，"朋友。"

男生继续起哄："延哥，真是朋友？"

桑延看他，眼里带了警告："人说话你没听见？"而后，他伸手拿起热水壶，顺带把自己没拆开的碗筷往温以凡面前一推："谢了。"

"……"看着他把自己刚拆开的碗筷拿走，温以凡只好默默地继续撕包装。

恰在此时，服务员上了一堆饮料，应该是他们早已点好的。坐在外侧的人把点的饮料对应分好，分到最后一瓶的时候，纳闷道："怎么有九瓶？谁多点了吗？"

"啊？"郑可佳看了眼小票，"好像不小心多勾了一个。"

"这看着就不好喝。"

"先放着吧，不然延哥你们看看喝不喝？"

"给我姐吧。"郑可佳伸手，隔着桑延把饮料放到温以凡的面前，笑道，"她性格好，也没什么不喜欢的东西，随便喝什么都行。"

温以凡看着眼前的饮料，没说什么。

随后，郑可佳把菜单递给桑延，脸有点儿红："经理，你看看你要喝什么吧。我们点单点得早，菜什么的也都点了，你看看还要不要加点儿什么。"

见状，桑延的眼皮动了动，不带情绪地看了郑可佳一眼。饭桌上的氛围似是僵了一瞬。

几秒后，桑延接过菜单，随意地推到温以凡面前。因这动静，温以凡抬起眼。

桑延拿起她面前那瓶饮料，不轻不重地搁到自己的面前，像是在示意这饮料他来解决。他与她的视线对上，举动极为自然，淡淡地道："要喝什么？"

温以凡下意识地啊了一声，又往那杯饮料的方向看了眼，这才察觉到了不对的地方。但她跟别人出去聚餐向来如此，一直都是听别人安排，也不怎么介意当最后挑选的那个人。

一般情况下，点单的人都会礼貌性地询问她的意见。温以凡也没遇到过，像郑可佳这么直接表现出，她是可以随便对待的人的情况。

对这种小事，温以凡一直不太在意，刚刚甚至也没觉得有什么不妥。但很奇怪地，此刻莫名有种很奇异的感觉。她舔了舔唇角，掩饰般地垂眼看向菜单。

这家店菜品不算多，菜单是个折页，用塑料薄膜封层。饮品在反面右下角的位置，品种看着也不算多，除了市面上有的饮品，还有几种这家店特有的饮料。

温以凡看了一会儿，都没什么兴趣："你挑吧，我喝水就行。"

桑延将烫好的碗筷推到她的面前："别的也不用加？"

温以凡点头，盯着面前那副碗筷，把菜单递回给他。

桑延往杯子里倒着水，顺带粗略地扫了眼菜单和已经点了的菜。最后他什么也没加，随手把菜单搁回桌子中央。

短暂的沉寂后，桌上又热闹了起来。其他人都有一搭没一搭地说着话，时不时地跟桑延说几句。多是八卦，偶尔会说些工作上的事情。他们说的人，温以凡都不认识，也不太懂这个领域的事情。她没怎么听，慢吞吞地喝着水。

温以凡突然意识到一件事情，桑延是推了公司的聚餐，来跟她吃这顿饭的吗？

想到这儿，温以凡往桑延的方向看，却又与郑可佳对上了目光。她的表情似乎有些不安，又带了几丝尴尬，像是有人跟她说了些什么。

温以凡挪开眼，对上桑延的侧脸。

注意到她的目光，桑延很快就看了过来："怎么？"

"没什么。"温以凡低头继续喝水。

桑延倒是依然盯着她，忽地笑了："喂，别想蒙混过去。"

温以凡："嗯？"

桑延眼眸漆黑却有光，带着理所当然的意味，仿佛这聚餐跟他没有任何关系。他轻轻扯了扯唇，玩世不恭地道："这顿不算。"

晚饭差不多结束时，温以凡起身去了趟厕所。

温以凡从隔间出来，打开水龙头洗手。看着镜子中的自己，她低下眼，把包里的气垫和口红拿出来，正想补个妆，却瞥见郑可佳进了厕所。

郑可佳脚步停了半拍，走过来站到她旁边。温以凡的动作未停，对着镜子开始补妆。

郑可佳似乎只是来洗手。她挤着洗手液，主动出了声："没想到今天能在这里碰见你，原来你跟我们经理认识啊？"

温以凡敷衍地嗯了一声。

"刚刚我同事跟我说，觉得我没给经理面子，他带来的人我就这么随意对待。"郑可佳眉头稍皱，小声抱怨，"我哪有这个意思，你不就是都不挑的吗？"

温以凡用指尖蹭了蹭唇角擦出的口红痕迹。

郑可佳："我不就是想着别浪费嘛，点都点了。"

温以凡随意道："那你自己怎么不喝？"

郑可佳一噎："我不喜欢嘛，以前你不都是……"话还没说完，郑可佳及时噤声，改口道，"你能不能帮我跟经理解释几句啊？我怕我得罪了他，实习期过不了。"

温以凡笑："你想得太多了。"

"那我不是怕吗？你就帮我说一下嘛。"郑可佳也拿出口红，声音娇娇的，带了点儿羡慕，"对了，经理是不是在追你啊？"

"……"温以凡有些纳闷这事怎么还能看颠倒，"不是。"

"那就是还没开始追？你们还在暧昧期？反正他肯定对你有意思。我本来还打算追他的，又高、又帅、又酷、又有钱，还是我上司……"说到这儿，郑可佳撇了撇嘴，"不过看你俩这样，我觉得还是算了，我可不想倒贴完还追不到，我的条件又不差。"

温以凡动作一停："他对我有意思？"

"这还用问吗？你存心让我不痛快？"郑可佳很无语，"他对你跟对别人可太有区别了。虽然我不太想承认，但有你这张脸在，我确实没有什么胜算。"

温以凡沉默着，似是在思考什么。

"算了，也没什么了不起。"郑可佳捋了捋头发，很娇贵地给自己台阶下，"我对这种臭脸也没什么兴趣，在一起了还得哄。我肯定得是被宠着的那个。"

温以凡刚好也补完妆了，抬脚往外走："嗯，我先回去了。"

郑可佳跟了上去："一起呗。"

温以凡仍在琢磨郑可佳刚刚的话。

走着走着，郑可佳想起件事儿："哎，咱俩加个微信吧。我之前一直想联系你，加你微信，你也一直不搭理。"

温以凡没吭声。

"你多久没跟妈妈联系了啊？因为你不理她，这段时间她心情一直很差。"郑可佳说，"你俩关系成这样，责任主要在我，你也不用怪她。"

闻言，温以凡觉得好笑："那我为什么要加你微信？"

郑可佳皱眉："我这不是想跟你好好说说吗？"

温以凡温声说："没什么好说的。"

"你有必要这样吗？"自己一直好声好气的，却得不到好脸色，郑可佳也有些不爽，"也没这么严重吧，至于吗？你这个亲女儿还没我这个继女对她好。"

"那确实。"温以凡笑，一语双关，"你比我更像亲女儿。"

郑可佳很快就反应过来她话里的意思。一瞬间，郑可佳的气焰全数消失，嘴唇动了动，却一句话都说不出来。

平心而论，温以凡其实对郑可佳没太大的感觉。不可能会喜欢，但也谈不上讨厌。毕竟她一直觉得，虽然郑可佳是导火索，但主要的原因，是赵媛冬三番五次的不作为。

两人出自同一个重组家庭，性格却截然不同。命运像是从这里开始，有了个分岔路口，把她们带向不同的人生轨迹。

温以凡从天堂掉进泥泞，被新家庭排斥，过上寄人篱下的谨慎生活。从此以后，她没了骄纵的资格，对任何事情都不争不抢，也不敢做错任何一件事情。

而眼前的女孩，受着父亲毫无底线的宠爱，继母也如同亲生母亲般疼爱她，从未经历过任何苦难，就连烦恼都是甜蜜的。到这个年龄了，依然是个完全看不懂别人眼色，极其没情商的小公主。

差不多走回位置了，温以凡压低声音，最后说了句："所以她也没少什么吧？"

"……"

"不还是有一个女儿吗？"

刚坐回位置上，桑延便转过头来，上下打量着她："好了？"

温以凡点头。

听到这话，桑延站起身："那走吧。"而后，他看向其他人，散漫地道："你们继续吃，我俩还有事儿，先走了。"

"等等！"锡纸烫立刻站起身，掏出手机，"咱们还没拍照呢！来，随便拍几张，不然一会儿发朋友圈没素材。"

"……"桑延有些不耐烦，但还是坐了回去。

温以凡凑到他耳边，小声问："那我要不要回避一下？"

"避什么？坐好。"桑延瞥她，"知道你的作用是什么不？"

"嗯？"

他的语气不太正经，腔调稍微拖着："衬托我。"

温以凡没跟他计较，坐端正了些，盯着镜头的方向。她脸上的表情淡淡的，露出拍照时惯带的微笑，持续几十秒后，锡纸烫也放下了手机。

"好了好了。"话音落下的同时，桑延起了身。

温以凡礼貌性地跟其他人道别，跟在桑延的身后。她看了眼时间，问道："我们现在是要回家了吗？"

两人出了店。桑延往隔壁的小商圈看了眼："看个电影。"

完全没征求她的意见，像是笃定她不会拒绝，直接就做出了决定。温以凡沉默了一下，也很自然地接了句："看什么电影？"

桑延把手机给她："你挑。"

温以凡翻了翻最近上映的电影，倒是不少，而且评分都挺高。她看了看介绍，在一部灾难片和一部恐怖片之间纠结着。

在这个时候，桑延忽地问："你跟你继妹关系不太好？"

温以凡继续纠结，顺带诚实地回答："对。"

桑延倒是没见过这"没脾气"能跟谁关系差："为什么？"

"因为是重组家庭。"温以凡言简意赅，回答得近似敷衍。说完，她立刻扯开话题，把手机递给他看："这部灾难片，还有这部恐怖片，你想看哪部？"

桑延盯着她看了几秒，没有应话。温以凡依然没继续刚刚的话题，又问了一遍："你想看哪个？"

而后，她抬头与他撞上视线，很快便垂下眼。

桑延又沉默须臾，随意看了两眼："灾难片吧。"

温以凡："好，那我挑个位置。坐后排吗？"

"嗯。"

话题似乎就这么被岔开了。

温以凡稍稍松了口气，不再去想家里的那点儿破事。她正想点进灾难片的购票界面，忽地想起刚刚桑延毫不犹豫选择这部片子的模样。随后，温以凡又想起了他怕鬼的事情。她迟疑了一会儿，犹豫着，退出来，改点进恐怖片。

也不知自己是鬼迷心窍还是欲望作祟，温以凡接下来的操作极为顺畅。到付款界面时，她才面不改色地把手机递给他："好了。"

桑延毫不怀疑,看都没看就输了支付密码。

温以凡挑的是最近的场次,此时距离开场只剩半小时了。两人直接到电影院所在的楼层,取完票后,在外头等待着进场。

借着这个空隙,桑延看了眼电影票。注意到电影名,他顿了一下,又掏出手机上的购票记录对比,眉眼稍扬:"你买的恐怖片?"

"……"听到这话,温以凡装模作样地看向他的手机,过了几秒才反应过来似的,"我好像买错了。"

桑延侧头看她,眼里带了审视的意味。

温以凡回视着,表情没半点儿心虚。

过了好一阵,桑延才意味深长地噢了一声。

这感觉有点儿像是被抓包了,让温以凡本来平静如水的心情瞬间有了波澜。应付完后,渐渐地,她也有点儿后悔自己这个行为,毕竟认真想想,这是桑延害怕的东西。

好像不太好。

想到这儿,温以凡提议:"要不重新买一次吧?我把钱转给你。"

桑延:"不用。"

恰好这会儿开始检票进场了。温以凡内心的愧意越来越明显,心头像是被颗沉甸甸的石子压着。坐到位置上后,她犹豫再三,还是喊了他一声:"桑延。"

桑延:"嗯?"

"如果你一会儿害怕的话,"虽然结果是一样的,但温以凡现在提出这个建议的目的,绝对不像开始的目的那么不纯,"我可以保护你。"

桑延的神色稍愣:"什么玩意儿?"

温以凡舔唇,没继续说。

好几秒后,联想起这前因后果,桑延像是终于明白了些什么。他笑出声来,肩膀和胸膛微颤,仿若觉得好笑至极,笑时还带出浅浅的气息。

在昏暗的光线下,温以凡还隐隐看到了他唇边的梨涡。她莫名有点儿窘:"我这不是买错了吗……"

"行。"桑延勉强止住笑意,不慌不忙地说,"是我小看你了。"

与此同时，影片开始播放。温以凡假装没听见，抬眼盯着银幕。

整场电影持续了一个半小时。偶尔温以凡看到关键时候，隔壁的桑延会突然凑近她的耳边，用气音吊儿郎当又欠揍地说："好可怕哦。"

不然就是："怎么？还不来占——"

说到这儿，他又很刻意地停住，意有所指地改口："保护我？"

一场电影下来，温以凡感觉自己什么都看了，又好像什么都没看。总之一个记忆点都没有，脑子里反反复复回荡着桑延似挑衅又似调情的话。她甚至都分不清桑延到底是害怕还是不害怕。

回家的路上，温以凡又想起了郑可佳的话。

虽然之前温以凡也觉得桑延对她似乎有点儿不同，却也担心这只是她自作多情的想法。但从旁观者的视角来看，好像也是这样，旁人也觉得，桑延对她是有好感的。那么就代表，这段时间的感觉，应该都不算是她的错觉。

顺着窗户的倒影，温以凡看到自己弯起的唇角。她眨了眨眼，却没半点儿收敛。

到家之后，温以凡想起了刚刚在烤鱼店里的合影。进房间前，她主动问道："今天拍的那张照片，你能发给我吗？"

桑延正坐在沙发上看手机。听到这话，他把屏幕熄灭，闲散地道："我没有。"

温以凡点头，也没强求。

第二天，温以凡到单位上班。刚打开电脑，苏恬也到单位了，又习惯性地问她进度。

再度跟苏恬提起这个话题，温以凡稍稍有了点儿底气。但她不知道接下来该怎么做，干脆问问这个恋爱前辈的意见。

苏恬摸下巴："那感觉差不多可以告白了吧。"

温以凡："……这么快吗？"

"不快了吧。"苏恬说，"只是谈个恋爱，又不是说立刻就要结婚定下来什么的。如果你还是担心只是错觉的话，也可以等对方主动。"

想到昨天桑延问问题时，自己躲避的态度，温以凡只是摇了摇头。

苏恬觉得她这个态度有点儿奇怪："我怎么感觉你对这个'鸭中之王'，好像格外战战兢兢？怎么做什么都一直瞻前顾后的？"

温以凡笑："我有吗？"

"有啊。"苏恬开导她，"你真不用想太多，就是谈个恋爱！真不是什么大事情！"

温以凡嗯了一声，继续敲键盘："我知道的。"

两人之间，似乎只剩戳破那层未点破的薄膜。温以凡也不知道自己在恐慌些什么。或许是，不知道他还介不介意从前的事情，以及，不知道该怎么跟他提及自己那些不想提的过往；也或许是，她不知道戳破之后，得到的结果是靠近，还是永久的疏远。

所以就算她渴望再近一步，也宁可暂时龟缩，只希望跟他待在一块儿的时间，能因此而变得长一些。

两周后，温以凡突然收到通知，要到北榆市出差一趟。突如其来的隧道坍塌，引发惨重的损失。事件一出，在网上也引发热议，闹得沸沸扬扬的。温以凡立刻回家收拾行李。

因为是休息日，所以桑延恰好也在家。

看着她这着急的模样，桑延一下子就猜到是什么原因。在她出门前，桑延主动问了句："去北榆？什么时候回来？"

因为还有后续调查，温以凡也不太确定："应该两三周？"

"噢。"

也不知道能不能在他生日前赶回来，温以凡想说点儿什么，又不敢承诺。她拿起行李，走到玄关，正打算下楼跟钱卫华会合时，桑延突然道："喂。"

温以凡回头。

"早点儿回来，"桑延似认真又似散漫地说，"有话跟你说。"

"……"温以凡停住，回头看他，"现在不能说吗？"

"现在说了……"桑延把玩着手机，挑眉笑，"我怕你没心思好好工作呢。"

温以凡坐上了钱卫华的车，后座上还有穆承允。她跟他们两个打了声招呼，而后便系上安全带，心不在焉地想着桑延的话。觉得他这么说了，她更没法集中精力了。

温以凡翻了翻手机，很快就放下。

从南芜开车到北榆，全程大约三个小时。这会儿天也快黑了，怕钱卫华会觉得累，温以凡盘算着跟他轮着开，打算先休息会儿。

闭眼没过多久，手机就振动了一下。温以凡拿起来，通讯录中新的朋友那栏又亮起了一个红点。她点开一看，果然又是郑可佳，正想直接退出时，突然看到她备注的话——

"给你发照片，聚餐的。"

温以凡想了会儿，按了同意。

那头立刻发来一串省略号："……"

郑可佳："我加你几百次你都没一点儿反应，说给照片你就秒过。"

郑可佳："你可太现实了。"

过了半分钟，郑可佳发来五张照片。背景都是一样的，看来是锡纸烫连着拍了五张。

温以凡点开来看。照片里的她，头发随意披散在肩后，巴掌大的鹅蛋脸，肤色白得像纸。笑时眼角会微微下弯，艳丽的眉眼变得柔和了几分。坐在她旁边的桑延没看镜头，正安静地侧头盯着她，唇角微微勾着。

温以凡的呼吸稍稍一顿。

她顺着往后滑，把剩下的四张照片也看了。

五张照片，大约持续了半分钟的时间。

照片里的桑延一直都没看镜头。

——在看她。

他的侧脸轮廓硬朗分明，眼睫微垂，看着心情不错。

莫名其妙地，即使这是照片里的内容，温以凡依然有种脸热的感觉。仿若隔着屏幕回到了拍照时的那一刻，被桑延盯着的那一瞬间。

温以凡摸了摸耳后，有些不自在地把屏幕熄灭。

桑延的行为明目张胆，没有任何的掩饰。即使光通过照片，也能感受到那强烈至极的存在感。此时再看到，她也不知道自己当时为什么会完全没察觉到他的视线。

很快，温以凡想到了先前跟桑延要照片，他直接回绝说"没有"的事情。她弯了弯唇。

过了几秒，温以凡重新点亮屏幕，慢吞吞地把五张照片都保存下来。她打开相册，选了其中一张，认认真真地裁剪，变成仅有他们两个人的合影。

钱卫华直接把车子开到坍塌的隧道现场。

这块区域都是施工地，旁边是山体，隧道也尚未完全建成。虽然一得到消息，他们一行人就从南芜赶了过来，但这会儿已经来了不少媒体记者，都是从各方赶来的。

因为怕再次坍塌，导致二次损伤，所以现场被警戒线拦着，隔出一个安全距离。铁路局联合施工单位成立了救援队，从南芜那边调派了不少救援人员。

坍塌的隧道里有八名工人被困，目前还不知情况如何。

通过图纸和现场状况，救援队在开会商议后，制订了好几个救援方案。他们试图先打通几个通风口，以此来联络被困人员，而后再打通一个运输食品的通道。

在此期间，钱卫华跟救援队沟通过多次，基本都是得到拒绝的回答。直到情况稍稳定后，救援队才勉强同意，找人带着他们进去拍个大致的情况。

只有钱卫华和温以凡进去了，穆承允被留在外头。

隧道深长，本无尽头的地方被坍塌的沙石阻拦，变得封闭而阴森。里头光线阴暗，地上都是泥泞和石子，被堆成小小的坡，脏乱而嘈杂。

上百个救援人员穿着统一的衣服，来来往往。众人搬运着管道，抑或拿着各种器材，都忙着自己手上的事情，无暇顾及其他。

对于坍塌事故，温以凡也做过不少报道，但还是第一次遇到这么严重的，光是看着都觉得心惊。

出于安全考虑，救援队并不让媒体记者待太长的时间。他们只是进去大致录了个像，就出来了。回到车上，钱卫华把拍下来的视频发给台里，温以凡也全神贯注地打开电脑写稿子。

穆承允突然出声："以凡姐，你耳朵后面怎么了？"

温以凡茫然："嗯？"

旁边的钱卫华也立刻注意到，皱眉："怎么出血了，什么时候弄到的？"

听到这话，温以凡扳下化妆镜看了眼，注意到自己耳朵后面的位置，被割破了个小口子，这会儿正出着血，看着还有点儿令人心惊。

温以凡垂头，从包里翻出纸巾，平静地说："可能是进去的时候，被碎石划到了吧。"

穆承允喃喃道："不疼吗？"

温以凡笑："还好，你一说是有点儿疼。"

做这一行的总有意外，加上上回桑延因为保护她而受伤，之后，温以凡的包里都会备着碘伏和创可贴这些应急处理伤口的东西。

温以凡用纸巾摁着止血，简单处理了一下，而后便贴上了一个大号创可贴。

整个救援过程持续了四天三夜。八名工人全数被救出，但其中一个被落石砸中脑部，伤势严重。尽管救援队一直在鼓励和安抚，但因为这名伤者的情况，其余七人的精神状况都不算好，一被救出，就立刻被送往医院。

怕会错过什么情况，这期间温以凡一行人基本没离开过现场。多是轮流着在车上休息，或者是回酒店简单洗漱一下再赶回来。

从医院回来后，把视频和新闻稿发回台里，钱卫华便让他们先回酒店休息。

毕竟接下来还要各处跑，找专家、伤者等相关人员做采访，是一段漫长的时间。

酒店是穆承允订的，就在事故现场附近，位置有些偏僻，环境也不算好。只订了两间房，总共订了五天，打算之后做后续采访时再换。

温以凡一个女孩子一间，另外两个男人一间。

花了大半个小时洗了个澡，出来后，温以凡又给伤口涂了药，而后躺到床上。

这几天基本没沾过床，温以凡这会儿还有种不太真实的感觉。她困得眼皮都酸疼，但还是翻开手机看了看未读消息。

因为没什么时间，最近的消息温以凡都是抽空回复的。回得也敷衍，基本是对方问了什么，她就简单回几个字。

温以凡打开跟桑延的聊天窗。以往的界面，发消息占比多的一般是她，这会儿倒变成了桑延。他之前遵守的倒计时，在实行了一段时间后，就渐渐从语音条变成了简单的数字，看起来格外没耐心。

但自从温以凡来北榆出差，数字又变回了语音，并且在发现她回消息回得极其缓慢又敷衍后，说完倒计时，他还会补一句："收到回。"

今天的语音，后边又多了一句。

"回来给我补个苹果。"

温以凡看了眼日期，才意识到今天已经平安夜了。距离桑延的生日仅剩个位数的时间。她叹了口气，觉得自己估计赶不过去了。

如果没有这趟出差，温以凡今年本来应该刚好是元旦轮休。而且今年南芜没举办烟火秀，她有很大可能性也不用加班，然后，应该可以跟桑延一起跨年。

温以凡叹了口气，回道："我到酒店了，准备睡觉。"

温以凡："平安夜快乐。"

想了想，她又发了个苹果的小表情，继续道："先给你用眼睛看的，回去再用实物给你补。"

温以凡困得眼睛都睁不开了，回复完这句就熄灭了屏幕。但桑延回得很快，下一刻手机便振动了起来。她迷糊地睁眼，又点开。四条语音，一条播完就顺着往下。

桑延："行。"

桑延:"睡吧,记得锁门。"

桑延:"别梦游到处跑。"

最后一条——

"真想梦游,自己在房间里转悠转悠就得了。"他的语气飞扬跋扈,拖腔拉调的,听着依然傲慢又欠揍,"受害者只能是我,知道吗?"

接下来几天,温以凡照例在这座小城市四处奔波。后续采访比她想象中要顺利一些,除了部分受访者的态度不好,基本没有太大的问题。

桑延似乎也很忙,年底的这几天开始疯狂加班。有时候温以凡凌晨三四点回复他消息时,他甚至还在公司里没回家。

不知不觉间,温以凡在这个城市迎来了新的一年。尽管没日没夜地加班,但在桑延生日前,温以凡还是没能赶回去。本来她预计2号当天可以回去的,但那天下午还有最后一个采访。

这段时间三人都休息不足,钱卫华并不打算当天返程,怕大晚上疲劳驾驶会出什么事儿。而且刚好撞上节假日,高铁票早就被一抢而空。温以凡也没辙了。

当天凌晨,温以凡掐好时间点,给桑延发了消息:"生日快乐^_^!"

温以凡:"我给你订了蛋糕,中午的时候应该会送到家里来。"

温以凡:"礼物的话,我回去再给你吧。"

桑延:"还挺诚恳。"

桑延:"不枉我整整报了七十天的数。"

温以凡眨了眨眼:"但今天应该回不去了,明天回。"

桑延:"噢。"

下一刻,桑延发了条语音过来,语气慵懒,似是有些困倦:"那就当我今年的生日在明天吧。"

过了一会儿,又发了一条。

"还剩一天。"

隔天下午,温以凡跟穆承允往医院跑了一趟。钱卫华则独自去了事故现场做最后的报道。三人分成两批，分工合作。

温以凡采访的是重伤幸存者。他昨天刚恢复神志，温以凡跟家属沟通完，约在了今天下午。做完采访后，再回去把稿子写完，这趟出差最后的工作也就完成了。

出了病房，穆承允看了眼时间："以凡姐，我们现在回酒店吗？"

温以凡点头，正想说话，不远处突然响起了个男声，浑厚而又沙哑。她神色微顿，顺势看了过去，就见旁边科室的椅子最前排坐着个男人。

看着三四十岁，他的肤色很黑，穿着老旧的衣服，显得整个人脏脏的，抬头纹很重，笑起来脸周都是褶皱，显得格外猥琐。

此时男人正在讲电话，嗓门儿很大，声音里带着讨好的意味，完全没往这边看。

温以凡收回视线，面不改色地说："嗯，回去写稿。"

回到酒店，温以凡打开电脑，迅速把稿子写完发给编辑。等审稿过了，她看了眼时间，才四点多。她发了会儿呆，觉得房间里有点儿闷。温以凡不想待在房间里，想着都来这城市一趟了，干脆出去逛逛。她拿上房卡出门。

才在酒店里待了这点儿时间，外头的天就阴沉下来，大片大片的乌云挤成一团，给这座城市加上了一层冷色的滤镜，格外压抑。

对温以凡来说，这座城市一点儿都不熟悉。她只在这里待了两年，而且大部分时间是待在学校和大伯母家，根本没有多余的消遣。她完全不清楚这座城市有什么玩乐的东西，只知道固定的那几个地点。

现在住的酒店在北榆的市中心，离她的高中很近。

温以凡漫无目的地逛着，不知不觉就走到那家熟悉的面馆。她的脚步停下，看着跟几年前几乎没有任何不同的店面，神色有些发愣。

等温以凡再回过神时，她已经进了店里。店内光线白到晃眼，里头的装修没有太大的变化，只是有些东西换成了新的。桌椅还是以当初的格局摆放，分成整齐并排的两排，就连收银台前的老板，也还是当初的那个人。但他明显老了些，身子稍稍佝偻，连头发都开始发白。

温以凡有种进入了另一个世界的感觉。

她停了几秒，而后抬脚坐到从前每次跟桑延来时坐的位置。她垂下眼，安安静静地盯着被贴在桌上的菜单。

没过多久，老板发现了她的存在，问道："要吃点儿什么？"

温以凡抬眼："一碗云吞面。"

话音刚落，老板就把她认出来了。他神色讶异，起身往她的方向走近了些，笑容和蔼至极："小同学，是你啊？你很久没来了啊。"

温以凡点头："嗯，我高考完就没住在这个城市了。"

"这样啊。"看着她独自一人过来，老板的嘴唇动了动，像是想问点儿什么，但还是什么都没说，"那你等等，我这就去做。"

"嗯。"温以凡笑，"不急。"

老板进了厨房，店里只剩温以凡一人。她看了眼手机，没看到微信有什么动静。

在这个时候，外头猛地响起了哗啦啦的动静。挤压着的云层终于承受不住重量，豆大的雨点向下砸，跟水泥地碰撞，发出巨大的声响，让整个世界都变得模糊了起来。又湿又冷的空气向里弥散，让人清醒，却又让人忍不住失神。

在这熟悉的环境里，恍惚间，温以凡有种回到从前的感觉。她看向对面空荡荡的座椅，仿若能隔着时光，看到年少时沉默地坐在自己对面的桑延。

那个从初见开始，就骄傲得像是绝不会低头、活得肆意妄为的少年，却在最后见面的那一次，轻声问她："我也没那么差吧。"

甚至将自己的行为，都归于最令人难堪的"缠"字。

这么多年，温以凡好像从未为自己争取过什么。她总缩在自己的保护壳里，活得循规蹈矩，不与人争执，也不对任何人抱有过重的感情。就连对桑延，她似乎都是把自己放在一个安全的位置。尽量做到不过界，尽量让自己能够全身而退。只敢慢慢地朝他放钩子，等着他咬住饵，亲自送上门来。

可此时此刻，温以凡突然一点儿都不想把主动权放在桑延那边。她不想让桑延，从以前到现在，一直都是付出的那个人。

她不想让桑延在说过那样的话后，如今还是要因为她，而再度低下自己的头颅。

面恰好在这个时候送了上来。

老板露出熟悉的笑脸："快吃吧，我这老头儿还有点儿不好意思。我这手艺都多少年了，没有任何变化，难得你还能回来捧场。"

温以凡应了声好。

老板边絮絮叨叨，边回到收银台的位置："怎么突然下这么大的雨，怪冷的……"

温以凡垂眼，盯着面前热腾腾的面，雾气袭来，眼睛莫名有点儿发热。她用力眨了一下眼，鼓起勇气拿起手机，给桑延打了个电话。

听着那头的嘟嘟声，温以凡脑子有点儿发空，完全不知道自己接下来该说点儿什么。

响了三声，那头就接了起来。似乎是在睡觉，桑延声音有些沙哑，带着点儿被人吵醒的不耐烦："说。"

温以凡轻声喊他："桑延。"

他静了几秒，似乎是清醒了一些："怎么了？"

尽管答案好像已经很明确了，但她依然恐惧，依然担心未知的事情。

她有非常多的顾虑：怕真的就是自己的错觉；怕他喜欢的只是高中时的那个自己；怕他还会介意自己曾经给他带来的伤害；怕在一起之后，他会突然发现，她其实也没他想象中的那么好。

可这一刻，温以凡想跟他摊牌，想清晰地告诉他，想让他觉得，他并不是，永远只是单方面付出的那一个。

那个能多次跨越一个城市，独自坐上一个小时的高铁，只为来见她一面的少年，他的那些行为，都不是他想象中的"缠"。她其实也把那些时候，都当成宝藏一样珍藏着，只是从来不敢回想，也从来不敢再提起。

在这一瞬，温以凡清晰地听到自己心跳的声音："你之前说的话还算数吗？"

桑延："嗯？"

"你说，如果我追你的话，"温以凡停了一下，压着声音里的颤抖，一字一句地说完，"你可以考虑考虑。"

这话一落，那头像是消了音。一切静滞下来，连呼吸声都听不见。

"我就是想，提前跟你说说这个情况。"温以凡紧张得有点儿说不出话，她不知道桑延会怎么答复，努力把剩下的话说完，"那你先考虑一下。"

说完，也不等他回复，温以凡便匆匆挂断了电话。

沉默了一会儿，温以凡盯着被她放在桌上的手机，那里没再有任何动静。像是以此，给了她答复。

温以凡也不知道该怎么描述自己现在的心情。

良久，温以凡垂眼，温吞地吃起面。味道确实跟从前没任何区别，汤底很淡，面也一点儿嚼劲儿都没有，非常一般。她不太饿，却还是慢慢地，把所有的面都吃完。

外头的天渐渐暗了下来。雨势依然很大，没有半点儿要停下的趋势。

温以凡放下筷子，看着外头，模样安安静静的。

察觉到她的目光，老板主动提出："小同学，我给你把伞吧。这雨看着短时间也不会停。你看你什么时候有空再来，到时候再还我就行。"

温以凡摇头，笑道："我想再坐一会儿。"

以后应该不会再来了，温以凡想。所以她想再看看这个地方，希望能记久一点儿。

希望她到老的时候，都依然记得，曾经有个这么珍贵的地方。原来，在那段那么透不过气的时光里，还有这么一个能让她偷闲的地方。

时间一点一滴地过去。

注意到外头的雨声渐小，温以凡慢慢地回过神。她没再继续待下去，收拾好东西，正打算起身跟老板道别离开的时候，门口传来了动静。

温以凡顺势望去，神色一愣。

视野所及之处，只剩下突如其来的桑延的身影。他穿着纯黑的挡风外套，领子稍微挡住下颌，手上拿着把透明的伞，肩上稍稍被打湿了些。

进门之后，桑延也不往别的地方看，直接对上了她的视线。这一刻，一切都像放慢了下来，像是进入了老电影里。

狭小的面馆，多年保持着同样的模样，显得破败又怀旧。店里电视机放着不知名的港剧，看着年代感很强，背景音乐混杂着雨声。

男人的背后，还是那大片的雨点，迷迷蒙蒙的。他穿过那些赶来，看着像个风尘仆仆的，终于找到了归处的旅人。

老板在这个时候出了声："帅哥，你要吃点儿什么？"

似是也还记得这老板，桑延抬起眼，笑了。他用着跟从前一样的称呼，礼貌道："下次吧，大爷，我这回是来接人的。"

老板抬起了头："是你啊。"

桑延颔首。

"我刚看这小同学自己一人来，还以为你俩不联系了。"说着，老板往他们两个身上看，"——真好。"仿若想起了从前，老板感叹了一句。

"这么多年了，你们还在一起啊。"

听到这话，温以凡的手指有些僵。

桑延却什么也没解释，只点了点头："我们先走了，下回来北榆，会再来光顾您的生意的。"他看向温以凡，朝她伸手："过来。"

温以凡站起身，往他的方向走："你怎么来了？"

桑延垂眼，盯着她的模样："你打电话的时候我就在高铁上。"

温以凡哦了一声。

桑延把伞打开，随意道："走吧。"

温以凡也进了伞下。因为刚刚的电话，这会儿跟他待在一起，她有点儿尴尬，主动找话说："你怎么知道我在这里？"

"来北榆，"桑延说，"习惯来这儿了。"

两人出了店，顺着街道往前走。

这座城市落后，这么多年都没有太大的变化。再往前，就是两人走过多次的小巷。往另一个方向走，就是桑延每次来以及每次定时，等公交车的公交站。

两人沉默着往前走。不知过了多久，桑延的脚步忽地停了下来，温以凡随之停下。

周围是铺天盖地的雨声，重重地拍打着伞面，几乎要盖过所有的声音。雨点落到地上的水洼里，开出一朵又一朵只绽放一瞬间的小花。

这盛大的雨幕，像是个巨大的保护罩，将他们两个与世界隔绝开来。

桑延低眼看她，忽地喊："温霜降。"

听到这个称呼，温以凡的心重重一跳，猝不及防地抬起眼。

"我呢，一直觉得这种话特别矫情，只说一个字都觉得丢人。"桑延眸色沉沉，似乎比这深不见底的夜色还悠长，"但这辈子，我总得说一次。"

温以凡讷讷地看着他。

"还没发现啊？"桑延稍稍弯下腰来，距离与她渐渐拉近，眉眼间的少年气一如当年，"这么多年，我还是——"

他的话顺着这七零八落的雨点，用力向下砸，仿若也砸在了，她的心上。

"只喜欢你。"

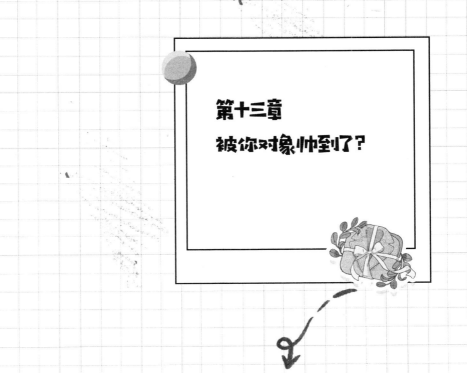

第十三章
被你对象帅到了?

"高兴成这样?"

"嗯?"

"也是。能得到我这么卓绝千古的男人,确实值得高兴个十年八载。"

桑延突然出现在面馆带来的不真实感，在此刻因为他的话再度升腾，几乎要充斥温以凡的所有思绪，让她回不过神来。

温以凡怔怔地看着眼前的人，提心吊胆了一晚上的心情，被另一种情绪取而代之。她的鼻子一酸，嘴唇动了动，却有些说不出话来。像是个从未奢望过的惊喜、从不敢想的渴望，突然毫无征兆地降临。她不敢相信，所以连伸手去接的勇气都没有。怕一伸手，眼前的一切就会消失不见。

一瞬间，温以凡想到去年年底，在"加班"酒吧意外再遇桑延的事情。在他表现出那副看陌生人的姿态，并且对她的态度一直不佳时，她也尽可能地让自己不要去在意。

因为她觉得可以理解，也觉得这都是理所当然的。一切，都是她的行为，所应承担的"果"。

温以凡是给桑延带来了伤害的人。所以在他那么珍贵的回忆里，并不值得让她这样一个人，占据一席之地。对他来说，她也许甚至无关紧要到，所留下的所有痕迹，都能被途经的另一个人覆盖掉。

她以为，她就只是这样的一个存在。

可在这一刻，温以凡才真切地意识到，好像并不是这样的。

也许他遇到过形形色色的人，也许在这个过程中，他对她的情感早已经淡了下来。可他一直没有忘掉她。

这么多年了，一切都在变化。

我还是，只喜欢你。

温以凡眼睛一眨不眨地盯着他。突然很希望，人的记忆可以像影片那样，能够用设备分成一帧一帧的场景。如果是那样，她就能将这一幕永远保留下来。永远都忘不掉，也永远都不想忘掉。

见她一直不吭声，桑延微抿了一下唇，看上去似乎也有点儿没底。

"喂，说话。"

被他的话打断了思绪，温以凡回过神来。她轻轻吸了一下鼻子，觉得自己应该是得回应点儿浪漫的话的。但这会儿接下了这个惊喜，她什么都只想小心翼翼地对待："如果你觉得说这种话矫情——"

桑延垂眼看她。

温以凡认真说完："那以后就由我来说吧。"

闻言，桑延的神色一顿。

像小孩拿到了极其珍贵的玩具一样，温以凡的耳朵渐渐发烫，不知道该做出什么反应，每个字句都谨慎至极："不过现在对我来说也有点儿困难。"

桑延盯着她，唇角渐渐小幅地弯了起来。

这话一落，又沉默下来。温以凡琢磨了一下，自己似乎还没回应他的告白。她看了他一眼，总觉得这还没完，得继续走点儿流程："那我们现在就是——"

"嗯？"

"两情相悦。"

听到这话，桑延像是忍不住了一般，忽地敛唇笑了。又是一阵闷闷的笑声。

温以凡也不知道他在笑什么，感觉这流程还没结束，便自顾自地拉回正途："所以，从现在开始，你就是我对象了？"

桑延仍在笑："是。"

温以凡抬眼，眼前的男人在笑。他右唇边上的梨涡凹陷，笑时眉眼舒展开来，看上去心情极为愉快。温以凡的嘴角莫名也弯了起来。

那股不真实的感觉，丝毫没有消退，反而愈演愈烈。

可她仍旧因此，感到极为快乐。只希望这个只会发生她想要发生的事情的幻境，就这么维持下去，再也不要有任何的变化。

身份突然间的转换，让温以凡短时间内不知道该如何跟他相处。她没再说话，只盯着他近在咫尺的面容，眼皮上那颗淡淡的妖痣格外清晰。

温以凡渐渐又失了神，因为这不安感，还联想起了，是不是这雨夜有哪个妖怪伪装成他，过来蛊惑人心？

下一秒，桑延稍稍止住了笑，又出了声，语气吊儿郎当地说："高兴成这样？"

温以凡："嗯？"

"噢，也是。"桑延打量着她唇角的弧度，悠悠道，"能得到我这么卓绝千古的男人，确实值得高兴个十年八载。"

"……"

桑延大发慈悲般地说："行，你继续吧。"

温以凡舔了一下唇，默默地把刚刚的想法收回。妖怪应该也没办法做到这么无耻。

北榆的气温比南芜要稍低些，加上下了一段时间的雨，这会儿风都有些刺骨。此时才八点多，街道上很多店都已经打烊了，只剩几家大排档还开着。

两人继续往前走，温以凡主动问："你订酒店了吗？"

桑延："没呢。"

温以凡下意识地看向他，顿时注意到他肩膀上沾到的雨水。他的外套防水，雨水没有渗透进去，此时顺着衣服往下滑。她下意识地抬手，帮他拍了拍，又问："你吃晚饭了吗？"

"也没。"说着，桑延抓住她的手腕，制止她的行为，"碰什么碰，不冷？"

温以凡提醒："你把伞挪过去点儿，你看你衣服都湿了。"

"温霜降，"桑延的指尖温热，稍稍上挪，轻轻焐了一下她被雨水打湿的手，很快就松开，"享受别人服务的时候，不要提那么多意见，懂？"

温以凡盯着自己还抬在半空中的手，过了几秒，才慢慢收回。虽然只是一瞬间，但感觉被他握过的地方，似乎都开始发烫，将雨水沾染的冰凉驱散掉。她虚握了一下手心，不知为何，莫名把手插回了兜里。

两人一路上都没怎么说话，大多数时间都保持着沉默。但无声之中，总有似有若无的暧昧在缠绕，将两人包裹在内。

路过一家水果摊时，温以凡突然停下了脚步。

桑延看她："怎么？"

温以凡："买点儿东西。"

桑延没问她想买什么，只是懒懒地说："嗯，去拿。"

温以凡走进去，只拿了两个苹果。而后，她拿到收银台，刚想付款的时候，桑延就已经拿出手机，扫二维码把钱付了。

老板把苹果装进袋子里，递给他们。

桑延接过，随口问："想吃苹果？"

温以凡指了指苹果，又指了指他，言简意赅："说过会给你实物。"

"……"桑延噢了一声。

出了水果摊，温以凡又在附近给桑延买了晚饭。

不知不觉，两人就走到了温以凡住的酒店。她往前台的方向走，提了个建议："那你今晚也住这个酒店，明天跟我们的车一块儿回南芜？"

桑延："行。"

温以凡询问了一下前台，用桑延的身份证订了间跟她在同一层的房。在此期间，她顺带看了眼他身份证上的照片，看着比现在稍稚嫩些，眉眼微扬，毫不掩饰骨子里的傲慢。看身份证的时间，好像是他大学的时候拍的。她忍不住多看了几眼。

桑延瞥她："干什么呢？"

温以凡正想解释，一抬眼，就撞上他那张随着时间流逝、更显傲慢的脸。她立刻把话咽了回去："没什么。"

前台办好手续后，桑延拿上房卡和身份证。随后，两人往电梯的方向走。他把房卡揣兜里，很自然地把身份证给她了。

温以凡顺势接过，但不知道他要做什么："怎么了？"

桑延慢条斯理道："想看就看。"

"……"没想到桑延会有这举动，温以凡一愣。她垂头看着身份证上的桑延，过了几秒，又抬头，看向插兜站在她旁边等电梯的桑延。他没往她的方向看，只盯着电梯上的数字。

温以凡收回目光，翘了一下唇。两人上到三楼。

温以凡注意着墙上的指示牌，指了个方向："你的房间好像在那边。"

桑延理所当然道："带我去找。"

"好。"把他带到房间门口，温以凡也不知道自己进去合不合适，犹豫着道，"那我先回房间了？"

桑延侧头："你还有工作？"

温以凡："没有。"

桑延："你有别的事？"

温以凡："没有。"

"那你回去干什么？"桑延觉得荒唐，直接从口袋里掏出房卡递给她，"自己进去。"

温以凡接过房卡，打开门。她走进去，坐到床边的椅子上。感觉他有点儿不高兴，她小声解释："因为我们刚确认关系，我怕我直接进你的私人空间，会让你觉得不愉快。"

桑延把手上的东西放到桌上："你这话听着还挺像个正人君子。"

"……"

"谁能想到，"桑延回头，语气闲散又浪荡，"你已经把我全身摸遍了。"

温以凡想替自己辩驳一下，又觉得他说的好像确实是事实。她没回应这话，只是提醒："你先吃晚饭吧，好晚了。"

听到这话，桑延问："你吃了没？"

温以凡点头："吃的面。"

说话期间，桑延已经走到她面前。他自顾自地观察了她一会儿，忽然皱了眉："你这什么工作？"

温以凡："啊？"

"能不能讲点儿理？"桑延的语气有些不痛快，"我花那么长时间给你养起来的那点儿肉，你出差半个月就给我弄没了？"

温以凡有点儿茫然，正想说话。下一秒，桑延的目光顿住，像是注意到了什么。他直接坐到她旁边，抬手将她耳边的头发缩起。

他的举止轻而缱绻，没有触碰到她的皮肤。但这距离，还是让温以凡僵住："怎么了？"

桑延发现了她耳后的伤口，唇角的弧度渐收："怎么回事儿？"

温以凡没反应过来，慢一拍地问："嗯？"

桑延低睫，指腹不受控地在那伤口上轻蹭了一下："怎么弄的？"

听到这话，温以凡突然想起自己在现场时受的那个小伤。距离受伤已经过了好几天，这会儿都已经结痂了，也没什么痛感，她几乎要忘了这事情。

"被碎石刮到了，"因他的碰触，温以凡有点儿紧张，"没多严重。"

桑延没再触碰她，仍看着她耳后。

"就是有个刮痕，没别的事儿。"温以凡干脆自顾自地扯开话题，"对了，你怎么会过来北榆？我不是跟你说了，我明天就回去吗？我还给你订了蛋糕。"

桑延放下手，漫不经心地说："我来收礼物。"

温以凡啊了一声："但我给你准备的礼物还放在家里。"

良久，桑延拖着尾音噢了一声。

温以凡补充："我回去再给你。"

"嗯。"桑延盯着她的唇，忽地提了句，"帮我拿一下手机。"

温以凡看了过去，却没在桌上看到他的手机。她回头，想告诉他手机不在那儿，但话还没说出口，就见原本跟她隔了点距离的桑延身子前倾，此时几乎是在她原本的位置上。

她刹车不及，嘴唇从他唇角边擦过。

温以凡身体僵住。桑延也保持着原来的姿势，定在原地没动。盯着她有些猝不及防的模样，他神色不明。两秒后，他唇角轻勾了一下，低声道："谢了。"

"……"

"现在收到了。"

没等温以凡做出什么反应，桑延直起身子来，堂而皇之地从兜里拿出手机，随意摆弄了两下。之后，他像是才反应过来，语气又跩又不要脸："原来在这儿。"

"……"

他又非常贴心似的提醒："那不用拿了。"

不知是不是心理作用，温以凡觉得嘴唇有点儿发麻。本就狭窄的房间似乎变得更加逼仄，暧昧为室内加了温，平添了一股燥。

盯着他唇角的位置，定格几秒，温以凡忽地站了起来："我去洗个苹果。"

说完，温以凡也不等桑延回应，直接拿上俩苹果就进了厕所。她欲盖弥彰地把门关上，盯着镜子里耳根明显变红的自己，脑子里全是刚刚不经意间的碰触。

她平复了一下呼吸，打开水龙头。洗个苹果也不需要太长的时间，怕过于明显，温以凡没待太久，洗完便出了厕所。

这会儿桑延正站在桌边，将装着晚饭的袋子拆开。温以凡坐到他旁边，没主动出声。

桑延瞥她一眼，也没再提及刚刚"收礼物"的事情。似乎事情过了，两人都不好意思再提及。

事情就这么翻了篇，温以凡的心情也渐渐放松。她咬了口苹果，突然觉得他很凄惨，过生日的时候得跟她一块儿待在这破烂的酒店里，连晚饭都只能吃在外面随意打包的东西。

现在再想起来，温以凡依然觉得在面馆碰到他的事情格外迷幻。本来因为一直没等到他的回应，当时她都已经做好了回南芜之后就跟他商量搬家的准备。

正准备离开时，他却在那一刻从天而降。

老板说的那句："这么多年了，你们还在一起啊。"

他没有回应，之后，也没有再提起过任何事情。没有问她为什么会去那儿，没有不依不饶地提起从前的事情，也没有一定要找她要一个理由。

像是不在意，又像是不想再提以前的事情。也像是，在两人在一起的那一刻，他就已经放下了过去，将一切释怀。只把目光，放在当下。

等桑延吃完晚饭，温以凡也刚好啃完了苹果。她想跟他找点儿话题聊聊，却又不知道该说点儿什么，总有点儿小小的不自在，仿若还没适应两人的这种新关系。

注意到时间已经不早了，加上苹果也吃完了，温以凡感觉自己没有继续留下的理由，却又想跟他多待一会儿。她垂头，没主动出声，自顾自地低头玩手机。

桑延把饭盒整理好，看了她一眼：“还吃吗？”

温以凡抬头：“啊？”

桑延拿起桌上的另一个苹果，走过来塞进她手里。仿若看出了她的状态，他轻挑了一下眉，唇角也勾了起来：“这回吃慢点儿。”

温以凡：“你不吃吗？”

“不吃。”

“哦。”温以凡又看了眼时间，盘算了一下，小声地说，“那我再吃半个小时？”

桑延瞧她：“还能再慢点儿不？”

温以凡咬了一下苹果，含混不清道：“……能。”

房间又陷入了沉默。收拾完东西后，桑延坐到了温以凡旁边，也百无聊赖般地玩着手机。她下意识地侧头看他，恰好对上了他微微上翘的嘴角。

温以凡盯着看了几秒，默默地收回了视线。她第一次谈恋爱，也不知道是不是所有人都这样。就算没有话说，就算有些局促，但还是想跟对方待在一块儿，还是会因为这样有点儿不自在的相处感到心情愉悦。

温以凡主动问：“你高铁票什么时候买的？”

桑延抬眼：“嗯？”

“我昨天本来也想买今天的票，回去给你——”温以凡稍稍停了一下，继续说，“过生日的。但是已经没票了。”

桑延放下手机，慢腾腾地说："上周。"

温以凡愣了："那你上周怎么知道我今天赶不回去？"

"不知道，就先买着。"桑延说，"这不是还能退嘛。"

温以凡咀嚼的动作微顿，过了好半晌，她把嘴里的东西咽下去，也提了句："那我以后也这样。"

桑延低笑了几声。

温以凡继续吃着苹果。但这点儿苹果，就算她尽可能放慢速度，也吃不了多长时间。她咬掉最后一口，犹豫地说："那我先回去了？"

桑延嗯了一声。

温以凡："我们明天早上八点就要出发，那你今天早点儿睡。"

桑延："行。"

把苹果核扔进垃圾桶，温以凡起身，往外走了几步，又回想起自己还有一件没做的事情，忽地回头："桑延。"

桑延跟在她后边："怎么？"

温以凡对上他的眼，很认真地说了句："生日快乐。"

桑延笑着应下。

"你的生日愿望是什么？"

"不说了。"

温以凡脱口而出："为什么？"

"因为，"桑延抬手，轻轻拍了拍她的脑袋，似认真又似漫不经心地说，"已经实现了。"

回到自己的房间，温以凡半个身子躺到床上。她怔怔地盯着虚空，模样像是失了神，过了好半晌，忽地扯过旁边的枕头，打了个滚。一整晚压抑着的情绪，在此刻，在独自一人的空间里，似乎才能完完全全地释放出来。

温以凡的眼睛亮晶晶的，用枕头捂住自己的脸，觉得完全没法敛住这飘飘然的心情。直到情绪缓过来了，她才从口袋里翻出手机，看了一下未读消息，一眼就看到钟思乔给她发了一连串的消息，还有一张截图。

"我去，桑延发朋友圈了。

"他有对象了？

"你知道是谁吗？！

"那你还跟他合租吗？到时候他女朋友会不会找你麻烦啊？你要不要借此跟他提一下让他搬出去的事情？"

温以凡顿了一下，下意识地点开那张图，钟思乔截的是桑延的朋友圈。他只发了张图片，没有配任何文字。

图上是温以凡给他订的那个生日蛋糕，上边是她特地嘱咐店员写的"桑延生日快乐"六个字。桑延拍照技术不太行，这照片看着还有点儿糊，像是随手一拍。

钟思乔跟桑延的共同好友不少。截图能看到底下有一堆评论，大多是在祝他生日快乐，但其中夹杂着不少吐槽桑延行为的话。

"？"

"你被盗号了？"

"我上回生日跟这傻×提了一下，他还说大老爷们儿过什么生日，还说我矫情！！！"

"正常点儿，OK？无人关心！"

最底下，桑延统一回复了句——

"不好意思呢，对象让发的。"

温以凡退出图片。尽管她根本没提过这个要求，但看到桑延的朋友圈，她刚压下的情绪又瞬间高涨了起来。

温以凡眨眼，给钟思乔回："应该不会。"

温以凡："他对象是我。"

敲完这句，温以凡盯着看了一会儿，唇角弯了起来。她点击"发送"，又打开跟钱卫华的聊天窗，提了一下明天回去想消上一个朋友的事情。

钱卫华很好说话，立刻同意下来："行。"

收到这话的同时，温以凡的微信也炸了。全是钟思乔单方面的轰炸。

"？

"？ ？

"？ ？ ？"

这事儿，温以凡确实完全没跟钟思乔提过。她有点儿不好意思和小内疚，回了句："就大概是这么个情况。"

温以凡："刚确认的事儿。"

钟思乔："你之前不是跟我说你俩完全不来电吗？！"

温以凡想不起自己说过这样的话："有吗？"

钟思乔："当然有！"

钟思乔："可能原话不是这样，但意思差不多就是这样！"

温以凡："哦……"

温以凡："那就是我……"

温以凡："没把持住吧。"

钟思乔："……"

钟思乔："？"

隔天早上，温以凡收拾好东西，先是去桑延的房间找他。见到他，她依然有种很不真实的感觉，温声道："我们在楼下吃个早餐，然后就开车回去了。"

桑延困倦地嗯了一声。温以凡又看他一眼，也没再说什么，带着他到钱卫华和穆承允所在的房间门口。没过多久，另外两人也从房间里出来。

双方都见过面，钱卫华在桑延家着火的时候见过他一次。所以此时见到桑延，钱卫华也不惊讶，只是打了声招呼："是来北榆出差，还是来玩？"

桑延言简意赅："找人。"

穆承允的目光在桑延和温以凡身上转悠了一圈，什么话也没说。四人下了楼。钱卫华和温以凡拿着房卡去退房，桑延和穆承允在一旁等着。

站了半分钟，穆承允主动出了声，笑容很温柔："桑学长，虽然知道你是想见以凡姐，但她出差你还跟过来，这好像不太合适吧。"

闻言，桑延侧头瞧他，神色淡淡的。

"以凡姐性格好，应该不会跟你生气。"穆承允说，"但你也得多替她考虑一下。"

似乎觉得他说得有理，桑延慢腾腾地道："噢。"

可能是因为上回被桑延吐槽了，这回穆承允想为自己争回点儿面子。他顿了几秒，叹息了一声："你这样追人，也怪不得没用。"

退完房，温以凡拿上押金，跟钱卫华往桑延的方向走。两人离这儿五六米远，正说着话。

桑延比穆承允稍高一些，长身鹤立，气质也完全把对方压过。他的神色优哉游哉的，像是完全没把对方放在眼里，也没把对方的话当回事，只当成是耳旁风，听了就过。

温以凡隐隐听到桑延说："早过了那阶段了。"

站在他对面的穆承允似是愣了一下。

过了几秒——

"我俩现在是，"说到这儿，桑延的眼睫动了动，与她的视线对上，仿若想到了什么，他勾了勾唇角，一字一顿道，"两、情、相、悦。"

"……"

"两情相悦，"桑延重复一遍，傲慢地补了一句，"听过这个词吗？"

钱卫华不知道前情，没听懂他们在说些什么，只当是他们在说些年轻人的话题，所以也没插入他们的对话。

但温以凡很清楚这话是出自她的口中，而且距离她说完才过了一晚的时间。再加上桑延这话是盯着她说的，此时此刻，温以凡莫名有了种，桑延这话更像是在说给她听的感觉。而且她昨晚说完这话之后，桑延确实笑了半天。

那基本就可以破案了。他估计是觉得自己正正经经地说这话，看起来很傻。

温以凡抿唇，有点儿小尴尬。唉，但她又没有经验，只觉得这种事情一般都得有个仪式感，毕竟又不像结婚证那样有法律效力。既然没有别的证明，至少也得用言语走点儿流程，才能显得这段关系正式点儿。

因他俩的到来，桑延和穆承允的对话也就此结束。温以凡默默走回桑延旁边。两人走在后边。没过多久，温以凡感受到，桑延突然用指尖轻钩了一下她的手指，只一下便松开。力道不轻不重，有点儿痒。

温以凡下意识地仰头，对上他微侧着的脸。

桑延眼皮耷拉着，瞧着她，笑容略显玩世不恭。他稍稍弯腰，凑到她耳边，低声问："你呢，听过没有？"

尴尬一过去，温以凡的情绪调整得也快。她没觉得这话有什么不能提的，坦然了许多。她轻点了一下头，附和般地说："听过。"

桑延侧头看她。

温以凡又道："是我说的。"

"……"

这家酒店开在一条有些偏的街道上，周围的店面不多。但对面刚好有一家早餐店，这会儿店里已经有不少顾客了，大多是住在周围的街坊。

四人随意点了些早餐，吃完便离开。车子就停在酒店附近，路程大约五十米。

钱卫华上了年纪，这段时间的奔波和熬夜，他的身体确实吃不消。这几天一直腰酸背痛的，极其缺乏休息。穆承允还没拿到驾照。所以昨晚他们就已经说好，今天让温以凡来开车。

车程总共三个小时，算起来也不太远。一路上，另外两人多是在休息，只有副驾驶座上的桑延偶尔会跟她说几句话。

到南芜后，温以凡先把桑延送到小区门口，又把车子开回台里。把车子开到停车场，温以凡下了车。三人把设备从车上拿下来，往楼里的方向走。钱卫华一个人走在前头，此时不知正在跟谁打电话。

像是憋了一路，没过多久，穆承允突然喊她："以凡姐。"

温以凡侧头："怎么了？"

穆承允沉默几秒，语气似肯定却又似不太想相信："你是跟桑学长在一起了吗？"

因为让桑延蹭车，温以凡先前也不太好意思直白地说两人的关系。怕会给人一种，她公私不分，比起来工作更像是过来谈恋爱的感觉。不过仔细想想，除了回程的路上带上了桑延，这趟出差，温以凡似乎也没耽误些什么。觉得此时也没什么再瞒着的理由，她点头："嗯。"

穆承允又安静了一会儿，很快便笑着说："这样啊。"

先前根据苏恬的话，以及穆承允表现出来的行为，温以凡也看出了他的心思。但两人平时接触不多，再加上他没直白提过，她也没太放在心上。温以凡松了一口气，借这机会说了这件事情，也算是对彼此都好。

回到办公室，温以凡跟其他人打了声招呼，便开始翻阅资料疯狂写稿。她只想尽快把收尾的工作完成，迅速结束这场持续了半个月的加班，然后回家休息。

下班前，温以凡收到了桑延的微信消息，问她什么时候下班。她在心里盘算了一下，回了个大致的时间："七点左右。"

温以凡："怎么了？"

下一刻，桑延发了条语音过来，声音慢条斯理的："就跟你说个事儿。"

过了三秒，又一条："你对象要来接你。"

把剩余的工作做完，温以凡收拾好东西，出了单位。她一眼就看到桑延的车子停在附近，快步往那边走，直接上了副驾驶座。桑延换了身衣服，看着似乎是在家休息了一会儿，此时精神好了不少。

不知道他为什么过来，温以凡问道："我们现在要去哪儿吗？"

"回家。"桑延侧头看了她一会儿。

温以凡回视他："怎么了？"

又安静了片刻。桑延没说话，突然松了自己的安全带，凑过来帮她把安全带系上。他的脸在一瞬间拉近，近在咫尺。系完后，他也没立刻回去，就着这距离把话说完："你这不是还欠我个礼物吗？"

这距离连彼此的气息都能感受到，温以凡下意识地屏住呼吸："你不是说已经收到了？"

桑延扬眉。

温以凡眨了眨眼:"那我把这份礼物留着明年给你吧。"

"我那只是为了顾及你的面子,把话说得好听点儿。"桑延眉梢轻挑,语调拉长,"但谁才是收礼物的那个,你不清楚吗?"

"我觉得,"温以凡思考了一下,莫名有点儿想笑,"咱俩一半一半吧。"

"……"

"就……亲到之后,"说出来,温以凡也有点儿不好意思,但她还是很认真地叙述了昨天的情况,"你好像也挺高兴的。"

桑延瞥她,倒也没再继续反驳。他的目光下滑,定在她的嘴唇上。而后,他坐直回去,发动了车子:"行。"

"嗯?"

桑延很坦然:"我承认。"

这个点再回家做晚饭就有点儿晚了。途经家附近一家餐馆时,桑延把车子停了下来,进去买了份晚饭,而后两人才回家。

半个月没回家,房子里跟她走前似乎没什么区别,东西依然放在原位,也都整整齐齐的。温以凡刚坐下打算吃饭,桑延就把她拽了起来。

温以凡茫然地看他。

桑延提醒:"你是不是忘了什么事情?"

"……"温以凡立刻想起来,起身往房间走,"你等我一会儿。"

进了房间,温以凡打开衣柜,把被她放在顶上的袋子拿了下来。她往里看了眼,后知后觉地有些担心,也不知道他会不会喜欢。温以凡走回餐桌旁,把袋子递给他。

桑延接过袋子,似是随意地往里扫了眼:"衣服?"

温以凡点头:"外套。"

桑延垂眼,拿出来看,是一件纯驼色的长款大衣。

可能是没穿过这种颜色的衣服,桑延盯着看了一会儿,问道:"怎么买这个颜色?"

温以凡观察着他的表情:"我觉得挺适合你的。"

很快,她又补了句:"而且我没见你穿过这个颜色的衣服。"

虽然他好像比较喜欢穿黑色，但温以凡偶尔还是想看看，他穿别的颜色的衣服。

温以凡也不知道自己这礼物买得行不行，心情有点儿忐忑："你不喜欢的话，要不然我给你换个礼物？"

桑延笑："我什么时候说不喜欢了？"

"……"

"今年收到不少礼物，论满意程度……"桑延刻意停了好一阵子，才状似认真地点评，"这个排个第二吧。"

温以凡啊了一声，顺势问："第一是什么？"

"第一？"桑延没直说，"昨天收到的。"

昨天？昨天就是桑延生日当天，收到的东西应该也不少。

她送了个蛋糕。他俩也是昨天确立的关系。还有，按桑延的说法，那个唇角吻应该也算。

温以凡也不太肯定跟她有没有关系，但又想知道答案，只好再问一遍："是什么？"

桑延让她猜："你觉得呢？"

温以凡不知道他还收到了什么礼物，想着其他人的礼物也都是珍贵的，也不好贸然地认领了这个第一。她伸手拆起了面前的包装袋："那我先猜猜。"

但她猜测的时间还不到半分钟，倏忽间，温以凡脑袋上的力道一重。她下意识地抬眼，就见桑延把手搭在她头上，又用力揉了一下她的头，不像正常人那般温柔。

很快，桑延的动作就停了下来，唇角浅浅勾起："谢了。"

他的手仍放在温以凡的脑袋上，温以凡一动不动，与他那双漆黑的眼眸撞上，有点儿没明白："谢什么？"

桑延笑："礼物。"

闻言，温以凡的目光下挪，在他手上的外套上定格。

"还有，别猜了。"桑延收回手，轻描淡写地说，"第一是你。"

吃完晚饭，温以凡回到房间。

做完一系列睡前流程后，温以凡趴到床上，正回想着桑延刚刚最后说的话，房门突然被敲响。她一愣，坐了起来。也不知道这个点儿桑延要做什么，她立刻起身，把房门打开。

桑延站在门外，看着也是刚洗完澡。穿着休闲服，头发半湿，软软地耷拉在耳侧，有点儿蓬松。见她打开门，他侧了头，似乎是在往她耳后看。

下一刻，桑延皱了皱眉，直接扯住她的手腕把她往怀里带。顺着这力道，温以凡的身子前倾，额头撞上他的胸膛。她毫无防备，茫然道："怎么了？"

桑延的另一只手抵着她的后颈，没再有多余的动作。而后，他稍稍偏头，低眼看她耳后的位置，停了好一会儿，像是在观察着什么。

温以凡瞬间明白了。这距离近似紧贴，加上他刚洗完澡，身上的檀木香极为浓郁。温以凡感觉他的目光像是有形的，被碰触的地方都有点儿发烫。

温以凡想往后退一些，却又被他固定着，动弹不得。

桑延淡淡出声："涂药没？"

"没。"温以凡舔唇，解释道，"已经结痂了，不用涂了。"

"碰水了。"桑延松手，语气有点儿不爽，"你压根儿没看吧。"

"……"

桑延往外走，顺带抛下了一句："出来涂药。"

温以凡下意识地摸了摸自己的耳后，这才察觉到确实有点儿刺痛和发肿。她倒也没太注意这点儿小伤，跟上了桑延的脚步。

从电视柜里翻出药，桑延往沙发抬了抬下巴："坐那儿。"

温以凡没觉得是什么大事儿："这伤自然而然就能好的。"

桑延没搭理她这话，走回来坐到她旁边，面无表情地凑过去。他拿起棉球，像是想帮她把伤口表面的水擦掉。

气氛有点儿凝重。这种情况，让温以凡记起先前她给他涂药时的场景。总觉得得做点儿什么来缓和一下这个气氛，余光瞥到桑延即将碰触到她，温以凡思考了一下，突然往后躲闪。

四目对视，温以凡憋出了一个字："疼。"

凝重像是在这一瞬间被打碎。

桑延的表情也没绷住，似笑非笑道："你碰瓷呢？"

温以凡想说这些招式都是从他那儿学来的，但还是决定给他留点儿面子。她又靠了回去，状似随意地提："结痂了之后我就没怎么管了，以为差不多好了。"暗示他不要再绷着脸了。

桑延没回应这话："你这工作总会受伤？"

"啊？"温以凡想了想，"也不是。"

"……"

"偶尔吧，这次我也不知道是什么时候划到的，"温以凡笑着说，"而且我没立刻发现，我同事跟我说了我才知道，不是很疼。"

桑延用碘伏给她消毒，模样像个混世魔王，动作却轻："真不疼？"

不知怎的，听到这话，温以凡声音一停，莫名就把否认的话咽了回去。她盯着桑延的侧脸，下意识地如实答："有一点儿疼。"

桑延的力道似乎又放轻了点儿："现在疼不疼？"

温以凡："还好。"

处理完，桑延把棉签扔进垃圾桶："明天洗澡别碰到水了。"

"好。"

桑延开始收拾东西，散漫道："去睡觉吧。"

温以凡哦了一声，站起身往房间的方向走。但很快，她又回了头，看着还坐在沙发上的桑延，冒出了句："你明天还帮我涂药吗？"

"……"像是没想过她会主动说这话，桑延的动作停住。他也看了她好一会儿，才收回视线："洗完澡自己过来找我。"

涂完药回房间，温以凡胡思乱想了一阵。

在这一瞬间，她才真切地感觉到，自己是真的在跟桑延谈恋爱。从他出现在北榆到现在的那种不踏实感，在此刻才像是着了地。

临睡前，温以凡又迷迷糊糊地想起，桑延晚饭时说的那句话。她稍稍清醒了些，还没来得及深思，又在下一刻被困意拉进梦境里。

——第一是你。

不是吻。

这趟出差后，连着之前的轮休以及这次的元旦假期，台里给温以凡批了三天的假。

温以凡本想借着这个假期跟钟思乔见一面，但她家里的事情多，一直也抽不出时间。两人也不急于一时，直接决定改约时间。

对温以凡和桑延在一起的事情，钟思乔没惊讶太久，过后也觉得这是件理所当然的事情，替温以凡高兴之后，只提了句她脱单了，之后得请吃饭。温以凡笑着应下。

短暂的三天假眨眼间便结束。从年初就开始的那几场接连不断的大雨，将南芜的气温降至个位数。原本就冰冷的空气掺了湿气，让寒意加倍，冻得人骨头都发颤。

在编辑机房待了小半个下午，温以凡回到办公室。她打开电脑，翻阅了一下桌上的资料，打算把今早写完的提纲整理好就下班。恰在这个时候，苏恬从外头回来。余光注意到她的身影，温以凡抬头，跟她打了声招呼。

算起来，两人也近一个月没见面了。温以凡从北榆回来那天，苏恬恰好被派到邻镇出差。这段时间事儿多，能同时待在办公室的时间少得可怜，更别说闲聊几句。

苏恬趴在桌上，有气无力地叹息道："我男朋友跟我生气了。"

温以凡转头，关切地问："怎么了？"

苏恬："最近通西区那边新建的商圈不是开始营业了吗？南芜第一个摩天轮。我男朋友早跟我约好了要去坐，我当时也同意了。"

"然后呢？"

"然后，还不是因为这破工作！我又放他鸽子了！"苏恬越说越来气，"就是这么巧！我一要下班，附近就有人掉进水沟里！"

苏恬："他已经气得跟我冷战了几天了，我怀疑再有一次，他就要跟我提分手了。"

温以凡觉得好笑："你跟你男朋友说说。工作的话也没办法，他应该可以理解的。"

"唉，一次两次还好。"苏恬表情很愁，也有点儿烦躁，"次数多了，根本不可能理解。他还想让我辞职换份工作，我真服了。"

听到这话，温以凡稍愣，思考着她和桑延的工作，好像都挺忙的。不过所幸的是两人合租，所以除非是忙到连回家的时间都没有，其余时候，他们基本每天都能见上面，也算是忙里偷个闲。

抱怨完后，苏恬突然又想起来问进度了："对了，你跟你那鸭中之王如何了？"

话题突然扯到自己身上，还是这个极为熟悉的问题，温以凡差点儿习惯性地脱口而出"还在努力当中"六个字。她没有说话，只弯了弯唇角，但表现出来的意思很明显。

见她这个模样，苏恬立刻懂了："你成鸭中之后啦？"

"……"温以凡差点儿呛到，"你这什么词儿！"

"什么什么词儿，王不就是跟后搭配的吗？"苏恬笑眯眯的，也很替她高兴，"什么时候在一起的啊？虽然我就没觉得你会失败，但我也没想到你动作还挺快。"

温以凡诚实地说："2号。"

"2号？"苏恬问，"你不是那天才从北榆回南芜吗？"

"对的。"

"所以你出完差就跟他约会去啦？"

温以凡没解释，只笑着点点头。

"有空带给我看看！"苏恬很好奇这"鸭中之王"到底是什么样的水平，毕竟这称号是温以凡这种盛世美颜冠上的，"我也想看帅哥。"

温以凡应道："行，有机会的话。"

与此同时，温以凡的手机响了一声。她低头看去。

桑延："还有多久下班？"

温以凡没剩多少工作了，回道："快了。"

温以凡："你呢？"

桑延："在加班。"

过了几秒，可能是觉得这话有歧义，他又补了俩字："酒吧。"

温以凡问："你今天不用加班？"

桑延："刚下班。"

下一刻，桑延发了条语音过来："差不多了就喊我。外面冷，出来前把围巾戴上。我到你楼下的时候再下来。"

温以凡："好。"

收起手机，温以凡没再跟苏恬闲聊。她看向电脑，沉吟片刻，手指在键盘上飞速地敲打了起来。一瞬间就进入了工作的状态。

苏恬收回视线，恰好看到刚回来的穆承允。穆承允手上拿着设备，似是刚从外头采访回来，从她们旁边路过时，也不像往常一样十分明显地往温以凡的方向看。

见状，苏恬又凑到温以凡旁边："哎，那小奶狗知道你有对象了？"

温以凡不想让桑延等太久，随口应道："嗯。"

"怪不得。"苏恬摇摇头，"他只差没把'失恋'两个字写在脸上了。"

另一边，桑延收起手机，又喝了口冰水。

旁边的苏浩安正跟余卓吹着各种恋爱经验的牛。作为一个游历情场多年的老手，他格外自负，说话时像是要用下巴看人："厉害吧，我苏浩安活到这么大，就没遇到过我泡不到的妞。"

余卓非常捧老板的场，竖了个大拇指："浩安哥牛×！"

"也没什么。我吸引人，主要也不是因为我是个高富帅。理由非常单纯，"苏浩安笑眯眯地强调，"只是因为我这人的人格魅力格外出众罢了。"

"牛×。"桑延看不惯他这德行，轻嗤了一声，"所以不是被戴绿帽就是被甩。"

"……"苏浩安炸了，指着他鼻子骂，"放屁！是我不想谈太久，OK？那都是被我引导的分手！这是我独有的绅士风度！"

桑延懒得理他，扯过一旁的大衣套上。

"唉，说起来，我最喜欢的还是我的第十二任。"苏浩安喝了口酒，叹息道，"是个可可爱爱的大学生呢，说话贼甜，像棉花糖一样。我追到没多久，就把持不住跟她接吻了。"

桑延整了整衣服。

苏浩安又补充："伸舌头的。"

"……"

"然后，她当天回去就跟我提了分手。"可能是真觉得伤心，苏浩安的声音都低了几分，"说我是个渣男，轻浮得要命，第一次接吻就伸舌头，经验一定很丰富。"

余卓下意识地说："这话也没错，那当时也确实第十二任了。"

苏浩安一噎，面无表情地看他："滚吧，赶紧去干活。"

话落，苏浩安又看向桑延。注意到他身上的驼色大衣，苏浩安忍不住吐槽："你这衣服怎么回事儿？看着娘们儿兮兮的。"

因这话，余卓也看过去："很酷啊。"

被他疯狂砸场，苏浩安气疯了，拿了个空烟盒砸他："你这臭小子去不去干活？！"

余卓立刻跑了："欸欸欸！我这就走！"

"你嫂子买的，"桑延这才缓慢地回话，语气很欠，"人姑娘想看我穿这个色呢。"

"……"

"走了。"桑延看了一下手机，"你自己一个人在这儿继续吹牛吧。"

苏浩安喊住他："喂，你跟你那对象啥进度了啊？"

桑延没答。

"老处男，刚听到我的惨痛经历没有，要循序渐进哦。"苏浩安语气很贱，"别吓跑这唯一一个能接受你这狗脾气的对象了。"

"噢，谢了。"桑延扯了一下唇角，"不过呢……"

"？"

"我并不打算听你这些毫无用处的意见。"

苏浩安很无语："你什么时候能把你那对象带来见见？都几天了，有必要藏那么深吗？你是不是对自己没自信啊，怕你对象看上我？"

听到这话，桑延停下步伐上下打量他一圈，悠哉地点评："你也就只能吹吹牛了。"

把最后一点内容完成，温以凡关上电脑，起身出了办公室。想起桑延的话，她从包里拿出围巾裹上。到达一楼，手机刚好振动了一下。

桑延："到了。"

温以凡回了个"好"，没再停留，快步出了大楼。往四周扫了一圈，她没看到桑延的车以及人影，又拿出手机看了眼。

在这个时候，温以凡的身后一暗。桑延突然出现在她身边，漫不经心地问："在看什么？"

温以凡下意识地抬头，就见桑延穿着她送的那件驼色大衣。因为要跟她说话，他的身子微弯着，表情很淡，五官曲线硬朗分明，生得格外清俊。买之前，温以凡就觉得这是个很温柔的颜色。本以为会压下几分他的不可一世的气质，哪知，一般人是靠衣装，他倒是把衣服穿得让衣服看起来都酷了不少。

温以凡的目光定在他身上，觉得自己挑衣服的眼光极其好。成就感在顷刻间爆棚，莫名还产生了个努力赚钱，疯狂给他买衣服穿的念头。

"怎么？"注意到她的神情，桑延挑眉，"被你对象帅到了？"

温以凡回过神，弯唇笑："嗯，被我对象帅到了。"

闻言，桑延神色稍顿，低眼看着她笑。过了一会儿，他也扯了扯唇。他抬手帮她理了理围巾，慢条斯理道："那就多看几眼。"

温以凡站在原地，微扬起头看他："你从'加班'过来的吗？"

桑延嗯了一声。

"那你以后如果要跟你朋友玩的话，不用过来接我。"温以凡的目标是成为一个很善解人意的女朋友，认真说，"我自己回去也行。"

桑延悠悠道："跟那群大老爷们儿有什么好玩的？"

桑延的车子停在马路对面。两人并肩往那头走，中间留了二十厘米左右的距离，像是还能装下一个人。走到马路旁，两人停下，等着红绿灯。

温以凡往他的方向看了眼，目光下滑，盯着他裸露在外的手。她收回视线，掩饰般地理了理围巾。

过马路，好像是牵手最自然的方式。

温以凡看到红绿灯上正倒数着的时间，注意力却不完全在上边。还剩三秒的时候，她又垂下眼，给自己做好心理建设。

三。

二。

——只剩一秒。

温以凡的动作还没出来，桑延突然抬手，握住她的手腕。他没看她，目光看着前方，似乎只是想带着她过马路，扯着她的力道也松松垮垮的。

温以凡的步子比他小一些，跟在他的身后。她盯着被桑延握着的手腕，正想着这样也挺好的，忽地注意到他的指尖缓慢地下挪，一寸一寸，直到触碰到她的掌心。

而后，桑延十分自然地握住了她的手。他的手掌宽厚而温热，像是带了电流，将她的手包裹在内。温以凡心脏跳动的速度渐渐加快，全部的注意力都放到自己的左手上，因他的举动，脑子也有点儿反应不过来。

第一个念头就是，被抢先了。她就晚了一秒。

两人上了车，温以凡系上安全带："我们现在回去吗？"

桑延看了眼腕表："吃个饭再回去吧。"

温以凡："好。"

桑延发动了车子："想吃什么？"

温以凡："都可以。"

桑延："那先找个商圈吧。"

听到这个词，温以凡忽地想起了苏恬的话。她往桑延的方向看，迟疑地提议："去通西区那边那个新商圈怎么样？"

桑延也没问缘由，只嗯了一声。

温以凡瞅他，镇定地补充："顺便约个会。"

说完，温以凡便看向窗外，表现出一副自己什么话都没说的样子。过了一会儿，她听到桑延似有若无地笑了一声。

车程大约半个小时。这商圈已经在建好几年了，最近才正式开放。因为位置不在市中心，加上宣传不多，所以人流量也并不算大。此时临近饭点，商圈里也没见到什么人。

天已经彻底暗了下来，商城总共六层，从外头顺着看，能看到顶楼有个大型的摩天轮，发着彩色的灯光，时不时变换色彩，格外好看。这是南芜的第一个摩天轮，大致也会成为这个商圈招揽人流的噱头。

温以凡盯着看。她也没坐过这种游乐设施，正思考着桑延会不会愿意坐这玩意儿，下一刻，她的手再度被桑延握住，注意力也随之被打断。

桑延侧头，神色如常："吃什么？"

温以凡顿了顿，感觉心跳的速度又快了些。她垂下眼，温吞地回握住他的手。而后，她感觉到他的力道似乎又重了几分。

过了片刻，温以凡才小声回："吃点儿清淡的吧。"

桑延的唇浅浅勾起，牵着她往前走："行。"

最后，两人挑了商圈二楼的一家家常菜馆。对面的桑延把菜单推到她面前，随意道："看看想吃点儿什么。"

温以凡接过来，翻了几页："你呢？"

"都行。"

"你不是有，"莫名想到先前自己想请他吃饭还人情时桑延的话，温以凡拿着笔，顺口问了句，"很多忌口的东西吗？"

桑延悠闲地说："噢，现在没有了。"

温以凡抬头看他，有点儿想问，第一次在"加班"见面时，他为什么装作不认得她。但她想了想，也大概能猜到缘由。两人也一块儿住了一年的时间了，温以凡按着桑延的口味，点了几道菜，把菜单递回给他。

桑延扫了一眼，随后抬眸看了温以凡一眼，眉眼稍稍扬起。很快，他拿着笔也画了两道，便抬手喊了服务员。上来的第一道菜不是温以凡点的，但是她喜欢吃的东西。

温以凡眨了眨眼。

吃完饭后，两人也没急着回去，只是手牵着手，随意闲聊着，在商城里逛了一圈。他们一层一层地逛，这层逛完就继续往上，不知不觉就爬到了顶楼。

推开顶层的玻璃门，便是一个大型的露天平台，仿佛用这一道门隔开了两个世界。跟楼下几层很不一样，顶楼的人明显多了许多，看着熙熙攘攘，就像是所有人都只为这摩天轮而来。

此时售票处前的队伍很长，已经排到了最后的位置，还绕了一个圈。见状，温以凡还是没忍住说："我们要不要也去坐一轮？"

桑延应了一声，直接牵着她走过去。

队伍虽长，但售票员的效率很高，不一会儿就轮到了他们两个。买完票，两人走到检票处，把票递给工作人员，一前一后地进了个小座舱。

等门合上，温以凡才想起来问："你怕高吗？"

桑延闲闲道："我的字典里就没有这个词。"

温以凡："你不是怕鬼吗？"

听到这话，桑延也不知是想起了什么，莫名笑了一声。而后，他靠到椅背上，慢腾腾地改了口："是，我的意思是，没有'怕高'这个词呢。"

摩天轮缓慢移动，狭小的空间里，很应景地放着情歌。随着摩天轮的上升，周围还发出咔咔的声响。底下的人头渐渐缩小，远处的景色也越发开阔，整座城市的模样能全部装进视野。两人相对坐着，有一搭没一搭地说着话。

即将升到顶端时——

"感觉这个底座，"温以凡垂着头，自顾自地说着话，"如果弄成透明的，是不是会比较能吸引人来坐……"

说着，她抬起头，恰好撞上桑延漆黑的眼眸。温以凡这才注意到，他不知从何时开始，就止住了话。

像是氛围到了，耳边的情歌也成了催化剂。桑延的喉结轻滚了一下，低着眼，朝她的方向靠近，动作似乎被这只剩下两人的密闭空间拉得很慢。随着动作的进行，眼前的男人面容越发清晰，带着极为明显的暗示和征兆。

温以凡嘴里的那句"怎么了"顿时卡在喉咙里。她下意识地捏住衣服下摆，眼睛一眨不眨，只是直直地盯着他。

等待着，他即将到来的，更近一步的接近。但一切事情还没有后续的发展，在这个时候，桑延的手机响了起来。

"……"他的动作顿住，气氛也随之被拉垮。

桑延唇线拉直，神色似乎有些不痛快。他仍然盯着温以凡的唇，没过多久便坐了回去，拿出手机接起了电话，直接按了外放。

温以凡扫了眼来电显示，是钱飞。

"桑延，我想好了。"一接通，钱飞的声音就咋咋呼呼地传来，"我年初八摆酒席，你觉得怎么样？这是我找大师挑的良辰吉日，一个天时地利人和的日子，我听完他的分析之后，觉得非常满意。"

不等他应声，钱飞又补充："所以，你觉得不怎么样也没什么用。"

"……"温以凡有点儿心不在焉。她摸了摸耳后，还能摸到前段时间那伤口浅浅的凸起。她的表情有点儿不自在，也不知道刚刚是自己的误解，抑或是桑延真有那样的想法。

"关我屁事。"桑延不耐烦道，"你是不是哪儿有点儿毛病？"

"……"

"这事儿你不找你对象商量，"桑延说，"你找我商量？"

钱飞："那不是就你闲吗？"

似乎半点儿也不想跟他多说，桑延突然瞥了温以凡一眼，把手机递给她："帮我挂了。"

温以凡有点儿茫然，想着他为什么不能自己挂，但还是接了过来。

那头的钱飞立刻说："什么挂了？"话音刚落，他立刻反应过来，"我去，你要挂我电话！你是不是人？！还有，谁在你旁边？谁敢挂钱哥的电话？！"

温以凡不敢动了："那还挂吗？"

"……"钱飞顿时消了音。

像是达到了目的一样，桑延扯唇，气定神闲道："挂。"

电话挂断后，钱飞那边也没再打过来。

座舱内安静了一会儿，温以凡回想着钱飞这一号人物，渐渐跟印象里一个胖乎乎的男人对上号。想到这儿，她问："钱飞是要结婚了吗？"

桑延嗯了一声，语气很随意："跨年求的婚，成了之后，元旦那天还把我拉出去喝酒了。"

温以凡一下子被转移了注意力："那你喝多了吗？"

桑延："有点儿。"

温以凡："那你们是去'加班'喝的吗？"

闻言，桑延瞄她，笑了："你这是查岗？"

温以凡正想解释，桑延又道："放心，我周围没别的异性，都是大老爷们儿呢。"

"……"

"不过，"桑延悠闲地补充，"这些人对我有没有意思，我就不太清楚了。"

"……"

摩天轮转一圈的时间大致是十五分钟，转眼间就到了。两人下了摩天轮。温以凡扯着他往前走，思绪还全数在刚刚被电话打断前，桑延那突如其来的靠近。她看着前方，莫名用手心蹭了蹭自己的脸。

她侧眸看向桑延，这会儿他面无表情，似乎完全没受影响。刚刚那一瞬间的事情，似乎只是温以凡一个人的错觉。温以凡勉强收回心思，翻出手机看了眼时间。此时九点刚过半，应该还能去看场电影。这么一想，她又打开手机，想先看看最近上映了什么电影。

两人沉默着往前走。路过隔壁一对情侣时，温以凡忽地听到女生说："听说在摩天轮顶端接吻的情侣会一辈子在一起，一会儿我们也亲呀。"

男生听着乐了，却吐槽了句："你这哪儿听来的？幼稚。"

温以凡将视线从屏幕上挪开，往情侣的方向看了眼。她倒没听说过这种传言，却因这话又想起了刚刚的场景。温以凡的脸颊又有点儿烧，转过头，想着要不要跟桑延提一下这件事情时，就见他正若有所思地看着那对情侣。

过了几秒，桑延收回视线，与她的目光撞上。

"走吧。"这反应明显是没把情侣的话放在心上。

温以凡点头，也说不上是失落还是松了口气。她把手机递给他，笑着提道："那我们现在去看电——"

她的话还没说完，桑延懒懒地抬了抬下巴，直截了当道："再坐一次。"

"……"温以凡没听出他这话是开玩笑还是认真的。她停在原地，像没听清一样，反应也慢了一拍："嗯？什么？"

两人已经走出了一段路。桑延扯着她，又往售票处走："摩天轮。"

"……"这突如其来的举动，让温以凡立刻联想到了刚刚那对情侣说的传言。她有些不好意思，但还是硬着头皮问："你听到了吗？"

桑延瞧她，语气吊儿郎当："听到什么？"

一会儿他们还要再坐一次摩天轮，所以此时此刻，温以凡刚刚那跟桑延提一下这个传言的想法，早已完全消散。她轻抿了一下唇，感觉现在再提的话，意义就完全不一样了，像成了暗示。

"没什么。"

高峰期过去，这会儿售票处前的队伍没先前那么长。

因为两人的模样都生得极好，辨识度也高，是那种好看到看一眼就能记住的长相。所以排到两人的时候，售票员一眼就认出他们了，神色有点儿诧异："再坐一次吗？"

温以凡点头笑："刚刚忘了拍照。"

再一次上了座舱。温以凡还是先上去的那一方，她下意识地坐在自己刚刚坐的方向。但这回，桑延没坐到她对面，而是自然而然地坐到了她身边的位置上。看了他一眼，温以凡的脑子里又浮现起了那个画面。才刚上来，温以凡就开始紧张了。

——为那不一定会发生的事情。

这次坐摩天轮的心情，跟第一次完全不一样。先前温以凡觉得稀奇，只顾着看周围的夜景，跟面前的桑延说话。除此之外，她完全没有别的想法，也不知道可以有别的心思。

座舱里也比第一回要安静许多，桑延忽地出了声："温霜降。"

"嗯？"这称呼，温以凡已经很多年没听过桑延这么喊她了。但自从两人在一起之后，他便改口这么喊，她居然也完全没觉得不适应。只是觉得，她好像确实是，挺喜欢这个称呼的。

桑延提了句："不是拍照吗？"

温以凡这才想起自己刚刚应付工作人员的话。她没解释，脑海全被那个"传言"占据，也没多余的精力去考虑别的。

他说什么，她就照做。下一刻，温以凡从口袋里把手机拿出来，认认真真地对着外头的夜景拍了几张照。

"……"桑延觉得她的行为极其匪夷所思，"你拍哪儿呢？"

闻言，温以凡的动作停住，转过头来。两人四目相对。

盯着桑延的脸，温以凡迟疑了三秒，猜测般地给他拍了张照。见他面无表情，她又拍了几张。而后，她自顾自地看了看效果。

男人坐姿懒散，目光看着镜头，身后是万家灯火。他的脸在这光线下半明半暗，轮廓不太清晰，但也遮盖不住他清俊的五官，极为好看。

温以凡勉强挑了个毛病，就是模样看着有点儿太跩了，像是下一秒就要从屏幕里挣脱出来，跟人决一死战。

温以凡建议道："你要不……笑一下？"

"……"

"你笑起来还有个梨涡，"温以凡往唇角的位置指了指，夸他，"还挺好看的。"

"什么梨涡？我没那玩意儿。"像是不指望她了一样，桑延从口袋里拿出手机，打开自拍模式，"过来点儿。"

"……"温以凡终于意识到他说的拍照是什么意思。她立刻往他的方向靠近了些，抬眼，恰好看到屏幕里的自己。

桑延又吐了个字："笑。"

温以凡顺从地露出了微笑。桑延随意摁了几下拍照键，而后便放下了手机，也不去看拍得如何。

温以凡瞅他，小声说："我想看看照片。"

"晚点儿。"桑延往外看了眼，忽地来了句，"这不是快到顶端了？"

"……"听到这话，温以凡不自觉地往外头看。

这摩天楼建在六楼，自带高度，顺着望下去还有种飘浮在半空中的感觉。先前没有的不安感，也因为这样的高空，在此刻涌上心头。

温以凡把视线收回，轻舔了一下唇。她紧张到手脚都不知道往哪里放，却还是装作镇定自若的样子，话里多了几分肯定："你听到了。"

桑延承认："是。"

"……"温以凡不知道该说什么了。她不知道，其他情侣接吻之前，是不是也会有个预告。

但她觉得应该是没有的。因为这种情绪，实在是太难熬了。像是每一秒都在希望那一刻能快点儿来临，却又硬生生地被拉长，极为不知所措。不知道真的来临的时候，她应该要怎么去应对。

温以凡只能靠说话来缓解情绪："你还相信这种传言吗？"

桑延笑："当然不信。"

温以凡愣了一下。不信的话，他们特地再上来一趟，好像就没了意义。

说话的同时，桑延也缓缓地靠近她："不过呢……"

温以凡定在原处，盯着他那双像是被星空染上光的黑眸，眼里再装不下别的东西。一直挤压着的无措，在此刻升到了顶端，似乎又随之消散。

随着距离的拉近，桑延的声音也越来越轻，带着缱绻的意味。

"我信我自己。"

一辈子在一起这件事情。

只要她踏出了第一步，他就信他能将之实现。

恰好到摩天轮的顶端。

"这传言——"话音落下，桑延的身子压了下来。

他抬手抵着她的后脑勺，滚烫的唇顺着气息将她覆盖。温以凡连眼睛都忘了闭上，只记得盯着眼前这个将她的视野占据的男人，别无动作。

只有两人的小世界。

往上，是繁星点点；往下，是灯火辉煌。

似乎只有几秒的光景。桑延眼底暗沉，盯着她的眼，哑声把话说完。

"是让你信的。"

第十四章
桑延永远信守承诺

总会出现这么一个人.
他会让你觉得, 原来, 成年人也能相信童话.

两人到家也临近十一点了。

第二天还要上班，温以凡没在客厅待多久，就被桑延催着去睡觉。她应了声，也嘱咐他早点儿睡觉，而后便回了房间。

洗漱完回到床上，温以凡钻进被窝里，把枕头抱在胸前。恰在这个时候，床头柜上的手机响了一声。她伸手拿起手机，点亮屏幕，是桑延，他发来一张照片。

桑延："看完睡觉。"

他发的是两人在摩天轮上的合照。上边的自己笑得温和，眼角微微下弯；旁边的桑延神色很淡，只唇角稍稍扯着，依然一副很酷的样子。两人气质完全不搭，却显得异常融洽。

温以凡弯唇，盯着看了好一会儿才保存下来，设成锁屏。她没再玩手机，往后一躺，盯着暗沉的虚空，忽地用指腹抚了抚嘴唇，再度想起了摩天轮上的吻。

只是轻轻一碰，到现在似乎都还残留着桑延的气息。

温以凡的脸又开始发热，让她感觉这大冷天的，房间里都有点儿闷。她的所有思绪都被桑延占据，自顾自地笑了起来，脑子里莫名浮现起了一个念头。

总会出现这么一个人。

他会让你觉得，原来，成年人也能相信童话。

年前的这段时间，台里的事情又多了起来。

连着加了两周的班，温以凡才排到了一次轮休，依然是工作日。桑延要上班，所幸的是她也什么事儿都不想干，只在家里躺了大半天。

温以凡连饭都懒得吃，玩会儿手机就睡，醒了又玩，一直没离开过床。直到桑延快下班的时候，她才挣扎着爬起来，到厨房准备弄个晚饭。冰箱里的生鲜不少。

起来之后，温以凡倒也没再犯懒，还挺有闲情逸致地做了三菜一汤。等把最后一道菜端到餐桌上，玄关处也恰好有了动静。

桑延把车钥匙搁到一旁，朝她的方向看来。很快，目光又下拉，往餐桌上扫了一圈。他眉梢微扬，换上拖鞋之后，便抬脚走了过来。

两人向来如此，在一起之前也一样，一般都是谁有空谁做饭，也谈不上轮流。因为之前是自己一人，温以凡懒得动手，有人跟她一块儿吃的话，她倒还挺有做饭的热情。

桑延把外套脱掉，顺带揉了揉她的脑袋。

温以凡的头发被他揉乱，却也懒得整了。她给自己盛了碗汤，小口小口地喝着，问："你今天累吗？"

"还行。"桑延在她旁边坐下，"怎么？"

"那我们一会儿看场电影吧，在家里。"温以凡提议，"我同事给我推荐了一部悬疑片，好像还挺好看的。"

闻言，桑延掀起眼皮，盯着她眼下的青灰："要困了呢，你就早点儿睡。"他瞥了眼时间，直白道，"不差这一天。"

温以凡抬眼。

桑延懒洋洋地说完："我哪天都能陪你看。"

"我不困，睡了一天。"温以凡温吞吞地把剩下的汤喝完，瞅了他一眼，"那一会儿看？然后我……改天再让同事给我多推荐几部电影。"

"嗯？"

温以凡："留着下次看。"

桑延直勾勾地看着她，忽地笑了。他略微拖着尾音，不太正经地说："温霜降，你的目的主要是在电影上呢，还是在我身上？"

温以凡也看他，老实答："你。"

"……"桑延的表情微顿。

温以凡垂头，继续吃东西，细声补充："想跟你一起看。"

饭后，温以凡先到客厅，拿着遥控找了找付壮推荐的那部电影。家里用的是网络电视，她好不容易在其中一个软件上找到，桑延也收拾好桌子出来了。他直接坐到温以凡旁边。

温以凡摁了"开始"，而后拿起茶几上的水喝了一口。

还有一段时间的广告，温以凡随手拿起被她放在一旁的手机。注意到微信上有不少未读消息，她随手打开，随意地扫了几眼，恰好点开了跟郑可佳的聊天窗。

一连串消息扑面而来。

"我服了！

"你爸那边的亲戚也太不要脸了吧！

"他们在我家赖了一周了！还不走！！是想长住吗？！

"怎么算都是你跟他们更亲吧？你能不能赶紧把他们带走？

"你这个大伯母，还一直找妈妈要钱。

"她儿子结婚要买房跟我们有什么关系？

"……"

那头的消息还在接连不断地发来，像是把她当成一个发泄的树洞。

温以凡盯着看了几秒，原本的好心情在一瞬间消散。在这个时候，桑延突然出声，打断了她的注意力："在跟谁聊天呢？"

她直接将手机熄屏，抬头。

"想跟我一块儿看电影就专心点儿，"桑延悠悠地说，"行不？"

手机还在振动。温以凡勉强压住情绪，把手机握在手里："知道了，我不看手机了。"

桑延笑意微收："怎么突然这表情？"

"没有。"温以凡将注意力转移，笑了笑，"看电影吧。"

察觉到她并不想说，桑延只盯着她看，也没继续问。

电影开始。

趁桑延去冰箱拿水果时，温以凡又点亮手机看了眼。郑可佳的消息仍是一大串的，白色长段的气泡霸占了整个界面，全是抱怨。这些负能量的话说完后，最下方来了句很突兀的话。

"妈妈让我问你，今年过年回不回来？"

温以凡没往上拉。

先前加了郑可佳的微信之后，她没再说什么话，所以温以凡觉得把她放在列表里没什么影响，也忘了删掉。这一刻，她都懒得回复，直接把对方拉进了黑名单。

桑延把刚洗完的苹果搁到她手里，像是想到什么似的，随口问道："你什么时候放假？"

温以凡："嗯？"

桑延："过年。"

"年初一到初三，"温以凡说，"如果有突发事件就得加班。"

"回家不？"

温以凡沉默了一下："应该不回。"

"噢，那我算算。"

"算什么？"

"算算，"桑延偏头，轻描淡写地看着她说，"什么时候回来找你。"

这话让温以凡顿时想起了去年桑延说家里来亲戚了，整个新年都没回家睡的事情。她动了动唇，有些说不出话来，半天才憋出了句："我没什么过节的概念，你跟家人待在一起就行了。"

"走亲戚累死了，"桑延笑，"你看我是喜欢过节的人吗？"

温以凡也不知道该说什么，咬了口苹果，继续看着电影，心思却半点儿没放在上边。想到刚刚郑可佳的消息，以及桑延瞬间能察觉到她情绪的模样，她有点儿不知道该怎么形容自己现在的心情。

那些糟糕的情绪，似乎在被另外的东西取而代之。说不上差，只让温以凡觉得有点儿闷。一部分是因为家里的那些破事，但更多的，是因为桑延，以及自己一直以来的做法。

就算知道她新年不回家，桑延不知缘由，也什么都不问。可能是怕这会是让她难堪的话题，所以只是顺着她的做法，直截了当地过来陪她。

她却一直都对这些避而不谈，一遇到这种事情，唯一的反应就是逃避，不想提起分毫。他想知道，但她不想说。那他就当作自己不想知道。

温以凡下定决心，忽地喊："桑延。"

桑延视线正放在电视上，漫不经心地应："嗯？"

"刚刚给我发消息的是郑可佳，"温以凡也看向电视，故作平常地说，"她说我妈问我今年要不要回去过年。"

"……"

"但我跟继父他们的关系不是很好。"温以凡停顿了须臾，把剩下的话说完，"我爸爸去世没多久，我妈妈就再婚了。"

桑延立刻看向她，脸上原本带着的玩笑意味也渐收："什么时候的事儿？"

温以凡安静几秒，如实说："高一下学期。"

"……"

"就是……"温以凡的话有点儿难出口，"我上课上到一半，被老师叫出去的时候——"

记忆在一瞬间被拉扯出来，回到那个新学期的下午。

温以凡记得，那是极其冷的一个冬天。教室内的窗户紧闭，空气不流通，却依然有不知从哪儿吹来的冷空气。她的手指被冻到僵硬，写出来的字都跟平时不太一样。

温以凡听着数学老师催眠似的话，有点儿昏昏欲睡。

这个时候，章文虹突然出现在门口。她的手上拿着台手机，表情有些匆忙和慌乱，打断了老师的讲课："抱歉啊，陈老师。"

数学老师："怎么了？"

"有点儿事。"章文虹看向温以凡："以凡，你出来一下。"

不知为何，见到章文虹的身影的那一刻，温以凡就有种不好的预感。仿佛是，发生什么大事情之前，上帝出于怜悯，给当事人一个缓冲。可她以为只是件小事情，觉得顶多是挨一顿训，抑或是把家长叫过来；

觉得接下来要发生的，只是那个年纪常常经历的、天塌了般的"大事"。

周围同学的目光立刻转向温以凡，就连在桌上趴着的桑延，也稍稍直起了身。

温以凡立刻清醒，有点儿茫然，放下手中的笔往章文虹的方向走。章文虹把她拉到一侧说话。

像是怕刺激到她，章文虹的语气比任何时候都要温柔，话里的同情显而易见："你进去收拾一下东西，你妈妈刚刚给我打了电话，说现在过来接你。"

"……"温以凡愣了，"怎么了？"

"你爸爸……"章文虹艰难地说完，"情况不太好。"

那一瞬间，温以凡感觉自己像是在做梦。

这话没有任何的预兆，她的脑子一片空白，只觉得是天方夜谭，听到了极为莫名其妙的话语。可她不敢去反驳老师的话，清晰地感觉到自己全身都在抖。

温以凡面无表情地回到教室。她站在位置上，直接把抽屉里的书包扯了出来。

哗啦一声，里头的东西被她这力道带动，撒在了地上。

数学老师再次停下讲课，皱眉道："怎么了？"

温以凡呆滞地转头，回过神："没什么。对不起，老师。"

说完，温以凡慢吞吞地把地上的东西捡起来，坐在旁边的同学也蹲下来帮忙。她轻声说了句"谢谢"，站起身，背上书包，准备离开。

临走前，她莫名往桑延的方向看了眼。他还坐在原地，神色不明，目光放在她的身上。

两人的视线交会。温以凡用力抿了一下唇，转头出了教室。她的手上拿着章文虹给她的假条，快步往校门口的方向走，大脑里全是章文虹刚刚的话。

你爸爸情况不太好。

情况。

不太好。

这话是什么意思?

她爸爸为什么情况就不好了? 她爸爸明明好好的,前段时间,还跟她说,过段时间就要回家了。

把假条递给保安,温以凡出了学校,从书包里把手机翻了出来。她开机,像是想有个确切的结果一样,立刻给赵嫒冬打了个电话。

过了好一阵,那头才接起来。赵嫒冬的声音带着哭腔,明显是刚哭过:"阿降……"

在这一刻,温以凡才真正相信了章文虹说的话。她的嘴唇动了动,却像是有什么哽在喉咙里,一句话都说不出来,也不想听赵嫒冬把话说下去。

"我让你大伯去接你了,但他过去也得一段时间。"赵嫒冬勉强稳了稳声音,把话说完,"你直接打个车过来市医院,你大伯母会下去接你上来。"

"……"温以凡轻轻地应了声,"好。"

温以凡挂断电话,走到学校旁边的车站。

南芜一中是封闭式教育,学校的地理位置也偏,附近看着人迹罕至。温以凡等了好几分钟都没看到有出租车过来。恰好来了辆公交车,温以凡没再等,直接上了车。

这个点儿,车上除了她和司机,没别的人。温以凡往车后排的方向走,觉得内心极其空,世界摇摇欲坠。

车子发动,往前开了几秒,又猛地停下。

温以凡坐在位置上,身子随着惯性往前倾。她抬眼,就见公交车的前门开了,少年爬上车来,跟司机道了声谢,微喘着气往她的方向走来。

"……"温以凡讷讷道,"你怎么出来了? "

"突然不想上课了。"桑延坐到她身旁,随口说,"试一下逃课的滋味。"

如果是平时,温以凡可能还会接着他的话多说几句。但此时此刻,她没有任何心情开玩笑,只是扯了一下唇角,而后又低下了眼。很奇怪地,泪意也好像随着他的到来,顺势涌了上来。

过了几秒,桑延低声问:"怎么了? "

"……"温以凡又看向他,想摇头,眼泪却在这个时候,完全不受控制地落下。

一滴一滴地，重重往下砸。

温以凡觉得狼狈，立刻别过头。她竭尽全力地忍着眼泪，全身都开始发颤。她矛盾至极，觉得这一路极为漫长，却又希望永远都不要到终点。她看不到身后桑延的表情。只觉得，她所在的世界，在这一瞬间，已经彻底崩塌了。

但下一刻，温以凡的鼻息被少年身上的檀木香占据。她的身子僵住，稍稍抬了睫，视野被少年蓝白色条纹的校服覆盖。她的眼里还含着泪，无声地往下掉。

隔着外套，她能听到桑延的声音，轻到几不可闻，像是带了点儿安抚："这样我就看不到了。"

温以凡记得那天很冷，天空也阴沉沉的，被大片的浓云覆盖，仿佛下一秒就要压到地上。大下午的，却看不到一丝阳光。

她的视线还侧着，朝着窗外，身上被少年衣服上残余的温热沾染。这是那个瞬间，温以凡唯一能感受到的东西。

温以凡保持着原来的姿势，一动不动。过了许久，她才抬手捏住外套的一角。力道渐渐加重，后脊也慢慢地放松了下来。

所有的忍耐，都随着她这个举动在顷刻间消散。温以凡的眼泪像是流不尽一样，喉咙也控制不住地冒出了一声哽咽。

身边的桑延安安静静的，一言不发。无声的陪伴——只是用这种方式在告诉她，他就在旁边。

到站前，温以凡勉强地将情绪控制住。她很少哭，此时眼睛哭得都有些发疼。她用袖子把眼泪擦干净，而后把桑延的外套拿下来，侧过头。

注意到她的动静，桑延也看了过来。

两人对视一眼。

温以凡默默收回目光，用头发挡住他看过来的视线。

静默无言。等车子报站后，温以凡起了身。坐在外头的桑延给她腾了位，让她先下去。似乎不知道该说点儿什么，他只跟在她的身后，比以往的任何一次都要沉默。

下车之后，寒意又袭来，毫不吝啬地在周围缠绕。怕桑延会感冒，温以凡把外套递回给他，说话的鼻音很重："很冷，你穿上。"

桑延接了过来："嗯。"

知道他跑出来肯定是因为她，温以凡吸了一下鼻子，又道："你回学校吧。不要逃课，老师会生气的，到时候你又得被请家长了。我打个车就到了，我妈妈也会来接我。"

桑延沉默几秒，应道："好。"

过了好一会儿，温以凡抬眼看他，很认真地说了句："谢谢。"

谢谢你能来。

给了我，支撑的力量。

至少让我觉得，这过来的一路，没有想象中那么难熬。

这路公交车无法直达市医院，温以凡只能先坐到这个站，再打车过去。恰好来了辆出租车，桑延一声不吭地替她拦下。而后，他偏头，声音显得有些沉："温霜降，我不知道你发生了什么事情。"

所以不知道该说什么。怕会说错话，怕会戳到她的伤疤，怕怎么安慰都会适得其反。也因此，宁可什么都不说。

"我不是太会说话的人，"桑延弯腰盯着她的眼，郑重地把话说完，"但不管怎样，我会一直陪着你。"

在那个年少轻狂的年纪，大多数人说话都只是一时冲动，并不会考虑太多，也不会想到自己到底能不能做到这样的程度。等再大些，也许就会把这当成一句闲话忘掉，抑或是当成一段可有可无的、无法实现的往事。

就连那个时候的温以凡，也觉得，桑延这话只是一句安慰，一句随口一说的安抚。

可很久以后，温以凡才知道，原来并不是这样。

桑延永远信守承诺。

只要是他说出口了的话，不管有什么阻碍，不论多难，他都会拼尽全力将它实现。

温以凡的思绪渐渐收回。她继续咬着苹果，顺带看了桑延一眼。听完她的话后，他微低着眼，从这角度看去，灯光显得他的模样有点儿暗。

怕这种沉重的话题会让他感到无所适从，温以凡补充了句："也是很久以前的事情了。"

桑延才回过神似的，侧头看着她。

温以凡眨眼："怎么了？"

"没什么。"

只是觉得庆幸。那时候，选择了逃课。

桑延垂眼，随意般地问："那你后来跟你妈一块儿搬到你继父那儿了？"

"嗯，不过后面因为相处得不太好。"温以凡略过其口一些，大致说了一下，"我就搬到我奶奶那儿去住了。"

"对你好不？"

温以凡没反应过来："啊？"

"你奶奶，"桑延重复一遍，"对你好不好？"

温以凡愣了一下，笑道："挺好的，她很疼我爸，所以也很疼我。"

等她说完，桑延打量了她一番，心情才似乎放松了些："你那继妹是怎么回事儿？"

"嗯？"

"一副……"桑延轻嗤了一声，"跟你很熟的样子。"

"不是。她性格就是那样子，被她爸爸宠的。"桑延这话提的应该是郑可佳把饮料随便安排给她的事情，温以凡解释道，"她是习惯那样了，用的都是最好的，从不会将就，不喜欢的东西就要旁人帮忙解决。"

"就是个从小被宠着长大的小女生。"温以凡能理解，说话平静又温和，"她爸很疼她，再加上我比她大几岁，一般都要让着妹妹。"

"让着妹妹？"桑延笑了，"这是哪儿来的规矩？"

"……"提到这儿，温以凡的脑子里浮现起他对待桑稚的样子。

没等她再应话，桑延忽地往后一靠，整个人靠着沙发背。做这动作的同时，他顺带扯住她的手臂，往怀里扯。温以凡猝不及防地趴到了他的身上。

而后，他使了劲儿，抱着她的后腰，将她整个人托到自己身上来，之后也没多余的动作，只是安安静静地抱着她。

这个姿势暧昧又亲昵。一跟他靠近，温以凡就有点儿紧张，低头看他："怎么了？"

桑延很直白："抱一下。"

"……"

"你说你吃的东西都去哪儿了，你这骨头硌得我好疼。"桑延伸手捏了捏她手臂上的肉，感觉是个大工程，"什么时候能长胖点儿？"

温以凡立刻说："我朋友说我胖了。"

桑延挑眉："谁？存心给你找不痛快？"

"……"温以凡唇角拉直，又没忍住笑，"你是不是哪儿有点儿不对劲儿？"

想让她长胖点儿。别人说她胖了，又开始挑别人的刺。

桑延看着她笑，轻挑了一下眉："你怎么还人身攻击呢？"

温以凡还在笑。客厅并不安静，除了两人的对话声，还响着电影的背景音，听着激烈又震撼人心，却已经没有人去在意和关注。

过了好半晌，桑延伸手碰了碰她的眼角，忽地喊她："温霜降。"

"嗯？"

"别把你继妹说的那些屁话，还有那些傻×标准安到我这儿来，知道不？"桑延眼眸漆黑，慢条斯理地说着，"你以为我这房子里的东西都是乱买的？"

温以凡怔住，嘴唇动了动。

"每样都是给你挑的，不爱吃的就留着，放那儿。"桑延的语气很平，却似有若无地带着点儿不痛快，"还有，什么叫你继妹是习惯了那样？"

"……"

"就你挑对象的这个眼光，"桑延盯着她，忽地亲了一下她的唇角，极为傲慢地说，"你就该什么都用最好的，懂？"

看完电影回到房间，温以凡回想了一下刚刚的内容，感觉这电影看了跟没看似的，一整部下来也记不住几个剧情。倏忽间，她突然意识到自己完全不适合跟桑延一起看电影。

只要有他在，她的注意力似乎就只能放在他身上，专心看电影这种平常事也会变成一个世纪难题。每回都是这样。

温以凡抿了抿唇，身体似乎还沾染着桑延的气息，仿佛他那个拥抱只是前一秒的事情。她回想了一下自己半坐在桑延身上的画面，脸又烧了起来。她平复了一下呼吸，决定去洗个澡冷静一下。

进了浴室，温以凡脱掉衣服，把花洒打开。渐渐地，她的思绪放空，又想起了郑可佳发来的那一段接着一段的话。

这会儿她只记得一个词。郑可佳刚刚抱怨时，说的是"他们"。

所以就说明，这次不像上次那样只有车雁琴来了。可能还有温良贤和温铭，以及……想到这儿，温以凡又记起了，先前在北榆医院见到的那个中年男人，车兴德——车雁琴的弟弟，可能他也一块儿来了。

尽管温以凡不想去在意这些事情，但每次一想起这些人，心情还是会不受控制地受到影响。很神奇的是，此时此刻再想起来，她却只觉得无波无澜。就算有影响，似乎也只是一星半点儿，轻到可以忽略不计。

所有的情绪，都被另一个人极为霸道地占据，没有残存的空间可以装下别的东西。

温以凡忽地触碰了一下自己唇角的位置。

好像只要有他在，那所有的坏心情，就都能够随之消失得无影无踪。

今年的春节比往年来得都晚。

临近除夕的某个晚上，温以凡提前跟钟思乔约好一起吃晚饭。钟思乔已经放假了，今天刚好来上安，顺带来见她一面。

下班后，温以凡在楼下跟钟思乔会合。算起来，两人也差不多两个月没见了。

因为过了小半个冬天，钟思乔的肤色比先前白了些。她把头发剪短，发尾烫了个小小的卷，心情看起来很不错。

两人挑了附近的一家火锅店。温以凡用开水烫碗筷，思绪有点儿飘。

她渐渐回想起向朗刚回国的时候，他们一行人一起出去吃的那顿饭。当时钟思乔随口一说，温以凡烫碗总会被开水烫到，所以他们都不敢让她碰开水。

桑延似乎就把那话听进去了。

在这个时候，钟思乔提了句："对了，你高中时拒绝桑延的事情，他现在会跟你翻旧账吗？"

温以凡回过神："他没提过。"

"他不介意了吗？"

"……"温以凡摇头，"我不知道。"

"他应该也不是那么小气的人。我还挺好奇，你跟桑延在一块儿之后，他还跟以前那样吗？"钟思乔问，"就天天臭着脸，跩上天的样子。"

臭脸倒没有，跩那确实是跩，但似乎温和了点儿。

温以凡给出了个中规中矩的答案："跟以前差不多。"

"啊？"钟思乔惊了，"那你跟他说说呀，好好管管他那臭脾气。这刚开始还好，时间久了挺烦人的。"

"他性格就是那样，"温以凡不太希望他有什么变化，"但对我很好。"

钟思乔松了口气："那就行。"

"他就是，说出来的跟做出来的不一样。"温以凡回想着各种事情，慢慢地说，"我以前没敢往那边想，所以只觉得他的行为，都符合他所说的那些话。"

"他说什么，我就相信是什么，不会多想。"温以凡说，"所以我跟他相处，其实挺轻松的。"

温以凡没遇到过能对她这么好的人。每个举动都耐心至极，从不逾越，像是不想给她任何不适感。这么久了，也不曾给她带来任何一丝压力，却能够无声无息地侵占她生活的每个角落。

"哎，"钟思乔说，"其实高中的时候，我就觉得你对他不太一样。就是……当时追你的男生还挺多的，对其他人，你全是一个态度，一直都淡淡的。"

温以凡抬眼。

钟思乔又道:"但是你会跟桑延发脾气。"

发脾气。温以凡立刻想到第二次因为早恋被叫家长后,跟桑延打的那通电话。她的神色稍稍僵住。

"也不是发脾气吧,就是语气会稍微带点儿情绪。"钟思乔说,"有一次我去你班里找你,看到桑延坐在你后面。我还是第一次看你在别的男生面前这样,感觉你对向朗都不会那样。"

温以凡轻声问:"是什么样?"

钟思乔回忆了一下高一的那个午后。

桑延坐在温以凡的后边。少年靠在椅背上,手上拿着本书随意翻阅着。他低着眼,长腿往前伸,搁在温以凡的椅子下边,时不时地晃动几下,像是在极其幼稚地找存在感。

过了几秒,温以凡回头,平静道:"桑延,我在做题。"

桑延动作一停,扬眉:"怎么?"

她盯着他看,突然说:"你再这样,我要换位置坐了。"

"……"没过多久,少年慢腾腾地把书合上,把腿收了回去,"知道了。"

两人对视着。

桑延忽地挠头,冒出了句:"别生气了呗。"

按钟思乔对温以凡的了解。

如果是其他人做出这种事情来,她应该只会一声不吭地,拿起东西短暂地换个位置坐,等到上课的时候再回去,并不会特地转头,带着情绪跟那人说话。

这么一想,钟思乔又觉得他们两个相处时的关系还挺可爱:"你现在跟桑延发脾气,他还会让着你吗?"

温以凡诚实地说:"我没跟他发过脾气。"

"……"钟思乔不太敢相信,"先不谈在一起之后,你们两个住在一起也差不多一年了吧,你没跟他发过脾气吗?"

温以凡点头。

钟思乔有点儿敬佩，感觉她像个菩萨一样，什么都能宽容以待："难道你们私底下相处的时候，桑延是个很温柔的人吗？"

"不是，没有什么可以让我生气的点。"温以凡笑了笑，低声说，"而且，我只想什么事儿都让着他，对他好一点儿。"

钟思乔倒没想过温以凡谈起恋爱是这种状态。她没再继续提这个，笑眯眯地扯开话题："对了，点点，你还挺潮。"

"啊？"

"刚恋爱就跟人同居。"

"……"

温以凡到家的时候，桑延还没回来。

这段时间，他的公司似是接了个大项目，整个团队连着加了好几天的班。有时候甚至直接熬个通宵，之后才回来睡觉。温以凡也没敢太打扰他。

洗漱完，温以凡准备睡觉时，桑延还没回来，只是给她发了条消息："早点儿睡觉。"

温以凡困倦地打了个哈欠，回道："你什么时候下班？"

桑延："两三点吧。"

温以凡本想等着他回来，哪知玩着玩着手机就睡着了。再有意识时，温以凡是被一通电话吵醒的。她的起床气瞬间上来，迷迷糊糊地瞥了眼来电显示，面色一僵，气焰瞬间全消。

那头传来钱卫华厚重的声音，语气简练而又霸道："三分钟，下楼。"

用最快的速度把自己收拾好，温以凡出了房间。正想走到玄关处穿鞋，就见桑延已经回来了，这会儿正坐在沙发上拿着瓶冰水喝。

见状，桑延看了过来，也起了身："又加班？"

"嗯，你回来多久了？"温以凡来不及跟他说太多，边穿鞋边匆匆地嘱咐了句，"你别总喝冰水，对胃不好。我走了，你早点儿睡觉。"

桑延走到她旁边，给她拿了把伞："外边在下雨，自己注意安全。"

温以凡嗯了一声，接过之后直接出了门。这会儿钱卫华已经到她家楼下了。

此时凌晨三点刚过，不知从何时下起了雨，绵绵密密的，冷到像是夹杂着冰碴儿。这几步路，温以凡懒得撑伞，坐上副驾驶时，身上不免染上了一层湿气。

温以凡跟钱卫华打了声招呼。两人也没多言，开车赶往现场。

是一起小型的酒驾事件，没有造成任何的伤亡。车主不知是没注意还是别的什么原因，撞倒了防护栏，之后半辆车掉进了维修工地的坑里。

两人下车的时候，车主刚被警察从车里救出来。钱卫华将周围的情况录了下来。

温以凡正想过去跟交警沟通采访，突然注意到车主的模样。她的表情微僵，目光也停滞住。

是车兴德。

很多年没有见了，上一回还是在北榆的市医院远远地看了他一眼。两人连面都没碰上，她也丝毫没有把那件事情放在心上。

车兴德明显喝了不少酒，此时酒气上涌，半张脸都是红的。他迷迷糊糊地扶着旁边交警的肩膀，嘴里一直嚷嚷着"我没喝酒"，神志完全不清醒。

交警神色不耐烦，直接摁住他，把他推进了车里。顺着这个举动，车兴德往四周扫了一圈，目光定在了温以凡的身上。

两人的视线有短暂的交会。车兴德的眼神浑浊，随之清明了一些。他眼神瞬间亮了一些，像是想喊她，下一秒就被交警推进了车里。

温以凡收回视线，握住自己稍稍发颤的指尖。

虽然按照郑可佳先前说的话，温以凡大致也能猜到，车兴德应该是跟着大伯一家来了南芜。但那跟与他真切碰上面，是完全不同的情况。

可能是因为睡眠不足，再加上晚上吃的东西早已消化掉，温以凡觉得有点儿反胃。她用力抿了一下唇，勉强将这些情绪抛却，转头问钱卫华："老师，车主看着不太清醒的样子。那我们现在跟交警对接一下？"

钱卫华没察觉到温以凡的情绪，点头："行，也差不多了。之后咱可以准备一下回台里了。"

温以凡："好。"

回到台里，温以凡把这个新闻的成片，赶在早间栏目播出前送审。此时天已经半亮，她又困又疲惫，加上此时也没什么事情，干脆直接回了家。

钱卫华也要回去，便捎了她一程。怕吵到桑延，温以凡轻手轻脚地将门打开。她莫名觉得格外冷，正想倒杯温水喝的时候，就注意到厨房那头有动静。

温以凡愣了，朝那头走了过去。

桑延正站在料理台前洗着手，神色困倦。旁边的电磁炉上正熬着皮蛋瘦肉粥，此时咕嘟咕嘟地冒着泡，香气扑面而来。

温以凡讷讷道："你怎么不睡觉？今天不是周六吗？"

"现在睡。"也许是因为连着熬了一段时间的夜，桑延的嗓音有点儿哑，眼皮耷拉下来，"你喝完粥再睡。"

桑延抽了张纸，把手上的水擦干，顺带观察着温以凡的表情。他稍稍弯下腰来，与她平视："怎么了？发生了不好的事情？"

温以凡没说话，只是盯着他看。

在南芜见到车兴德这件事情，让温以凡没法再控制自己的情绪，心情被推到了一个最坏的程度。尽管没有发生任何事情，但她依然有种不好的预感。

像是深藏已久的戾气，要再次显露出来。

桑延没再继续问。他抬手揉了揉她的脑袋，力道一如既往地重，安抚的意味却浓。在这一瞬间，温以凡才回过神来，觉得自己身上那浓厚的寒意似乎都被驱散了。她用力抿了抿唇，身子忽地往前倾，凑过去抱住他。

桑延的动作稍顿："怎么了？"

"好累。"温以凡低声道，"不想动。"

"……"桑延也抬手，回抱住她。他腾出一只手，把电磁炉的火关掉，慢悠悠地说："这样你就能不累了？"

温以凡闻着他身上熟悉的气息，轻轻地嗯了一声。

想跟他亲近，想抱他。

想每天都跟他待在一块儿。

这样的话，就觉得每天的生活好像都是有盼头的。

她不想再见到以前的那些人，一个都不想。

温以凡抱着他的力道渐渐收紧，突然想起钟思乔的话——"你会跟桑延发脾气。"

她想起了过去对桑延的那些伤害，嘴唇动了动，却一句话都没有说。

这是她一直都不敢提及的事情，她觉得桑延不可能不介意。她怕他会介意，怕他对她的那些好感，也会因此渐渐消退。

"先把粥喝了，一会儿得凉了。"桑延忽地出声，语调微扬，却又显得不太正经，"晚点儿想怎么抱就怎么抱，给你抱着睡都行。"

温以凡抬头看他："桑延。"

桑延："怎么？"

我不会再像以前那样了。

我不会了。

我会对你很好。我不会再给你带来伤害了。所以我们能不能一直像现在这样，你能不能一直陪着我？

桑延等了一会儿，见她不说话，倒也没有不耐烦。他眼眸半闭着，似乎是困极了："就喊我一声？"

温以凡盯着他，目光定在他的唇上："不是。"

桑延又道："那——"

话还没说完，温以凡忽地拽住他的衣服，将他往自己的方向扯。桑延毫无防备，顺着她的举动，整个人前倾，也没有任何抗拒的意思。

两人的视线相撞。温以凡咽了咽口水，镇定地鼓足勇气："我想亲你。"

说完也不等他回应，温以凡踮起脚，仰头吻了一下他的唇，抓着他衣服的手力道渐重。

只一下便退开。两人再度对视几秒。

温以凡屏住呼吸，清了清嗓子："那我先出云……"

桑延眸色沉沉，猛地扯住她的手腕，将她抓了回来。他凑近她的眼眸，鼻梁几乎要触碰到她的鼻尖，呼吸在周遭交缠，却在更近一步之前停了下来。

"这算亲吗？"

温以凡仰头，脑海里彻底一片空白。

他整个人背靠料理台，高大的身躯似乎能将她整个人压制住，带着他身上熟悉又好闻的气息。厨房内安静至极，似乎能听到外头传来细雨的簌簌声。

"温霜降。"桑延轻声说，"这不是第一次亲了。"

"……"

桑延笑："所以，我也不算轻浮吧。"

温以凡没听懂他的话："啊？"

"你说我这是什么命？一大早就被你在这儿又亲又抱的。"桑延抬手，指腹在她脸颊上轻抚，"然后呢，要亲又不好好亲。"

"……"

"温霜降，你要想跟我调情呢，"桑延忽地笑了一声，"能不能认真点儿？"

温以凡有点儿窘，觉得自己做得已经挺好的了："怎么才算认真？"

闻言，桑延低下头，极为有耐心地，开始手把手地教她，如何能万无一失地将他套牢："好好看着我。"

温以凡顺从地盯着他的眉眼，桑延声音很轻："靠我近点儿说话。"

像受到蛊惑似的，温以凡又往他的方向靠了一些："……然后呢？"

"然后？"

"……"

桑延的呼吸微沉，捏住她的下巴，强烈的占有欲像是要将她碾碎。下一瞬，他的吻重重落下，声音低哑，伴随着含混不清的话。

"——我不就上钩了？"

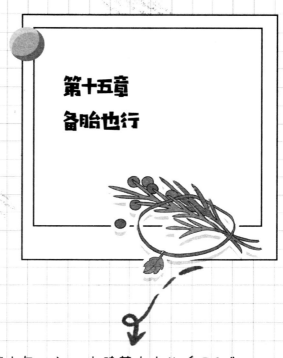

第十五章
备胎也行

"你怎么就，去堕落街当头牌了？"

"……"

"你别那样了，我给你赎身，好不好？"

他的唇瓣温热，仿若带着电流，覆于她的唇上，一下又一下地游移。像是想克制，却又渴望万分，不满足于此，和以往几次蜻蜓点水般的吻不同。

　　倏忽间，桑延将她的下巴往下扣，舌尖撑开她的牙关，用力往里探。他的手下挪，抵住她的后脑勺，不让她有半点儿退缩的余地。

　　一点儿一点儿地，将滚烫至极的气息，喂进她的嘴里，让温以凡有些喘不过气来。

　　温以凡睁着眼，大脑一片空白，完全不知道该怎么回应。她不受控地抓住他的衣服，像是在找一个可依附的点，以他为支撑的力量。

　　在这一刻，她只能将一切都交给他，由他来引导。

　　两人都没有更多的经验。这吻青涩，力道却粗野而热烈。牙齿不经意间磕到唇瓣，带来些许的刺痛感，让感受更加真切。桑延却丝毫不收敛，仿若被刺激到，动作更加放肆，眼中的情欲无半点儿掩饰。

　　不知过了多久，桑延轻咬了一下她的舌尖，而后停下了动作。两人唇齿分离，距离仍未拉远。

　　温以凡的呼吸稍稍急促了些，抬眼，注意到他那往常偏淡的唇色，在此刻红得像是充了血。再往上，男人双眸情绪浓稠，隐晦不明，像是下一秒就要化为原形，将她彻底拆骨入腹。

　　桑延低睫，抬起手，慢条斯理地用指腹蹭了一下她唇边的水渍。他的动作轻而缱绻，像是似有若无的勾引。半晌后，他哑声道："饿了没？"

　　因他突如其来的话，温以凡下意识地啊了一声。

"我没法同时做两件事情。所以，你是想让我先去给你热粥呢，还是，"桑延停顿了一下，神色吊儿郎当，"再亲你一会儿？"

再出厨房已经是十分钟后的事情了。

温以凡没陪他热粥，自顾自地坐回沙发。她莫名觉得口干，连着灌了一整杯水才停下。精神一松弛，记忆再度被拉回十分钟前的场景。

听完桑延的话，温以凡只是安静地盯着他，而后，不吭一声地，抬手钩住他的脖子，向下压……

想到这儿，温以凡又倒了杯水，继续往下灌。她的嘴唇又烫又麻，感觉深刻到完全无法忽视，时时刻刻提醒着她刚刚的那个吻。

下一刻，桑延从厨房里出来，懒懒地喊了一声："过来。"

温以凡连忙把水杯放下，起身走到餐桌的位置。因为两人刚刚那么亲密的举动，她还有点儿不自在，此时视线都不敢往他身上放。

桑延："去拿碗。"

温以凡顺从地走到厨房，拿了两套碗筷，回到餐桌旁，对上桑延的脸时，恰好看到他唇角的位置被咬破了皮，这会儿还渗出了点儿血。

"……"温以凡立刻垂下眼。桑延似乎完全没察觉到，冷白的肤色衬得那抹红更加醒目。温以凡忍不住伸手，迅速往他唇角轻蹭了一下。

桑延看她："？"

那点儿痕迹随之淡了些，温以凡收回视线，有种擦掉了就等同于不存在的想法："沾到东西了。"

安静几秒。

桑延意有所指道："能沾到什么？"

"……"

"我这儿刚刚碰过哪儿？"

也许是心理作用，温以凡感觉嘴唇又开始发烫。她垂下眼，故作镇定地说："就是不小心沾到的酱料，我弄掉了。"

话音刚落，温以凡感觉自己的嘴唇也被他碰触了一下，她抬眼。

桑延勾唇，悠悠地解释："你也沾到了。"

"……"温以凡顿时懂了他这话里的意思。一瞬间，感觉这热度已经扩散到脸颊，蔓延到耳朵。

也不知道是水喝多了还是什么原因，温以凡这会儿没半点儿饥饿感。她只盛了小半碗粥，吃完就坐在旁边看他，时不时往他唇角的伤口瞥一眼，偷偷摸摸的。

桑延也没有因为她的举动而意识到什么。温以凡也不知道一会儿他照镜子看到这个伤口，又会说些什么话。

时间也不早了，桑延催了句："吃完就去睡，一会儿不是还得上班吗？"

好几天没跟他好好坐在一块儿说话了，温以凡想跟他多待一会儿。她点了点头，却没有要离开的征兆。她支着脸，依然盯着他。

那个小伤口已经没再渗血了，看着没刚刚那么明显。这么一想，温以凡也不太清楚自己唇上有没有这个伤口。

好像没什么刺痛感。只记得他亲人的力道确实重，跟他揉人脑袋的方式异曲同工，但也没有把她弄得很疼。

过了好一会儿，桑延忽地停下筷子，往后一靠："喂，你还要看多久？"

温以凡回神。

"还想继续？"

"……"

不等她答话，桑延又把她往怀里带，轻碰了她的唇。他退了些，低笑着点评，语气很欠："你吻技太差了，弄得我好疼。"

温以凡张嘴："那我不是——"

桑延直接打断她的话："多练习练习。"

下一刻，他的唇舌再度覆了下来，用力地将她侵占。

一进房间，温以凡的第一反应就是到梳妆台前，看向镜子里的自己。她的唇天生红艳，这会儿颜色更加深了，还有点儿发肿。被人蹂躏过的痕迹很重，但是没像桑延那样，严重到破了皮。

温以凡抿了抿唇，感觉自己现在从头到脚都是熟的，周身都是桑延的气息。她完全没了困意，突然注意到她先前买的情人节礼物，此时被她放在床头柜上。

打开盒子，里头是两条同款式的手链。

温以凡眨了眨眼，慢吞吞地给自己戴上其中一条。想到自己醒来就得上班，她出门的时候桑延估计也还没醒，再加上晚上也不知道要不要加班……她将袖子拉下，把手链藏了进去，而后起身出了房间。

客厅已经空无一人，看来桑延是已经回了房间。温以凡走到他房间门口，迟疑地敲了敲门。

桑延的声音立刻传来："门没锁。"

她拧开门把，打开了一条小缝隙，跟床上的桑延对上了视线。他还躺着，只是稍侧着头，看向她："以后直接进来就行。"

温以凡把门关上，把礼物藏在身后："我这不是怕你在换衣服什么的吗？"

桑延很无所谓："那又怎样？"

没等她说话，下一刻，桑延突然又出了声："你还挺……"

温以凡抬眼："嗯？"

他慢条斯理地吐了两个字："粗、暴。"

"……"温以凡瞬间明白，他是看到自己唇角的伤口了。她又下意识地往他唇上看，想了半天，也只能憋出一句："那我以后温柔点儿。"

桑延瞧着她，几秒后轻笑了一声。

想到他昨晚三点才回来，今早也不知道是几点起来熬的粥，温以凡也没打算打扰他太久。她走到床边坐下，把手里的袋子递给桑延："给你。"

见状，桑延才坐直起来，挑眉："什么东西？"

温以凡认真道："情人节礼物。"

"噢。"他唇角微弯，伸手接过，"现在能看？"

"可以。"

桑延从袋子里拿出盒子。里头是一条红色的手链，带子细细的，底下缀着个雪花形的挂饰。

桑延把手链捏在指尖，放在眼前看了一会儿。随后，他又看向温以凡，似是有点儿好笑："你怎么这么喜欢给我整这些姑娘戴的东西？"

"……"这么看也确实是，温以凡硬着头皮说，"你戴了就不姑娘了。"

目光又挪到那个雪花吊坠上，桑延很刻意地问了句："这雪花是什么意思？"

温以凡脸有点儿热，却还是老实答："霜降。"

桑延心情很好，把手伸到她面前："给你对象戴上。"

温以凡照做。在这期间，温以凡手腕上刚戴上的手链也露了出来。

桑延的眼睫微动，毫无预兆地抓住她的手腕，将她的袖子往上捋。这才发现她也戴了一条相同款式的手链，只是底下的挂饰不同，是片桑叶。

他盯着看了两秒，似笑非笑道："情侣款？"

温以凡任他看，轻舔了一下唇："对。"

"行。"桑延敛着下巴，自顾自地笑了好一阵，指腹摩挲着她的手腕，"我今天乐意当个娘炮。"

"……"

随后，桑延用眼神示意了一下："礼物在书柜，自己去拿。"

温以凡眨眼，起身往书柜的方向走，就看到其中一格放了个小盒子。盒子的蝴蝶结上插着张小卡片，上边写着一串英文。男人的字迹十分熟悉，一如从前那般。力透纸背，下笔的力道重，像是要把纸张戳破，如他那个人一样飞扬跋扈。

——To First Frost.

温以凡盯着卡片，过了几秒才回头："现在能看吗？"

桑延笑："能。"

她伸手打开来，里头是一支录音笔。

"你先前不是说录音笔不好使了？"桑延的话似乎意有所指，"不过这玩意儿我也不知道怎么用，录完音之后是只能接电脑听？"

"不是，"温以凡下意识地想教他，"摁这里就可以直接——"

还没说完，温以凡突然懂了。她对上桑延的眼，默默地把剩下的话咽了回去："哦……这一款，好像确实，只能接电脑……"

桑延气定神闲道："这样啊。"

"……"

"那你回去记得试试，"桑延懒散道，"有问题的话好换。"

这暗示的意味已经够足了。温以凡现在只想回去听听他录了什么内容，立刻点头。正打算回房间，她注意到书架上的一本相册。

温以凡目光定住，伸手拿起来："这是什么？"

桑延瞥了眼，也不知道这玩意儿是什么时候带过来的。

"大学毕业照。"

听到这话，温以凡顿了好一会儿，才道："我能看看吗？"

桑延又抬了眼，轻点头。他大大咧咧地坐在床上，表情吊儿郎当的："我呢，就没有哪个地儿是不能让你看的。"

"……"温以凡看他，"其他的……"

她又憋出几个字："以后再看吧。"

温以凡走回去坐到他旁边，而后翻开相册。

第一页是集体照。温以凡一眼就找到了桑延，他穿着黑色学士服，站在最后一排的位置。其余人都弯着唇角，露出笑容，唯有他稍扬着下巴，神色有些不耐烦，像是被人硬抓过来拍照。

盯着看了一会儿，温以凡忍不住弯唇。

桑延靠在床头看着她笑，过了一会儿，想起件事情来："年初八晚上有空没？"

温以凡心不在焉地回："我也不确定，怎么了？"

"没什么，钱飞结婚。"桑延说，"你有空就一块儿过来吧。"

钱飞结婚，应该也有很多桑延的朋友。

温以凡这才抬头，应道："好，我到时候看看。"

说完，温以凡又继续看向相册。她目光一挪，因为桑延的话，注意到站在他旁边的钱飞，以及另一侧的男人。男人看着跟桑延差不多高，生了对桃花眼，唇角自然上翘，给人一种天生自带温柔的感觉。

这两人站在一块儿，几乎能把人的注意力在一瞬间抢走。

见状，温以凡瞬间想起了钟思乔说的那些传言，下意识地多看了几眼。她的视线下滑，看到了下边的名单。果不其然，"桑延"的旁边写着"段嘉许"三个字。

瞧她看了那么久，桑延干脆过来跟她一块儿看："看什么呢？"

温以凡指了指段嘉许："这个是段嘉许？"

桑延目光微顿："怎么？"

温以凡点评："还挺帅的。"

"……"周围沉默下来。

温以凡没察觉到不妥，正想翻下一页，看看能不能从其他照片里翻到桑延的时候，旁边的男人手一动，压住了她的动作。

她抬眼。桑延的唇线拉直，毫无情绪地说："我没听清。"

"啊？"

"谁帅？你再说一遍。"

温以凡瞬间闭嘴。

"所以，你拿我的毕业照在这儿看了半天，"桑延停住，几秒后，气极反笑，"不是在看我？"

"……"温以凡蒙了，觉得突然就有一口大锅砸到她脑门上。她琢磨着他这话，正想解释，又感觉怎么回答好像都不太正确。

要是肯定地说个"嗯"，就是肯定了他这句话——确实不是在看你；要是否定地说个"不是"，又好像是在接着他的那句话说——对，就是不是在看你。

温以凡还有点儿被绕进去了。有种桑延真是逻辑严密的感觉，能问出一个对方怎么回答都理亏，都能被他挑出毛病的问题。

温以凡想给出个万无一失的回答，非常谨慎地思考着。

对着桑延，她也不着急，温温吞吞的。她这迟迟不答的模样，在桑延的眼里就等同于，她刚刚确实做出了这样的事情，但由于他的压迫，而不敢实话实说。

桑延敛了唇角的弧度，直接把毕业相册扯回。

注意到这动静，温以凡抬眼，两人的视线撞上。

桑延盯着她看了两秒，收回视线，站起了身。他把相册丢到一旁，没再继续这话题，语气略显不痛快："回去睡觉。"

温以凡盯着他的脸，小声道："但我还没看完。"

他五官清俊，不太喜欢笑，平时显露出来的模样总是漠然又矜贵，与陌生人之间的隔阂感很强。此时一生气，这种感觉更加强烈，眉眼间的锋利感像加了倍。

虽然听钟思乔说了好几次，桑延冷着脸的时候格外吓人，周围的气温似乎都因为他低了几分，让旁人说句话都不敢，带着十足的威慑感。但很奇怪，温以凡在这个时候才清晰地觉得，自己一点儿都不怕他这个样子。甚至，有点儿想笑。

感觉真笑出来的话，就相当于在他这火上继续浇油，温以凡没立刻说话，打算先把情绪调整得平和一些，再好好哄他。

下一秒，桑延的手忽地放到她的脑袋上。力道不重，只是顺着往后方摁，将她的脸抬了起来。他的目光投来，像是想看看她这会儿是什么表情。

瞥见她嘴角的笑意，桑延的举动定住，依然面无表情。

"……"温以凡立刻收敛。

"行，我还以为你是低着头在反省。"桑延收回手，冷笑了一声，声音也冷冰冰的，"敢情你是看完帅哥在偷着乐。"

"……"温以凡又想笑了，"不是。"

桑延不搭理她。温以凡又凑过去了点儿，明知故问："你在生气吗？"

桑延懒得理她，开始装聋作哑。

温以凡温声说："那我还能看你的毕业相册吗？我还没看完。"

"……"桑延又抬头，身子稍稍后仰，居高临下地看她。他的指节在旁边的相册上轻叩了一下，虽是同意，但话里警告的意味十足："行，你拿。"

温以凡仿佛听不出来，真当他同意了："那我拿了？"

桑延干脆明显点儿："敢就拿。"

温以凡点头，从桑延手下抽出被他稍稍摁着的相册。

"……"桑延在旁边盯着她的举动，气得胃都开始隐隐发疼。

拿完相册，温以凡又挪了一下位置，靠他更近了。

桑延冷不丁道："离我远点儿坐。"

温以凡没听，就着这个距离又翻开那张集体照。她看着上边的桑延，又看向他。瞅见他还冷着的表情，她忽地说："你为什么突然就生我气了？"

桑延瞥她："自己反省。"

温以凡忍着笑，想了想："你是不是心虚？"

桑延："？"

温以凡继续往后翻："我只是想看看我情敌长什么样。"

"……"桑延眼睫动了动，稍稍皱眉，"说点儿人能听的话。"

"你不是跟这个段嘉许传绯闻吗？"温以凡回想了一下钟思乔的话，慢吞吞地复述了一遍，"听说你们是，南大计算机系出了名的一对——"

"……"

"基佬校草。"

桑延："……"

话题渐渐被扯到另一个方面上，桑延的心情也因此舒坦了不少，完全没把这个所谓的"绯闻"放在心上。他若有所思地扬了一下眉，悠哉地说："温霜降，你不是做新闻的吗？"

温以凡边翻着相册，边应："嗯？"

后边还有各个宿舍的合照，很快她就找到了桑延和另外三人的合影。这张照片上，他的眉眼才稍稍带了点儿笑，漫不经心地看着镜头，看上去矜贵而意气风发。

"所以这种道听途说、未经考据的传言，你也信？"

"……"温以凡摇头，"我没信。"

"噢。"桑延摁住她的手，很嚣张地发出邀请，"那你什么时候来考据一下？"

因他这个举动，温以凡没法认真翻相册，耽搁了不少时间。最后只草率地把里边的桑延都找到，匆匆地看了几眼，之后就被他催着回去睡回笼觉。

回到房间，温以凡换了身衣服，拿着桑延送的那支录音笔躺到床上。她莫名有点儿紧张，过了好一会儿才找到里头的新录音，点开来听。

桑延的声音从里头传来。他的声线偏冷，说话时尾音总不自觉地上扬，带着特有的味道。

"温霜降，工作注意安全，你对象叫你平安回家。"

"……"温以凡愣了一下，又点开听了好几遍。

注意安全。

平安回家。

温以凡心跳停了半拍，下意识地摸了摸自己耳后的位置，想起了之前在北榆受的那个伤。

过了好一段时间了，伤口早就已经痊愈，此时连疤都没有留下。但桑延似乎总想着这件事情，每次她半夜外出加班，只要他在家，似乎都会醒着等她回来。

温以凡有些失神，过了好一阵，才小心翼翼地把录音笔放回盒子里。躺到床上酝酿睡意，但精神太久，她这会儿也有点儿睡不着了。

脑子里不断浮现起，毕业相册上桑延的模样，比高口的时候成熟了些，又比现在的模样青涩不少。是她从没见过，也从未参与过的一个阶段。

温以凡盯着天花板，神色怔怔的。在这一瞬间，温以凡非常清晰地感受到，从前浮现过无数次，却从未捕捉到的一种情绪。

她后悔了。

非常，非常后悔。

情人节过完没几天，春节随之到来。

跟去年差不多，温以凡只放了短暂的三天假。桑延的公司虽然平时也总加班，但是十分良心地放到了年初七，并且提前两天放假，空闲时间比她多了不少。

除了除夕那晚，桑延是在八九点的时候才回来，其余的时间，他大多在尚都花城这边。整个春节假期，两人几乎是一块儿过的。

年初三过完，温以凡又开始到单位值班。所幸这个新年格外太平，这段时间台里的事情不多，没有想象中忙碌，温以凡每天都能准时下班。

直至年初七，所有人都开始上班时，她才彻底忙了起来。

年初八那天晚上，温以凡临时加了会儿班，九点多才勉强把收尾的工作完成。她收拾好东西，裹上围巾，之后便出了办公室等电梯。没过多久，温以凡眼睛的余光注意到有人站到了她旁边的位置。她下意识地望去，是穆承允。

这段时间，温以凡再迟钝也隐隐能察觉到，穆承允是在躲着她。她能猜到原因，不过没影响到工作，对她来说也没多大关系。

穆承允朝她笑笑，打了声招呼："以凡姐，你准备下班了吗？"

温以凡点头，沉默下来。

两部电梯都是一层楼停十几秒，等了半天都离这层很远。在这个空隙，温以凡拿出手机，给桑延发了条微信："我好了，现在过去。"

桑延立刻回："我喝酒了，找人过去接你？"

温以凡："不用。"

温以凡随便扯了句："我坐同事的车。"

下一刻，穆承允又出了声："以凡姐，我刚从下边上来的时候，看到有个男人在找你。不过被保安拦下了，你是得罪了什么人吗？"

温以凡怔住，抬眼："谁？"

干这一行，多多少少会得罪点儿人。温以凡先前就看到过，同办公室的一位老记者被先前一个报道的当事人找上门——因为觉得他报道的内容影响了自己的生活。这事儿在台里算是常态，楼下的保安也因此管得严了许多。

"不知道，看起来四十多岁。"穆承允回想了一下，"不过他看着好像没什么恶意，可能是你认识的人。"

温以凡自顾自地思考着，但实在想不出是谁，只好点点头。

穆承允："不过你还是注意点儿比较好。"

温以凡笑："我知道的，谢谢你。"

又沉默下来。

"以凡姐，我其实——"穆承允忽地吐了口气，模样像是挣扎了许久，终于开始切入主题，"我有事情跟你说。"

温以凡看他："怎么了？"

"你应该也看出来了，我之前……"穆承允没好意思说完，说到这儿就转了话锋，"不过现在已经没有了。"

温以凡没懂他的话："嗯？"

"我没有这方面的经验，当时也是第一次想追人……所以就问了不少人，我姐之前教了我好几招，我就都学着用了。"

"……"

"就是追人前，得先将情敌铲除，抹黑情敌、并且，要在气势上将情敌打败。"这话说出来，穆承允似乎也有点儿尴尬，"不过现在你们已经在一起了，所以还是想跟你解释一下。"

他这话来得突然，温以凡有些愣。

"我之前跟你说的，毕业典礼上桑学长说的话，是我瞎编的。"穆承允笑了笑，"他没有说过这句话，他们毕业典礼的时候也没有提起过你。"

这些话是很久以前说的，温以凡已经没什么印象。她回想了一下。

"他们那天好像是提了，哪个学长给人当了几年的备胎还是什么的，我也记不太清了。"穆承允说，"然后桑学长就说话了，但他说了什么，我确实没听清。"

听到"备胎"这个词，温以凡立刻抬头，脑海里想起了一幅画面。

穆承允："我前段时间一直不知道该怎么面对你，不过现在也想开了。"

温以凡嗯了一声："怎么突然跟我说这个？"

穆承允挠了挠头："怕这话影响到你们的感情。"

温以凡失笑："没这么严重。"

说完，穆承允也松了口气："那就好。"

恰好电梯在这个时候到了，两人走了进去。里头人不少，他们只能站在最外侧的位置。

穆承允抿了抿唇，又不自觉地往温以凡的方向看了眼，想到了头一次见到温以凡的那天。

她跟在钱卫华后头，进来的时候，暗淡的室内似乎都随之被点亮。

极为艳丽的五官，漂亮到能抢走所有人的注意力，让人完全挪不开眼。是第一眼惊艳，第二眼仍然觉得惊艳的长相。

只一眼，穆承允就沦陷了。

因此特地找了同班的付壮询问南芜广电还招不招人，还旁敲侧击地问出她没有男朋友的事情，之后通过校招，穆承允抱着这般势在必得的心态，来到《传达》栏目组。

希望能借此离她近一些。可相处的时间越多，穆承允越没有靠近的勇气。

因为她虽然总是温温和和的样子，但实际上似乎对任何人都很淡，极其难以接近。看着温柔，本质上，又像是极为凉薄，没有任何事情能让她在意，像个遥不可及的存在。

但那天，穆承允看到温以凡跟桑延在一起时的模样，又好像不是这样。

穆承允收回思绪，没再想这个。即使这段时间已经调整好了心情，但此时因为彻底失恋，穆承允的心里还是有些堵。他很清晰地知道，这些话会让她对自己的印象变得更差。却也希望，他喜欢了快一年的人，能够被好好对待，也能够，不受任何影响，跟她喜欢的人好好在一起。

另一边。

桑延再三推拒，却还是被逼着喝了几杯酒，此时在室内待久了还有点儿热。他松了松领带，垂眸看了眼手机消息，回了句："到了喊我。"

随后他便熄灭了屏幕。

旁边的桑稚在这个时候凑过来，跟他说了声："哥，我去跟钱飞哥说一句新婚快乐，然后我就先回去了？"

桑延瞥她："自己能回？"

桑稚点头："出门就有公交，我认得路。"

"嗯。"桑延语气懒散，"自己注意点儿。"

等桑稚走后，坐他对面的苏浩安忍不住起哄："桑爷们儿，你对象到底来不来啊？"

桑延抬眼。可能是酒喝上头了，苏浩安的情绪高涨："你是不是吹牛皮吹了个对象出来？"

桑延冷笑，懒得理他。

旁边的陈骏文附和道："我也觉得是这样。"

说完，陈骏文抬眼，恰好瞅见桑延身后的来人，便嬉皮笑脸地问了句："老许，你是不是也跟我们持有相同意见啊？"

顺着这话，桑延往侧边看了眼。男人也穿了一身正装，打着暗红色的领带，似是刚从厕所回来。他的头发细碎，落于额前，眼皮褶皱很深，眼眸缀着光，随便看人一眼都像是在放电。

可能是没听到他们前面在说什么，他弯着唇角："嗯？"

"段嘉许，"见到他，苏浩安很不爽地喊，"你上哪儿去了？这种日子你都不喝酒！你来干什么！赶紧回你的宜荷吧！真无语！！"

段嘉许轻笑了一声，语气温柔得像是在调情："你怎么对我还是那么多意见？"

桑延轻嗤了一声，又喝了口酒。下一刻，段嘉许朝桑延一旁的座位看了眼。而后，他稍稍扬了一下眉，看向桑延。

"哥哥。"

"……"被他这称呼折磨了一晚上，加之前段时间温以凡才提了"基佬"的事情，桑延皮笑肉不笑地说，"你是不是哪儿有点儿毛病？"

段嘉许自顾自地笑了一会儿："你妹人呢？"

桑延随意道："刚走。"

"这样啊，你的车借我，"段嘉许拿起旁边的外套，神色自然，"这个点儿小姑娘回去不安全，我送她回去。"

桑延直接把车钥匙丢给他："你还挺照顾这小鬼。"

段嘉许笑："应该的。"

听到这话，桑延再度看向他。眼前的男人肤色冷白，身材高瘦，生了对桃花眼，五官极为出众，笑时眼角微弯，嘴唇颜色也过艳，单是看五官都极其抢眼，像个转世的男妖孽。

看着确实挺吸引小姑娘的注意。

桑延顿时想到温以凡看完他的毕业照后，夸段嘉许帅的事情。他的眉心微动，目光自上而下，带了审视的意味。而后，他忽地偏头看向旁边的陈骏文："喂。"

　　陈骏文正看着手机，茫然地抬头："干吗？"

　　桑延："问你个事儿。"

　　陈骏文："？"

　　桑延："段嘉许长得帅不？"

　　段嘉许本想走人，听到这话又止住了脚步，眉梢微扬。

　　"……"陈骏文极其无语，"你有病吧？真成基佬了？"

　　桑延有些不耐烦，也懒得继续问他，看向苏浩安："苏浩安，你说。"

　　"段嘉许？"苏浩安喝上头了，脸都是红的。他盯着段嘉许的脸，摇了摇头："一般般吧，还没有我万分之一的帅气。"

　　段嘉许弯唇："那你怎么回事儿？"

　　苏浩安："？"

　　段嘉许慢条斯理地说完："一看见我就脸红。"

　　"……"苏浩安要吐了，"你真是几百年一点儿变化都没有。"

　　感觉没一个人能正常回答问题，桑延又把目光放到陈骏文身上："赶紧回答。"

　　陈骏文被他烦死了："……帅帅帅，你对象最帅！行了吧！"

　　"噢，那……"桑延没在意他这称呼，转头，意味不明地盯着段嘉许，"我跟段嘉许谁更帅点儿？"

　　"……"

　　因为穆承允的话，出单位的时候，温以凡下意识地往四周扫了眼。

　　毕竟她见过这种闹事的情况，内心总有点儿不安，大致回想了一下自己这段时间做的报道。她完全没有跟当事人闹过不快的印象，基本上都是和平交流，近期也没做过什么揭发类的新闻。

　　这个时间上安的人流依然不少，再加上附近就是堕落街，此时街道上热闹喧嚣。路灯大片覆盖，在这黑夜里，世界依然明亮如昼。

温以凡那点儿担忧也因此消散。她冷得身子发僵，把下巴缩进围巾里，直接拦了辆车。钱飞婚礼订的酒楼就在上安衔附近，开车过去最多十分钟。

坐上车后，温以凡先给桑延发了条微信消息。想到一会儿可能要见不少他那边的朋友，她思考了一下，从包里拿出口红，浅浅地补了个妆。

温以凡盯着窗外，思绪渐渐飘移，又想起了穆承允复述的那些桑延毕业典礼的事情。

从前一直不太敢回想，也从不曾跟桑延提及这些，但现在跟他的关系越近，她越发患得患失，总是担心，他们现在的关系，总有一天会因为从前的事情受到影响。

——他们那天好像是提了，哪个学长给人当了几年的备胎还是什么的。

——然后桑学长就说话了。

一瞬间，时间飞速前移，回到了那个闷热而暗沉的、令人透不过气的暑假。

少年站在她身前，细密的雨水砸到他的睫毛上，汇聚成豆大的水珠，而后坠落。他的喉结上下滚动了一下，声音很轻："你为什么报了宜大？"

温以凡已经不太记得当时的心情了。只记得，自己是想不到合适的理由，平静地回了句："我跟别人约好了。"

桑延看着她："那我呢？"

良久，桑延眼眸垂下，里头似乎没掺杂半点儿温度。他头一回用称呼将两人的距离拉开，一字一顿地问："温以凡，我是你的备胎吗？"

记忆被一阵鸣笛声打断。

前头的司机似是气极，立刻刹车把车窗摇了下来，冲外头吼了句："傻 × 吧！会不会开车！"

温以凡身子顺势前倾，回过神向外望去，就见一辆跑车像没长眼睛一样，极为嚣张跋扈地从旁边擦过，险些就与他们撞上。骂完后，司机又憋屈着发动了车子。

温以凡心有余悸道："师傅，怎么回事儿？"

"吓着你了吧，姑娘？"温以凡长得好看，说话又温温柔柔，司机的火气明显因她消了几分，"上安这边就是这样，一堆二世祖喝完酒就在这儿酒驾飙车，都没人管。"

这事儿温以凡倒是知道，组内已经因为这类事情出了好几次报道了，但她这会儿的注意力被"酒驾"这两个字吸引了。

温以凡的神色稍愣，顷刻间想起了情人节的那个凌晨，到现场后跟酒驾的车兴德碰上面的事情，也不知道他会不会因此知道自己在南芜电视台上班。

温以凡又想起了穆承允的形容。

四十多岁的中年男人。

"……"她也不太确定这个猜测，唇线渐渐拉直。

到地点后，温以凡付钱下了车。

还没拿出手机，她就注意到桑延站在酒楼门口的位置。他站姿懒散，身材高大清瘦，穿了一身不太耐寒的正装。此时他指尖夹着根烟，神色倦倦的。

温以凡走到他面前："你怎么在这儿抽烟？"

闻声，桑延低头看她。他的身上带着浓重的酒气，也不知道是喝了多少，眉眼却清明，看不出半点儿醉态。

"你不冷吗？"温以凡碰了碰他的手，温声说，"我们进去吧，你这衣服看着一点儿都不抗冻。"

桑延应了一声，把烟掐灭在旁边的垃圾桶上："冷，你给我焐焐。"

"你喝了很多吗？"温以凡观察着他的模样，握住他的手，塞进自己外套的口袋里，"你不是说没当伴郎？怎么还给你灌酒？"

桑延盯着她的脸，悠悠地说："有对象的都得被灌。"

"……"温以凡眨眼，琢磨了一下这个逻辑，"那我是不是也得被灌？"

"当然。"桑延扯着她往里走，"不过呢……"

"嗯？"

桑延唇角轻勾，指腹在她的手背上轻蹭，心情看上去很不错："你对象已经把你那份儿解决了。"

温以凡被桑延带到他坐的那一桌。

这一桌基本都是钱飞的死党，全都互相认识。见到被桑延牵着出现的温以凡，一群原本吵吵闹闹的大老爷们儿顿时消了音。

注意到其他人投过来的目光，温以凡有点儿不自在。最先打破寂静的仍然是苏浩安："我去，桑延，你对象是温以凡？"

桑延抬眼："怎么？"

"这就是你说的那个，疯狂想泡你的姑娘？"苏浩安服了，觉得自己果然不能听信他吹牛，"这种话你都说得出来？"

温以凡下意识地看向桑延。

苏浩安又对着温以凡说："温以凡，你能不能说句话打打这个狗的脸？我真看不惯他这副嚣张到令人作呕的嘴脸！"

"啊？"温以凡没觉得这话有什么问题，迟疑地回，"但我确实……不过也不是泡……"

温以凡觉得"泡"这个字，听着不太诚恳："是追。"

这话一出，酒席上又陷入了沉默。桑延没出声，只沉默地把玩着她的手，神色悠哉至极。他偏过头，盯着温以凡认认真真解释的表情，忽地低下头笑了几声。

苏浩安有点儿无语："你可太给桑延面子了。"

在场似乎没有一个人相信温以凡的话。

温以凡也没太注意他们的反应，只是不自觉地往四周观察了一圈。瞥见坐在桑延旁边的人，她很快就认出也是桑延的大学舍友，叫陈骏文。

"所以，"陈骏文恰好开了口，语气极其八卦，"苏浩安，你满世界说的那个，桑延高中的时候死活追不到的女生，就是……"

苏浩安就一标准的损友，叹了口气："对，还好意思搁这儿吹牛说人姑娘追他呢。"

温以凡有些纳闷，凑到桑延耳边问："你要不要解释解释？"

桑延瞥她："解释什么？"

温以凡反倒很关心他的面子问题："说你真不是在吹牛。"

"……"

陈骏文又接话："所以桑延，你大学因为这才不处对象？"

"这你就想太多了，"苏浩安嚷嚷道，"桑延就只是单纯地找不到对象，好吧？那狗脾气谁能忍！你说你能忍吗？！得性子多好的人才能跟他过一辈子？！"

陈骏文喝了口酒："实不相瞒，刚刚桑延问我段嘉许帅不帅的时候，我真以为他看上段嘉许了。"

又是这绯闻对象，温以凡下意识地听着陈骏文的话。

"我服了，后来还说什么，噢——"陈骏文模仿着桑延的语气，慢悠悠地说，"那我跟段嘉许谁更帅点儿？"

"……"温以凡立刻看向桑延，对上了他居高临下，而又意味深长的目光，像是姗姗来迟地，想跟她翻个旧账。

这回温以凡不打算浑水摸鱼了。她抿了抿唇，思考了一下，凑到耳边给他顺毛："我投你一票。"

"不用。"桑延还端着，似乎是不接受这么敷衍的解决方式，语气也轻飘飘的，"我从不强人所难。"

温以凡有点想笑："没有，我是真心实意的。"

桑延噢了一声："是吗？"

"不然的话，"温以凡顿了一下，重提刚刚苏浩安的话，"我也不至于这么疯狂地追求你。"

"……"

婚宴即将结束。

桑延被几个老朋友拉着去另一桌聊天，温以凡不认识那些人，就没过去，只留在原来那桌等着他回来。她低头玩着手机，听到附近的陈骏文跟旁边的男人在聊天。

陈骏文感叹着："我倒也没想过老钱居然是我们当中最早结婚的，我记得毕业散伙那顿，他还哭诉了一下自己大学的时候给人当了多久的备胎。"

另一人笑："这也毕业好几年了。"

陈骏文乐了："是啊，我记得桑延那会儿喝醉了，不知道把我认成谁了，说了句啥来着……"

温以凡下意识地看了过去。她还没听清陈骏文接下来的话，苏浩安突然起身，喝高了似的，朝温以凡敬了杯酒："哎，温以凡。为了庆祝你跟我的好兄弟桑延成了一对，来，咱喝几杯！"

温以凡收回目光，想起了桑延说的"有对象的都得被灌"。她笑了笑，抱着这样的心情喝酒倒也舒畅，顺从地接过酒喝下。

等桑延从另一桌回来，就见温以凡已经被灌了好几杯酒。她身上带了很明显的酒味，面容却如常，除了脸颊比平时稍红些，看着没什么不妥，但反应明显慢了好几拍，目光也显得有点儿呆滞。

桑延见过温以凡喝醉的模样，此时也大致看出来她的情况。他看向苏浩安，有点儿火大："你有事儿？"

"好兄弟，"苏浩安看着也不太清醒，笑眯眯地说，"对的，就是你爹！你爹亲自给你，创造了个美好的夜晚！不必客气！"

温以凡还坐在原地，镇定如常地喝着酒。

桑延不让她继续喝了，直接拎起她手中的杯子，搁到一旁。见时间也不早了，他干脆把温以凡抓了起来，沉声说："回家。"

温以凡掀起眼睑，盯着桑延的脸："好。"

两人都喝了酒，没法开车。温以凡虽然还一副淡定从容的样子，但是步子已经走不直了。她被桑延半扶着出了酒楼，之后站在原地看着桑延在马路边等着拦车。到后来，温以凡似乎是站累了，干脆直接坐在旁边的挡车石柱上。

虽然这条街不算偏，但不知道为什么，半天也没看到一辆出租车。

余光瞥见温以凡的举动，桑延走回她面前，半蹲下来看她。他皱眉，伸手捏了捏她的脸："你本事还挺大。"

温以凡点头，接下夸奖："谢谢。"

桑延气乐了："谁让你喝酒的？"

"……"温以凡直勾勾地盯着他的脸，忽地抬手碰他，"桑延。"

"怎么？"

不知道是想到了什么，温以凡抿了一下唇，情绪有点儿低落。她抽了一下鼻子，轻声道："你这几年是不是过得不好？"

桑延的表情一顿："谁跟你说什么了？"

温以凡摇头："没有。"

桑延笑："那想什么呢？"

"在想，"温以凡歪了一下脑袋，表情格外困惑，似乎还对此感到极为难过，"你怎么就，去堕落街当头牌了？"

"……"完全没想过会听到这样的词，桑延唇边的笑意僵住。

"你别那样了，"温以凡叹了口气，很认真地说，"我给你赎身，好不好？"

"……"桑延倒是没想过，时隔一年多，他还能从温以凡口中听到这个词。并且，这回还上升到了"赎身"这种程度。

他觉得荒唐，但又有点儿好笑："我哪样？"

温以凡的手被冻得冰冰凉凉的，还触碰着他的脸。她的目光专注，指尖从他的眉眼，顺着脸侧下滑，停在了他右唇边上微微下陷的梨涡。

她不动了，视线也顺势下拉。

"说吧。"桑延任由她碰，伸手握住她另外一只手，焐在手里，"想给我赎身，然后呢？"

"然后？"温以凡慢一拍地抬眼，盯着他熟悉的眉眼，很诚实地说出了内心的欲望，"让你变成我一个人的。"

桑延眉梢轻挑："那还用得着你赎身？"

"要的。因为我看到你，"温以凡抿了抿唇，轻声抱怨，"对别的女生笑了。"

说完，她又自顾自地替他解释："不过这一定是你的工作要求……等我给你赎身了，你就不用做这种事情了。"

"温霜降，谁教你喝醉了就给人泼脏水的？"桑延握她手的力道重了些，"今天这桌不都是大老爷们儿吗，我跟谁笑了？"

温以凡摇头："不是今天。"

桑延："不是今天，是哪天？"

"我第一次去'加班'的时候，"温以凡语速很慢，像是在回忆，"一个晚上，你对四个女生笑了，还给了她们联系方式。"

"……"这么久远的事情，桑延压根儿没印象了，但他极为肯定自己没做过。他直直地盯着她，妥协般地从口袋里拿出手机："自己看。"

没等温以凡接过手机，身后就传来了车子的声音。

桑延侧头瞥了眼，是一辆空的出租车。他直接把手机塞进温以凡的手里，抬手拦下。随后，他把她扯了起来，半抱在怀里："回家了。"

温以凡拿着手机，还在喊他："桑延。"

桑延："嗯？"

温以凡很严肃："我已经在准备筹钱了，你不能对别人笑。"

"……"桑延与她对视几秒，突然觉得也没法和这个醉鬼沟通了。他打开车门，边把她塞进车里，边硬接下这脏水："行，知道了。"

把车门关上，桑延走到另一侧上了车。桑延跟司机报了地址，凑到温以凡旁边，给她系上安全带。

盯着他的举动，以及近距离的眉眼，温以凡不太习惯，再加上喝多了晕乎乎的，也觉得有点儿不舒服："为什么后座也要系安全带？"

桑延抬眼："坐哪儿都得系。"

"哦。"看他坐回去，温以凡看着他，"那你怎么不系？"

"我嫌勒得慌。"

温以凡又哦了一声，看着像是明白了他话里的意思，车内沉默下来，她的视线还放在他身上，几秒后又问："那你怎么不系？"

"……"桑延沉默三秒，见她还一直看着自己，再度妥协了，扯过安全带系上。

见状，温以凡才像是心满意足了。她垂眸，目光定在桑延的左手上。他的袖子稍微捋起了些，先前她送他的手链还戴在左手的手腕上，像是一直没摘下来过。

红色的细绳，还带了个小挂饰，跟他的气质确实不太搭，但他戴上之后，又觉得好像还挺合适。

温以凡去抓他的手，轻碰了几下，脑海里浮现起今晚苏浩安损桑延的画面。她莫名又有点儿不开心，小声道："你戴这个会不会被笑像小姑娘？"

"嗯？"桑延懒懒道，"关他们屁事。"

"那我们怎么这么早就走了？"温以凡费劲地想了想，说话慢吞吞的，"我刚刚听到他们说，一会儿还有个闹洞房的环节……"

桑延学着她的语速，也慢悠悠地说："因为有个酒鬼喝醉了。"

听到这话，温以凡观察着他："你喝醉了吗？"

"……"

"那我回去给你泡杯蜂蜜水，"温以凡在醉酒的状态下话比平时多了不少，但说话的逻辑尚存，"然后你早点儿睡，明天不是还得上班吗？"

桑延侧头："那你呢？"

温以凡眨眼："我明天轮休。"

"嗯，"桑延捏了一下她手心上的肉，语调悠闲，"你有时间了，所以想给我找点儿事儿干。"

"那我都打算给你赎身了，你就得忘掉你头牌的身份。"温以凡又把话题绕回这上边，表情很正经，"给我做什么事情都是理所当然的。"

"……"桑延头一回知道"头牌"这个称号，还是因为苏浩安。

当时苏浩安不知道从哪儿听到这回事儿，格外不服气，也因此专门为谁才是这堕落街的头牌跟他争执了一番。他懒得理苏浩安，也压根儿没把这破事儿放在心上。

但桑延没想到，这个称号还能成为他跟温以凡再度见面的一个契机，并且她对此似乎还耿耿于怀。

沉默了好一阵，像是终于忍不住了，桑延莫名笑出了声。他的肩膀微颤，笑时胸膛也随之起伏着，好半天才说："行，你说得在理。"

"……"

"还有，你对象我还是清白之身呢。不卖艺也不卖身，仅靠才华赚钱。"桑延拖着尾调，吊儿郎当道，"你这钱呢，花得也不亏。"

温以凡郑重道："我知道的。"

桑延："所以尽快来赎我，行不行？"

温以凡点头。

听着他俩的对话，前头的司机神色诡异，频频地从后视镜往后看。直至尚都花城门口，接过桑延的钱后，他才忍不住出声劝导："姑娘，我看你长得这么标致——"

温以凡刚下车，顺着窗户看向司机："嗯？"

"没必要找个牛郎当对象啊！"

"……"桑延直接把车门关上，似笑非笑道，"师傅，还有您这么拆人生意的？"

"……"

尚都花城物业管得严，没登记车牌的车子开进去得登记一些杂七杂八的信息，格外麻烦，所以桑延也没让司机把车子开进去，直接在门口就停下。

但坐了一路，温以凡的醉意似乎更浓了，这会儿连站都站不稳，桑延干脆把她背了起来。

温以凡把下巴搁在他的肩膀上，双手钩住他的脖子。她似乎有些困了，但还一直嘀嘀咕咕地说着话："所以，一定不能靠色相吃饭。"

桑延安静地听她说。

温以凡："这是最没有前途的路。"

"嗯。"桑延顺着说，"没人让你靠色相吃饭。"

温以凡摇头："有的。"

闻言，桑延的脚步一顿，回头："谁？"

温以凡似是想说什么，对上他的侧脸时，又把话都咽了回去。她收回视线，思考了一下："我之前在宜荷的时候，先是在报社实习了两年多，后来去宜荷广电了。"

桑延很少听她提及以前的事情，神色微愣。

"我通过社招，进了他们那儿的一个王牌新闻栏目。"温以凡说，"我也没想过能进，因为能进去的基本都是自身条件挺好的。我就是想试试，所以投了简历。"

桑延应了一声："然后呢？"

"然后，"温以凡的神情有些呆，似乎是很不喜欢这段回忆，"我在那儿待了好几个月之后才知道，组里很多人都在说，我是跟主任上床了，才进来的。"

"……"

"我也不是很在意这些事情，毕竟嘴长在别人身上，我也管不住。"温以凡说，"不过我也没想过，我那个主任，是真的想跟我上床。"

桑延的脚步停了下来。

"他说我这张脸干点儿什么都比当记者来钱快，还轻松，也不知道我在清高个什么劲儿，睡几次对我也没什么损失。"温以凡的话停住，过了半晌才道，"……我好讨厌那个地方。"

桑延低声哄道："嗯，那咱以后就不去了。"

温以凡用几不可闻的声音道："为什么都要这样说我？"

怕吓着她，桑延压着心底的戾气，试图让自己的语气平静些："因为他们有毛病。"

"桑延。"

"嗯？"

"我回南芜之前，"温以凡轻声说，"梦到你了。"

"……"

"我梦到你来宜荷了，带着你……"可能是说久了有些困，温以凡说得有些艰难，"带着你……嗯……你妻子，你们是来新婚旅游的。"

桑延笑："你这都是什么梦？"

温以凡："你特别开心，还笑着跟我打招呼了。"

很奇怪，那个时候，温以凡其实已经很久没想起过桑延了，但醒来之后，她突然就想回南芜了。

她讨厌宜荷，也讨厌北榆，没有一个城市是她喜欢的。但那一瞬间，她觉得，至少她爸爸的墓在南芜。至少，南芜还有一个，她想见却不敢见的人。

"行吧。"桑延思考了一下，语调也多了几分认真，"那咱以后也去宜荷旅游。"

"……"温以凡怔怔地盯着他的侧脸，眼睛莫名有点儿发热。她低下眼，轻轻地吸了一下鼻子，很小声地说："桑延，对不起。"

"嗯？"桑延问，"对不起什么？"

"我太重了。"

"我这还没说什么呢，你就说自己重了？"桑延笑，"道歉前先掂量掂量自己身上的肉，行不行？你这骨头还硌着我呢。"

温以凡没说话，把脸埋进他的颈窝里。

对不起。我以前说话，语气太重了。

温以凡没再说话，思绪渐飘，全身心的安全感被眼前的男人占据。眼皮渐渐耷拉下来，脑子有些沉，她回想起今天婚宴上陈骏文的话。

——当时胖子在那儿哭诉着呢，喝得像个傻×一样。他把桑延当成他大学追的那个女生了，吼了半天："万琳！我是你的备胎吗？！"桑延也喝了不少，也像个傻×一样，重复着他的话。

——啊？桑延说什么了？

……

也不知道究竟是自己没听清，幻想出来的话，还是真的就是那样发生的。

可桑延，应该不会说那样的话。

他不能说出那样的话。他是那么那么骄傲的一个人，就应该一直是骄傲的，不会被任何事情打败。所以，他绝对不能是，就这么一直在等她。

极为强烈的愧疚感几乎要将她压垮。温以凡不希望这是真实的，觉得自己没法承受这样的对待。

——他说什么了啊？

温以凡不敢再去回想。她疲倦到了极致，慢慢地，被这浓郁的睡意拉扯进了梦境。

梦境里，热闹熙攘的大排档内。男人穿着白衬衣，领口的扣子解开几颗，袖子也稍往上卷。他的眸色漆黑，眉眼被醉意染上几分涣散，漫不经心地重复着钱飞的话："我是你的备胎吗？"

陈骏文在一旁笑："桑延，你被传染了？"

"我是你的，"像没听见一样，桑延语气很轻，"备胎吗？"

周围的一切似乎都在拉远。

热闹的场景喧嚣，但似乎都与他毫无关系，像是在两个不同的世界。

桑延的喉结上下轻滚，眼角被酒熏上了点儿红。他垂下眼，自嘲般地扯了扯唇角，声音低哑至极。

"备胎……也行。"

第十六章
把我抱来你房间

有什么东西在一颗一颗地，
接连不断地砸下，
坠落在他的手背，
像星点的光。
——是她的眼泪。

背上的人渐渐消停，呼吸声也变得更轻，没再发出声响，像是一天下来的疲倦都被这醉意放大，完全招架不住。

　　不知过了多久，直到快走到家楼下时，桑延听到温以凡咕哝了一句："桑延……"

　　闻声，桑延侧头看她。瞥见她紧闭着的眼，他的目光稍停。而后，他收回视线，继续看着前方，低声笑："说梦话呢。"

　　下一刻，钩住他脖子的力道似是在不自觉地加重。后来的一路，温以凡都浑浑噩噩的。她分不清梦境与现实，脑海里闪过一帧又一帧的回忆，感觉自己在无尽的黑暗里飘荡。残存的意识让她隐隐能感受到男人温热而宽厚的肩膀，像是能帮她驱散掉这冬日里的寒意。

　　再有意识时，温以凡是被桑延叫醒的。她坐在沙发上，盯着面前的男人，脑子混沌到想不通他想干什么，只觉得他像个恶霸，影响了她的睡眠。她烦躁至极，定定地看着她，起床气也不由自主地冒了出来。

　　"桑延。"

　　桑延端着个碗，正想继续说话，温以凡又道："你不要吵我睡觉。"

　　"……"桑延也看她，几秒后把碗搁桌上，笑了，"你还敢冲我发脾气？"

　　温以凡没搭理他，身子往旁边挪了挪，往另一侧倒，像是想继续睡觉。但下一刻，她又被桑延拉了起来，固定在原来的位置。

　　桑延扬眉，语气有些恶劣："不准睡。"

　　"我为什么不能睡？"温以凡觉得他不讲理，威胁道，"你再不松手，我要骂你了。"

"行。"桑延把她扯到自己怀里，倒是觉得新鲜，"你骂。"

"你这个……桑、桑，"温以凡的气势一到骂人就矮了一截，像成了个结巴，想了半天才憋出个词，"丧……桑家之犬。"

"……"桑延低垂着眼，目光放在她身上，被骂了反倒还笑，"你这什么词儿？"

温以凡没吭声。

桑延："没了？"

"没了，我要睡了。"温以凡抱着他，酒的后劲儿似乎彻底上来了，模样不太舒服。她的眉眼还带着暴躁，很认真地说："你别打扰我了，我不想骂你的。"

"把这喝了再睡，"桑延一只手把她的脑袋抬起来，另一只手又端起桌上的碗，直接送到她唇边，"不然明天起来该头疼了。"

因这动静，温以凡又睁了眼，却没半点要喝的意思。

等了片刻，桑延直接说："不喝完不让睡。"

两人僵持了半晌。温以凡歪头，像是想到了什么，慢慢地说："你好像桑延。"

"……"

"他也这么凶。"

桑延面无表情地说："你喝不喝？"

这次温以凡没再反抗，乖乖地就着他的手，小口小口地喝着碗里的醒酒汤。她边喝，边时不时地抬眼，偷偷看向桑延。

"你知道我今晚喝了多少吗？"桑延盯着她喝，语气硬邦邦地说，"本想着喝多了也没事儿，反正某个人能照顾我一下。结果呢？"

温以凡顺着问："结果呢？"

桑延掐她的脸："结果这人还冲我发脾气。"

"哦。"温以凡安慰道，"那你别理她了。"

"……"桑延也不知道这姑娘酒量怎么能这么差，喝几杯就成这样。自己说半天也没什么用处，她压根儿一句都没听进去。

温以凡喝了小半碗，就没继续喝了。

桑延："全喝了。"

"不行。"温以凡摇头，"剩下的你喝，你今晚不是喝了很多酒吗？"

"……"桑延瞥她，"喝成这德行还记得？"

温以凡没应话，把碗抬高，捧到他唇边："你喝。"

"锅里还有，我一会儿喝。"桑延说，"你把剩下这点儿喝了。"

"那你得……"温以凡怕他不喝，"在我面前喝。"

"还看呢？"桑延笑，"你不困了？"

"哦。"被他一提醒，温以凡又想起了这一茬，"桑延，我好困。"

"嗯，喝完就去睡。"

温以凡抽了一下鼻子，小声嘀咕："但是我身上好臭。"

桑延耐着性子说："那一会儿去洗个澡。"

"我不想动。"温以凡抬头，好声好气地请求，"所以你能不能，帮我洗个澡？"

"……"

见他立刻看过来，温以凡又意识到，自己似乎麻烦他太多事情了。总觉得这样对他不太公平，她怕被拒绝，又补充说："等你不想动的时候，我也可以帮你洗。"

"……"桑延眉心微动，深吸了一口气，"不能。"

一整晚自己提出什么要求，桑延都在拒绝，温以凡也有点儿不开心了。

"你干吗这么小气？"

"我小气？"桑延气乐了，"行，我等着看你明天清醒了之后怎么后悔。"

"那我不洗了。"温以凡继续威胁他，"我今晚要跟你一起睡觉，我要臭你。"

"……"桑延把最后一口醒酒汤喂进她嘴里，一字一顿道，"现在就给我回房间睡觉，我不跟你睡，别想臭我。"

温以凡觉得他说话不算数："你之前才说，给我抱着睡也可以的。"

"温霜降，"桑延没辙了，完全没法跟她沟通，又不能冲她发火，"你能行行好给我留条活路吗？老子抱着你怎么睡？"

温以凡："为什么不能？"

桑延盯着她："你说呢？"

温以凡摇头："我不知道。"

桑延眸色深了些，把她往自己身上压，又问了一遍："你说为什么不能？"

"……"温以凡没说话，看着像是没听懂。过了好半晌，她垂下眼，突然像是感受到了什么，神色有点儿愣："哦，这样不行。"

桑延松开她。

"你喝醉了，"温以凡认真地说，"我怕你醒来了不认账。"

"……"桑延盯着她，好半天后才决定放弃。他不再费口舌跟这个神志不清的酒鬼继续扯，直接抱起她就往主卧走。

温以凡话还很多，自顾自地说了半天，桑延安静地听着。

勉强替她把妆卸了，桑延盯着她被伺候得昏昏欲睡的模样，又觉得好笑："还真信得过我。"

她这状态明显没法洗澡，桑延也没觉得她哪儿臭，只给她脱掉外套，留下件打底。他没再叫醒温以凡，把她安置到床上，而后便出了主卧。

第二天早上，温以凡不知为何突然醒来，睡眼惺忪地睁开眼，瞬间对上了桑延的脸。她的呼吸停住，脑海里在顷刻间浮现起昨晚发生的所有事情。

一路顺到底。温以凡最后的印象就是，桑延把她抱到浴室里，替她把妆卸了，接下来她就彻底没了意识。所以说，她现在为什么会在桑延的床上？！

温以凡想起自己昨晚疯狂撩桑延的话，僵硬地低头看向自己身上的衣服，还是昨天的那套。她稍稍松了口气，又看向桑延，认真地琢磨了一下可能性。

好像就只能是，她又梦游了。桑延的手机就放在旁边，温以凡拿起来，点亮，一眼就看到他的锁屏界面是两人在摩天轮上的合照。她眨了眨眼，盯着看了好一会儿，才看向时间。

此时才七点多。昨晚没洗澡，温以凡这会儿觉得周身都不舒服。

她蹑手蹑脚地起了身，正打算回去洗个澡再继续睡的时候，身后的男人忽地有了动作。温以凡的手臂被他抓住，用力往他的方向扯，而后摁在怀里抱着。温以凡毫无防备，总觉得这一幕有点儿熟悉。

她小心翼翼地回头，就见桑延还闭着眼，呼吸节奏规律平和，明显还在睡梦当中。温以凡盯着他的脸，挣扎了好一会儿。良久后，她放弃挣扎，翻了个身，把脸埋进他的胸膛里，困意再度袭来，重新闭了眼。

算了，晚点儿再洗也不迟，她喜欢被他抱着。反正是迟早的事情，有名有分的，她也不算是占了便宜。

很快，温以凡再度陷入了睡梦。她没注意到，在她看不到的角度，桑延慢腾腾地睁开眼，盯着她的脑袋，唇角小幅地勾了起来。

这一觉睡得彻底，比先前几次都要沉。迷迷糊糊之际，温以凡感觉到桑延似乎起床准备上班了。她费劲地睁了一下眼，含混不清地嘱咐："你上班路上小心。"

"嗯。"桑延刚换完衣服，顺带把她拖了起来，"起来喝了粥再睡。"

"……"温以凡还困得要命，被他一揪，起床气再度炸裂。她定定地盯着他，没跟他争执，过了三秒，重新往被子里钻。

"快点儿，"这会儿她不起来，估计得睡一整天都不吃东西，桑延没心软，"喝完粥再睡。"

温以凡敷衍道："我晚点儿喝。"

桑延："不行。"

"……"温以凡直接装死。

"你怎么回事儿？"桑延笑，"你脾气还挺大呢。"

温以凡解释："我没发脾气。"

桑延："那起来。"

"桑延，"温以凡把脑袋从被子里露出来，试图心平气和地跟他说话，语气却还是显得生硬，"我想睡觉，我现在不想起来。"

桑延稍稍扬眉，直接连着被子把她抱了起来。

温以凡毫无防备，对上他的目光。没等她再说话，桑延垂头盯着她，悠悠地说："怎么？怕我跟你聊昨晚的事情？"

"……"温以凡的起床气瞬间消了大半。

温以凡头皮发麻，清醒过来后才想起这回事儿。她强装镇定："人喝醉酒的时候，总会说一些匪夷所思的话。这个是正常现象，你不用太放在心上。"

桑延噢了一声，自顾自地说："堕落街头牌？"

"……"

"赎身？"

"……"

"让我帮忙洗个澡？"

"……"

"怕我不认账？"

温以凡听不下去了，窘迫到了极致。她神色淡定地捂住他的嘴，提醒道："不是喝粥吗？再不喝，一会儿就要凉了。"

桑延停下话语。

"你不是也没帮我洗吗？"温以凡看他，"就……你把自己保护得还挺好的。"

"……"

等桑延出门后，温以凡把碗筷收拾好，回房间洗了个澡。她脱掉衣服，此刻才后知后觉地想到陈骏文的话，真切地确认，她确实听清楚了。

陈骏文就是这么复述的。温以凡的心里有点儿堵得慌，她不确定，桑延说的那句话跟她有没有关系。可她希望没有。

她希望那只是桑延醉酒时，随意跟朋友调侃的一句话。她希望这么多年来，桑延过得都很好，不曾为任何事情停下脚步，人生也没有任何的羁绊。也不会因为她，受到任何影响。

短暂的休息日眨眼间便结束。

接下来的一段时间，因为穆承允的话，温以凡出单位的时候，总会不自觉地往四周扫一眼。她问了保安，似乎除了那次，再也没人来找过她。确认没有什么异样和不妥后，温以凡才放下心来。

随着几场细密的小雨，春天也在不知不觉间来临。南芜市的气温渐渐升高，退去了冬日的寒冷，沿途的枯树也渐渐泛了绿。

温以凡刚从编辑机房回办公室，正准备开电脑的时候，旁边的苏恬又凑过来跟她聊起了八卦。

"哎，我听说，那小奶狗好像递辞呈了。"

闻言，温以凡看了过去。

苏恬继续道："我听大壮说，好像是不打算干这行了。说是他本来就对记者这一行没什么兴趣，一直比较想当演员。然后刚好有影视公司想签他，就辞职了。"

温以凡啊了一声："那挺好的，能做自己喜欢的事情。"

"真好，当演员应该很赚钱吧？"苏恬托着腮帮子，"你说他之后会不会火了呀？咱要不要先跟他要个签名啊，说不定以后还能卖钱。"

温以凡笑："可以。"

恰好手机响了，温以凡收回视线，拿起手机看了眼，是桑延的消息。

桑延："什么时候下班？"

温以凡回："马上。"

注意到她的举动，苏恬忍不住说："我何时能见见你这个'鸭中之王'？"

温以凡弯唇："下回。"

"行吧。"苏恬叹息，有点儿羡慕，"你说你作为一个记者，怎么能谈恋爱谈得如此甜蜜？我感觉我该换男朋友了，等着下一个毫不知情的可怜虫天天被我放鸽子。"

温以凡一顿："这么严重吗？"

苏恬："是的。"

再低眼时，桑延直接发了两条语音过来。

"那一会儿来'加班'一趟?

"我喝酒了,没法开车。"

温以凡眨眼,回了个"好"。

另一边。

注意到桑延的举动,苏浩安格外无语:"你说你何必奸扯这些话?直接说一句'我在跟朋友聚会,你要不要过来',不就得了!"

桑延抬眼,轻磕了一下杯子:"我没喝?"

"谁不知道你是什么心理!"苏浩安实在受不了了,"一天到晚就知道吹女朋友,自从胖子结婚你把温以凡带过来了,你嘴里还有别的话吗?"

桑延没说话,又喝了口酒。

苏浩安指着他手上的红绳,又道:"还有你这手链……"

"对。"桑延打断他的话,身子靠到沙发背上,懒洋洋地说,"情侣款,你嫂子送的呢。"

"……"

"也没办法,人姑娘呢,就喜欢跟我一块儿戴这玩意儿。"桑延下巴微扬,说话拖腔拉调的,格外欠揍,"我总不能扫了她的兴。"

苏浩安服了,不再搭理他。

等时间差不多了,注意到微信上有动静,桑延便起了身。他拿起旁边的外套,笑容漫不经心:"走了。不好意思,有人来接呢。"

苏浩安往他身上扔纸巾:"滚吧!千万别回来了!"

出了单位,温以凡直接往堕落街的方向走。到"加班"门口的时候,她给桑延发了条消息,也没在外头等,直接往里走。

温以凡走到吧台前等着。调酒师何明博已经认得她了,见到她来了,还给她倒了杯水:"你要不要直接上去找延哥?"

温以凡笑着道了声谢。她想了想,觉得这样似乎也可以,就不用让桑延特地下来一趟。何明博笑了一下,转身继续去忙了,温以凡转头看向楼梯:"那我直接上去……"

她的话还没说完，手腕突然被人从一侧抓住。温以凡消了音，很明显地感觉到身后人的气息完全不熟悉。她下意识地甩开手，猝不及防地侧头，下一刻，就对上了车兴德醉醺醺的面容。她的呼吸停住。

　　车兴德毫不受影响，再度抓住她的手臂，面容看起来明显不清醒："哎，真是霜降啊。我就说我没认错……"

　　男女间的力气悬殊，温以凡想挣脱，却完全抵不过他的力气。她闭了一下眼，又睁开，没再浪费力气。她盯着他，说话的语气毫无温度："你有事儿吗？"

　　"什么叫我有事儿吗？我这不就是找你叙叙旧？上回见到舅舅怎么就当没看见？"车兴德啧了一声，"你这姑娘可太没良心了，这么久不见舅舅也不——"

　　下一瞬间，车兴德的手臂被突然出现的桑延重重扯开。那股难缠的、无力至极的感觉随之消散。

　　温以凡感觉到自己被桑延扯进怀里，整个人被他的气息再度占据。精神一松，温以凡才察觉到自己的身体在不受控地发颤。她完全没想过会在这里遇到车兴德，强压着内心的厌恶，试图让自己平静下来。

　　温以凡抬起头，而后，对上了桑延稍带戾气的眉眼。她动了动唇，却说不出话来。

　　桑延唇线平直，指腹在她的手腕上轻抚了一下："没事儿吧？"

　　温以凡轻轻地嗯了一声。

　　见状，桑延才稍微放下了心。他转头上下打量着车兴德，脸上的情绪外泄，在此刻完全压不住，语气也像是掺杂着冰块。

　　"你是哪位？"

　　因桑延这突如其来的动作，车兴德往后退了几步。他勉强稳住身子，醉醺醺地指着温以凡，舌头都大了几分："我……我哪位？我是她舅舅！"

　　听到这话，桑延又看向温以凡，似乎是在询问她这话的真实性。

　　温以凡抿唇："不是。"

　　"嘿！霜降，我不是？什么叫不是？！"车兴德恼了，又走上前来，

"这话你都说得出来，你良心不疼？舅舅以前还给你买过吃的、穿的，不记得了？"

温以凡抬头，眼里的厌烦完全藏不住。她不想让自己失态，也不想把太多的情绪放在眼前这个跟自己现在的生活毫不相关的人身上。

"我不认识你。"

可能是觉得温以凡的话落了他的面子，车兴德更加恼火，又想过来扯她。

察觉到他的意图，桑延立刻把温以凡护到身后。他抓住车兴德的手臂，垂下眼，目光像是在看什么脏东西一样。他手上的力道渐渐收紧，直至听到车兴德的痛呼声才松开。

桑延的语气无波无澜："听不懂人话，是吧？"

"你有病吧！我跟我外甥女说话，关你屁事！"车兴德来过这酒吧好几次，也认得桑延，只当是老板来管事儿，"滚滚滚！家事你管什么呢！有毛病吧！"

桑延懒得跟他多废话。

注意到这头的动静，何明博问道："延哥，怎么回事儿？"

"喝醉了在这儿发酒疯，叫大军进来把他带出去。"桑延压根儿没把车兴德这人当回事儿，随意道，"别影响到其他客人了。"

"我做什么了让我滚？"车兴德身上的酒气熏天，因桑延的态度而极为恼火，开始撒泼，"老板打人还赶客是吧！老板了不起，是吧！"

车兴德的行为举止，让周围的顾客渐渐把目光投向这边。

"怎么？"桑延完全不在意其他人的眼光，似笑非笑地说，"你都这么说了，我不动手是不是还挺对不起你这话？"

温以凡紧张地抓住桑延的手。桑延回握住她，指腹轻蹭了一下她的指尖，视线仍放在车兴德身上。

见他的语气似乎不是在开玩笑，车兴德也怵了，没敢再出声挑衅。车兴德再度看向温以凡，注意到他俩亲密的举动，忽地明白了过来："霜降，你跟这老板处对象呢？"

温以凡没出声。

"哦，老板啊。"车兴德变脸速度很快，堆起笑容，"我是她舅舅，没恶意。自己人哪用这么针锋相对？我就是太久没见我这外甥女了，怪激动——"

没等车兴德说完，外头值班的两个保安就已经进来，架着他往外走。其中一人还随口扯了句："别闹事了。"

"什么啊！我闹什么事了！"车兴德又嚷嚷了起来，"你们干什么呢？！"

桑延的眉眼动了动，在某个瞬间觉得车兴德的模样有些熟悉，但那念头只闪过须臾的时间，很快就消失不见。他也记不起自己什么时候见过这个人。

原本的好心情都因这事儿消散。桑延垂眼，盯着温以凡："回家？"

"嗯？"温以凡回过神来，勉强露出个笑容，"好。"

桑延有点儿后悔今晚叫温以凡过来的事儿了。他侧头，又嘱咐了何明博几句话，而后便牵着温以凡出了酒吧。他低声问："刚才扯疼你没？"

温以凡心不在焉地应："嗯？"

"那男的，"桑延揉了揉她的手腕，"扯得你疼不？"

温以凡这才抬头，弯起唇："不疼。"

桑延能很明显地察觉到温以凡的情绪，也能明显察觉到，从碰到那个男人开始，她的状态就不太对劲儿。他的神色不明，又问："那个男的你认得吗？"

"……"温以凡沉默几秒，诚实答，"是我大伯母的弟弟，跟我没什么关系，也算不上是舅舅。"

桑延："他一直这样？"

温以凡："什么？"

桑延："对你的态度。"

温以凡又垂下头，尽量让自己的声音平静些："我跟他不熟。他也不是什么好人，你如果再碰到他，不用管他，就当是陌生人好了。"

她压根儿就没想过还会再遇到这些人，也一点儿都不希望自己家里的这点儿破事影响到桑延。

安静下来。过了一会儿，桑延忽地出声："温霜降。"

温以凡："怎么了？"

"你有什么事情，可以跟我说。"桑延说，"什么都行。"

似是察觉到自己的反应影响到了他的心情，温以凡笑了笑，声音里也带了安抚的意味："不是什么大事儿。"

随后，她收回视线，语气平和："都是我自己能解决的事情。"

两人回了家。

开车回来的这一段时间，温以凡的状态又恢复了过来。她神色平常，像是没见过刚刚那个男人一样，只像平时那般跟桑延聊天，不再提刚刚的事情。

温以凡给桑延泡了杯蜂蜜水，忍不住说："你别总喝酒了，你好多毛病。又抽烟又喝酒，还熬夜，你这身体迟早会坏。"

桑延挑眉，觉得自己被她说得像个混混儿一样："我就喝了两口。"

"那也不行，"温以凡继续挑他的毛病，"你还老是喝冰水。"

桑延笑："我喝冰水怎么了？"

温以凡："对胃不好。"

"行，"桑延平时最烦被人管着，这会儿倒觉得这滋味还不错，"知道了。"

"那你喝完早点儿睡，"温以凡觉得困，懒懒地打了个哈欠，她坐在旁边看着桑延喝水，忽地凑过去抱了抱他，"我去睡觉了。"

桑延回抱住她："心情还不好？"

温以凡摇头："我就是困。"

"……"见她一副什么都不想说的样子，桑延也没再多问，伸手揉了揉她的脑袋。两人的目光对上，他又亲了一下她的唇："去睡吧。"

温以凡回房间后，桑延又在客厅待了会儿。他垂着头，指尖在杯壁上轻敲了几下，似是在思考着什么。

良久，桑延才起身洗漱，而后回了房间。

半夜，桑延从梦中醒来。他的神色有些难看，在这一瞬间，终于记起了先前自己到底是在哪里见过车兴德这个人。在此之前，桑延只见过这个人一次——在他最后一次去北榆见温以凡的那一天。

那天，桑延从公交车上下来，习惯性地沿着小巷往前走。来之前，他提前给温以凡发了消息，却迟迟没得到她的回复。

他想直接到温以凡家楼下去等她，但还没走到那儿，桑延就在小巷子的路口看到温以凡被一个男人纠缠着。

男人的岁数看着比温以凡大了一轮，身材有些胖，扯着她在说些什么话，脸上带着极为放肆的笑容，格外不怀好意。

那一刻，桑延的所有好心情随着这个画面消失殆尽。他立刻上前把温以凡扯到自己身后，少年心气完全不受控制，暴戾感甚至让他想直接把眼前的男人杀了。男人长得不高，身体还有点儿发虚，没几下就倒在地上发出哀求的声音。

桑延的情绪还未退去，就被温以凡扯住，往另外一个方向快步走着。他盯着温以凡白皙的后颈，立刻问道："那个人是谁？"

温以凡没回头，语气很平："我不认识。"

那个男人的面容，渐渐与今天见到的车兴德重合在了一起。

桑延在此刻丝毫不想相信自己的记忆，他不断在回忆里搜寻着当时温以凡的表情和情绪，却又都记不太清了。

桑延闭了闭眼，睡意全无。他起身出了房间，正想去厨房拿瓶冰水喝的时候，就见到此时客厅的沙发上，温以凡正安静地坐在那儿。

见状，桑延瞬间明白了什么。他没再往厨房走，换了方向。像之前的每一次一样，扯过沙发旁的小板凳，坐在她面前。

仿若没察觉到他的存在，温以凡呆滞地看着时钟。桑延伸手握住她的手，弯了一下唇："你为什么每次都要看着挂钟？"

温以凡眼睛一眨不眨，一句话都没有说。

"半夜自己待在客厅不觉得吓人吗？这乌漆墨黑的，"桑延说，"不然我以后睡觉不关门了，你直接进我房间，行？"

温以凡没有任何反应。桑延坐在她面前，之后也没再说话，只是安静地陪着她。

不知过了多久，桑延看到温以凡把视线从挂钟上挪开，垂下脑袋。

她盯着自己搁在膝盖上的双手，其中一只手还被桑延握着。她的神色怔怔的，跟之前每一次她打算起身回房间的前兆差不多。

他看不清她的模样。正当桑延以为她这次梦游就要结束的时候，他忽地感觉到，有什么东西砸到了自己的手背上。

桑延表情一愣，目光顺势下挪，看到自己握着温以凡的手上沾了滴水。他再次抬眼，唇边的笑意渐收。

温以凡的眼神空洞，安安静静地坐在原地。周围悄然无息，有什么东西在一颗一颗地、接连不断地砸下，坠落在他的手背，像星点的光。

——是她的眼泪。

桑延的眼睫垂下，盯着在他手背上汇聚又向下滑落的几颗泪珠，喉结慢慢地滚动着。很快，他又抬起眼，哑声问："怎么了？"

她的身子一动不动，没发出任何声响，只有眼睛不受控地掉着泪。像是只能用这种方式，无声地，在这空无一人的夜里，独自消化那些痛苦。

桑延抬起手，轻轻地擦拭掉她脸上的泪，觉得这冰冷至极的眼泪，在此刻像是化成了熔岩，灼得他全身发疼。他的嗓子干涩，有些说不出话来。

半晌后，他才喊了一声："温霜降。"

温以凡的视线仍放在膝盖上。

"你问我这些年是不是过得不好。"

"那你呢？"桑延声音很轻，"你过得好不好？"

两人合租了一年多的时间，在温以凡第一次梦游后，桑延就查过相关的资料，得知引发这病状的原因有不少，大多是睡眠不足和生活压力，以及过往有过的一些创伤和痛苦经历。

结合起温以凡的作息和工作压力，桑延倒没觉得这有什么不妥。温以凡梦游的次数不算频繁，规律性也不强，加上桑延察觉到她似乎也挺在意这件事情，再后来，她再梦游，只要不是有什么大影响，他也不会再主动提及。

可温以凡梦游了这么多回，这是桑延头一次，看到她在梦游的时候哭。

桑延不知道温以凡今天还有没有发生什么别的事情，但根据她今天的反应，以及他的回忆，她现在在这里哭的最大的原因，就是今晚的那个男人。

他不知道，这么些年，她是不是一直被这个所谓的"舅舅"纠缠着不放；他也不知道，是不是每次经历这些不开心的事情之后，她都会独自一人，在这夜里无声地哭。

持续了好几分钟，温以凡的眼泪才彻底止住。她机械般地抬起眼，看向桑延，就这么定格了好一会儿才起身。桑延还握着她的手，猝不及防地顺着她的动作站了起来。

而后，桑延隐隐察觉到，她似乎回握住了他的手。他的眼睫动了动，跟在她的后边，以为是自己的错觉，尝试着把手松开了些，两人的手仍未分开。

温以凡还握着他的手，桑延的眉梢轻扬。本以为温以凡这回还会像之前那样，梦游完就跑到他房间睡觉。哪知这次，路过次卧的时候，她的脚步却没有停下，依然往前走着。

桑延没太在意，毕竟她每次梦游做的事情也不一定相同，总有几次是有偏差的。他继续被她牵着往前走。直至走到主卧门前，温以凡抬起另一只手，把门把拧开。她往里走，把他也带着走了进去。

两人进来之后，温以凡还习惯性地回过身，轻轻地把门关上。她的举动极为自然，跟平时的模样没有什么大的区别，只是稍稍僵硬和缓慢些。

一路走到温以凡的床边。桑延正想着把她安置回床上，等她没别的异样再回房间时，就感觉温以凡抬脚爬上了床。牵着他的力道仍然未松，像是想把他也一块儿扯到床上。

这会儿，桑延才意识到不对劲儿："你让我跟你一块儿睡？"

温以凡抬起眼，安静地看着他。模样看着明显没有任何意识，却莫名让桑延有种她在梦中找到了什么宝物，想要偷偷地拿回自己的小基地，将之占为己有的感觉。

她的力气不重，桑延其实一挣就能挣开。可他总有种预感，自己要是挣脱了，她又得像刚刚那样掉眼泪。

尽管两人先前已经在一张床上睡过几次，但桑延觉得在自己的私人空间，和侵占她的空间，是两个不同的概念。他站在原地没动，耐着性子提了个建议："那去我房间，行不？"

温以凡没任何反应。又僵持片刻，见她似乎没有让步的意思，桑延再度妥协了，没再在意这点儿微不足道的事情。他垂眸，往这床上扫了一圈，而后躺在空着的另一侧。他开始有些不自在，此时半点儿睡意都无，只替温以凡把被子盖好。

她还牵着他的手，像是终于放下心，眼睛也渐渐闭了起来。

桑延躺在她旁边，低眼看她。良久，他仰头，轻轻地吻了一下她的额头。

第二天清早。

温以凡睁开惺忪的眼，第一反应就能感觉到自己正被人抱着。她的眼睫缓慢地动了动，顿时明白了什么，但因为这种事儿发生的次数已经不少了，她也没太在意。

她自顾自地醒着神。直到意识彻底清醒的时候，温以凡抬眼看向四周。残存的睡意在顷刻间消散，她立刻察觉到了不对的地方。

——这是她的房间。

温以凡蒙了，呆滞地回头看向桑延。就见他此时也醒了，眼皮懒懒地耷拉着，神色还有些困倦。注意到她的目光，桑延看起来毫不在意。他重新闭了眼，极为放肆地抱着她的腰，往怀里扯了些，像是想再睡一会儿。

"……"这从容又自然的模样，让温以凡不知道他俩到底是谁出了问题。她没忍住说："这是我的房间。"

因为刚睡醒，桑延的声线有些低沉："怎么？"

温以凡："你为什么会在这儿？"

"什么叫我为什么会在这儿？"

"……"

"你这态度还让我挺伤心的呢。"桑延的额头抵着她的后颈，语调闲闲地说，"你自个儿算算，你放了几次火，我这才第一次点灯——"

"不是。"温以凡打断他的话，好脾气地说，"我就是想问你为什么会在这儿。"

"噢。"桑延笑，"你说为什么？"

"……"温以凡转过头，桑延也随之抬起了眼。

两人的视线对上，几秒后，温以凡冒出了个猜测："你也梦游了？"

桑延挑眉："当然不是。"

"哦。"温以凡又猜，"那就是，你半夜做噩梦了，或者是看鬼片害怕，不敢一个人睡觉，所以半夜跑来我房间了吗？"

"也不是。"

"还是说，你就是单纯想跟我一起睡？"

这回桑延主动给出了解释："你半夜梦游。"

温以凡点头："嗯，然后呢？"

盯着她的脸，桑延的眼眸漆黑，伸手慢腾腾地抚了一下她的脸。而后，他勾起唇，气定神闲地把话说完："把我抱来你房间了。"

"……"温以凡想象了一下那个画面，她深更半夜梦游，突然变得力大无穷，跑到桑延房间，轻而易举地把他这个有七十多公斤的男人扛了起来。

"？"

你连这种话都说得出来？！

温以凡压着情绪，语气淡定从容："我抱你……吗？"

桑延没回答，似是在默认。

"我还能……"温以凡觉得桑延就是完全在把她当傻子忽悠，却又不好直接这么把话说出口，只能一步一步地指出他的逻辑问题，"抱得动你吗？"

桑延看着她的表情，忽地低下下巴，自顾自地笑了起来。他仍然不打算改口，极为厚颜无耻地叹息了一声："我也没想到呢。"

"……"温以凡没再跟这个厚脸皮争执，毕竟这跟前几次的情况完全不同，一听就知道是天方夜谭，完全不需要任何证据来证明。

两人再度对视几秒，温以凡憋出了四个字："那我还挺……"

"……"

"爷们儿。"

桑延嗯了一声，又想把她扯回来抱着睡。

提及"爷们儿"这几个字，温以凡就想起了两人第一次见面时的事情。她的脑子一昏，莫名想提一下这件事情："那除了名字——"

桑延瞥她，温以凡继续说："我的力气好像也比你爷们儿。"

"……"

差不多也到上班的时间了。温以凡说完就有点儿后悔，怕桑延跟她计较。她立刻爬了起来，丢下一句话就往卫生间的方向跑："我去做早餐，你继续睡。"

等温以凡洗漱完，桑延也已经不在她的房间了。被子已经被他整理好，平铺在床上。她盯着看了几秒，还是想不太通他为什么会出现在自己的房间。感觉自己刚刚最后一个猜测是最合理的，但依照桑延的性格，温以凡又觉得他做不出这样的事情来。

温以凡实在想不通，只能一会儿去问问当事人。她换了身衣服，出房间往厨房的方向走。她翻了翻冰箱，观察着里面的食材，打算煮个面就完事儿。

刚把蔬菜拿出来，桑延也进了厨房，习惯性地从冰箱里拿了瓶冰水出来。

两人的目光撞上。温以凡的视线下拉，停在他手上的那瓶冰水上，又抬起，再度定格几秒。她什么都没说，走到一旁去拿锅，温声问："早餐吃面，可以吗？"

桑延动作顿住。须臾的光景，他沉默着把冰水放了回去："行。"

一夜过去，温以凡的坏心情已经散去了大半。她边往锅里盛水，边注意着他的动静。见状，她的唇角弯了起来，莫名因这小举动有点儿想笑。

桑延走到她旁边，把配菜和丸子洗净，两人有一搭没一搭地说着话。

本来温以凡想做个早餐，结果到最后大部分还是由桑延完成的。她坐到餐桌旁，小口地喝着汤，正想再问问桑延为什么会在她房间醒来。

桑延反倒先出声："温霜降。"

温以凡："嗯？"

桑延抬起眼，似是随意地提了句："昨天那个说是你舅舅的男人，我好像在哪儿见过。"

"……"温以凡的表情微愣，又想起了昨晚的车兴德。她温吞地收回视线，咬了口面，诚实地说："嗯，你之前来找我的时候见过他。"

"你当时好像说，"桑延斟酌着用词，"你不认识他。"

"对。"温以凡点头，温和道，"因为我不喜欢这个人。每次看到他都躲着走，也一点儿都不想跟他有什么交集。谁问我，我都说跟这人不认识。"

"……"

温以凡笑着说："怎么了？"

桑延的目光放在她的脸上，像是在观察她的表情。他的神色不明，看不出在想什么，但似乎没对她这话产生什么怀疑："这人一直缠着你？"

"没有。"温以凡垂着头，继续吃面，"我上大学之后就没见过他，还以为他一直在北榆，也不知道是什么时候来南芜的。"

桑延仍看着她，这次没有说话。余光注意到他的视线，温以凡抬起头。她思考了一下，大致能猜到他的想法，补充了一句："我也没想过会再遇到这个人，一直都过得挺好的。"

桑延扯了一下唇："那就行。"

这话一落，饭桌上陷入了沉默。温以凡不知道该说点儿什么，觉得昨晚的事情只是一个小插曲，没必要再提。但她也不知道，现在大伯一家到底是怎样的状况。

她不知道他们现在是不是还住在赵媛冬那儿，也不知道他们是不是定居在南芜了，更不知道他们还会不会回北榆。

温以凡觉得，南芜是一个很大的城市，光是巧遇的话，其实一辈子应该也碰不上几面。可她隐隐觉得不安。

她不知道先前穆承允提及的人是不是车兴德，也不知道他知道桑延的存在之后，会不会通过这种方式来找她。她不知道他们突然搬回南芜的意图是什么，不知道他们会不会缠着她。尽管温以凡觉得并没有缘由，却也惶恐这样的可能性。

想到这儿，温以凡又看向面前的男人。想到昨晚车兴德在他的酒吧里闹事的事情，她的唇线渐渐抿直，又出了声："桑延。"

桑延："嗯？"

温以凡其实没有什么担心的事情，也丝毫不怕这些人会给她的生活弄出什么水花。再怎么样，她也不再是当初那个只能寄人篱下、没有任何能力的小孩儿了。

她并不觉得这些人能弄出什么事情来，可她怕会影响到桑延。

温以凡对上他的眼，认真地嘱咐："如果昨天那个人以后还去'加班'找你，不管他跟你说什么，或者找你要什么，你都不用理他。"

桑延看向她，注意到她的神色，低笑了一声，抬手用力地揉她的脑袋，像是完全没把这事儿放在心上，他的语气带了几分玩味："担心什么呢。"

"……"

"一年前的事情你都能提出来挑我毛病，我还哪敢随便跟人说话？"

闻言，温以凡瞬间想起自己喝醉时，跟他提及的"你一晚上对四个女生笑了"的事情。她的注意力瞬间被转开，有点儿窘迫。要不是这醉话，她都不清楚自己当时关注了这件事情。

"还有，除了你，"桑延笑，"你觉得有谁能从我这儿拿到东西？"

他这话说得平静而淡，还带了点儿安抚，像是通过这方式来表示，他并不在意这些事情，也完全不认为，这会对他造成什么实质性的影响。

"咱俩这关系，"桑延收回手，语速慢悠悠的，"这不是还得经过你同意？"

"嗯？"

"不然，"桑延吊儿郎当道，"吃亏的不还是你嘛。"

温以凡稍愣，琢磨了一下他这话，很诚恳地说："我没这么专制，你的财产想用来做什么是你的自由。你想怎么花就怎么花，不需要过问我。"

桑延偏头，若有所思地瞧她。

安静须臾，见他一直盯着自己不说话，温以凡也搞不太懂他的意思。她放下筷子，迟疑地问："那你是想管理我的财产吗？"

"……"

"也可以，但可能没有很多。"虽然转正之后，温以凡的工资稍高了些，但因为各种生活开销，她也没存多少钱，"那我晚点儿列个清单给你？"

桑延直直地看了她一会儿，像是在思考这世上怎么会有这么不解风情的人。

温以凡想了想，还在说："那你还可以顺便给我记个账，我都算不来。"

桑延唇角抽了一下，用力掐她的脸："想得还挺美。"

吃完早饭也差不多到了桑延的上班时间。

温以凡起身，临出门前习惯性地检查着包里的东西，没翻到录音笔。她让桑延等一下，又回到房间里，很快就在梳妆台上发现了录音笔。

正想出房间，倏忽间，温以凡莫名想起了昨晚在"加班"碰到的车兴德。她的动作微顿，犹豫着在柜子里翻了翻，而后，从里头拿了瓶防狼喷雾，放进了包里。

之后的几天，温以凡问过桑延几次，车兴德有没有再去他的酒吧，但桑延工作忙，隔一段时间才会去"加班"一次，也不清楚情况。

但按照何明博说的，似乎是没有的。就算有，应该也没有闹出什么事情，只是以一个普通客人的身份到来。

温以凡这才稍放下心，想着车兴德大概也有自知之明，不敢贸然地到其他人的地盘闹事，有一次被赶出去的经历，大概就不会再做出相同的事情。加上温以凡这段时间要跟的后续报道也多，多数时间都是直接开单位的车上下班，也没再见过车兴德这个人。

那天的事情就像是个没有引起任何水花的小插曲，温以凡渐渐将之抛于脑后。

穆承允的离职申请在一个月后才被批下来。他模样生得好，人又乖顺热情，在组内的人缘还算不错。也因此，他正式离职这天，团队里的其他人还特地给他弄了个欢送会。

为迁就大部分人的时间，欢送会定得晚。预计是所有人下班后，在单位附近的一家烧烤摊吃夜宵。

温以凡的稿子还没写完，便让其他人先过去。等她把收尾的工作完成，也接近晚上十点了。关上电脑，她拿上包出了单位。烧烤摊在单位后边的美食街，走过去大概十分钟的路程。

温以凡拿出手机，边往外走，边打开微信。看到桑延刚发来的过来接她的消息，她弯了一下唇，正想回一句她会晚点儿回去。但字还没敲完，耳边突然传来男人厚重粗糙的声音。

"霜降啊。"

温以凡的指尖停住，顺着声音看去，果不其然地对上了车兴德的脸。他靠在旁边的柱子后边，无声无息的，也不知道是在这旦等了多长时间。她的目光渐冷，收回视线，像没听见一样继续往前走。

下一秒，车兴德就跟了上来，再度抓住她的手臂。他的身上全是烟酒混杂的气味，还夹杂着浓郁的汗臭，熏得温以凡几乎要吐出来。

温以凡用力挣脱，警惕地往后退了几步，手也伸进包里。

车兴德收回手，堆起笑容："干什么啊，每次见到舅舅都这副态度？"

温以凡盯着他："你想干什么？"

"咱这不是好些年没见了吗？"车兴德用力搓了搓脑袋，看她的眼神跟以前无二，"可以啊，这些年过得挺好，还找了个开酒吧的有钱男朋友。"

"……"

"这不就对了吗？多讨好你那对象，让他多给你点儿好处。"车兴德说，"当时舅舅跟你说了，你不听，非要去上什么大学，现在还不是靠这种方式赚钱？"

温以凡闭了闭眼，觉得这人像蛆一样，让她恶心到了极致，多看一眼都是在污染自己的眼球。她的唇线拉直，无波无澜地吐了三个字："滚远点。"

车兴德也不恼，又上前去扯她，依然没皮没脸道："怎么了？又不爱听了？霜降，你这样可不好，光顾着自己过好日子了？我当时被你害得工作都没了，在街坊面前也抬不起头。你还想自己——"

温以凡身体稍僵，觉得自己已经忍耐到了极点。恰好摸到包里的防狼喷雾，她正想拿出来，下一刻，手上被扯着的力道一松。温以凡的眼前出现了个高大的背影，把她拦在身后，大声呵斥："你干什么？！"

温以凡的呼吸有些急促，下意识地抬头。

是穆承允。

见到有其他人，车兴德依然没觉得有什么不对。他脸上的笑容更大了，脸上的沟壑一道一道的："我没干什么啊，我跟我外甥女说话呢。"

穆承允转头看她："以凡姐，你认识这人吗？"

温以凡稍稍平复了情绪："不认识。"

闻言，穆承允又看向车兴德，表情很难看："说了不认识，你走不走？"

车兴德又看了温以凡一眼。他的眼白发黄，瞳仁也显得浑浊。而后，他往后退了几步，轻叹了口气："小伙子，我真是她舅舅。"

"……"

"我俩有误会，"车兴德又道，"她就是在跟我闹脾气。"

穆承允当没听见："以凡姐，走吧，大家都在等着你。"

温以凡点头。两人一前一后往烧烤摊的方向走。穆承允站在温以凡的后头，像是怕车兴德突然又上前做出什么不妥的行为，车兴德也没再跟上来。

直至走了一段距离，温以凡侧头，跟他道了声谢，而后道："你怎么回来了？"

穆承允挠了挠头："我把耳机落在单位了。"

"嗯？"温以凡问，"那你现在要不要回去拿？"

"算了，没事儿。"穆承允说，"我也懒得跑一趟了，到时候让大壮拿给我就好了。"

温以凡点头，心不在焉地嗯了一声。

"以凡姐，刚刚那个男人是……"注意着她的神情，穆承允小心翼翼地说，"我之前见到来找你的好像就是这个男人。"

温以凡也猜到了，这会儿听到了也不太惊讶，只是笑了笑。

穆承允没再继续问："你之后出单位的时候注意点儿，这样看，他也不是第一次来了。以后如果你晚下班的话，就叫桑学长过来接你吧。"

"嗯。"温以凡把话题扯开，语气随意又平和，"听说你签了家挺好的影视公司？恭喜你。"

穆承允不好意思地摸摸脑袋："谢谢以凡姐。"

温以凡笑："当演员是你喜欢做的事情吗？"

"对，"说到这个，穆承允的眼睛都亮了些，"我第一次演戏是被朋友拉过去一块儿试镜的，没想到就过了，而且整个过程我都挺开心的。"

"那挺好的。"

"以凡姐，你呢？"穆承允跟她闲聊起来，"你是因为喜欢这个行业才当记者的吗？"

"……"温以凡一怔，抬头。

"怎么了？"穆承允有点儿尴尬，"我问了不该问的问题吗？"

温以凡回过神："不是。"

穆承允松了口气。

"就只是工作吧。"温以凡认真想了想，中规中矩地给了个答案，"说不上喜欢，但也不讨厌。"

到烧烤摊后，温以凡才记起来给桑延发消息。她给他发了个定位，顺带说了大致的时间，让他如果下班早的话就别过来了。

欢送会到十一点的时候才结束。温以凡跟同事一块儿走出美食街，突然注意到桑延的车子就停在路口。她神色微顿，忙跟其他人道了别，小跑着过去上了车。

温以凡系上安全带，随口问："你刚加班完，还是刚从'加班'过来的？"

"刚下班。"桑延往外头扫了一圈，"怎么？今天欢送谁？"

"穆承允。"温以凡诚实地说，"他前段时间递了辞呈，今天才正式离职，同事就给他弄了个欢送会。"

桑延噢了一声，语气是有些刻意的欠揍："还挺让人伤心的呢。"

"……"温以凡笑，"还行，他挺开心的。他好像本来就不怎么喜欢当记者，现在能去做自己喜欢的事情也挺好的。"

听到这话，桑延的眼睫动了动，下意识地看向她。没过多久，他收回视线，发动了车子："回家了。"

温以凡应了一声好。她把窗户降了下来，趴在窗上，吹着外头的风。

桑延瞥了她一眼："温霜降，手收回来点儿。"

温以凡顿了一下，慢吞吞地把露在窗外的手肘收了回来。随后，她看了眼手机，恰好看到赵媛冬的消息栏又跳到了最上方，其中提到了"大伯"等字眼。

温以凡的视线停住，又想起了刚刚的车兴德，以及穆承允的话。她不知道之后还会不会有类似的事情，迟疑地点进去看了眼。她顺着往上翻。接连的一堆消息，赵媛冬基本每隔几天都会跟她说几句话。

"今天你大伯一家来南芜了，现在住在妈妈这儿。我知道你不想见他们，所以跟他们说好了。他们应该也不会住太长时间，只是暂时找个安置的地方。

"你大伯母的弟弟确实不像是什么好人，以前是妈妈疏忽了，没考虑你的感受。当时只觉得你大伯一家把你照顾得挺好的，也没想太多。咱俩好好谈谈，好吗？"

……

"今天你大伯母的弟弟开了你大伯朋友的车，酒驾撞车了，要赔好几万。妈妈给了他们一点儿，现在也让他们搬出去了。"

……

"今天你大伯母又过来了，我大概问出来了。他们好像是欠了一屁股债才搬来南芜，如果去找你的话，你不要管他们。不要让他们影响了你的生活，知道吗？"

温以凡没再继续看，退出了聊天窗。

旁边的桑延在此刻也出了声："怎么参加个欢送会心情还不好了？"

闻言，温以凡愣了一下："啊，没有。"

桑延语气意味不明："舍不得？"

"……"温以凡失笑，耐着性子说，"没有的。"

恰好是红灯。桑延把车子停了下来，侧头看向她。他的目光像是在观察，却又不太明显。过了好一会儿，直到红灯已经开始闪了，他才道："今天有什么事儿？"

温以凡下意识地否认："没有，怎么了？"

"什么怎么了？"桑延笑，"这话不是应该我问你吗？"

"……"

桑延收回视线，再度发动了车子，只扔下了句："有什么事儿就跟我说。"

过了片刻，温以凡强行把车兴德的事情抛诸脑后，提起了今天做的报道："就是，今天我去做了个后续采访，一家三口出车祸，就剩个小朋友活着，还成了植物人，看着心情挺不好的。"

像是听进去了，桑延沉吟几秒，而后低声安抚了几句。

一路开到小区的地下停车场。

下车之后，温以凡主动去牵他的手，忽地喊："桑延。"

桑延："嗯？"

"要是你之后有空的话，"温以凡问，"你能来接我下班吗？"

"不是，你这把我说成什么了？如果不是比你晚下班，"桑延偏头，用力捏了捏她的指尖，"我哪天不来接你？"

"哦。"温以凡弯唇，"我就是确认一下。"

温以凡大致能猜到车兴德来找她的目的。但她完全不想搭理这些事情，也不可能会按照他们所想的那样去做。她的工作时间不规律，有时候因为出差甚至好几天都不会回台里。其余时间，大多是桑延过来接她。

时间长了，温以凡没再担心，也不相信车兴德能为了这点儿破事，就一整天都蹲在电视台外等她。

因为温以凡这话，桑延又有了一个吹牛的理由。加之他公司最近接的大项目刚加班加点地完成，时间也空余下来。

桑延过上了每天准时上下班的生活。每天准时送温以凡上班，再准时到她单位楼下接她回家。要是她加班，他便顺带到"加班"吹会儿牛，等着她下班一块儿回去。

就比如现在，桑延大大咧咧地坐在卡座的中央，手里拿着听冰可乐，优哉游哉地说着："不好意思了，兄弟们。最近呢，我都不能喝酒。"

苏浩安耳朵都要长茧了："滚啊！谁要你来了！"

"我对象要求我每天去接她下班。"桑延毫不受干扰，继续道，"我也想跟你们喝，但我对象不是太黏人了嘛，我也没什么办法。"

"……"自从结婚后，钱飞就很少过来了，但听桑延吹牛的次数并不少，不论是通过微信还是通过电话，"你赶紧滚吧，我也受够了。"

瞥见钱飞，桑延提起了一件事儿："噢，钱老板，最近不见你过来啊。你这是，特地过来跟我们吹你是怎么教段嘉许追人的？"

听到这话，钱飞的表情僵了一下。

"真是羡慕你们。"桑延说，"我就没感受过追人的滋味呢。"

"……"

"我呢，就一直是，"桑延语气傲慢又欠揍，"被疯狂追求的，那一个。"

苏浩安服了："这话你也敢在我面前说？"

桑延当没听见，也丝毫不觉得打脸，又看向钱飞："行了，钱老板，开始吹你的光辉伟业吧。"

钱飞硬着头皮道："我真没有，你别听段嘉许那傻×瞎说行吗？"

桑延脸上的笑意渐收，毫无情绪道："确定要这样，是吧？"

苏浩安也不爽了："你跟段嘉许干什么呢？兄弟间哪儿来的秘密！就算不是你教他追的，按你这狗性子也肯定会硬接下这功劳！你这否认给谁看？！"

没等钱飞再说话，余卓在这个时候上了二楼，他的神情有些无措，对着桑延说："延哥，楼下有个客人说是你的舅舅，点了一堆酒不打算给钱……"

桑延的眼睫动了动："我哪儿来的舅舅？"

余卓补充："就是上回被大军哥架出去的那个酒鬼，说是嫂子舅舅的那个。"

苏浩安皱眉："这是哪个傻 × 啊，来老子的地盘搞事？"

桑延缓缓挑了一下眉尾，把剩下的可乐喝完，很快便起了身："你们喝吧，我去处理。然后顺便，去接我那黏人的姑娘了呢。"

"……"

桑延下了楼，被余卓带到一楼中央的卡座，一眼就看到车兴德站在最边上，旁边坐了一堆人。此时他正跟服务员小陈嚷嚷着："我外甥女是你老板的对象！我给什么钱！"

他走了过去，散漫地接过小陈手中的账单。

小陈的表情也很为难："延哥……"

见到桑延，车兴德脸上的嚣张瞬间收起。他露出一口黄牙，伸手拍了拍桑延的肩膀："哎，你是我们霜降的对象吧？听她说了好几次了。"

桑延没搭理他，侧头问小陈："这桌点了多少钱的酒？"

小陈默默地报了个数。

车兴德还在跟他的朋友吹牛皮，脸上的得意显露无遗："来，弟兄们，各位瞧瞧。这是我外甥女的对象，长得帅吧！人也大方得很，这点儿酒钱对他来说根本不算什么！"

桑延往账单上扫了几眼，懒懒地掀起眼皮："你的夸奖呢，我收下了。"

车兴德脸上的笑容更甚。

没等他再说话，桑延又道："说吧，这钱你是给还是不给？"

车兴德一愣，以为自己听错了："给什么啊？就这点儿钱，我可是你对象的舅——"

"不给是吧？"桑延直接把账单搁桌上，似笑非笑道，"行。"

他偏头看向余卓，直截了当地丢了两个字——

"报警。"

察觉到情况不对，车兴德的那堆朋友也面面相觑。可能是因为等久了，也可能是因为觉得这局面丢人，坐在他旁边的瘦子忍不住说："德哥，这什么情况啊？"

这话一出，其余人因为这状态也七嘴八舌地抱怨起来。

"是你说请客我们才过来的啊。"

"没钱就别夸下海口啊！人家看着哪里像是认识你啊！"

"算了，走吧走吧。"

车兴德的面子有点儿挂不住了，笑容讪讪："不是——"见其他人真的起身准备走人了，他有些急了，又看向桑延："报什么警！这点儿钱都不愿意出，就你这样还想跟我外甥女在一块儿？！"

桑延懒得理他，继续对余卓说："报了没？"

余卓立刻从口袋里掏出手机："马、马上。"

"等等！"车兴德的表情越来越僵，语气也没了刚才的诤媚，骂骂咧咧道，"有病吧，不就这几千块钱，我还缺你这几千块……"

余卓的动作停住。桑延没吭声，居高临下地瞧他。

"我给！但我现在还要喝酒，还要在这儿消费！"车兴德明显是觉得丢了面，恼羞成怒道，"你带着这么多人来影响我跟朋友是什么情况？"

桑延没因他的话有半点儿情绪的波动，眉眼稍稍舒展："抱歉，看来是我误会了，那祝您消费愉快。"

说完，桑延低声对余卓嘱咐了一句："让大军盯着。"

他也没继续留在这儿，转身走到吧台前坐下。何明博习惯性地倒了杯酒搁到他面前，往车兴德的方向看，顺带问："哥，啥情况啊？又是这人？"

桑延没喝，扫了眼手机，漫不经心道："就一闹事的。"

何明博又问："不是嫂子的舅舅吗？"

"……"桑延抬了眼，慢慢地说，"你嫂子不认识。"

温以凡准备出办公室前，付壮恰好外出采访回来。

他手上拿了瓶饮料，在手里把玩着，见到温以凡便习惯性地过来跟她说话："以凡姐，你准备下班啦？桑延哥来接你吗？"

温以凡笑："嗯。"

"我听穆承允说了，就骚扰你的那个人，可真吓人。"付壮碎碎念道，"你之后下班注意点儿，如果桑延哥没时间来接你的话，你就跟我说一声，我送你回去。"

温以凡起身："没什么事儿。"

付壮很夸张："怎么没有！我这段时间好像也看到好几次了，但不确定是不是那个人。我问了楼下保安，他每次都像是路过来看一眼，也不久待。"

闻言，温以凡的脚步顿住。

付壮的模样又愁又担忧："姐，你长得好看，而且老是熬到那么晚才下班，这附近还是酒吧街，你自己得小心点儿。"

温以凡轻轻抿了一下唇，面色很快就恢复如常，又笑了笑："我知道的。"

出了单位，温以凡在熟悉的位置找到桑延的车，走过去上了副驾驶座。她看向桑延，闻到他身上淡淡的酒气，眨了眨眼："你喝酒了？"

桑延发动车子："没呢。"

"你是不是刚跟苏浩安他们见完面回来？不过，再过一段时间你也不用来接我了。"温以凡在心里算一下自己的存款，认真道，"我关注了一下车子的行情，准备去供辆车。到时候就可以自己开车上下班了，而且也方便我工作。"

桑延瞥她："打算什么时候去挑？"

温以凡温声道："等我轮休的时候吧。"

桑延："行，到时候我陪你一块儿去。"

温以凡笑："好。"

车内又陷入了沉默。开了一段路，桑延忽地问了句："温霜降，我怎么感觉你最近情绪不太对劲儿？"

温以凡正发着呆，听到这话又回了神。她转头看向桑延，慢一拍地啊了一声，低声解释："这段时间台里事情有点儿多。我调整一下，过段时间就好了。"

桑延闲聊似的:"你这工作干得不开心?"

"没有,而且哪有人喜欢工作?"温以凡也不知道自己的情绪是不是表露得太明显,她生怕会影响到桑延的心情,下意识地弯起唇角,"我回去睡一觉就好了。"

桑延又抽空看了她一眼,没再继续问:"嗯,那早点儿回去睡觉。"

车兴德多次来台里找她的这件事情,在温以凡这儿像是个未引爆的定时炸弹。虽然她并不想去在意,但也能感觉到自己的情绪有了很明显的转变。

就连入睡也变得像从前一样困难。温以凡没跟任何人说这件事情,她觉得难以启齿,也不想去提及。温以凡觉得只要像从前那样就好了。

她只要离得远远的,不要再去管这些事情,不要再去见这些人,她的生活就还是自己的生活,也不会受到他们的半点儿影响。她跟这些人没有任何关系。

温以凡从以前到现在,就一直抱着这样的念头,但这所有的想法,在某个晚上,全被赵媛冬的一条消息打破。

注意到的时候,温以凡本没打算点开,但瞅见"酒吧"两个字,她莫名有了种不好的预感。没等自己反应过来,就已经点了进去。

"阿降,你谈了个开酒吧的男朋友吗?但我先前怎么听佳佳说,你是在跟她经理谈恋爱?今天你大伯母给我打了个电话,她那弟弟前段时间去你男朋友那儿了。说是只想把你男朋友介绍给他朋友们认识,但你男朋友态度不是很好,还把酒钱收贵了。阿降,你谈男朋友的话,要保护好自己。"

温以凡盯着这段话看了半天,脑子有些空白。她也不知道这事情是车雁琴编造的,还是真的有这样的事,毕竟她从没听桑延提过。

半晌,温以凡把手机放下,起身出了房间。

这会儿,桑延刚洗完澡,正坐在沙发上打游戏。他的发梢湿润,肤色在灯光下显得冷白,神色松散而敷衍,像只是随便找件事情来打发时间。温以凡走过去坐在他旁边。

桑延抬眼："几点了，怎么还不睡？"

"桑延，"温以凡看着他，尽可能地让自己说话的语气平静些，"说是我舅舅的那个男人，前段时间去你的酒吧了吗？"

桑延彻底停下手里的动作："谁跟你提了？"

"……"这话相当于默认。

在这一刻，极为无地自容的感觉几乎要将温以凡吞噬。她甚至不用再问一句，也能猜到车兴德过去之后，做了些什么事情。

无非是为了跟他要钱，打着她舅舅的名义；抑或是撒泼不愿意给钱，在众目睽睽之下做出一些让桑延下不来台的事情。

可他本不应该遇到这样的事情。他为什么要遇到这样的事情？他为什么要因为自己，遇到这样的事情？

温以凡的喉间一哽，觉得自己什么话都说不出来了。她垂下眼，下意识地捏住自己的衣服，很轻地冒出了一句："……抱歉，我会跟他们说的。"

注意到她的情绪，桑延皱眉，直接把手机扔到一旁。他侧过头去看她的表情，迟疑而又茫然地道："温霜降，你道什么歉？"

温以凡对上他的视线，神色怔怔的。

"来酒吧的客人本来就鱼龙混杂的，这种事情几乎每天都会发生。"桑延难得有点儿耐心，认真解释，"我压根儿没把这破事儿放心上，懂？"

"……"恍惚间，温以凡觉得自己像是回到了见完家长，被温良贤带回家的那个晚上。她的脑海再次被当时车雁琴和温良贤的话全数占据，那些话不断地在她耳边回荡着。

——霜降，你也太不听话了。

——你就不能让我们省点心？

——我们是没有义务要养你的。

——我们只需要你听话一点，别做什么出格的事情。

温以凡。

你不要给人添麻烦。

你不能给任何人添麻烦。

不然，你会被丢下的。

之后两人再说了什么话，温以凡也没什么印象了。她只记得桑延似乎又说了几句安抚似的话，她也用尽全部力气，让自己尽可能地看起来没什么异常。

温以凡陪着桑延玩了一局游戏，而后便借着困意，回了房间。

在房间里呆坐了半个小时，温以凡又打开了微信，时隔很久给赵媛冬发了条消息："你把她的电话给我。"

可能是没想过会有回复，赵媛冬回得很快。她先是回了一串电话号码，伴随着一大串话。

温以凡没看，直接拨通了电话。响了三声，车雁琴接了起来，极大的嗓门儿顺着听筒传来："谁啊？"

温以凡直接道："你们想做什么？"

"……"车雁琴安静了几秒，犹疑地猜道，"霜降？"

"我不管你们是因为什么来南芜，"温以凡闭了闭眼，一字一顿道，"请不要扯上我。你们过好自己的生活，是死是活，都跟我没有任何关系。"

反应过来后，车雁琴的语气不痛快了："你这孩子怎么说话呢？！一上来就咒我们死？你说你这话像话吗？"

"我们之间没有什么好说的。如果你弟弟再来骚扰我，骚扰我身边的人，"温以凡当没听见她的话，继续说，"我会直接取证报警。"

"又报警是吧？我们做什么了你就报警啊？"车雁琴的声音刻薄，"我真是后悔当初把你接过来养，就养了你这么个白眼儿狼！"

"你怎么养我的？"温以凡说，"你弟爬到我床上时都不拦一下地养？给你当换钱工具地养？"

"……"

"我做什么了，"那一年的所有负面情绪，积压了多年的痛苦，在此刻全数爆发，她控制着自己的音量，咬字很重，"要受到你们这样的对待？"

她不依靠任何人，努力地过好自己的生活，现在觉得生活好起来了，可以尝试一下，跟他在一起了。为什么你们又要再次出现？

"车雁琴，你以前做手术的钱，不是我爸给你的吗？"温以凡说，"你们交不起温铭学费的时候，不是我爸出的钱吗？温良贤买房缺的那几万块钱，不是我爸给的吗？他让你还了吗？

"你们为什么要这样对我？到底谁才是白眼儿狼？"

过了几秒，车雁琴很无所谓地说："那都是你爸自愿给的。"

"……"

"你不想跟我们联系了？可以啊。"车雁琴说，"听说你现在交的男朋友挺有钱啊？你要想跟他结婚的话，让他先给个几十万彩礼。还有，你舅舅去你男朋友那酒吧还要给钱？这是什么道理！"

温以凡觉得荒唐，又觉得这些话放在这人身上也都是理所当然的。她面无表情地用极为温和的语气，说出恶毒至极的话。

"指望我，你还不如给自己买份巨额保险，再出个意外命赴黄泉。"

"哎！你怎么说话呢？！"车雁琴说，"你要是不给我，我找你妈要去了！"

"你找谁要都跟我没关系，我祝你能早点儿去找我爸要。"温以凡冷笑，"我最后说一遍，你们要是再来骚扰我身边的人，我会直接报警。"

她直接挂了电话，把这串号码拉入黑名单。

房间里再度安静。在跟这些人交涉之前，温以凡从不知道自己也能有这样的一面，只想对着那头的人宣泄所有阴暗的念头。所有的锋芒一消，她觉得精疲力竭，捏着手机呆滞地坐在原地。

她不知道这样有没有用，只觉得，自己是应该做点儿事情的。

等情绪慢慢冷却下来后，温以凡的身心渐渐被另一种感受充斥。她再度想起了外头的桑延，极为浓烈的患得患失感在此刻扑面而来。

她控制不住自己，再度起身出了房间。

客厅的灯还亮着，桑延坐在原来的位置，看着像是还在玩游戏，模样却有些心不在焉。余光瞥见她的身影，他稍挑眉，又问："怎么，这不是刚见完？"

"……"

他的语调闲闲："一天得见我这么多面？"

温以凡的鼻子有点儿酸，轻嗯了一声，走到他面前。而后，她抬起腿，自顾自地上了沙发，安安静静地跨坐到他的怀里，与他平视着。

"你还挺专制，"桑延被她挡了视线，低眼，慢条斯理道，"不让我喝酒、抽烟、喝冰水、熬夜，现在连游戏都不让我打了？"

温以凡又看了他一会儿。桑延抓住她的手腕，指腹在其上轻轻摩挲着。

下一刻，温以凡的另一只手忽地钩住他的脖子。她咬住他的唇，舌尖顺势探入，钩住他的舌头，动作显得有些生涩，像是在确认着什么。

她极为主动地将自己送了上去，在这深夜突然来扰乱他的心志。

桑延稍顿，任由她亲。他的眸色渐深，把她的手腕摁在胸膛前，遵照欲念地吻了回去。

男人的唇齿间都是薄荷的气息，吻人的力道像是带着攻击性，粗野至极，像是要将她吞进肚子里，还带着似有若无的吞咽声，在这安静的室内，沉闷地扩散着，极为暧昧。

她的嘴唇被他吮得发麻。能感觉到，他的指尖在下滑，顺着她的后颈，再到后背和腰际，停在了她的衣服下摆，顺势往里探，触感有些痒。温以凡情不自禁地咬住他的舌尖。

"怎么？"桑延松开她，气息略沉，话里带着笑意，"又想把我咬出血？"

男人黑发黑眸，下巴微扬着，唇也发红，一言一行都像是在蛊惑。

"温霜降。"

温以凡盯着他的眉眼，眼睛一眨不眨，感觉自己的心脏是空的，耳边也仿佛被静了音。无边的恐惧几乎要将她整个人包围，只觉得眼前的男人似乎下一刻就要将她抛下。

她只想留下他，只想跟他靠得更近一些："嗯。"

"你把我赎回来了，就这么坐怀不乱，不想干点儿别的事儿？"

"……"

桑延的指尖继续往上探，轻轻打着转，又用那种挑衅似的语气，跟她调情："比如，让我伺候伺候你？"

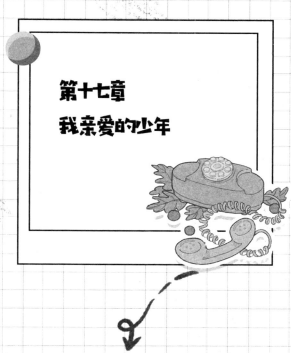

第十七章
我亲爱的少年

"我不是什么都不跟他说。"
"啊？"
"我只是不好的事情不跟他说。"

先前温以凡脑子一抽，脱口而出"头牌"这个称呼后，还以为桑延会恼火，毕竟这确实是带了不好的意味，但出乎她的意料，他似乎反而乐在其中，每回在她面前都能快速地代入这个身份。

说这话的同时，桑延带着她的手向下挪，嗓音微哑："不是觊觎我很久了？先前总想尽一切办法地占我便宜——"

"……"

"怎么现在有这个权利了，"桑延再度吻上她的唇，语气略显浪荡，又显得含混不清，"反倒还压抑住自己的欲望呢？"

也不知听没听进他的话，温以凡钩着他脖子的力道加重，下意识地张嘴，想说点儿什么。

下一刻，他的唇舌再度抵了进来。这次的力道温柔了些，一下又一下地亲吻着她，像是在逗弄，又像是在循序渐进地勾引。

渐渐下滑，顺着她的下巴，再到脖颈，最后停在锁骨的位置，带着莹亮又旖旎的水痕，伴随着，一点儿又一点儿玫色的痕迹。

温以凡的思绪渐渐飘忽，仰起头，什么都想不起来。她只想再贴近眼前的男人，只想顺着他，渴望能因此，将自己那些不安感全数打消。

桑延再次抬了眼，与她对视。而后，温以凡感觉到，自己的手被他带着停在某处。他眼眸漆黑，唇角勾了起来，声音里的情欲没半分掩饰。

"想碰我哪儿？"

"……"

他小幅地动了一下："这儿？"

温以凡盯着他的眉眼，神色似清明又似迷茫。她完全不像是在这场情事中的状态，更像是在寻求安定，轻声道："都好。"

桑延的动作微顿。

她吻住他的喉结，像是想把自己彻底送上去："都可以。"

"……"桑延低眼，盯着她的模样。仿佛终于察觉到她的不妥，他的气息还格外滚烫，却没再有进一步的举动，彻底停了下来。

顺着他的喉结，温以凡的唇继续往下。

没等她再有多余的动作，桑延抬了手，固定住她的脑袋。而后，他的力道往后，将她的脸抬了起来。两人的视线对上。

温以凡迟钝地盯着他："怎么了？"

"温霜降，怎么回事儿？"桑延眼里的欲念半点儿未散，轻抚着她唇角的位置，轻描淡写地说，"跟我好好说说。"

温以凡没答，讷讷道："不继续了吗？"

"光想着这事儿了？可我怎么感觉你一点儿都不专心？"桑延观察着她的神情，似有若无地叹了口气，开始问，"怎么突然出来了？"

温以凡的理智慢慢回来。她轻轻抿唇，呼吸还有点儿急："有点儿睡不着。"

桑延重提车兴德的事情："因为你刚刚提的事儿？"

温以凡没吭声，像是在默认。

"……"桑延又伸手掐她的脸，力道有些重，"都跟你说了，就屁大点儿事。你要不提，老子压根儿没印象了。"

听到这话，温以凡又看他。

桑延："还有别的事儿没有？"

温以凡摇头。

"温霜降，你最近梦游的次数，"像是终于没忍住，桑延眉头微皱，语速很慢，"有点儿多。"

温以凡垂下头，平静道："可能最近睡得太少了。"

"如果真觉得累，请个假休息几天。"桑延说，"行不？"

"……嗯。"

"我过段时间可能得去趟宜荷。我妹暑假在那边不回来，我爸妈放不下心，让我过去一趟。"桑延低头，咬了一下她的耳垂，"你说你这让我怎么过去？"

"我真没事儿。"温以凡觉得痒，缩了一下脖子，"你什么时候过去？"

"七月底吧。"

"去多久？"

"一周。"桑延依然盯着她，轻声说，"没什么事儿就提前点儿。"

"过去陪陪只只也好，她一个小姑娘在那边确实让人放不下心。你也别跟她吵架了。"就这么一会儿工夫，温以凡似乎已经恢复平时的模样，"那我到时候帮你一起看看酒店？我对那边应该比你熟一点儿。"

桑延的神色不明，过了好一会儿才应道："行。"

不知是那通电话有了效果，还是只是自己的心理作用，之后温以凡没再见到车兴德，也没再从同事口中听到这一号人物。微信上，赵媛冬那边也没再跟她提起大伯那一家的事情。

温以凡的那点儿情绪，随着这些人的消失，也慢慢地恢复如常。

接下来，温以凡断断续续地通过微信跟汽车销售顾问联系。

本来她已经挑好车子，只差过去交钱办手续了，但又被钟思乔劝了几句，说是国庆节也差不多到了，到时候搞活动买会便宜不少。温以凡被劝着劝着，也觉得有几分道理，最后还是打算再等几个月，也因此，买车的计划一直被搁置。

桑延没怎么提这件事情，也没因为每天要来接她下班而感到不耐烦，只是随口提了句，她平时如果要用车，直接开他的车就行。

随着盛夏的到来，南芜的气温不断上升，在七月下旬升到了顶峰。阳光毒辣，热气顺着水泥地向上蒸腾，让人的心情都莫名有些躁。

温以凡接到了个热线，说是有个连锁餐厅卫生方面不达标，导致许多顾客上吐下泻，影响颇为严重，目前食品药品监督管理局已经介入处理。整理好资料后，温以凡向台里申请了采访车，跟付壮一块儿出了单位。

刚出大楼，付壮挠了挠头，忽地想起件事儿，语气有些不好意思：

"姐，我手机没拿。你在这儿等我两分钟，我速去速回。"

"……"温以凡背着设备，无奈道，"快去吧。"

"行！"付壮边喊着，边往里头跑，"马上！"

温以凡拿出手机，在原地等了一会儿。站久了，觉得设备实在有点儿沉，她思考了一下，给付壮发了条消息："我在车上等你。"

随后，她抬脚往停车场的方向走。找到采访车的位置，温以凡正打算走过去，背包的带子突然被人从身后扯住。她毫无防备，顺着这力道往后退了几步，猛地转身往后看，像是历史重演一样，又对上了车兴德那张阴魂不散的脸。

"总算是碰上你了。"车兴德流里流气地笑着，手上的力道随着她的举动一松，"你可真行，这段时间我每天来一回，没一次能见到你，倒也不用这么躲着舅舅吧？"

温以凡抬头看了眼监控："我之前说得还不够清楚吗？"

"你那说的是什么话啊？"车兴德这次没再跟她多说，来意很明确，"行，那我也跟你明说了，想摆脱我们，可以，你先给我一万。"

"……"

"报销我之前被包你那男人敲诈的钱，不然咱谁都别想好过。"

像没听见似的，温以凡没再理他，继续往前走。

也许是因为一直被当成空气，车兴德的火气更甚，像是完全没了耐心。他的神色多了几丝阴狠，直接扯过她身侧的包："去你的！我给你脸了是吧？你那傻×男人不给老子面子，你还敢给我脸色看？！"

温以凡的包被他扯掉，拽在手里。而后，车兴德又顺势用力推了她一把，发泄情绪的意味很重："骚货！攀上有钱人了不起是吧？！"

温以凡不受控地往后退，旁边的树丛有几根参差不齐的树枝，划拉到她的大腿，割出几道极为明显的伤口。她吃痛地闷哼了一声，稍稍稳住了身子，往下看，就见自己的大腿已经开始流血了。

车兴德似乎还想上前。在这个时候，付壮也拿到手机回来了。见到这个状况，他稍稍愣了一下，伴随着极大的怒火喊："喂！干吗呢你！"

伴随着其他人的出现，车兴德的理智似乎也回来了。他啐了一声，狠狠地瞪了温以凡一眼，拿着她的包就想走人。

付壮边报警边伸手拦他，也忍不住爆粗口了："抢劫伤人还这么明目张胆？等着蹲牢里吧，傻×！"

车兴德嚷嚷道："你才蹲牢！我拿我外甥女的东西，怎么就成抢劫了？！"

"付壮，等警察处理就行。"温以凡直起身，像感觉不到疼一样，"有监控也不怕他跑了。"

"……"车兴德微愣，这才注意到旁边的监控。他有点儿慌了，脸上却还强行挂着嚣张的笑容："我这拿的又不是外人的东西，你以为报警有用？你看警察有没有时间来管你这些鸡毛蒜皮的家事。"

"行。"温以凡看向他，面无表情地说，"我等着呢。"

因为这件事情，温以凡这报道对接到了另一个同事的手里。她请了半天假，跟到来的民警一块儿到了派出所。主任关心了她几句后，还非常公事公办地派了付壮过来跟这个新闻。

温以凡先到医院处理伤口和验伤，再到派出所录口供。

没过多久，车雁琴接到电话赶了过来。瞥见温以凡也在，她立刻明白了情况，对着民警说："警察同志，你这怎么办事的？这怎么就算抢劫了？"

车雁琴的态度不好，民警回话的语气不耐烦："怎么不是了？人证、物证都有，可以立案了。"

"我们是亲戚！这是我侄女！"车雁琴火了，"你没家人啊？拿家里人的东西算抢？！"

民警皱眉："你说话注意点儿！"

温以凡半点儿不受干扰。她看着眼前的民警，脸上的情绪很淡，平静至极地解释："这是我大伯母，但我跟他们并不熟。"

"还有，"说着，温以凡停顿了一下，继续说，"车兴德已经对我进行了长时间的骚扰，不知道这能不能一起立案。我单位前的监控应该都可以查到。"

录完口供，再配合着办完各种手续后，温以凡直接回了家。她本想洗个澡，但又怕腿上的伤口沾到水，只能洗个头，再用毛巾擦拭了一下身子。

注意到自己腿上狰狞的伤痕，温以凡涂了药，而后套了条长裤。出厕所后，她躺到床上，顺带给桑延发了条消息，说自己已经到家了。

想到明天桑延就要去宜荷，温以凡干脆打开软件，帮他看看酒店。看着看着就有些发困，昏昏欲睡之际，她听到玄关处有了点儿动静。温以凡立刻睁开眼，在睡觉和桑延之间挣扎了一会儿，还是起身往外走。

刚走到客厅，就对上了桑延的视线。

桑延挑眉："今天这么早？"

"嗯。"温以凡坐到沙发上，"采访完没什么事儿干，就回来了。"

桑延换上拖鞋往里走，目光下移。瞥见她的长裤，他坐到温以凡旁边，随口问了句："大夏天的，你在家怎么还穿长裤？"

温以凡垂眼，下意识地扯谎："来例假，吹空调有点儿冷。"

听到这个回答，桑延回想了一下："你这个月早了？"

"……"温以凡愣了，讷讷道，"啊，对，不太准。"

"那你今晚别开空调睡了，"桑延没怀疑，习惯性地把她扯到怀里，伸手焐了焐她小腹的位置，"疼吗？"

温以凡盯着他的脸，突然有点儿说不下去了。她扯开话题，低声道："你明天不是要去宜荷吗？先收拾东西吧。"

桑延笑："有什么好收拾的？"

"明天你晚上八点半的飞机，"温以凡开始认真规划，"那你下班之后来我单位一趟，我送你去机场之后，再把车开回来？"

"行。"桑延低头，温热的掌心贴在她的小腹上，漫不经心道，"晚点儿给你煮个红糖水，喝完再睡。"

温以凡避开他的视线："不用。"

"什么不用？"桑延懒懒道，"我可不想你半夜疼醒来折腾我。"

"……"

隔天下午。

出了办公室，桑延进了厕所。刚拉下裤链，旁边的小便池站了个人，还极为亲切地跟他打了声招呼："桑延，你也上厕所啊。"

"……"桑延侧头看去，就对上了向朗的脸，"你有事儿？"

"这不是好久不见了，就打个招呼？"向朗声线清润，闲聊似的说，"说来咱俩虽然在一个公司，但也没碰过几次面啊。"

桑延懒得理他。向朗也不在意他的态度，只是觉得好笑："你怎么总对我这种态度？从高中的时候就这样。"

桑延瞥他，要笑不笑道："你就是长得挺讨人嫌的。"

解决完，桑延转身往洗手台的方向走。

"你也不用这样吧，我跟以凡就是朋友，你这都针对我多久了。"向朗跟了上来，提到这，又想起一件事儿，"对了，我之前说的那个跟以凡约好一起上宜荷大学的事情也是瞎扯的。"

听到这话，桑延缓慢抬眼。

"我当时就是存心给你找不痛快，看你没什么反应还觉得挺没意思。不过都过了这么久了，也不用罚喝酒了吧。"向朗打开水龙头，笑道，"你可别为这事儿迁怒以凡啊。"

桑延轻嗤了一声。

向朗饶有兴致地瞧他，有点儿感慨这两人这么多年之后还是在一起了："说实话，之前我一直以为你是最有机会追到以凡的。"

"不过你还是运气太差了。"向朗随意说，"我感觉要不是因为以凡得跟着她大伯一块儿搬到北榆，你俩应该早在一起了吧。"

桑延的视线一停："大伯？"

"是啊。"

"她不是住在她奶奶那儿？"

"不是，她一开始住在她奶奶那儿，后来一直住她大伯那儿。"可能是觉得聊太久了，向朗也没继续提，往外走，"我走了啊，工作去了。"

桑延还站在原地，眼睫垂下，不知道在想什么。

下午六点一到，桑延准时出了公司，开车到南芜广电楼下。他找了个位置停车，把车窗降下，给温以凡发了条消息："到了。"

温以凡回得很快："马上，你等一下。"

桑延的指尖在窗沿上轻点，还想着向朗刚刚的话，有些心不在焉。

高中的时候，温以凡住在大伯家，却告诉他自己一直跟奶奶住。她那个"舅舅"是她大伯母的弟弟。高考录取结果出来那天，他去北榆找她，碰到这个"舅舅"在纠缠她。她说自己不认识这人。再结合这段时间，温以凡碰到那个男人之后的情绪。

桑延的唇线渐渐拉直，脑子里渐渐浮现起一个，让他极为不想相信的猜测。他不敢再去想，侧过头拿起烟盒，抽了根烟出来。

在这个时候，桑延突然听到有人喊他。

"桑延哥！"

闻声，桑延看过去，就对上了付壮那双大大的眼睛。

付壮过来趴在他车窗前，格外自来熟："你又来接以凡姐下班呀？"

桑延碰到过他几次了，这会儿实在没什么心情说话，只是点了点头。

"你真是绝世好男友。"付壮伸手拍了拍他的肩膀，安慰道，"不过最近你应该都不用太担心了，那变态男人现在被派出所扣着了，近期应该都没什么事情。"

"……"桑延偏头，抓住了其中四个字，"变态男人？"

"对啊，猥琐又恶心，说的那些话，我光听着都要气死了。"付壮越说越愤怒，音量也升了上来，"一直说以凡姐是他外甥女啥的，这段时间也老是来台里骚扰她，昨天还闹到派出所了。"

桑延的声音渐轻："派出所吗？"

付壮点头："以凡姐被他推了一下，腿被树枝刮得流了好多血，看着可疼了。"

说了好半天，付壮才反应过来，有些奇怪："桑延哥，你不知道吗？以凡姐没跟你提？"

桑延把玩着手里的烟，沉默了几秒："提了。"

怕耽误了桑延的行程，收到他的消息之后，温以凡也不敢磨蹭。她出了单位，在熟悉的地方找到桑延的车，上了副驾驶之后问："要不要我开过去？"

桑延："不用。"

他不再多言，直接发动了车子。

温以凡点头，低头翻出手机，提道："对了，我昨晚帮你挑了几家酒店，都是在宜大附近的。现在是暑假，那边酒店有很多空房，也不用着急订。你等会儿看看比较喜欢哪个，我再给你订？"

桑延嗯了一声。

察觉到他的寡言，温以凡侧头看了过去。她正想说话，又瞬间注意到车子开的方向好像不太对，迟疑道："你是不是开错了？我们现在是要去机场，这条路是回家的。"

桑延继续看着前方，语气偏冷："先回家一趟。"

"……"温以凡也不知道是什么情况，犹豫地问，"你是有东西没带吗？"

桑延又敷衍似的嗯了一声。

温以凡瞅了眼时间："那我们得快点儿，我怕你赶不上飞机。"

莫名其妙地，温以凡觉得这会儿车内的气压极低。她有些不安，右眼皮直跳，忍不住问道："你今天心情不好吗？"

桑延没吭声。

温以凡："怎么了？"

见他还是不说话，温以凡又自顾自地说了点儿高兴的事情，希望能让他的心情好点儿，见他没有聊天的欲望，才慢慢地停下了话茬。她有点儿愁，又有点儿山雨欲来的感觉。

一路开到尚都花城的地下车库。下了车之后，桑延伸手牵住温以凡的手腕，往电梯的方向走。温以凡盯着他的侧脸，不知怎的，总有种不好的预感，却又不知道发生了什么事情。

她试图说几句话哄他开心。桑延会回应她，语气却跟以往的任何一次都不同，一直冷淡至极，似乎只是接个话，不想让她尴尬，但实际上，他并没有任何说话的欲望。

上到十六层，桑延拿出钥匙打开门，两人走了进去。

温以凡站在玄关，并不打算脱鞋："那你快去拿——"

没等她说完，桑延把她抱了起来，搁在鞋柜上。他面无表情地看着她，像是想确认什么，直截了当地将她的裤脚顺着往上捋。

"……"温以凡的面色一僵。

在这一瞬间，因为他的举动，她明白了他这坏情绪的缘由。温以凡下意识地去拦住他的动作。桑延的反应很快，完全不把她这点儿反抗放在眼里。他单手固定住她的双手，强硬地继续往上捋，直至捋到大腿根。

她的腿白皙细嫩，没半点儿伤痕。

桑延的动作停下，又抬眸看了她一眼，一声不吭地开始捋另一条裤腿。

温以凡这才真正急了，却也挣脱不开他的力道："桑延！"

刚捋到大腿的位置，桑延清晰地看到她腿上的伤痕。好几道血痕，尚未结痂，有几处还能见到血，泛着红肿，极为触目惊心。

这一刻，桑延的火气才像是彻底被点燃了。他闭了闭眼，按捺着火问："怎么弄的？"

从单位楼下到家里的一路上，桑延的情绪都格外不对。进家门之后他所做的举动目的性也很强，明显是从谁的口中得知了这件事情。

温以凡顺着他的话，垂头盯着自己腿上的伤口，挣扎也随之停了下来："被推了一下，被树枝刮到了。不严重的，我也上药了，很快就能好。"

这话一出，室内安静下来。

温以凡舔了一下唇角，莫名有点儿忐忑，重新抬起眼，对上了桑延的目光。他的神色无波无澜，似是在等，等着她接下来的话。

持续了好一会儿，桑延似是没耐性了："说完了？"

"……"

桑延："谁推的？"

温以凡实话实说："……说是我舅舅的那个男人。"

桑延一个问题接着一个问题："多久了？"

温以凡："啊？"

"他缠着你多久了？"

"……"温以凡条件反射地否认，"没有。"

桑延像是没听见她否认一样，继续说："从上次他在'加班'缠着你开始，还是更之前？"

"不是，我也没怎么碰到过他，我之前都不知道他在南芜。"温以凡解释，"而且这段时间也没有……"

"这段时间？"桑延打断她的话，一字一顿道，"所以是多久？"

"……"

"温以凡，'有什么事儿就跟我说'，"桑延气极反笑，"这句话，这段时间我跟你说过多少次？"

过了那么久，再度听到他喊自己的本名，温以凡有点儿发愣。她动了动唇，忽然有点儿不敢说话了，半晌后才讷讷道："抱歉。"

桑延看着她。

"我只是觉得，没必要因为这种事情影响两个人的心情。"温以凡说，"而且我没觉得是什么大事情，都是我自己可以解决的。"

"没觉得是什么大事情。"桑延轻飘飘地重复着她的话，语气不带任何温度，"那什么才算大事儿？"

温以凡答不出来。

"一定要我问一句，你才答一句，是吗？"桑延盯着她，声音又冷又硬，"就算真出了什么事情，对你来说也不算大事儿，是这样吗？"

"……"

"温以凡，"桑延的喉结滚了滚，"你能考虑一下我的感受吗？"

这会让他觉得，两人的关系好像就终止于此了。不管他再做什么，他都根本走不进她的心里。

"我理解你有不想说的事情，可以，没关系，你想什么时候说都行，但连这种事情你都不跟我说，"桑延松开对她的禁锢，慢慢地把话说完，"你觉得我信不过是吗？"

"我不是这个意思。"温以凡不是没见过桑延生气的样子，但此刻尤为不安，"只是你马上要去宜荷了，而且我也没因为这件事情受影响，不想让你担心。"

桑延没再说话，只是看着她。良久后，桑延眼中的情绪渐渐消退，那盛怒似乎被浇熄，又变回了平时那副生人勿近的状态。他没再继续这个话题，从口袋里把车钥匙拿了出来，淡淡道："车钥匙我放这儿了，这几天你自己开车上下班。睡前记得锁门。"

桑延垂眼，慢条斯理地将她的裤腿都扯回原处，而后把她从鞋柜上抱了下来。一切归位，像是什么都没有发生过一样。两人刚刚的争吵像是幻觉。

"我走了，"桑延没再看她，打开了玄关的门，"你去休息吧。"

盯着被关上的门，温以凡不自觉地想跟上去，但又因为桑延最后说话时的语气和神态像是带了点儿挫败，她慢慢地停了下来，不敢继续上前。那副模样，温以凡觉得熟悉，像是两人重逢前，她见到他的最后一面。

温以凡不知道，她是不是做错了，她是不是再度犯了同样的错误。她只想对他好点儿，只想让自己生活里的那些不堪离他远远的，只想让他觉得跟她在一起是一件轻松而平常的事情，只想他能一直跟她在一起。

可她好像还是没做好。她好像还是，再次地伤害了桑延。

温以凡呆呆地站在原地，忽然转头看向墙上的挂钟，已经快七点半了。

怕他拦不到车，温以凡收回思绪，又拿上车钥匙，打开门往外走。她拿出手机，给桑延发了条消息："我送你过去吧，这个点儿不好拦车。"

温以凡又犹豫着敲了句："等你回来我们再谈谈好吗？"

还没发出去，桑延刚好回复："不用。"

桑延："上车了。"

她的指尖瞬间顿住，脚步也随之停了下来。过了好半晌，温以凡才把输入框里的话删掉，重新敲："那你路上小心点儿。"

温以凡低垂着眼，继续写："到了跟我说一声。"

这个时间从市区到机场，温以凡也不知道他能不能赶上飞机。她没心思去做别的事情，盘算着时间问："你到机场了吗？"

桑延几乎有问必答。只不过每次回答的字数都很少，像是没什么耐心打字，跟平时区别不大。但以往他都是打了几句话之后，就开始直接发语音。文字看不出人的情绪，像是能在无形之间，将两人的距离用力拉开。

因为他的冷淡，温以凡也不敢问得太频繁，直到确认他登机之后才放下心来。她有些疲惫地回到房间，躺到床上，完全不想动弹。

想到腿上的伤口，温以凡还是爬起来洗了个澡。她避开伤口，简单地冲洗了一下身子，随后坐到床上开始涂药。

温以凡用棉签把不经意间沾到的水擦掉，认真又仔细地处理着伤口。

周围万籁俱寂。渐渐地，极为浓郁的孤独感丝丝密密地将她吞噬。

温以凡捏着棉签的手渐渐收紧，脑海里渐渐浮现起两人在一起第二天的那个晚上。

——你明天还帮我涂药吗？

——洗完澡自己过来找我。

眼前的红痕渐渐成了糊状，什么都看不真切。温以凡继续给自己上药，沉默且安静到了极致。她用力眨了眨眼，豆大的眼泪顺势砸到伤口上，带来生生的刺痛感。

她回过神来，狼狈地用手背擦掉眼泪，再度用棉签把水痕擦干。

第二天下午，温以凡又接到了派出所的电话，让她过去再补录点儿口供。记者这一行去派出所算是家常便饭，她把手头的稿子写完，之后便收拾东西出了单位。

这次主要还是问温以凡被车兴德持续骚扰的事情。派出所那边调了台里的监控，确实几乎每天都能看到车兴德出现在南芜广电外头，但他没对温以凡造成什么实质性的伤害，也没做出过什么过激的举动。

车兴德抢夺未遂，被发现之后也没有逃跑，情节并不严重。车雁琴那天找温以凡提出和解，遭到拒绝后便嚷嚷着要请律师。

温以凡也不知道具体会是怎样的一个结果。

她一整天都心不在焉的，没什么心思工作，也懒得去管这些事情。她只把自己该做的事情做了，其余的，多一点儿她都没精力去想。

察觉到温以凡的状态，甘鸿远以为她是被车兴德的事情影响了。再加上先前有几次轮休日，她都因为突发事件而赶来单位加班，干脆爽快地给她批了三天假去处理这些事情。

拿到假期，温以凡倒也没想象中的高兴。她甚至想向甘鸿远提一下，这三天假能不能推迟到一周之后，毕竟温以凡一个人在家里也没什么事儿干。

温以凡比较想等桑延回来的时候，再放这三天假，但又担心，她如果这么一提，甘鸿远会觉得她没什么问题，又改变主意把这假期收回。

甘鸿远批了假后，温以凡也没立刻回家，又在单位待到了六点。她把电脑关掉，习惯性地打开微信，给桑延发了句："你吃饭了吗？"

指尖在发送键上停住，掌心收拢，过了几秒才摁下云。

这次桑延没像之前那样立刻回复。温以凡等了一会儿，沉默地把手机放回口袋里，起身出了单位。回到家后，她拿钥匙开了门，盯着鞋柜的位置看了一会儿，又想起昨晚两人吵架时的事情。

下一刻，手机铃声打断了她的思绪。温以凡立刻从口袋里拿出手机，直接接了起来。那头响起了钟思乔的声音，她嬉皮笑脸道："怎么样，没有男朋友在身边是不是觉得世界都清爽了不少？"

"……"温以凡收回视线，往沙发的方向走，只是笑了笑。

"等你轮休咱俩出去吃顿饭呀，桑延不是要去一周吗？"钟思乔说，"唉，你谈恋爱之后，时间全被他占了，我都好久没跟你见面了。"

温以凡低声说："好。"

"你这语气是怎么回事儿？"钟思乔打趣道，"桑延刚走一天你就想他了啊，我以前怎么没看出你这么黏人？"

温以凡还是笑，没有说话。

很快钟思乔就觉得不对劲儿，问道："哎，咋了？平时我跟你提桑延你不都能多说几句吗？怎么今天什么都不说，你跟他吵架了吗？"

温以凡沉默了一会儿，没有承认，只是说："他觉得我什么都不跟他说。"

"啊，你这毛病确实很严重，什么话都憋在心里。"钟思乔说，"但情侣之间不能这样相处的，点点。这种事情一次两次没关系，次数多了，你俩会开始有隔阂的。"

"……"温以凡茫然地说，"可我不是什么都不跟他说。"

"啊？"

温以凡认真道："我只是不好的事情不跟他说。"

钟思乔笑："那也一样。"

"……"

"你不说的话，对方不会知道你为什么不说，只会觉得，可能是你们两个的关系，还不到你能所有事情都对他坦诚的程度。"钟思乔说，"如果最后是从别人口中得知的，那可能会挺失望的。"

安静片刻，温以凡的声音有点儿飘："乔乔，可能是跟桑延在一起久了，我最近老是想起以前的一件事情。"

"什么？"

温以凡语速很慢："我当初不是跟你说了，我要报南大吗？"

不知道她为什么提起这个，钟思乔愣了一下："是啊，我还挺纳闷你最后怎么去了宜大，还想着咱俩又可以一个学校了。"

"当时报高考志愿的时候，桑延来问我了，我答应他我会报南大的。"温以凡从不敢跟任何人提起这件事，在桑延面前也不敢提及分毫，"但我——"

"怎么了？"

温以凡有点儿难以启齿："我最后改志愿了。"

"……"

温以凡轻声道："我非常担心他会在意这件事情。"

像是一旦有了在乎的东西，人就开始变得弱小起来，做什么事情都瞻前顾后。

"所以我不敢再跟他提这件事情，也想尽可能地迁就他，不给他添麻烦。"温以凡缓慢地问，"是我做错了吗？"

过了半晌，钟思乔才问："……所以你是因为什么才改的？"

温以凡没回答。

知道可能不是什么好事儿，钟思乔也没追问："你也没告诉他？"

她轻轻地嗯了一声。

"那我还是那句话，不管是什么原因，你如果想跟他一直走下去，你得跟他提一下。"钟思乔说，"不然这对你俩来说都是一根刺。"

"……"

"点点，不是只有说了才能造成伤害。"钟思乔认真地说，"避而不谈也能。"

电话里陷入沉默。几秒后，钟思乔叹息了一声："你别再犯同样的错了。"

隔天晚上八点，宜荷市。

跟桑稚和段嘉许吃完饭后，桑延本想直接回段嘉许家睡觉，并不打算跟这对谈起恋爱来能腻死人的情侣待在一块儿。

哪知桑稚非要抓着他一块儿去看电影，还给他跟段嘉许安排了情侣座。桑延觉得不耐烦又荒唐，直接让段嘉许滚，而后便靠到位置上看手机。

前天的飞机桑延没赶上，他只能买到隔天下午的机票，但他没跟温以凡提这事儿。昨晚温以凡给他发消息的时候，他还在飞机上。

飞机抵达机场后，桑延才看到消息，回复了之后只收到她让自己早点儿睡的消息。之后一整个晚上，他的手机都没再有别的动静。

今天甚至到吃饭时间，桑延都没收到温以凡的消息。他盯着两人的聊天界面，想起了来宜荷前冲她发的那通火。

桑延的指尖动了动，敲了句："回家没？"

那头没回，恰好电影也开始了。桑延又等了一会儿，才把手机丢到一旁，盯着眼前的屏幕。他毫无看电影的兴致，完全没法集中精力，过了好一会儿才发现这是部 3D 电影，却也懒得再戴上 3D 眼镜。

电影院内的音响声极重，震得耳朵都有些发疼。桑延完全不受影响，莫名觉得有些疲倦，眼皮也渐渐顺势耷拉下来。

困意席卷而来，伴随着阴森至极的梦境。

桑延梦到了十七岁时的温以凡。梦里的温以凡穿着北榆统一的高中校服，独自一人在他俩走过多次的那条小巷里快步地走着。不知道是谁在跟着她，她的神情带了恐惧，极为无助。

下一刻，身后有人将她拉扯住，对上了她那个"舅舅"极为猥琐的笑容，她的模样全是防备，下意识地想挣开，却半点儿都挣脱不开。

周围静得可怕，除了他们两个，世界上没有其他人的存在。像是她再怎么呼救，都只会维持现在这个局面，不会有人来帮她。

画面一转。温以凡独自一人坐在床上，光线昏暗至极，犹如她每次梦游后，一个人待在客厅时的模样。她把自己包裹在被子里，只低着头，眼泪一滴一滴地往下掉。

门板被人从外头重重地拍打着，发出巨大的碰撞声。

下一刻，桑延忽地被人喊醒。

他缓慢地睁开眼，与桑稚略带不自然的脸对上："哥，走了。"

桑延下意识地又点亮一旁的手机看了眼，依然没有任何回复。他的神色还有些恍惚，漫不经心地嗯了一声，站了起来。

三人再度上了车。桑延坐到后座，往车窗外看着，思绪全数被刚刚的梦境占据。尽管根据这段时间的各种迹象，他渐渐能总结出一个答案，但他一点儿都不想去相信。那段回忆里，桑延记得最清楚的，就是最后的时候，温以凡说的那些狠话，那些将他的自尊全数践踏在脚底的话。

他从来没有想过会有别的理由，可他宁可不要有。他宁可就是，他喜欢了那么多年的姑娘，当初只是因为受不了他的纠缠，就仅仅是这么一个原因，才会用尽所有的方式远离他。就仅仅是，不喜欢他而已。他并不希望有别的原因，并不希望是，那些年里，她其实过得一点儿都不好。

车子不知不觉间开到了宜荷大学门口。桑延侧头看去，盯着这熟悉的校门，慢慢地失了神。想起了她前段时间，知道自己要过来看桑稚时说的话——"她一个小姑娘在那边确实让人放不下心。"

桑延不自觉地喃喃道："我还是回去吧。"

前头的桑稚没听清，回头问："什么？"

"你俩约会去吧，"桑延重新看向手机，淡淡道，"我回南芜了。"

到机场时已经接近十点了。

桑延到售票处排队，正想问问还有没有回南芜的机票时，手机忽然响了起来。他顿了一下，从口袋里拿出手机，看到来电显示是"温霜降"。

他的精神明显一松，直接从队伍里出来，接起电话。

"回家了？"

"啊。"温以凡轻声道，"还没。"

"什么时候下班？"

沉默须臾，那头的温以凡忽地反问："桑延，你现在有空吗？"

"嗯？"

"我能去找你吗？我现在刚下飞机，"顿了几秒，温以凡又补充，"在宜荷机场。"

上一回，温以凡从南芜飞来宜荷，已经是八年前的事情了。

在北榆跟桑延见面后的第二天，温以凡就坐高铁回了南芜，到赵媛冬那儿拿上温良哲给她留的所有钱和证件。之后，她没再停留在这两个城市，独自一人坐飞机到了宜荷。

这会儿，温以凡的心境跟当时已经完全不同了。温以凡坐在飞机靠窗的位置，她没别的事情干，盯着窗外，思考着一会儿下飞机之后要怎么跟桑延提及她过来的事情，也不知道会不会影响到他。

外头的天已经黑了，远处还能看到黑而浓厚的云层，向下是大片的夜景和红色光带。客舱里安安静静，光线也昏暗至极，隐隐能听到有人在窸窸窣窣地说着话，像是一趟漫长到无止境的旅程。

温以凡突然很想知道，从前桑延每次从南芜坐高铁去北榆见她时，是抱着怎样的一种心情。也是像她现在这样，觉得期待又紧张吗？期盼着见到他的那一瞬间，却又害怕，他其实并不想见到自己。

飞机内的空调温度有些低，温以凡下意识地把毛毯拉高了些。独自一人在交通工具上，她毫无安全感，就算没事儿干也并不打算睡觉。

温以凡再度看向窗外。也许是决定了要向他全盘托出，温以凡的心情比起先前的任何时候都要安定。她轻抿了一下唇，想慢慢地捋顺当时的所有事情，也渐渐被这夜晚和心情，拉扯进了那一段，她再也不想回想分毫的回忆里。

温以凡是在高二下学期的时候，跟着大伯一家搬到北榆的。

所有的事情跟在南芜没有任何不同。无非就是，从一个寄人篱下的熟悉城市，换到了另一个陌生的城市罢了。

当时温以凡并不太在意这件事情。她觉得无可奈何，却也知道没有什么办法。她只想努力提高自己的成绩，考到一所好一点儿的大学。也希望时间能过得快一点儿，她能快一点儿高考，快一点儿成年，快一点儿能通过自己的能力来赚钱，快一点儿结束这样的生活。

对温以凡来说，尽管那个时候的日子是压抑而痛苦的，但她依然有盼头，觉得只要熬过这段时间，就什么都好了。

但一切，都从她上高三开始有了变化。那一年，车兴德从另一个城市搬来北榆。他没有工作，没有钱，只能靠他这个姐姐过日子，之后的时间，一直住在大伯家。

从第一次见面起，温以凡就对她这个所谓的"舅舅"毫无好感。

温以凡是个非常迟钝的人，对各种情感的敏感度也比别人弱一点。可她一直觉得车兴德看她的眼神非常奇怪，说话既油腻又猥琐，有着极其不好的意味。她不是太会表达的人，也不知道这到底是不是她的错觉。

一开始，车兴德没做什么太过分的事情。

还没找到工作的时候，车兴德几乎每天都在家里不出门。他会经常挨着温以凡坐，抑或是借着拿什么东西的理由去碰触她的身体。一次两次温以凡还觉得是意外，多了她也觉得不对劲。

温以凡从小到大都被保护得很好，她从没遇到过这种事情，完全不知道该怎么去处理。好几次，赵嫒冬跟她打电话的时候，温以凡的话到嘴边，却又完全说不出口。

这对那个年龄层的女孩子来说，是非常难以启齿的一件事情。

所幸的是高三学业重，学校同意高三生周末留在学校自习。温以凡干脆减少回家的次数，长时间留在学校里。如果不是节假日学校不让学生留校，她甚至不会主动回大伯家。

高三上学期结束后，温以凡进入了她高中的最后一个寒假。算起来其实也就不到两周的时间，但就是在那个时候，车兴德的行为变本加厉了起来。温以凡再也无法忍受，只好跟车雁琴提了一次。

车雁琴完全不把这事放在心上，只说是她心思太敏感，让她不要想些不着边际的事情，也不要为这而小题大做。

在说之前，温以凡也不觉得车雁琴能站在她这边。这边的路走不通，她又跟赵媛冬提了这件事情，大致意思是想自己在外边租个公寓住。

赵媛冬听了也觉得担忧，却又不放心她自己一个人住在外边。说到最后，她只跟温以凡说，会跟车雁琴再好好提提，可是再无后续。

似乎是察觉到了温以凡的躲避和忍让，车兴德极为猖狂，开始在深夜的时候，试图撬开她房间的门锁，偶尔还会借着醉酒的状态，用力地拍打她的房门，装作自己走错了房间。

温以凡警告过他几次，却毫无效果，得到的只是他愈加嚣张的拍门声。每当有这种事情发生，温以凡只期盼凌晨三点的到来。

温良贤和车雁琴一块儿开了家烧烤摊，每晚营业到凌晨两点半，走回家要半个小时。每天差不多凌晨三点他们就能到家。车兴德怕温良贤。有温良贤在，他会收敛不少，做事情也不敢这么明目张胆。

尽管有门锁，尽管温以凡回房间后会把书桌抵在门前，但她依然毫无安全感。她开始在枕头下边藏剪刀和美工刀，在家不到凌晨三点就不敢睡觉，生怕在她不经意间，车兴德就会破门进来。

这样的日子，一直持续到高考结束。在这期间，温以凡又陆续给赵媛冬打过几次电话。赵媛冬表示出来的意思一直是，郑可佳那边已经渐渐接受她了，等她再劝说一段时间，应该能让温以凡搬回来住。

成绩出来后，在温以凡准备填报志愿的时候，赵媛冬也提出让她填南芜大学的要求，意思是让温以凡离得近一点儿，以后好照顾她。

尽管当时赵媛冬因为新家庭把她暂时安置在大伯家，但在很多事情上，温以凡还是极为依赖她。她只想脱离现在的生活，赶紧让这般的日子成为过去。

她也想试试，跟新家庭和谐相处。也因此，温以凡答应了赵媛冬。因为对于她来说，除了北榆这个城市，其余的地方，区别都不大。再加上，温以凡想到，桑延也在南芜，他可能会比较想待在这个城市。

开始填报志愿的那一周，桑延陆续给她发了几条短信，全都是在问她志愿的事情。

怕他会因为自己而去填报不感兴趣的学校，温以凡问过他想报哪所，但他一直没提。最后她只能明确地告诉他，自己会报南芜大学。

她会回南芜，会当这两年的痛苦都只是过往云烟，他们也不需要再分隔在两座城市。温以凡不需要再让他每次都那么辛苦地跨越一座城市来找她。之后，他们可以每天都见面，可以变回高一时那样。所有的日子都像是在渐渐好起来。

直到高考志愿填报截止那天。

那天凌晨，家里只有温以凡一个人在。那段时间车兴德找到了工作，一周有好几天不在家。她不清楚车兴德的工作时间，也不太确定他今天回不回来。

不到三点钟，温以凡也不太敢睡。

温以凡边用手机跟桑延发短信聊天，边注意着床头柜上闹钟的时间。

桑延："我明天来找你，行不？"

温以凡想了想，回道："我过段时间要去南芜，你别过来了。"

桑延："什么时候？"

温以凡："等录取通知书寄到吧，我们得回学校拿。"

桑延："那都七月多了。"

过了一会儿，桑延又发来一条："录取结果出来那天我过去一趟呗。"

直至凌晨一点半，车兴德都没有回来。

温以凡觉得车兴德可能不回来了，但又有些不安，像是山雨欲来。她躺在床上，跟桑延聊着聊着天就开始犯困。她强撑着眼皮，想撑到凌晨三点再睡，最后还是没敌过睡意。

只觉得，都这个点儿了，再过一会儿，大伯应该也要到家了。

之后，温以凡是被门的动静惊醒的。这次门锁那儿传来的不再是被撬动的金属碰撞声，而是被钥匙打开的咔嗒声。她睁开眼，在一片黑暗中看到门前的书桌因门的开启而倒下。

温以凡抬眼，随之对上了车兴德的脸。车兴德用一根手指晃着手中的钥匙，笑声猥琐而又瘆人。他的身材偏胖，一进来就把钥匙扔开，往她身上压，带着铺天盖地的汗臭和酒气。

极其强势地，用男女间悬殊的力气将她压制。

温以凡瞬间清醒过来，能感受到他将她身上的被子扯开。他的来意极为明显，一只手用力扯住她的头发，另一只手试图将她的裤子往下扯。

她不受控地尖叫了一声，边挣扎边开始求救。温以凡觉得自己在那一刻，像是从躯体里脱离出来，成为一个旁观者。她看到自己疯狂抵抗着，从枕头下边摸到剪刀，毫无理智地往车兴德身上捅。

车兴德吃痛地后退，很快又往上扑，夺过她手上的剪刀。

温以凡红着眼，身子往后退，再度从枕头底下摸出美工刀。她的身体紧绷至极，全身心都在防备。她控制着声音里的颤意，一字一顿道："你这样是要坐牢的。"

车兴德笑了："你敢报警吗？"

"……"

"让人知道你被你舅舅上啦？"车兴德啧了一声，"霜降，这要被人知道了，你以后怎么嫁得出去？这是很丢脸、很羞耻的事情，知道吗？"

温以凡像没听见一样，只眼睛一眨不眨地盯着他，唯恐他会再度上前。

少女头发凌乱，肤白唇红，五官极为艳丽。她的四肢白皙纤细，随着举动勾勒着曲线，全身柔软至极。她缩在角落里，像只长了刺的奶猫。

因她这副模样，车兴德那未消退的欲火再度涌起："没关系，舅舅娶你。别去上大学了，霜降，来当舅舅的媳妇……"说着，车兴德再度压到温以凡的身上。

这次他像是早已察觉，手疾眼快地从她手里抢过那把美工刀。他再度把她的裤子向下扯，粗重的气息一下又一下地喷到她的身上。

温以凡用全部力气在挣扎。那是她觉得最崩溃、最无力、最绝望的时候，也是她觉得自己最脏、最想直接这么死掉的一个时候。

那个房间黑暗至极，窗帘明明半开着，可在那一刻，温以凡觉得自己再也看不到光了。她希望自己立刻就能死掉。如果活在这个世上要承受这种事情，那么她宁可不活了。

在车兴德摁着她的双手，把她的衣服往上推的时候，玄关处传来了动静。温以凡的眼里含着泪，像是意识到了什么，侧头盯着床头柜上的时钟。

凌晨三点。

温以凡原本空洞下来的双眼渐渐亮起，再度开始求救。因为长时间的叫喊，她的声音变得沙哑，还带着哭腔："大伯！救救我！"

车兴德的举动停住，暗暗地骂了句脏话。随后，客厅的灯大亮，传来温良贤的声音："怎么回事？"

车雁琴也道："霜降，你这大晚上的吵什么——"

看到房间里的场景时，车雁琴瞬间消了音。

温良贤对车兴德不满很久了，看到这个状况，瞬间火了。他走过来把车兴德往床下扯，大声吼："你在干什么畜生事？这孩子多大你不知道？！"

脱离了地狱，温以凡立刻用被子包住自己的身体，她低下头，盯着手上的血，是用剪刀把车兴德的手割破时沾上的。她用尽全身力气，把眼泪憋了回去。

她绝对不会，为这种人渣流半滴眼泪。

绝对不会。

"不是，姐夫。"车兴德解释，"我喝多了，这刚进来，还什么都没干呢……"

闻言，车雁琴松了口气，过来劝："老公，这不是啥都没发生吗？你也犯不着生那么大的气。德仔就是喝多了，认不清事儿……"

没等她说完，温以凡出了声："我要报警。"

"你这孩子说的什么话？报什么警！"车雁琴皱眉，"你舅舅就是喝多了，你看你这衣服不还穿得好好的？这被街坊听到了多丢人。"

温良贤极要面子，怕被人知道自己照顾侄女照顾成这样："阿降，没事儿就行。大伯会给你个交代的，但这事儿没必要闹到家外。"

温以凡抬头，目光从车雁琴和温良贤的脸上滑过，而后定在了车兴德那张略带得意的脸上。她想起了他刚刚的话，情绪很平静，身上还发着颤，重复了一遍："我要报警。"

"你有没有良心？！想让你舅舅坐牢是吧？！"车雁琴火了，"他就是喝醉酒走错房间了。还有，你是生怕以后别人不说你闲话——"

温以凡打断她的话："随便。"

"……"

"我随便别人怎么说，"温以凡从旁边翻出手机，边说边打通了110，举动僵硬而又机械，"别人怎么传我都无所谓，我只要报警。"

闻言，车兴德想去抢她的手机，但手机那头已经接通了。温以凡坐在床上，身子不受控地发着颤，试图让自己冷静下来，如实把情况说了一遍。

车兴德立刻看向车雁琴，表情有些慌了。

车雁琴安抚道："没事儿。"

说完，温以凡不再看另外三人，手还在发抖，开始给赵媛冬打电话。可能是还在睡觉，过了半分钟，赵媛冬才接了起来。

"阿降？"

温以凡的鼻子一酸，听到赵媛冬的声音，强忍着的眼泪在这个时候才掉下来。没等她出声，车雁琴已经过来把她的手机夺去，冷笑道："赵媛冬，瞧你带出来的好女儿！"

"……"

"我给你苦心竭力地带孩子，结果呢！她现在想把我弟搞进监狱里。我告诉你，今天不给我解决这件事情，你别想好过！"车雁琴说，"我弟做什么了？他就是喝醉了走错房间！什么事情都没干！你女儿硬想给他安上个强奸罪！这心得多黑啊！"

车雁琴像是极为恼火，自顾自地在那儿骂了好一阵。温以凡也没力气去把手机抢回来。

半晌后，车雁琴才把手机扔回给她。温以凡盯着还在通话中的屏幕，突然不太敢听了。想到了上回，自己想让赵媛冬把自己接回去时，对方连话都没听就挂断的反应。她捏了捏拳头，缓慢地把手机贴到耳边。

拜托了，妈妈。

求你了。我求你了。

你救救我吧。你别再抛下我了。

下一刻，那头再度传来赵媛冬极其为难的声音："阿降，是不是有什么误会？你大伯母说她弟弟不是那样的人……你不要想太多，过两天妈妈就来——"

温以凡没再听下去，直接掐断了电话。

很难用言语来形容温以凡那一刻的心情，她不知道自己原来有那样的一面。

那一刻，她只希望全世界都去死。

那个兵荒马乱的凌晨，温以凡和车兴德被前来的民警带走，她把这整个晚上，再加上这一年的所有事情都叙述出来。之后，她没再回大伯家，住在了一个女民警的家里。

女民警同情她的遭遇，给她做着心理疏导，还说她想住多长时间都行。

女民警有个女儿，名叫陈惜，恰好是温以凡的同班同学。两人在学校的交集不多，但陈惜的性格非常好相处，不提她发生的这些事情，只是跟她聊着各种乱七八糟的话题。

到了晚上，陈惜跟她说着说着话，突然跳了起来往房间跑："对了，我改一下我的志愿吧，我不想选人力资源了！我去，现在几点了？"

听到"志愿"两个字，温以凡的眼皮动了动，想起了自己因为赵媛冬的提议，才选择的南芜大学，又想起了前不久，赵媛冬在电话里说的话。

她低着头，看着自己手上被车兴德掐出的红痕，神色怔怔。

没过多久，温以凡也起身进了陈惜的房间。

此时陈惜正坐在桌前，刚打开电脑。余光注意到温以凡的身影，她转过头来，笑嘻嘻地问："怎么啦？"

温以凡盯着电脑屏幕："陈惜，我能用一下你的电脑吗？"

"可以啊。"陈惜爽快地说，"你要干吗呀？"

房间里安静几秒。温以凡眼里的光像是消失了，轻声道："我想改志愿。"

接下来的一段时间，温以凡一直住在陈惜家。

尽管脱离了车兴德这一号人物，但不到凌晨三点，温以凡依然睡不着。她极其没安全感，总会睡着睡着就惊醒，会觉得有人压在她身上，每天都觉得喘不过气。

温以凡不想跟任何人联系，每天都龟缩在自己的壳里，只听着女民警的吩咐，有事情要去派出所补录口供，才会出门一趟。

但因为温以凡的身上没有被侵害的痕迹，也没有证据，再加上温良贤和车雁琴都在替车兴德说话，最后车兴德也没受到太大的惩罚，只是被拘留了几天。

这件事情在北榆的一块区域闹得沸沸扬扬，全都在传，有一户人家的舅舅把亲外甥女给强奸了。

温以凡每天都在陈惜家里，也不知道这些事情。她吃不下东西，也睡不着，觉得日子痛苦难熬，以肉眼可见的速度消瘦了下去。

她觉得自己这个征兆很不对劲。温以凡不想再去管这些事情，不想再待在这个地方，也什么都不想去想。她只想录取结果快点儿出来，等拿到录取通知书后，就离开这座城市，离这些事情都远远的。

那段时间，温以凡过得浑浑噩噩的。她不跟外界沟通，手机长期处于关机状态，每天做得最多的事情就是在角落里发呆。

温以凡觉得自己好奇怪。明明前段时间还觉得曙光在即，明明先前还觉得生活都在朝好的一面发展，可她现在完全控制不住自己的负能量。

每天都想着车兴德压在身上时，自己脑子旦冒出的那个念头。每天都想着死。

录取结果出来的那一周，北榆接连下了几天的细雨。

那天，查完录取结果后，陈惜极为高兴，兴奋地抱了抱她："太好了，我跟我男朋友被同一所学校录取，我俩可以去同一所大学了！"

那一瞬间，温以凡的思绪从黑暗里挣脱出来。她突然想了起来，自己这段时间忘了什么事情。她跟桑延约好了要上同一所大学。

但她忘记了。

她改了志愿。她没有跟桑延说。

这个念头冒出来的时候，温以凡的心情依然很平静，像是觉得这是一个理所当然的结果。过了好半晌，她才站了起来，从书包里翻出自己这段时间一直没拿出来的手机。

长按开机，跳出一大堆未读消息和未接电话。桑延在这段时间给她发了几十条消息，最新的一条是一个小时前发来的。

桑延："我去找你。"

温以凡盯着看了很久。

注意到她的失神，旁边的陈惜打断她的注意力："你怎么啦？"

温以凡抬头："我出门一趟。"

"啊？"这是这半个月以来，温以凡第一次主动提出要出门，陈惜有点儿惊讶，"怎么了？你要去哪儿？要我陪你去吗？"

温以凡笑了笑："不用，我去见个朋友。"

陈惜："行。"

温以凡起身走到玄关，打开门，后头又传来陈惜的声音："哎！对了，以凡，外边在下雨，你带把伞出门吧！"说着，陈惜跑过来往她手里塞了把伞。

她看向陈惜，低声道："谢谢。"

"谢什么呀！"陈惜笑，"跟朋友玩得开心点儿啊。"

听到这话，温以凡沉默了几秒，才道："好。"

温以凡出了门。外头天已经半暗了，雨势并不大，像是细细的针，落下来也无声无息的。眼前的雾气很重，水泥地也深一块浅一块的。想着桑延平时下车的地方，温以凡往大伯家的方向走。

刚走到那条小巷，温以凡再度碰到了车兴德。像是没想过会碰到她，他愣了一下，再度拽住她的手臂，像个得志的小人："哟，霜降啊。"

"……"温以凡的痛苦感再度冒起，用力地挣扎着。

"报警是吧？你说你报警这事儿，咱俩谁损失更大？我没什么事情，但你被传成什么样了？"可能是因为在拘留所里关了几天，车兴德的眉眼渐渐带了阴狠，"还有，这事儿也不能全怪我吧？你就长了个骚货样儿，天天在家就穿短袖短裤，不就是想勾——"

没等他说完，桑延忽地从车兴德背后出现，把他的手扯开。

桑延的脸上带着极重的戾气，用力地往车兴德脸上揍了一拳。而后，桑延用膝盖抵他的肚子，模样像是失了理智，力道极重，发出很大的碰撞声。

车兴德完全没有还手的余地，被打得开始求饶。温以凡回过神来，她不想让桑延掺和这些事情，也不想他因为自己而惹麻烦，立刻过去扯他的手腕，往另一个方向走。

桑延跟着她："那个人是谁？"

温以凡没回头："我不认识。"

两人继续往前走。桑延又道："你没事儿吧？"

温以凡轻嗯了一声。

"温霜降，以后这么晚的话，你就别提前下来了。"因为刚才的男人，桑延没忍住说，"我直接到你家楼下找你。"

温以凡没说话。

"你这段时间很忙吗？"注意到她的不对劲，桑延停了两秒，"我一直联系不上你，出什么事儿了？"

"没有，我手机坏了。"温以凡把伞举高了些，帮他遮雨，"你怎么过来了？"

"啊。"桑延顺势接过她手里的伞，很自然地说，"我们之前不是说好了吗，录取结果出来我会过来一趟。"

"……"不知不觉间，两人走到了那条巷子里。

里头空无一人，路灯也昏暗，能隐隐看到几只小飞蚁在眼前飞过。雨声扑簌簌，在这燥热的夏天里，似乎带了几分凉意。

可能是怕刚刚那个男人影响她的心情，桑延的话比平时多了些："我录取结果出来了，南大软件工程。你的成绩比我稍低点儿，但上你那专业应该也绰绰有……"

温以凡看着眼前的少年，像是听进了他的话，又像是一句都没听进去，脑子里反反复复回荡着车兴德的话。

——这是很丢脸、很羞耻的事情，知道吗？

反反复复地想起。

婊子。

骚货。

这些词。

温以凡也想不起来自己当时的感受了。只记得，当时那件事情她不介意让任何人知道，就算别人怎么传都无所谓。

可她不想让桑延知道，半分都不想。她不想露出半点儿破绽，也不知道该怎么解释，他才不会有半点儿怀疑。她只能想到用狠话，来将他击垮。

温以凡也不想让桑延还像现在这样，总要花时间，特地跑到那么远的地方，只为见她一面。

这是她犯下的错。无论是什么原因，追根究底，就只不过是她忘记了。这没必要让桑延来承担。她这样的人，受不起他这样的对待。

他们应该早一点儿断掉的，在上一次，她在电话里叫他别再烦自己的时候，他们就应该结束了。早就应该，结束了。

温以凡忽地打断他的话："桑延。"

"嗯？"

"我没报南大。"

听到这话，桑延的目光一停，像是没听懂她的话，他扯起唇角笑了："你跟我开玩笑吧？"

温以凡语气很认真："没有。"

"……"观察着温以凡的神情，过了好几秒后，桑延才意识到她说的是实话。他脸上的笑意渐收，半晌后才问："你报了什么？"

温以凡如实道："宜大。"

"为什么？"

桑延盯着她，喉结缓慢地滑动了一下，语气有些阻滞："你为什么报了宜大？"

温以凡逼迫自己与他对视。那一刻，她想不到能让自己改志愿的其他理由，胡乱地扯了个理由："我跟别人约好了。"

"那我呢？"桑延似是觉得荒唐，看着她，"你没什么想跟我说的吗？"

温以凡抿唇，没出声。巷子里安静得过分。

桑延沉默地看她，像是在等她的答复。片刻后，他轻轻地闭了一下眼，头一回用称呼将两人的距离拉开："温以凡，我是你的备胎吗？"

"你要么想也可以，"温以凡抬头，只觉得眼前的少年干净到了极致，完全不该跟她这样的人掺和在一起，"录取结果也出来了，你待在南芜挺好的。"

"你要是不愿意，可以直接跟我说。"桑延的声音很轻，"没必要用这种方式。"

"那我就直接说了，桑延，我就是非常讨厌，"温以凡平静地说，"我很不喜欢你一直来北榆找我，也很烦每次都要出来跟你见面。"

"……"

"北榆离南芜近，那我去个远一点儿的地方，行吗？"温以凡眼都不眨，把所有的话说完，"以后我到宜荷了，希望你别再像现在这样过来找我了。"

那大概是温以凡长那么大以来，跟其他人说过的，最狠的话。她没有想过对象会是桑延。

桑延的睫毛和发梢都沾着水珠，上衣被打湿了大半。他的眼眸漆黑，看不出情绪，嘴唇动了动，却一句话都没说。

不知是从哪儿传来水滴的声响。

啪嗒一声，像是眼泪坠下的声音。

不知过了多久，桑延像是猜到了什么，轻扯了一下唇角，表情有些僵："所以这段时间，你是因为这才不回我消息？"

温以凡："嗯。"

"温以凡。"桑延最后喊了她一声，喉结再度滑动着，仿佛是在克制情绪，他慢慢地垂下了头，自嘲般地说，"我也没那么差吧。"

温以凡喉间发涩，挪开视线，不再看他。

像是要维持住最后的体面，桑延淡淡地笑了一下："放心，我不会再缠着你。"

之后，两人都没再说话。像往常一样，桑延继续往前走，把她送到家楼下。他把伞递回到温以凡手里，似是还想说些什么，却什么都没说。他看向她，声音很轻："我走了。"

温以凡嗯了一声。

他走了几步，又回头："再见。"

说完，桑延转了身，往那条巷子的方向走。他的背影瘦高，走路时脊梁挺得很直，像是从未为谁弯过腰。

再没有回过头。一如当年那个，站在饮水机旁，傲慢地喊她"学妹"的少年。

温以凡安静地站在原地，看着他满怀期待地从另一个城市赶来这儿，却以这样一副姿态离开了她的视野。

恍惚间，温以凡有了种错觉。这雨像是带了无形的力量，一点儿一点儿地砸在他的身上，也将他骨子里生来的骄傲一寸又一寸地浇熄。

她的神色稍愣，盯着自己手里的伞，不受控地往前走了一步。而后，温以凡就看到他彻底消失在这雨幕之中。

在那条漫长而又黑暗到像是没有尽头的小巷，温以凡停了下来，眼眸渐渐发红，也轻声道："再见。"

再见。

我亲爱的少年。

希望你一世顺利。

也希望，你再不会遇见像我这样的人。

自此以后。

依然是当年那个，意气风发而又骄傲耀眼的少年。

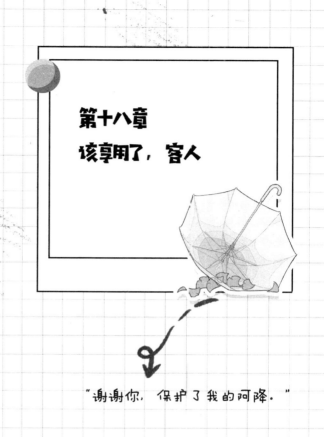

第十八章
该享用了，客人

"谢谢你，保护了我的阿降。"

温以凡拿上行李下了飞机。

按照桑延在电话里说的位置，温以凡在出口处找到了他。她的紧张在此刻才冒了出来，她走了过去："你怎么在机场？"

桑延接过她手里的行李，随意道："本来准备回去了。"

"……"

"走吧。"桑延往前走，"先去找个酒店。"

温以凡跟了上去，盯着他空着的另一只手，迟疑地伸手握住。桑延侧头看她，回握住她的手。

"我昨天翻后备厢才看到你没拿行李，"温以凡舔了舔唇，低声解释，"主任刚好给我批了三天假，我就过来一趟，顺便给你把衣服拿过来。"

桑延轻嗯了一声。

两人出了机场后，桑延才发现不知从何时开始，外头已经下起了细细的雨。他顿了一下，看向温以凡："你在这儿等着，我去里面买把伞。"

温以凡点头。她盯着桑延的背影看，过了一会儿才收回视线。随后，温以凡看向外头零零星星的雨。没过多久，她注意到有个人穿着黑色的T恤，个儿高而瘦，直接忽略这雨，往机场大巴的方向走。

再度想起那段回忆，温以凡的模样恍惚，下意识地想跟过去。下一刻，桑延就从后边把她扯了回来："要上哪儿去？"

温以凡回过神，看他。

桑延皱眉："叫你好好在这儿等我。"

温以凡神色呆滞，喊他："桑延。"

桑延："怎么啦？"

"对不起，"温以凡看着他，隔了那么多年，再度跟他提起当年的事情，"我那个时候，应该把伞给你的。"

桑延没反应过来："什么？"

迟来的悔意丝丝缕缕地钻进她的骨子，温以凡低下头，忍着颤意把话说完。

"……我不应该就让你那么淋着雨回去的。"

察觉到她的语气，桑延凑过来了一些，伸手捏住她的下巴，往上抬。他的眸色似点漆，看着似乎是还没懂她的话："什么时候？"

"高考录取结果出来，"温以凡与他的眉眼对上，声音轻而慢，"你来北榆找我的那天。"

"……"也许没想到是这样的答案，桑延的神色稍顿，表情看不出情绪。过了几秒，他轻扯唇角，懒洋洋道："那天下雨了？"

温以凡没出声，只是点了点头。

"淋就淋了，道什么歉？"桑延的手上挪，用力掐了一下她的脸。像是没把那事情当回事儿，他眉梢轻挑："我一大老爷们儿淋个雨怎么了？哪那么娇弱？"

温以凡喉间发涩，安静地看着他。

桑延语调闲散："怎么成天把你对象当成朵娇花？"

"……"

"走吧，"桑延没再继续这个话题，打开伞，顺带问道，"吃晚饭了没？"

温以凡跟在他旁边："吃了飞机餐。"

"那能饱？"桑延说，"晚点儿再吃点儿。"

"好。"

这两天，两人没怎么联系，仅有的对话都是通过微信消息。再加上，他们最后的谈话并不算愉快，这会儿的气氛还有些不自在。

温以凡忍不住偷看他："我们现在是去宜大那边吗？"

桑延嗯了一声。算上大学和工作，温以凡在这个城市待了六年。尽管已经离开了两年，但她对这座城市依然是熟悉的："那边可以坐机场大巴，有直达的车。不过我们两个人，直接坐出租车到宜大的价格也——"

还没说完，温以凡才注意到此时基本是桑延在带路。她的声音止住，讷讷道："哦，你刚从那边过来，应该认得路……"

桑延："嗯，拦辆车吧。"

温以凡："好。"

两人上了辆停在机场边上的出租车。温以凡先上了车，坐在靠里的位置，跟司机报了个"宜荷大学"。下一刻，桑延也上车了，瞥了她一眼后，又习惯性地凑过来替她系安全带，之后便坐了回去。

温以凡往他的方向看了两眼。也许是察觉到她的目光，很快，桑延扯过安全带，也给自己系上。

见状，温以凡想起了她喝醉那天，两人在车上的对话。她舔了一下唇，主动出声跟他聊天："只只在宜荷怎么样？"

这话像是让桑延想到了什么，声线凉凉："挺好。"

温以凡关切道："那你跟她和好了吗？"

先前温以凡偶然间听到桑延跟桑稚打电话。谈话的内容大概是，桑稚在宜荷找了个研究生男朋友，暑假还为此留校不回家。两人也因此争吵了一番，之后还经历了一段漫长的冷战。

"她那个男朋友怎么样？"温以凡有点儿好奇，又问，"你见过了吗？"

"……"过了好半天，桑延才冒出了句，"见到了。"

温以凡啊了一声："人怎么样？"

桑延："你见过照片。"

车内光线暗，温以凡看不清桑延的神色。她就没见过桑延主动给她看哪个男人的照片，有点儿蒙："什么时候？"

这回桑延直接把人名说了出来："段嘉许。"

"……"反应了好半晌，温以凡才似是而非地明白过来，而后得出个结论，"只只的对象是你大学舍友吗？就是你那个绯闻对象？"

桑延随意地嗯了一声。

温以凡又问："所以你舍友现在是在宜荷大学读研究生吗？"

桑延冷笑。

"我记得，"温以凡想起他之前在家里，还跟段嘉许打过几次电话，"你之前不是还拜托他帮你照顾妹妹吗？"

这像是接连不断地朝桑延胸口补刀。他没说话，再度朝她的方向看来。

温以凡不太明白，茫然地回视着他。没过多久，她就渐渐从其中琢磨出了情况："难道他俩都没告诉你吗？你过来才发现的？"

桑延仍然看着她。温以凡又想到他来宜荷前，两人吵架的原因，也是因为什么都不跟他说，把他瞒在鼓里。结果他坐了几个小时飞机过来宜荷，在舍友和妹妹这边又受到了同样的待遇……

她立刻噤了声，车内再度陷入了沉默。

过了一会儿，桑延主动提："挑酒店。"

温以凡抬眼。

桑延："之前不是帮我挑了几家？"

"……"这是温以凡当时在车上跟桑延说的话，她还以为他压根儿没听进去。她连忙点头，从口袋里翻出手机："那你看看喜欢哪家。"

桑延翻了翻收藏夹，从里头随意挑了一家，又把手机还给她。

温以凡："这家吗？"

桑延："嗯。"

在房间类型上，温以凡犹豫了半晌，才选了个双床标间："那我订一间了？"

桑延立刻看她。怕他不乐意，温以凡又补充："两张床的。"

桑延的眼神意味深长，过了一会儿才应道："行。"

订好酒店后，温以凡又跟司机报了酒店名字，让他直接把车子开到酒店楼下。桑延侧头，目光下滑，停在她被长裤掩盖着的大腿上："带药了？"

温以凡没反应过来："什么药？"

"腿伤。"

温以凡讷讷道:"我忘了。"

桑延点头,没再说话。

临近目的地时,桑延往窗外看着,忽然让司机停车。随后,两人直接在这块儿下了车。温以凡有些茫然:"怎么在这儿下?"

桑延打开伞,用眼神示意了一下:"去买药。"

顺着他的目光,温以凡抬眼,才注意到旁边就是家药店。

出了药店,两人并肩往酒店的方向走。温以凡垂头,盯着自己空荡荡的手。她有些不习惯这样的状态,掌心稍稍收拢了些,又张开:"桑延。"

桑延看着前方:"嗯?"

温以凡小声道:"你怎么不牵我?"

"……"桑延的脚步停了一下,偏头瞧她,"我这不是要拿行李和伞嘛,没手了。"

"那我来拿行李,行吗?"温以凡认真道,"我想让你牵着我。"

桑延直勾勾地盯着她,沉默三秒后,忽地低头笑了起来。他的眉眼舒展开,唇边的梨涡也若隐若现:"温霜降,你撒什么娇?"

那点儿僵硬的气氛似乎都随着她的话消失殆尽,变回以往的模样。温以凡愣了一下。她才意识到自己这行为是在撒娇,有点儿脸热和紧张。她保持着镇定自若的模样,强装自己这个要求是合理的。

"噢。"桑延挑眉,拖着腔调,语气有些欠,"所以你来宜荷,就是想过来跟我牵个手。"

"……"

说着,桑延把伞递给她:"拿着。"

温以凡下意识地接过。

桑延提醒:"用那只手拿,不然我怎么牵?"

温以凡顺从地换了只手。下一刻,桑延就握住了她的手,捏在手心里。他的手掌宽厚温热,牵人的力道重,却不会让她觉得疼,只觉得安全感十足。

温以凡比他矮一个头,这个姿势拿伞有点儿费劲。她注意着桑延的神情,暗暗想着,他看着好像还挺喜欢自己撒娇。

所幸的是这家药店离两人订的酒店并不远，走路不到五分钟就到了。两人进了酒店大门，拿出身份证到前台办理入住手续。

　　在此空隙，桑延忽地问："怎么过来前不跟我说一声？"

　　温以凡诚实地答："我怕你不让我过来。"

　　"……"桑延看她。

　　"怕你现在还不是很想看到我。"

　　桑延用力捏了一下她的手："说点儿人能听的。"

　　想了想，温以凡又礼尚往来地问："那你怎么突然要回去了？"

　　桑延："看你不回消息。"

　　温以凡稍愣："因为我在飞机上……"

　　"我知道，下回记得跟我说一声。"桑延用力揉了揉她的脑袋，慢悠悠地说，"不然你再晚点儿给我打电话，我就上回南芜的飞机了。"

　　"……"两人拿到房卡后便坐电梯去了房间。

　　桑延放下行李，扫了眼腕表上的时间："想去外面吃，还是叫个外卖？"

　　一进房间温以凡就不想动了："叫外卖吧。"

　　"行。"桑延把手机递给她，把空调打开，"点完就去洗澡，该上药了。"

　　温以凡听着桑延的意见点了两份饭，随后便打开行李袋，从里头拿出自己的换洗衣物。她走进了厕所里，渐渐开始神游，想起了自己这回过来的目的。

　　拖了一路，到现在也没提。刚开始提了一下，最后还被他把话题扯开了。

　　从昨晚到现在，温以凡就一直在思考要怎么跟他说。话题过了之后，她也不知道该怎么再提起。只觉得这不是会让人觉得愉快的事情，怎么说都会导致气氛沉重。

　　她叹了口气，心情越发紧张和忐忑。温以凡不知道桑延知道之后，会给出什么样的反应。但她知道，桑延跟其他人是不同的。

　　他一定是不一样的。

等温以凡从浴室出来时，外卖也已经送到了。

此时桑延正坐在其中一张床上，手里拿着药袋："过来，涂了药再吃。"

温以凡走过去坐在他旁边，看着他从药袋里拿出药瓶和棉签。她垂下眼，盯着他右手手腕上的红绳，以及上边的雪花小吊坠。她有些失神，又回想起了桑延的话。

——温以凡，你能考虑一下我的感受吗？

——你觉得我信不过是吗？

想到桑延最后沉默着把她的裤腿整理好的模样。他低着头，背脊微弯，面上的情绪平淡至极，却又让人感受到了他深藏着的无力感，跟他平时不可一世的模样完全不同。

桑延握住她的小腿，盯着她腿上的伤，皱眉："又碰水了？"

温以凡回过神："啊，刚刚不小心弄到的。"

桑延的语气不太好："明天别洗了。"

"……"

随后，桑延拿起棉签，一下又一下地把她伤口上的水擦掉。他的唇线拉直，看着心情明显不佳，举止却轻到了极致，像是怕再重一点儿就会把她弄疼。

温以凡盯着他微低着的头，掌心渐渐收紧，鼓起勇气开口："桑延，这伤口是前几天弄的。我那天在单位停车场遇到车兴德了，就是那个说是我舅舅的人。"

闻言，桑延抬眼："嗯。"

"在南芜，我第一次见到他是在年前。我有一次半夜加班，"温以凡说，"他是当事人，酒驾撞车了，但当时没出什么事，后来就是跟你一起在'加班'见到他。

"然后他可能是知道我在南芜广电上班，就开始来我单位楼下等我，但我也没碰到他几次。"

"那天他想让我给他一万块钱，我没理他，他就抢了我的包，然后推了我一下。"说这些事情的时候，温以凡的语气很平静，"之后我就报警了，没出什么大事情。"

桑延安静地听着，手上的动作也未停，轻轻地帮她上着药。

过了好一会儿。

"我之前，也没跟你说实话。"温以凡很少跟人倾诉，说话的速度缓慢至极，"我爸爸去世之后，我继妹不是很喜欢我，然后我妈就把我送到我奶奶那儿养了。"

"但后来我奶奶身体不好，我就被送到我大伯那儿。"温以凡低声说，"我大伯一家也不是很喜欢我。"

"高中的时候，咱俩第二次因为早恋被叫家长，是我大伯过去的。我那天回家之后情绪不太好，所以在电话里跟你发脾气了。"温以凡用力抿了一下唇，不敢看他，"对不起，但我那时说的不是真心话，我没觉得你烦。"

桑延的动作停住。

"我搬到北榆之后，车兴德是在我高三的时候搬进来住的。"提到这里，温以凡的语气变得有些阻滞，"就是……他一直……骚扰我。"

听到这话，桑延把手里的棉签放下。他的喉结轻滚，声音也显得哑："温霜降，不想说咱就不说了。"

"没有不想说，"温以凡摇头，继续说完，"填报志愿的那一周，他有一晚进我房间了……"

温以凡低头，眼神有点儿空，把这段略过："但没出什么大事情，因为我大伯他们每晚都是凌晨三点回来，那天也准点回来了。"

桑延闭了闭眼，把她抱到怀里，一句话都说不出来。

他一点儿都不敢想，完全不敢去想，那段时间她是怎么过来的。那个没任何脾气、性格软、对待任何人都温和至极的姑娘，在遇到这种事情之后，是怎么熬过来的。

"我一开始是真的报了南大的，我想跟你上一所大学，我没有骗你。"温以凡的眼眶渐红，开始有点儿语无伦次了，"但就是……出了不好的事情。"

"我就是……我当时也不知道怎么办，没有人帮我。"

温以凡忍着眼泪："桑延，没有一个人站在我这边。"

她一点儿都不想哭，只觉得，她是不应该哭的。因为就算她受到了不好的对待，也不是她用来伤害桑延的理由。

"我当时什么都没想，就是不想再在北榆和南芜待着了，我就想去个远一点儿的地方。"温以凡说，"对不起，我忘记跟你说了。"

"……"

"对不起，我跟你说了那么不好听的话。"

那么多年，她再没去回想过那个时候的事情。只记得，她当时语气很重，跟桑延说了很不好的话，至于内容，已随着时间的流逝，渐渐地淡忘了。

今天再深想起来，她才记起来，她原来说过这种话。她原来说过这么不好的话。

桑延加重力道，把她抱到腿上。他的嗓音发哑，轻抚着她发红的眼角，语气似认真又似漫不经心："记得我当时跟你说的话吗？"

温以凡抬头："什么？"

这一刻，像是回到了那条昏暗的巷子里。

两人站在漆黑的雨幕之下，被一把小伞覆盖，距离拉得很近。周围的一切都在拉远，雨声簌簌，那些黑暗也都消失不见。

眼前少年的面容长开，五官比当初硬朗成熟，低声重复。

"你没什么想跟我说的吗？"

那一年，那个将自己封闭起来，沉默着没给出任何答复的少女，在这个时候，给出了不一样的答案。

"……有的。"

桑延扯起唇角："那现在说。"

温以凡吸了一下鼻子："我很喜欢你过来北榆找我，我没觉得出来见你很烦。"

桑延："嗯，还有吗？"

"我只是觉得我改志愿了，是我没做好，是我忘了跟你说。"温以凡说，"而且宜荷离南芜好远，我不想你还要像高中的时候一样一直过来找我。"

"还有呢？"

"我没有跟别人约定过，我只跟你约好了。"

"嗯。"

"我觉得，"温以凡看着他的眉眼，眼泪终于没忍住掉了下来，"我配不上你。"

桑延把她的眼泪擦掉："这句收回去。"

"……"

"温霜降，你觉得，我这么多年为什么不找对象？"桑延盯着她的模样，语气傲慢又眼高于顶，"我只看得上最好的，懂？"

"……"温以凡怔怔地看着他，脑子里被他所说的"最好的"三个字占据。她继续把想说的话全部说完："我没把你当备胎。"

"嗯。"

"这么多年，除了你，我没喜欢过别人。"

"嗯。"

"对不起，桑延。"像是把胸口处积压多年的石子移开，温以凡慢慢地，忍着哽咽把最后一句话说完，"是我失约了。"

桑延低头看她："嗯。"

安静至极的房间里，灯光大亮，窗外的雨点渐大，却无法影响到他们半分。

那个刺骨的雨夜，被泥泞和深不见底的暗黑覆盖的时光，那段两人都不愿再提起的过去，在此刻，也终究成了过去。

半晌后，温以凡感觉到，有什么温热而柔软的东西落到自己额头的位置，伴随着，桑延郑重而又清晰的一句话。

"我原谅你了。"

这像是在梦境深处上演过千万遍的话，又像是曾经连丝毫都不敢去妄想的场景，让她觉得虚浮的世界终于踏实安定，却又觉得像进入了不真切的幻境。仿佛再一眨眼，两人就回到了高考后的那个盛夏。

一切都尚未发生。

那个夜晚，车兴德没有回来。一切按部就班，她没有那样的经历，也没有改高考志愿。那晚，她只是跟桑延约定好了见面，再没有发生其他。

温以凡每天都过得有期待感。每天都在等着录取结果出来，桑延再次来到北榆的时候。想着，他会过来跟她说什么话。

或许是告白，或许是跟她聊聊大学的事情，也或许还是跟以往一样，只是来见她一面。不管怎样，一定不会像当初那样。

一定不会是，两人从此天各一方的序幕。

温以凡眼睫稍抬，对上了他凸起明显的喉结，弧度极为分明。他的吻还落在她的额头上，力度很轻，带着极为珍视的意味。

她慢慢地眨了眨眼，看到眼泪顺着往下砸，下意识地用手背抵着眼："当时车兴德跟我说，这是很丢脸、很羞耻的事情。我那些亲戚也叫我别报警，说传出去不好听。

"……我就不想让你知道。"

在那之前，温以凡从没听过别人跟她说那么难听的话，从没有人用那种词来形容她。所以即使是受害者，她也会觉得，她在其他人眼里，是不是真的是那个样子的。

温以凡用力抿了一下唇，用尽全力道："如果我当时也这么说就好了。"

把这些事情都说出来，都告诉他，那现在的他们，又会是什么样的？

桑延把她的手扯下，把她脸上的眼泪一点点地擦干净："温霜降，你听那人渣说什么狗屁歪理？"

温以凡盯着他的眼。

"听好了，这事儿不丢脸，也不羞耻。知道吗？"桑延也回视着她，一字一句道，"你没有做错，你做得很好。你保护了你自己，你很勇敢。"

你是坦荡的，可以肆无忌惮地站在阳光之下，那种人才该活在阴沟里。

温以凡没有说话。

桑延又道："听到没有？"

她抿唇，点了点头。

桑延的唇角勾了起来，慢悠悠地说："行，那我跟你道个谢。"

温以凡吸了一下鼻子："谢什么？"

他低头亲了亲她的唇角，低声道："谢谢你，保护了我的阿降。"

温以凡神色愣愣。

"还有，现在说这些哪儿迟了？"桑延眼眸漆黑，拖腔拉调地把话题扯开，"说不定那会儿我还不想谈恋爱，你追我，我也不打算同意。"

温以凡回过神，唇线微抿，过了几秒，没忍住笑。她的坏心情随着他的话渐渐消散，说话带着轻微的鼻音："以前明明是你追我。"

桑延扬眉："你不也喜欢我嘛。"

温以凡微微一愣，非常认真地点头："嗯。"

"喜欢就好好追，"桑延笑了，又垂眼给她上药，语调又恢复了以往的欠揍，"喜欢还等着人来追你，你这姑娘怎么这么好面子？"

温以凡看着他："那时我不懂怎么追人。"

桑延动作停住，抬头："我就懂了？"

回想了一下他以前的行为，温以凡老实道："嗯，你看着还挺有经验的。"

桑延直直地盯着她，见她确实就是这么想的，莫名觉得牙有些痒。他没忍住掐了一下她的脸，闲闲地道："你这没脾气有时候还挺气人。"

温以凡今天被他掐了好几次，感觉自己的脸都要被他扯大了。秉着你来我往的原则，她也抬手，反击似的捏住他的脸。

桑延非常双标，瞥她："干什么呢？"

"我就……"温以凡一顿，也没收回手，"摸一下你的脸。"

"……"桑延没跟她计较，继续帮她处理伤口，顺带问，"这几天有没有好好涂药？"

温以凡："嗯。"

"睡前锁门了？"

"嗯。"

两人有一搭没一搭地说着话。处理完后，温以凡从他身上爬了起来。

桑延把药瓶整理好："去洗个脸吃饭。"

温以凡点头，顺从地起了身。

等温以凡从浴室出来，桑延也已经把床上的东西整理好了。他起身，弯腰从行李袋里拿了套换洗衣服，很快便进了浴室里洗澡。

浴室的空间不大，有些逼仄。桑延把衣服放到洗漱台上，心不在焉地开始脱衣服。

没过几秒，桑延的动作又停下。

时间在这一刻像是停了下来。桑延僵在原地，像是一座石化着的雕塑。他盯着镜子里的自己，脑子里再度浮现起温以凡刚刚说的话。每一个字都像是利刃，往他身上的每一个角落刺着，潜伏在骨子里的暴戾在此刻完全掩盖不住。

——我当时也不知道怎么办，没有人帮我。

——桑延，没有一个人站在我这边。

他的喉结上下滚动，轻轻闭了一下眼。

坐到桌前，温以凡慢吞吞地嚼着饭，感觉桑延这次洗澡比以往都要久一些。她时不时往浴室的方向看，又回想起刚刚两人的对话。

说完后，她觉得安定和轻松，但这会儿又后知后觉地担心起来，也不知道会不会影响他的心情。

温以凡在飞机上吃了些，她胃口也不大，此时其实不太饿，没吃几口就放下了筷子。温以凡把饭盒收拾好，又稍微整理了一下房间，而后便爬回床上百无聊赖地玩了会儿手机。

过了好一会儿，桑延也从浴室里出来了。他的脑袋上搭着条毛巾，头发湿漉漉的，发梢还滴着水，一出来便往她的方向扫了眼："吃饱了？"

温以凡抬眼，注意着他的表情："吃饱了。"

桑延嗯了一声，拿上手机，坐到她旁边。温以凡还趴在床上，又观察了好一会儿他的模样，确认他没什么不妥后，才稍稍松了口气，默默地收回视线。

她继续刷着微博，主动问："那你明天要不要去找只只？"

桑延语气随意："再看吧，我已经跟那小鬼说回南芜了。"

他这模样显得有些无所谓，跟还没来宜荷时对比格外强烈。温以凡觉得有些奇怪，但很快又得出了个结论："只只跟段嘉许在一块儿，你是不是还挺放心的？"

"是。"想到这事儿，桑延皮笑肉不笑道，"那畜生确实会照顾孩子，对那小鬼比我这亲哥还劳心劳力，让我真自愧不如。"

"……"温以凡蒙了，"你怎么这么喊人？"

桑延低着头看手机，恰好看到前不久段嘉许发来的慰问。

段嘉许："没出什么事吧？"

"敢做就得敢当，"桑延看着似乎没觉得有什么问题，边回着消息边说，"他现在干的就是畜生事儿，懂？"

温以凡没忍住说："这不是挺顺其自然的事吗？"

"温霜降，你知道这畜生认识我妹的时候，她才多大吗？"桑延看向她，像是想找认同感一样，说话的速度很慢，"就一小学生，十岁不到。"

温以凡没被他带进去，算着两人的年龄："只只十岁的时候，你上大学了吗？"

桑延语气凉凉："没差多少。"

他这模样似乎还很不痛快，温以凡没再继续提。她往他手机屏幕上扫了眼，正好瞧见他开着支付宝，看着像是要给谁转账。

温以凡瞬间明白过来："你给只只转生活费吗？"

"那小鬼胳膊肘重度往外拐，现在胳膊已经折了。"桑延懒洋洋道，"我懒得管她，只能多给她点儿钱，让她上医院看看病。"

"……"温以凡觉得他这模样有点儿好笑。她半趴在床上，盯着他的脸看。

没过多久，温以凡突然注意到不对劲的地方。刚才在外边没看清，室内光线亮，加上他洗完澡后肤色又白了些，一切瞬间清晰了起来。

她立刻坐了起来，盯着他的右眼角，抬手碰了碰："你这边眼角怎么破皮了？"

闻言，桑延忽地想起了什么："噢。"

温以凡耐心问："怎么弄的？"

桑延直白道："段嘉许打的。"

"……"温以凡没反应过来，"他为什么打你？"

"不知道，"桑延顿了一下，慢腾腾地说，"他那人脾气不太好。"

想到他刚刚一口一个畜生的，而且又突如其来地要回南芜，温以凡也没太信他这话。她看向他，迟疑地给出了个猜测："你跟他打架了？"

桑延侧头看她："没。"

"那……"温以凡问，"你打他了？"

桑延下巴稍抬，不置可否。

但这姿态明显是默认了的意思，想到这两兄妹平时不太对付的模样，温以凡总觉得这有点儿过于风平浪静了："只只没跟你发火吗？"

桑延依然没吭声。

温以凡明白了："你因为这个才想回南芜吗？"

房间里安静下来，桑延盯着她近在咫尺的眉眼。

此时她的指腹还放在他的眼角处，专注而认真地盯着他的伤口。她刚洗完澡，穿着短袖短裤，领口拉得低。四肢也裸露在空气之中，白嫩而柔软，像是不动声色的诱惑。

见他不说话，温以凡的目光一挪，对上了他的眼眸，瞬间注意到了两人这暧昧至极的距离。

定格三秒。下一刻，像是再无法克制情欲般，桑延猛地把她扯到怀里。他的吻直接碰上她的唇，轻轻贴合，伴随着含混不清的话。

"什么叫我因这才回南芜？你有没有良心？"

"一天到晚就知道气我，"桑延很直接，捏着她的下巴往下扣，舌尖探入，扫过每个角落，"把我气得行李都忘了拿，还得跟段嘉许那狗借内裤。"

"……"温以凡本来被他亲得有些迷糊，又因这话笑了起来。

桑延停了下来，气乐了："你能不能认真点儿？"

"你真穿了别人的内裤啊？"像是不想打破这气氛，温以凡忍了忍，但又觉得这事儿很好笑，还是没止住笑，"那你就不能买一条？"

"新的，"桑延盯着她笑，莫名也笑了，"那不就算买的嘛。"

温以凡想了想，又问："合适吗？"

这话一出，桑延的目光稍顿，眼里多了几分意味深长的味道。半晌，他低笑起来，语气格外不正经，听不出真假："……有点儿紧。"

他再度抬起她的下巴，低头继续吻她，附带着含混不清的话。

"你帮我脱了？"

他亲人的力道重，手渐渐上挪，改托着她的脸，一下又一下咬着她的唇舌，像是要把她吞进腹中，动作格外欲。

男人身上带着极为熟悉的檀木香，身体宽厚而温热，所有的气息都像是带了攻击性，无孔不入地将她侵占。他的发丝还滴着水，砸到她的脖颈处，顺着滑落。

冰冰凉凉的，却又像是带了电流，引得温以凡不由自主地瑟缩。

桑延的掌心滚烫，似有若无地碰触着她。他的指腹带了茧，滑过之处，都像是被点燃般地烧了起来。

温以凡不自觉地喘着气，身体发僵，下意识地钩住他的脖子，有点儿紧张，却没有丝毫抗拒的意思。但很快，可能是注意到她的状态，桑延直接停下，手也随之退了出去。他仍旧亲着她，力道渐重，从脸侧，到耳垂，顺着脖颈，像是在发泄。

温以凡抱着他的脑袋，清晰地感受到他的温度。她有点儿不敢动，僵在原地承受着。

良久，桑延停下了动作，发泄般地咬了一下她的嘴唇。

温以凡茫然地看他："怎么停了？"

桑延盯着她红得发艳的嘴唇，喉结滑动着，嗓音低哑："你不是生理期吗？"

这话瞬间让温以凡想到，她之前用来应付桑延的借口。想起来又觉得心虚，她再度吻他的唇，小声道："我骗你的。"

"……"这话等同于默许。

狭小的酒店房间，旖旎的氛围在渐渐地发酵和扩散。

桑延任由她亲着。半晌后，他慢慢地松开她的唇，指尖从她的后颈下滑，顺着背脊一路往下，直到衣摆处。

他调情似的打了个转，而后，慢慢地将她的衣服向上钩。

"噢，所以才费尽心思地跟我开同一间房——"

桑延边说，指尖边顺势往上。

"那怎么还……"他眼底欲念沉沉，勾着唇继续道，"欲盖弥彰地订两张床呢？"

"……"

再继续往上。

温以凡看着眼前的男人，脑子发空，莫名觉得有些口干。她的身子下意识地往他身上靠，不自觉地渴求着更多，却又带着未知的紧张和不安。

下一瞬，桑延的吻落到她的锁骨上，带出一点儿又一点儿的痕迹。

"温霜降，嫖我吗？"

一切的感官都在放大。

温以凡钩着他的脖颈，力道渐渐加重，忍着喉间的声音，能感觉到他的声音低沉又性感到像是催化剂。

"给你算便宜点儿。"

眼前是明亮的暖黄色灯光，打在房间里，有些晃眼。耳边还能听到空调运作的声音、细雨的簌簌声，以及，暧昧的吞咽声。

温以凡微仰着头，承受着这陌生而又难言的触感，觉得思绪都变得迟缓了起来。她分不出精力去思考桑延的话，全身心都随着他的举动而游移。

桑延的身体坚硬，无声地笼罩着她，夹杂着熟悉而令她沉迷的气息。他身上还带着水汽，发梢处的水汇聚，时不时落下几点，略带凉意。

温热到令人不受控地向下陷，却又因这冰凉而分出几分清醒。

温以凡的目光迷茫，盯着眼前的灯光，又顺着下挪。注意到桑延身上的衣服还很整齐，她扶住他的脑袋，声音发着颤："桑延，你没关灯……"

闻声，桑延顺势抬了头。

明亮的灯光之下，男人肤色冷白，嘴唇颜色加深，带着旖旎的水渍。眉眼带了锋芒，浅薄的内双，瞳色是高纯度的黑。五官此时染上情欲，锐利却半分不减，侵占性成倍地叠加，像个明目张胆的侵略者。

"关灯？"桑延松开手，他钩起的衣摆顺着下坠，又落回了原处，他的声音略沉，带了点儿笑意，"那你还怎么看我？"

话音落下，桑延的身体随之向后躺，整个人躺到床上。他还扯着她的手腕，往自己的方向带。她毫无防备，上身顺势前倾，半趴在他的身上。

在这期间，温以凡右腿上的伤不经意被他的裤子轻蹭了一下。轻轻的刺痛感，她下意识地皱了眉。

注意到她的模样，桑延神色稍顿。他放开她的手腕，目光下滑，忽地反应过来："碰到伤口了？"

没等温以凡出声，他就已经坐了起来。

"过来我看看。"

温以凡低声说："没怎么碰到，不疼。"

桑延没说话，只是握着她的膝盖，盯着她大腿上的伤。

已经三四天了，好几处都已经结了痂，颜色偏深，因为沾了水而有些红肿，只剩两道深一点儿的伤口还能看到浅浅的血丝。她的肤色白得反光，衬得这伤口严重而又触目惊心。

在这一瞬，桑延觉得自己才是他刚刚口里所说的"畜生"。她的腿伤还没好，而且才跟自己说了那些经历，他也还没考虑，她会不会反感这样的事情。

片刻后，桑延渐渐直起身，眼里的欲念似是半点儿未消，在此刻又带了几分懊悔。他的唇线拉直，抬眼盯着温以凡的眼，直接道："睡觉。"

温以凡稍愣。像是不打算再继续下去了，桑延慢条斯理地整理着她额前的碎发。他的眼眸沉如墨，盯着她身上被自己弄出的痕迹："我去洗个澡。"

"……"温以凡回视着他，在这一刻，觉得这情况尤为荒唐。

她的身上还湿润黏腻，感觉身上的每个角落都被他吻过，全是他的气息，像是用羽毛在她身上持续挠痒，最后却只经历了这么个过程。

那被他撩拨起来的、无法言喻的渴望，也因他，而化作了无声无息，而又没能得到半点儿回应的东西。

温以凡还坐在他的身上，目光一动不动。她也不知道到底是自己有问题，还是桑延有问题。

主动的人是他，抱着她亲来亲去的人是他，最后莫名其妙因为一点儿无关紧要的小事而中断的人，也是他。

温以凡感觉自己像个工具人，只能一味地承受，不能给出半点儿意见。想到桑延刚刚的话，她抿了一下唇，忍不住说："那我还要给钱吗？"

桑延没反应过来："嗯？"

"我觉得你这服务我还给钱的话，"温以凡的眼尾微勾，天生自带媚态，此时眼中的情意还未消退，她稍稍吸了一下鼻子，语气温吞，"我有点儿亏了。"

"……"说完，温以凡的腿一挪，想从他身上下去。

下一瞬就被他的手摁住，温以凡抬眸，对上了他似笑非笑的眼。

"你说什么？"

像是没想过会听到这样的话，桑延的神色也多了几分不可思议。他抵着她的后腰，让她往自己身上靠，一字一顿道："说来听听，哪儿亏？"

因这距离，温以凡屏住呼吸，也有点儿后悔自己一时冲动说的话。她也不知道该怎么圆了，干脆破罐子破摔道："你这本来就没到收费的标准……"

听到这话，桑延的眼睫轻抬，扯了一下唇角。他抱着她，又将两人带回刚刚的姿势，这回力道比刚才轻柔了一些。他抓着她的手腕，顺着下滑，停在自己衣摆的位置。

"怎么才算到收费的标准？"

"……"

接下来的所有行为，都是由桑延来引导。

温以凡的手被他抓着，将他的衣服往上推，露出有力的块状腹肌。

他的声音微哑，带着显而易见的蛊惑："得给你看这儿？"

继续往上。

"还是这儿？"

温以凡能感受到自己的手被他固定住，从他身上一一滑过。她的耳后渐渐烧了起来，除了听着他跟自己调情，不知道该做出怎样的反应，直至手滑到锁骨的位置。

桑延瞧着她，语气似是在挑衅："看完了？"

温以凡慢一拍地啊了一声。

"下一步到什么了？"桑延把她的脑袋往下摁，嘴唇贴到她的耳边，声音渐轻，像是在用气音说话，"——该享用了。"

这话一出，温以凡的脑子瞬间炸开，伴随着他接下来的两个字。

"客人。"

温以凡坐在原地，不知道该做出什么反应。她轻舔了一下唇角，盯着男人近在眼前的喉结和锁骨，没有多余的动静。

桑延低声道："怎么不亲？"

"……"

"花了钱不碰，不觉得亏吗？"

这话像是在引诱，温以凡也不受控地被下了套。她低头轻吻住他的喉结，后腰被他固定着，能清晰地感受到他的滚烫。

桑延轻喘着气，觉得她的所有举动都像是在折磨他，持续地挑战他的耐性。很快，他便再不克制地抬起她的脑袋，用力咬住她的唇齿。掌心碰触着她身体的每一处。

不知不觉间，两人的位置换了过来。温以凡躺到床上，在他的言行下，恍惚之际，还真有了种自己花重金买了个头牌回来嫖的感觉。

最后关头，桑延伸手将灯关掉，顺带拿起床头柜上的盒子。

昏沉的房间里，温以凡听到了撕包装的声音。周围的一切都变得不真切起来，唯有眼前的人清晰至极。

桑延的动作轻而耐心，安抚般地吻着她的唇，而后慢慢地、一寸一寸地将她侵占。她感受到了疼，嘴里不自觉地发着轻轻的呜咽声，却又没半分想退缩的意思。

她不喜欢任何男人的碰触。

除了他。在桑延面前，温以凡只想跟他靠得更近一些。

外头的雨声似乎更大了些，噼里啪啦落下，拍打着窗户。从缓慢到急促，坠落的声音也从轻到重，在这无边的黑夜里扩散。

桑延禁锢着她，力道渐渐加重，只想将她彻底地据为己有。多年的渴望在这一刻化为了阴暗的暴戾感，丝丝密密地将他的理智吞噬。

下一刻，桑延听到了温以凡带着鼻音的声音。

"桑延，疼……"

他回过神，哑声道："哪儿疼？"

温以凡眼角发红，抱着他的背，完全说不出口。

"怎么不说话？"桑延低头吻了一下她的下巴，动作明显轻了下来，话里的恶劣却半分未藏，"你不说我怎么知道哪儿疼？"

温以凡依然不吭声。

"不说是吧？"

他的脑袋稍侧，贴近耳边，咬着她的耳垂。

"——那就先受着。"

第十九章

专挑鸭来选

"你能不能帮我洗个澡？"
"温霜降，你害不害臊？"

最后一次结束后，窗外的雨声似乎也停了下来。

温以凡的脸靠在桑延的胸膛上，抱着他的力道仍然未松。她感觉自己浑身上下一点儿劲儿都没有，还出了一身汗，格外不舒服，只觉得又热、又困、又累。

在此情况下，温以凡还察觉到，桑延拿起一旁的遥控器，把空调关掉了。她立刻抬头，嗓子有些哑："怎么关了？"

"一会儿再开。"桑延额前的碎发仍显湿润，眸色暗沉，眉眼间还带着性事过后未退去的情欲，"出汗了，怕你感冒。"

盯着他折腾了半个晚上后仍旧格外精神的模样，温以凡的心情有些难言。她思考了一下，还是喊了他一声："桑延。"

"嗯？"桑延扯着旁边的衣服，正想给她套上。

温以凡慢吞吞地提了个请求："你能不能帮我洗个澡？"

"……"上一回听到这样的话，还是她喝醉不清醒的时候。桑延垂眼直勾勾地看她，过了两秒后笑了："温霜降，你害不害臊？"

刚刚不关灯的时候也没见你害臊，温以凡暗暗想着。

想到得自己去洗澡，温以凡甚至想就这么直接睡，但她实在受不了这黏糊糊的感觉，抬眼瞅他："那我没力气了。"

桑延懒懒地盯着她，似乎是想看她还能说出什么样的话。

感觉这个理由力度还不够大，温以凡又补充："而且我自己洗澡会弄到伤口。"

"温霜降，你就是个娇气包。"桑延随意套上裤子，抱着她起来，往卫生间的方向走，"多大人了还要人帮忙洗澡。"

"……"温以凡忍不住说，"那不是你——"

她忽地反应过来，咽回剩下的话，没好意思继续说下去。

桑延笑："不是我什么？说完。"

温以凡没吭声。

进了卫生间，桑延瞥了一圈，感觉这娇气包估计连站都不想站着。他干脆扯了条毛巾，铺到洗漱台上，把她抱了上去。

桑延拿起温以凡的毛巾，沾了温水，慢条斯理地帮她收拾了一番。

温以凡被他伺候得有些舒服，眼皮渐沉。她忍着困意，看着他的脸，咕哝道："桑延，你以前是不是真干过这一行？"

"……"桑延抬手掐她脸，"说什么呢？"

"我刚刚真觉得，"温以凡感觉自己总该给点儿评价，想了想，慢慢地说出了刚刚的感受，"我是来嫖的。"

"这不是你说我的服务没到收费标准嘛，"桑延扯了一下唇角，吊儿郎当道，"那我总得发挥一下，不然失业了怎么办？"

"……"

"还有，"桑延言简意赅，"老子是第一次接客。"

温以凡轻轻眨了眨眼。

"这辈子呢，"桑延抬眼，用指腹蹭了一下她还发着红的眼角，又低头亲她，"也就只有你一个客人了。"

出卫生间后，桑延从行李袋里抽了件衣服，给温以凡套上。他把她放到另外一张床上，而后又走到桌前，像是在拿什么东西，发出细小的动静。

温以凡小声说："你早点儿睡。"

之后就没去管他，她自顾自地扯起被子，钻进被窝里。

这两天因为跟桑延吵架，温以凡一个人在家压根儿就睡不着。这会儿精神松懈下来，极为强烈的困意向她席卷而来。

此时此刻，温以凡唯一的渴望就是睡觉，但她刚闭上眼，被窝都还没变暖，下一刻就感觉到自己又被人抓了出来。

温以凡费劲地睁开眼，就见桑延又揪着她的衣摆往上扯。

"……"温以凡蒙了。

她是真不知道桑延哪儿来那么多精力。

这不是刚洗完澡吗！！！

"桑延，"温以凡委婉地说，"你知道现在几点了吗？"

"嗯？三点。"大概是听出了她话里的意思，桑延看了她一眼，手上的动作仍然未停，"想什么呢？你睡。"

温以凡不知道他想做什么，看他须臾，但也没跟他计较，很快就任由他去了。

她困到一闭眼就几乎要睡着的程度。

迷迷糊糊之际，温以凡能感觉到桑延把她的衣服拉到锁骨处，旁边的台灯也被他打开。不知过了多久，她听到他拖着尾音，自言自语般地低喃着："怎么办？咬破了。"

"……"

"又得上药了。"

这一觉，温以凡睡了个昏天黑地，只觉得把这些天的觉都补了回来，疲倦也驱散了大半。

温以凡缓慢地睁开眼，感觉周身酸疼，但腿间的不适感已经消散了不少。她稍稍抬头，就见自己这会儿正躺在桑延的怀里。

他不知醒来多久了，此时一只手抱着她，另一只手正漫不经心地玩着手机，像是在打发时间。

察觉到她的动静，桑延低头瞧她："醒了？"

温以凡下意识地问："几点了？"

桑延："四点。"

"……"像是不敢相信自己的耳朵，温以凡的眼睫动了动，半天才道，"下午四点？你不饿吗？你怎么不喊我？"

"怎么没喊？你这姑娘起床气也太重了，喊三次跟我发十次火。"桑延眉尾稍扬，把手机放下，"赶紧去洗漱，然后咱俩出去吃个饭。"

听他这么一说，温以凡回想了一下，自己半睡半醒间似乎是被他喊了几次。她有些窘迫，顺从地爬了起来，进了卫生间。

拿起牙刷，温以凡往上边挤了点儿牙膏。她边刷着牙，边抬头看向镜子，突然注意到自己锁骨那块的皮肤被大片的吻痕覆盖，连带着脖子上也落下了零星两点。

"……"温以凡盯着看了好一会儿，硬着头皮继续刷牙。

刚把脸洗干净，恰在这个时候，桑延也进了卫生间。

温以凡看他。桑延似乎早就洗漱过了，此时只是进来洗个手。注意到她的视线，他偏头看她，目光从上至下，而后慢悠悠地说："看我干什么？"

"这儿有痕迹，衣服挡不住。"温以凡不信他看不到，但还是好脾气地指了指脖子，提醒道，"我没法出门。"

"噢。"桑延盯着她指的部位，抽了张纸巾，把手上的水擦干净，"你这是在怪罪我的意思。"

"……"温以凡感觉自己只是想提醒他一下，这样以后他就能注意点儿，别在这些地方亲出痕迹。怎么他表现得，她是那种睡过就翻脸的人一样？

随后，桑延把她抱起来，再度放到洗漱台上。他稍稍弯腰，凑近了些，继续瞧着她脖子上的痕迹，玩味般地说："那怎么办？"

温以凡故作镇定："我一会儿看看——"

"亲都亲了，怎么还秋后算账呢？"桑延声线低沉，抬手抵着她的后颈，不动声色地往自己的方向拉，"不过也行，我这人很公平。"

"……"

"要不这样？"

温以凡抬头，对上他喉结的位置。跟她完全不一样，他身上没落下半点儿痕迹，看着白皙而干净。

"嗯？"

桑延继续摁着她，一寸一寸拉向自己，轻笑了一声："你现在给我亲一个出来。"

两人换了身衣服，之后也没再拖延。

出了房间，温以凡悄悄看向桑延，注意到他喉结右边的吻痕，顿时回想起刚刚在卫生间里的事情。她心虚地挪开眼，主动问："你想吃点儿什么？"

"你以前不是在这儿上大学吗？"桑延懒洋洋地说，"你推荐一个。"

"我推荐吗？"温以凡忽然想起了什么，笑着说，"我上大学的时候很喜欢这附近的一家粿条店。因为做得很好吃，又很便宜，所以我当时经常来。"

桑延嗯了一声："那就吃这家。"

出了酒店，温以凡牵着他走在前头，给他带路。

本以为会很顺利，但大学毕业之后，温以凡搬离学校，便离开了这片区域，这么些年，附近许多店面都转让重建，路道也翻新加固，很多事物都发生了变化。因此，虽然这个地段温以凡曾经走过上百次，但这会儿也有些茫然。

一路往前，走到一个交叉路口时，温以凡纠结了一下，还是决定凭着感觉往右边走。后头的桑延忽地出声："走错了。"

"……"温以凡回头，"啊？"

"来的时候我看到附近有家粿条店，不知道是不是你说的那家。"桑延往另一个方向抬了抬下巴，轻描淡写道，"往那边走。"

"是吗？"温以凡本就不确定，被他一说就动摇了起来，往他说的方向走，"那就走这边吧。我太久没来了，也不太认得路。"

顺着这条街道一直向前，再穿过两三条小巷，两人在一条巷子里找到了这家粿条店。店面很旧，店内光线昏沉，装修气氛看着不佳，但生意很好。

这会儿接近五点半，里边已经坐了不少学生，两人找了个位置坐下。

老板是个中年女人，笑容很和蔼，一见到有客人就走了过来，问道："同学，吃点儿什么啊？"

很快，老板注意到温以凡的模样，似乎是还记得她，笑着跟她打了声招呼："哎，好久不见。毕业那么多年了，还来光顾我的生意啊？"

温以凡也笑着点了点头："刚好过来了。"

说着，温以凡指了指墙上的菜单，让桑延看看想吃点儿什么。

桑延散漫道："你点就行。"

闻声，老板看向旁边的桑延，打量了他一会儿，乐呵呵地问："帅哥，你以前是不是也来这儿吃过饭啊？"

桑延抬头。

温以凡愣了一下："没有的，他第一次来。"

"啊。"老板也没太在意，"我感觉有点儿眼熟，可能是记错了吧。"

桑延轻颔首，没有说话。点完单后，两人有一搭没一搭地说了会儿话。

桑延意味不明地问："还疼不疼？"

"……"温以凡一顿，立刻反应过来他话里的意思，她不自在地低下头，"还好。"

她在此刻才后知后觉地，再度后悔起自己昨晚那挑衅似的言论。

没过多久，桑延接了个电话，听他的口吻似是同事打来的。他还坐在原来的位置，懒散地听着，说话的腔调却比平时多了几分认真。

温以凡没打扰他，但也没事儿干，干脆刷起了微博。

过了好半晌，桑延结束了电话："看什么呢？"

温以凡恰好刷到了个好笑的微博，递过去给他看："你看这个，还挺搞笑的。"

桑延接过手机，在这个过程中，指尖不经意碰到"消息"一栏。他垂眸，对上了温以凡微博的一列消息，注意到其中一条消息，他眉眼动了动，下意识地点了进去，就看到了温以凡先前发的两条私信。

桑延边看边挑眉。

第一条被博主回了个"收到"，但最新的一条没得到回应，看着可怜兮兮的。

"匿名打码，怎么追自己得罪过的人？"

桑延沉吟片刻，而后慢腾腾地输入了三个字。

点击发送。

坐在对面的温以凡注意到他的举动，见他似乎还打起了字，她有些蒙，但又觉得自己的手机里没什么见不得人的。她有些纳闷，问道："你在打字吗？"

桑延勾唇，理直气壮地嗯了一声，把手机递回给她。

温以凡垂眸一看，立刻对上了自己跟那个树洞博的私信界面。

"……"一瞬间，温以凡想起了她之前发的那些话。她有些尴尬，只来得及看到桑延发的最后两个字是"到了"，下意识地就认为是"追到了"。她立刻退了出来，恰好菜也在这个时候上来。

温以凡松了口气，又突然觉得有什么不对劲。趁着桑延在倒水，她又拿起手机，再度打开了微博。

刚刚的界面还没关掉，温以凡一眼就看到，桑延发送的是："睡到了。"

"……"温以凡盯着看了三秒，又抬起眼，看向对面的桑延。

察觉到她的目光，他气定神闲地看了过来，依然是那副傲慢的模样，眉梢稍稍一扬，看着正直至极，仿佛并不觉得自己的作为有什么不妥，反倒让她觉得是不是自己有点儿问题。

这两条私信结合起来，看着有点儿像在耀武扬威。

温以凡纠结了一下，在输入框里敲了句"刚刚那条是我男朋友发的"，还没发送出去，又突然觉得这话更像是在炫耀。她又全数删掉，干脆不管了。

想到自己投稿时说的话，都是按实际情况说的，没有任何夸大，而且都被他看到了，温以凡觉得好奇，重新提起当时的事情："你都看到了吗？"

桑延倒了杯水放到她面前："什么？"

温以凡补充："第一条投稿。"

"噢。"桑延却不配合，慢条斯理地复述，"你跟朋友去 KTV，被抱了。"

"……"温以凡盯着他装模作样的神色，就着这个发展继续采访，"那你从男性的角度来看，我这个异性朋友的所作所为，正常吗？"

桑延瞧她，很快便妥协，接受了采访："一般不正常。"

温以凡顿了顿："那会是什么原因？"

"我也不太知情。不过呢，如果你这个异性朋友叫桑延，"桑延指尖在桌上轻敲，下巴微抬着，"我更偏向于，是你这个当事人心怀不轨。"

"……"沉默了几秒，温以凡忽地喊他，"桑延。"

"嗯？"

"我觉得，"回想起他高中时说过，他的名字是家里人经过深思熟虑后才起的，温以凡很认真地说，"你的名字确实起得还挺符合你的性子的。"

桑延抬眼："怎么？"

温以凡与他对视，又吐了个词："延不由衷。"

"……"

吃完饭，两人出了店。

温以凡不知道后续的行程，只知道桑延来宜荷的主要目的就是看桑稚，也没打算影响他："现在去找只只吗？"

桑延看了眼手机："你想见她一面吗？"

"当然想——"话还没说完，温以凡忽地注意到他喉结旁的吻痕，她瞬间把话咽了回去，改口道，"等她回南芜的时候吧。"

这一路上碰不到几个认识的人，温以凡一直也没太在意，但如果是被认识的人看到，而且还是桑延的妹妹桑稚，她总觉得有点儿尴尬。

"我后天得上班了，来的时候订的就是往返机票。"温以凡跟他报备了一下，"明天中午的飞机，我到时候坐机场大巴过去就好。"

桑延嗯了一声："我跟你一块儿回去。"

温以凡愣了："难得过来一趟，你不多待几天吗？"

"本来想，"桑延语气懒散，"看到那畜生就不想了。"

"……"

"而且那小鬼在实习，事儿也多，又得兼顾着跟畜生谈恋爱。"桑延说，"哪还腾得出时间给我这个亲哥？"

温以凡忍不住帮桑稚说几句："你那舍友好像也没比只只大很多。"

桑延："不同概念。"

温以凡不太知道他们之间发生了什么，也不好发表评价。她再次看向桑延的眼角，又问："那你跟段嘉许是打架了吗？"

"没，"桑延很直接，"我把他打惨了。"

"……"

"看他可怜，"桑延指了指脸，悠悠道，"让他打了一拳。"

"……"

"这畜生早点儿跟我说实话就得了，我还能拦着？前阵子我就知道他在追人……"说到这儿，桑延突然想到了什么，冷笑了一声，"噢，钱飞帮忙追的。"

温以凡保持沉默。

"怪不得否认呢，"桑延凉凉道，"牛×。"

她大致通过桑延的话将顺了情况。应该是，桑稚很小的时候就认识了段嘉许，后来因为桑稚的大学离家太远，恰好段嘉许在宜荷，桑延便托他帮忙照顾桑稚。得知桑稚最近似乎在跟一个研究生谈恋爱，桑延更是交代段嘉许帮忙注意一下，别让她被骗。

段嘉许欣然同意。在这期间，桑延还得知段嘉许在追人，而且还是在另一个好友钱飞的帮助下追到的。他只觉得稀奇，但也没太把这件事情放在心上。

最后的结果就是，他千里迢迢从南芜赶来宜荷后，发现段嘉许追的人是桑稚，而桑稚说的研究生是段嘉许。

温以凡莫名觉得他有点儿惨，也没再反驳他的话。她往四周看了看，注意着来来往往的学生，扯开了话题："那我们现在去哪儿？"

桑延瞥她："温霜降，这是你上大学的地儿，不该你挑个地方？"

"那我们进宜大里转转？我也好久没回来了。"温以凡算了算，"我毕业四年了，毕业之后在宜荷日报社工作，搬到了另外一个区，也很少经过这儿了。"

桑延笑："行。"

进了校门，温以凡的心情还不错，跟他介绍了起来："宜大没有南大的占地面积那么大，只有一个校区，不过也挺大的。"而后，她朝某个方向指了指，"我以前住的宿舍楼在那边。"

桑延看了过去，点头："嗯。"

夜幕随着太阳下山而降临。夏天的夜晚，天空缀着几点碎星。沿途能看到一个小型的人工湖，但吹来的风仍旧带着燥热。

这个时间，校内道路上的学生并不少，多是刚上完课，准备去校外吃晚饭，抑或是参加别的什么集体活动，看着热闹至极。

两人手牵手，继续往前走。

温以凡边说边给他指："那个是我最常去的饭堂，旁边是我们学校的图书馆……那个是礼堂，是我那届新建的，我当时是在那儿举办的毕业典礼。"

桑延安静地听着，顺着她说的看，时不时应几句。

大致逛了一圈下来，温以凡说得有些口渴，便带他到校内的一家奶茶店。

店外队伍不长，只有三两个人，但此时只有一个店员在店里，看着还是个新手，点单和做饮品的速度都很慢，等了好一阵才排到他们。

因为要拿手机付款，温以凡下意识地松开桑延的手，低头看着菜单，纠结了好一阵。店员正做着饮品，也没有催促她。

温以凡也不知道具体喝点儿什么，正想问问桑延的意见时，突然听到旁边的动静。

她顺势看去，就见不知从什么时候开始，桑延的旁边站了个长相甜美的女生。女生个子不高，红着脸把手机递给他："学长，能跟你要个微信吗？"

"……"桑延插兜站在原地，神色很淡。听到这个称呼，他似是想到了什么，偏头看向温以凡，眉眼带了几分玩味："抱歉。"

下一刻，温以凡的手重新被他抓住。

"我在跟这个学妹谈恋爱。"桑延弯了一下唇，捏了捏她的指尖，"不太方便。"

这话让温以凡想起了两人第一天见面时，她被桑延"欺诈"的事情。买完奶茶后，温以凡边捧着喝，边提起那事儿："你明明跟我一样大，当时怎么总是喊我'学妹'？"

桑延语气很欠："这不是你先喊的？"

"我当时是觉得，都已经打上课铃了，迟到了，"温以凡老实说，"你还那么嚣张地在那里打水，看着一点儿都不像新生。"

"那都迟到了，"桑延慢腾腾道，"着急不也还是迟到？"

"……"温以凡第一次见到这种人，做什么都理直气壮的，仿佛全天下的道理都在他那一边。但她听着他的话，又觉得他说得确实还挺有道理。

这学校逛一圈下来，也得花两个小时。走久了温以凡觉得累，加上因昨晚的事情身体本就有点儿不适，到了校外她就不太想动了。她被桑延牵着，走路的速度渐渐变慢。

瞥见她的状态，桑延回头："怎么啦？"

温以凡看他："累。"

两人的目光对上，定格好几秒后，桑延忽然懂了她的意思。他觉得好笑，扯了一下唇角，而后半蹲下来："上来。"

温以凡没立刻上去："你不累吗？"

桑延："这才走几步路？"

听到这话，温以凡才毫无负担地趴了上去："哦。"

下一瞬，就听到桑延懒懒地吐了三个字："娇气包。"

温以凡想澄清一下，按照她以往的体力，走两个小时也是不会觉得累的，但这话也不好提，她钩着他的脖子，忍不住咬了一下他的耳朵。

她的力道很轻，桑延觉得痒，皱眉道："回去再咬。"

温以凡笑："回去得睡觉了。"

"那你继续吧，"桑延说，"注意点儿人。"

温以凡没听他的，温吞道："你背我走五分钟，我们就拦辆车回去。"

桑延："怎么现在不拦？"

温以凡诚实地说："我想你背我一下。"

"……"

"桑延，我刚带你走完了。"温以凡把下巴搁到他肩膀上，轻声道，"宜大是不是挺好的？"

"还行。"

"那回南芜之后，等我们两个都有空的时候，"温以凡也想听他说点儿大学的事情，"我们也去南大逛一下，好不好？"

"……"桑延眼睫微动，笑了一下，"行。"

想着桑延昨晚睡得比她晚，起得又比她早，走了不到五分钟，温以凡就挣扎着从他背上跳了下来。恰好来了辆空出租车，她伸手拦下。

两人回了酒店。房间被收拾了一番，床单换了新的，变得整整齐齐。

温以凡直接躺到了床上，自顾自地玩了会儿手机。她习惯性地打开微博，一刷新就看到那个树洞博发了条新微博，仍然是张投稿截图。

这次树洞博的文案很简单，只有一个问号。

"？"

下边的截图内容，温以凡格外熟悉，明显是自己发给这个博主的话。

——匿名打码，怎么追自己得罪过的人？

——睡到了。

中间隔了差不多一年。

温以凡头皮发麻，做好准备后，才点进这条微博看了眼评论。她的视野瞬间被大片的问号覆盖，拉下去压根儿看不到别的字眼。也因此，其中一条平常的回复格外显眼。

"恭喜。"

"看什么呢，去洗澡。"桑延拖着腔调，一字一句道，"学、妹。"

温以凡收起手机："我再躺一会儿。"

桑延挑眉："又想让我帮你洗？"

温以凡顿了一下，认真想了想，感觉这建议还挺不错："可以吗？"

"……"桑延被她这反应噎到，垂下眼，要笑不笑道，"你这脸皮怎么变得这么厚的？"

昨晚还能说是困到不想动，现在这么清醒，还能理直气壮地说出这样的话。

温以凡凑过去趴在他腿上，模样慵懒："反正你都看完了。"

桑延没出声。不过温以凡也只是随口一说，很快，她便坐了起来，嘀咕道："我去洗澡了。"

下一刻，桑延把她扯了回去，单手固定住："跑什么？"

温以凡有些茫然："不是你叫我去洗澡吗？"

"你不是叫我帮你洗？"

"……"

"那学妹，"桑延站起身，直接把她抱了起来，声音从她的耳边压下，带着勾引的意味，"今晚睡学长吗？"

隔天两人又睡到中午才起来。

退房之后，温以凡带着他在附近吃了个午饭，之后便出发去了宜荷机场。坐上飞机，到南芜已经是下午五点的事情了。

已经到了晚饭的点儿，上了机场外的出租车后，桑延没立刻回家，直接让司机开到家附近的一家烤肉店。

这家店是最近开的，温以凡听苏恬推荐过很多次，但一直也没时间过来。先前她跟桑延约好，等他从宜荷回来就一起来吃。

下了车后，两人一前一后地进了店里，被服务员带到其中一张桌子旁。温以凡还没来得及坐下，突然在这嘈杂的环境中，听到了熟悉的声音。"以凡？"

温以凡顺着声音看去，立刻就对上了苏恬的脸。

烤肉店里热闹至极。苏恬也坐在一张二人桌旁，对面坐着个陌生男人。他们似乎也是刚来，此时桌上空荡荡的，还没有上任何菜。苏恬看着她，脸上挂着明朗的笑容，似是因为在这儿见到她而有些惊喜。

"你也来这儿吃饭啊？"

温以凡笑着点头："对。"

苏恬还想说点什么，视线一挪，突然看到站在温以凡身后的桑延，她瞬间收了声。

温以凡眨眼，正想介绍一下。

瞅见桑延出众至极的五官，苏恬又看向温以凡。注意到他俩此时正交握着的手，她忽地明白了什么，又看向桑延，话没经大脑就脱口而出。

"以凡，这就是你的'鸭中之王'啊？"

温以凡："……"

桑延："？"

这话一出，场面似乎静滞了几秒。

这氛围让苏恬感觉到了不对劲，很快就反应过来自己说了什么。她神色有些僵，讪讪地改了口："啊，这是你男朋友啊？"

温以凡下意识地看向桑延。此时他的目光也放在她身上，居高临下，看不出在想些什么。也不知道他听清没有，温以凡只能硬着头皮说："对，我男朋友，桑延。"说完，她又转头，给桑延介绍："这是我同事，苏恬。"

桑延嗯了一声。

在这个时候，坐在苏恬对面的男人笑着开了口："小恬，是你朋友吗？"

苏恬点头："我同事，温以凡。"

男人神色温润，礼貌性地邀请："那既然碰上了，要不一块儿吃个饭？"

对这事儿，温以凡没什么太大的意见。她回头看向桑延，用眼神询问了一下他的意见。

桑延神色意味深长，又盯着她看了几秒。而后，他看向男人，颔首道："嗯，我让服务员换个大点儿的台。"

坐下之后，温以凡看到苏恬朝她投来歉意的眼神。她顿了一下，觉得有些好笑，只朝她安抚般地摇了摇头，示意这不是什么大事儿，苏恬的表情才像是稍稍放下心。

四人都自我介绍了一番。

苏恬带来的那个男人是她的男朋友，叫林隼。按先前温以凡听苏恬说的话，这似乎是她新谈的男朋友，才在一起一个月左右的时间。两个男人有一搭没一搭地说着话。

聊天期间，桑延倒了杯温水，放到温以凡面前。她拿起来喝了一口，恰好听到旁边的手机响了一声。她腾出手，点亮手机。

是苏恬的消息。

苏恬："我去！我想起来了！"

苏恬："你这对象不是堕落街那头牌吗？"

"……"温以凡差点儿被呛到。

因她这动静，桑延看了过来，抬手给她顺了顺背。他的神色没什么变化，说话的语气也很淡："慢点儿喝。"

说完，他便收回视线，继续跟林隼说着话。手上的动作轻，仍继续着。

温以凡舔了一下唇角，点点头。她抬眼，撞上了苏恬忍笑的模样，而后又继续看向手机。

苏恬："我之前去'加班'的时候见到过好几次。"

苏恬："哈哈哈哈，笑死我了，怪不得你说是'鸭中之王'。"

苏恬："呜呜呜，真的是极品，我终于明白你为什么要追了！！！"

苏恬："他怎么又酷又温柔，看你被呛到就只无情地说个'慢点儿喝'，但一直给你拍背！！！"

温以凡也不知道，苏恬怎么突然就成了桑延的迷妹，但在这一瞬间，她突然意识到，桑延在堕落街确实挺有名，还是以这种，不知道如何形容的方式成名的。

温以凡又喝了一口水。

很快，苏恬又来了一句："不过，他知不知道你这么喊他？"

温以凡回："他不知道，不过我不确定他刚刚有没有听见。"

苏恬："那肯定听见了，嘤嘤。"

苏恬："嘿嘿嘿，你俩这脖子，看着挺激烈啊。"

温以凡立刻想起自己脖子上的吻痕，面不改色地解释："蚊子咬的。"

没等苏恬再回复，桑延忽地看向苏恬，笑得礼貌："苏恬，我听以凡提过好几次，说是你在单位里经常照顾她，谢谢你了。"

苏恬立刻放下手机，不好意思地摆了摆手："没有没有，以凡性格好又温柔，我才是被照顾的那个人。"说完，她又礼尚往来地提了句，"我也经常听以凡提起你。"

桑延挑眉，饶有兴致般地问："哦？她提我什么了？"

"就说你长得好，称得上是鸭——"苏恬轻咳了一声，立刻把话咽了回去，"是她见过最帅的男人了。还说你性格好，很照顾她。"

"是吗？"桑延看向温以凡，笑了一下，那克制着的傲慢还是在不经意间流露了几分，"她也经常这么跟我说。"

温以凡："……"

饭后，四人又聊了会儿，便各自散去。

回家的路上，温以凡一直忐忑着，却没听桑延提及"鸭中之王"的事情。她不敢主动说，等了一阵，见他模样如常，才渐渐地放下心来。

直至到了家，温以凡换上拖鞋，顺口提了句："我感觉你跟男生还挺容易玩到一块儿的，高中的时候也是。你今天第一次见林隼，就能跟他扯那么多话题。"

桑延懒懒地嗯了一声。

"不过林隼人看着也挺好，挺温和的。"温以凡坐到沙发上，继续说，"我感觉苏恬应该挺喜欢这种成熟稳重的类型。"

"噢。"桑延慢条斯理道，"还挺新鲜。"

温以凡愣了一下："什么？"

桑延倾身，倒了杯水塞进她的手里。他稍侧着头，直勾勾地盯着她："一般人的择偶标准，前提条件都是至少得是个人。"

"……"他还没把剩下的话说完，温以凡就已经懂了他的意思。

"我对象呢，就比较猎奇。"桑延似笑非笑，"专挑鸭来选。"

"……"温以凡头皮发麻，只能装没听见，把水递回给他，"喝吗？"

桑延笑："不喝。"

温以凡哦了一声，只好继续喝水。

"我倒也不知情，"桑延靠回椅背上，在两人的私人空间里，缓缓地跟她算起了账，"我的资质原来这么优越，甚至达到了'鸭中之王'的水平。"

"……"

"那怎么有个人，还能说出，"桑延的指尖钩住她的手指，再顺着手腕渐渐往上，语调带了点挑衅，"我没达到收费标准的话呢？"

温以凡忍不住了:"你刚刚怎么不提?"

桑延眉梢轻扬,尾音拖着:"这不是难以启齿嘛。"

"……"温以凡并没感觉到他哪里觉得难以启齿,反倒每次代入角色最快的就是他。

"那你出去买东西,就算对商品满意,"温以凡把水杯放下,装作淡定至极的样子,"也会忍不住还价吧……"

两人四目对视,桑延没对她这话发表言论。看着他的模样,温以凡眨了眨眼,忽地凑过去亲了他一下。她莫名觉得有点儿好笑,很快就停下,自顾自地笑了起来。

"……"桑延瞧她,"笑什么?"

"我当时不知道怎么形容你,又怕苏恬听过'头牌'这个称呼,把你认出来。"温以凡跟他解释,"我就勉强找了个同义词。"

桑延捏了一下她的指尖。

"我告诉苏恬我俩在一起了之后,"温以凡继续说,又笑了起来,"她还说,我是'鸭中之后'。"

听到这个称呼,桑延眉心动了动。

说完这事儿,温以凡才继续亲他,声音含混不清的:"我沾你光了。"

"……"

接下来的几天,温以凡又上了趟派出所,是桑延陪着她一块儿过去的,还恰好见到了车雁琴。车雁琴在温以凡面前碰了太多次壁,也没再主动跟她搭腔。

注意到温以凡旁边的桑延后,车雁琴似是想到了什么。她的目光时不时投来,朝着桑延的方向:"小伙子,你是霜降的对象?"

桑延眼也不抬,完全没有搭理她的意思。

车雁琴又阴阳怪气地说:"我看你条件挺好啊,怎么找了我侄女呢?"

桑延扯唇,似是哂笑了一声,依然没有搭理她。

车雁琴又陆续说了几句,可能是一直得不到回应,也火了。她侧头看向温以凡,冷笑道:"霜降啊,你这找的什么人?有没有家教?"

温以凡平静道:"他家教好着呢,不劳你费心。"

车雁琴翻了个白眼儿:"长辈说话都当没听见,这也叫好?"

温以凡看她:"你有那工夫还不如先看看你自己,回炉重造都救不了。"

出了派出所。因为是第一次主动让桑延接触到自己这边的亲戚,温以凡觉得有些不自在。她看向桑延,讷讷地道:"我家的亲戚还都挺奇葩的吧,你可能没见过这样的……"

"还知道护着我。"桑延第一次见她这种带了锋芒的状态,用力揉了揉她的脑袋,好笑道,"温霜降,你原来还懂骂人?"

温以凡这才有些尴尬。

桑延又继续说:"挺好的。"

她一顿。

"这世上人格扭曲的人多了去了,别让这种人欺负你,也别让他们蹬鼻子上脸。"桑延弯腰盯着她,认真地说,"遇到他们的时候,要像护着我一样,护着你自己,知道吗?"

"……"温以凡回视他,抿了抿唇,"嗯。"

"不管遇到什么事情,"桑延习惯性地掐她的脸,偏冷的声线里,难得带了几分安抚,"解决得了、解决不了都记得找我。"

温以凡眼睛一眨不眨地,只盯着他。桑延没再说话,目光仍然放在她的身上,似是在等着她的回答。

派出所外,来往的人很多。温以凡忽地笑起来,眼眸也稍稍弯起:"知道了。"

听到这个答案,桑延弯了一下唇角,梨涡很浅。他抬手,漫不经心地帮她整理了一下脸侧的碎发,而后,郑重地把话说完。

"要记得,我是你的支撑。"

车兴德这件事情,之后具体怎么发展,温以凡也没再去管了。毕竟她也知道,车兴德做的这件事情并不算严重,也判不出什么重刑来。

通过付壮,温以凡得知他们那边似乎一直是想把这事儿往家事上靠拢,抢她的包这事儿,也只是在争执之下的拉拉扯扯。并且当时她包里也没什么贵重物品，所以称不上是抢夺。

有人报警，他也没跑，之后的一切流程都配合至极。最后似乎只被关了大半个月，交了点儿罚款就被放出来了。

温以凡没太在意。因为她只是想让车兴德觉得，他一定会为自己做的事情付出代价，无论轻重。加上她其实一点儿都不怕这一家子人，先前只是担心会影响到她跟桑延。如果没有这方面的问题，她不会再在意这些人，也不会再被他们影响到情绪。

转眼间，盛夏随着月份的翻篇而步入了尾声。炎热到有些难耐的热气散去，南芜市的温度下降，秋天随之而来。

从宜荷回来之后，桑延联系过钱飞好几回，但可能是知道桑延去过宜荷，还得知他把段嘉许痛揍了一顿，钱飞每回都能找到新的理由，不是这边有事就是那边有事，总之死活都不愿意出来跟他见面。

桑延不知道他在害怕些什么，也没耐心跟他耗："今天不来，以后都别来。"

过了好一会儿。

钱飞才发来一句："我老婆今天有空。"

钱飞："我带她一起来。"

见状，桑延嗤笑了一声，把手里的烟掐灭。他直起身，懒洋洋地用语音回了句"你想让你老婆看你鼻青脸肿的样子就带"，而后便转头回了"加班"酒吧。

周末的堕落街格外热闹，酒吧里更是闹腾。

桑延正打算走到吧台那儿喝点儿酒，突然就注意到那块儿有个熟悉的人。他唇角的弧度渐收，脚步半分未停地走了过去。

轰炸耳朵的音乐，嘈杂至极的喧嚣声。车兴德坐在吧台旁，跟隔壁一个陌生女人说着话。他的脸很红，看着是喝上头了，说话的音量很大："那臭娘们儿又想搞死我，做梦！"

女人的表情很嫌弃，似乎是想从这里离开。

车兴德却伸手扯着她，继续说："老子啥都没干，钱也一分没拿到，还被我姐骂了一顿。等着吧，臭骚货，老子找到你不……"

女人火了，用力挣脱："神经病吧你！你松不松手？！"

下一刻，桑延直接抓住车兴德的后衣领，神色极其冰冷。他谁都没看，一声不吭，拖着车兴德就往外走，手上青筋暴起，看着却轻轻松松的。

车兴德嚷嚷着："你谁啊？！"

后头还隐隐能听到何明博的声音。

"这人来我们这儿闹过好几次了。抱歉，女士，影响了……"

察觉到这边的动静，保安走了过来，问道："延哥，我来处理吧？"

桑延瞧他："你忙你的。"

可能是酒喝多了，车兴德的四肢极为疲软，想挣扎却根本抵不过桑延的力气。他被领子勒着脖子，连话都说不清。

桑延把他拖到酒吧后边的巷子里，用力甩到墙上。车兴德的背磕到坚硬的墙，吃痛地哀号了几声，而后睁开眼。

桑延半蹲下来，模样隐没在黑暗之中："出来了？"

车兴德声音含混："又是你……"

"我没找你，"桑延伸手抓住他的头发，用力摁在地上，他笑了一下，那堆积许久的暴虐感在此刻完全控制不住，"你还敢来我这儿？"

"……"

——就是……他一直……骚扰我。

回想起她所说的每一个字，桑延用力把车兴德的脑袋往地上撞，无波无澜地说："说来听听。"

"……"

"你想找谁麻烦？"

"你有毛病吧！我……我说什么了我！"车兴德一只手撑着地，另一只手用力把桑延的手扯开，大着舌头说，"老子就是来喝……喝个酒！谁找谁麻烦？！"

桑延松开手，神色不明地看着他。

"有你这么对待客人的吗？"车兴德勉强坐了起来，吃痛地揉着自己的脑袋，"去你的，你给老子等着，什么玩意儿……"

像是觉得脏，桑延没说话，站了起来。

车兴德仰头，额头上沾了点儿灰尘，有几处破了皮。他露出暗黄的牙，得意地笑了一下："哦，我明白了。我摸过你女人，不高兴了，是吧？"

闻言，桑延的眼皮稍垂。

"有必要吗？都是男人，你应该也能理解吧？"车兴德依然笑着，"而且不就是个女人？霜降这货色确实——"

没等他说完，桑延往他肚子上用力踹了一下。车兴德毫无防备，身子瞬间又撞到后头的墙上，肉体发出巨大的碰撞声。他立刻趴到地上，双手撑地，不受控地干呕了起来。

桑延面无表情地盯着他，碎发落于额前，看不清眉眼间的情绪。

"去你的……"车兴德难受到声音都发颤，但注意到这条街四周没别的人，也不敢再说一些激怒桑延的话，"老子要报警……"

桑延再次蹲下，发了狠地抓住他的头发，往上扯："报什么警？"

"……"

"你这不是自己喝醉了站不稳，摔地上了嘛。"桑延轻扯了一下唇角，漫不经心地说，"我只是想扶你站起来，怎么还恩将仇报呢？！"

说着，桑延站起身，轻而易举地把他拎起来，又往墙上抡。车兴德的身子再度撞到坚硬至极的水泥墙，感觉自己的五脏六腑都要碎掉了。

桑延直直地盯着他，身上的戾气没有半分掩饰。看着车兴德的狼狈模样，他的表情没有任何变化，声音不轻不重："怎么又没站稳？"

"……"

"车兴德？"桑延在记忆里找到他的名字，语速很慢，像是一个字一个字地从牙关里挤出来，"还要不要我扶你起来？"

车兴德说不出话来，只摆着手，往另一侧挪着身子。

在这个时候，桑延听到手机振动了一声，他的眼睫微动，停下动作，随意地从口袋里拿出手机扫了眼。

是温以凡的消息。

温霜降："你今天什么时候回家？"

温霜降："我已经到家了，采访完，同事直接送我到楼下了。"

桑延看了几秒，回了句："今天晚点儿。"

桑延："先睡。"

回复完后，桑延转了转脖子，把玩着手机，没再有多余的举动，站在原地，居高临下地看着车兴德："真希望你这是最后一次见到我。"

车兴德被打怕了，只觉得眼前的男人像恶魔一样，他毫无招架之力。他下意识地抬手，手臂挡在脑袋上，做出一个防护的姿势。

"不然，"桑延声线冷硬，轻描淡写道，"你又要吃苦头了。"

等桑延走远后，车兴德在原地坐了一会儿，直到缓过来了，才扶着墙慢慢地站了起来。他的表情阴狠，嘴里骂骂咧咧的，顺着街道走出垭口，拦了辆车回家。

从赵媛冬那儿搬出来后，温良贤一家在南芜的城中村租了栋小产权房。这儿地理位置不错，人流量也多，唯一的缺点就是治安不太好。

到家后，车雁琴给他开的门。注意到他脸上的伤，她皱眉："怎么回事？"

车兴德立刻破口大骂："还不是霜降找的那个没教养的玩意儿！我到他酒吧喝酒，他就把我抓出来打了一顿！姐！你要帮我——"

主卧里的温良贤听到动静，大声吼道："能不能别吵了？！"

车兴德立刻噤声。

车雁琴表情也很不好看，按捺着火说："德仔！我之前还没跟你说清楚，是吧？能不能别再给我到处找麻烦了？！你这才出来多久？为这事儿，你姐夫已经跟我吵了很多次了！"

车兴德嗫嚅道："我就是咽不下这口气。"

"就这样吧，别再去找他们了。"因为车兴德的各种行为，车雁琴也连带遭殃，在家里很不好受，"霜降那野丫头没良心，白眼儿狼，我们有什么办法？"

车兴德啐了一口。车雁琴撇着嘴，又阴阳怪气了起来："人家现在在电视台工作，权力可大了，我们这些普通老百姓可斗不过她。"

两人坐回沙发上。

注意到此时正坐在另一侧的沙发上看电视的清秀女人，车兴德脸上的火气渐消，挤出了个笑脸："小霖回来啦？"

郑霖眼里闪过一丝厌恶，一声不吭。

恰在这个时候，温铭从厕所里出来。他的神色温和，走过来坐到女人旁边，揽住她的肩膀问："舅舅又出什么事儿了？"

郑霖呵呵笑了一声："又找你堂妹的麻烦去了。"

"舅舅，"闻言，温铭的表情也不太好看，"您别再做这种事情了。"

车兴德这才收回了自己的视线，不痛快地道："怎么一个个儿都说我，我找什么麻烦了？！我这脸上还带着伤呢！"

郑霖没再说话，只是看向温铭，翻了个白眼儿。

回家的路上，钱卫华停车在路边的一个水果摊买了个西瓜。见状，温以凡也跟着买了一个，到家后把西瓜冻进冰箱里，回房间洗了个澡。

出来后，温以凡又回到厨房里，打算榨点儿西瓜汁。刚把西瓜抱出来，玄关处也恰好有了动静。温以凡继续着动作。

没过多久，桑延进了厨房，靠在料理台上瞧她。她似是刚洗完澡，穿着简单的短袖、短裤，头发随意扎起来，发尾还有点儿湿润，露出光洁白嫩的后颈。

她回头看了他一眼，心情看着还不错："回来了？"

很快她便收回视线："我还以为你得再晚点儿。"

见到车兴德带来的那点儿残暴和戾气，似是随着她的模样和身影慢慢消散。桑延脑子里那根紧绷的弦渐渐松了下来，站直起来，凑过去从背后抱住她。

温以凡一愣，再度回头，鼻尖蹭过他的脸颊："怎么了？"

桑延没答："要干什么？"

温以凡指了指西瓜："榨西瓜汁，你喝吗？"

桑延笑："喝。"

"那切半个是不是差不多了？这西瓜有点儿小。"温以凡边冲洗了一下菜刀，边比画着，"对了，你今天去'加班'干什么？"

桑延又抱了她一会儿，才接过她手里的刀柄："见一下钱飞。"

温以凡："他这次出来了吗？"

"嗯。"

温以凡下意识地看向他的眼角，小声道："那你打他了？"

对她这第一反应，桑延觉得荒唐："我是暴力狂？"

"不是，"虽然觉得干涉他跟他朋友的事情不太好，但想到他先前也负了伤，温以凡还是忍不住说，"你别打架。"

"……"

"别人疼不疼，我不在意，但你别受伤。"温以凡看着他开始切西瓜，又继续说，"你受伤了我会给你上药，但我也会生气的。"

听她这威胁，桑延侧头看她，忽地笑了一声。

温以凡："……笑什么？"

"那我倒想试试，"桑延挑眉，似是来了兴致，"看看你生起气来是怎么吓唬我的。"

"……"

下一秒，桑延往她嘴里塞了块西瓜，没再开玩笑："行了，知道。"

温以凡正想再开口，剩下的话顺势止住。似乎没把这事情放心上，桑延语气懒散："我注意着呢。"

不知是不是报警有了作用，之后的好一段时间，温以凡都没再见过车雁琴和车兴德。也不知是不是她的心理作用，跟桑延说开了之后，一切事物似乎都在往正轨发展。

九月的最后一天，温以凡收到了房东的微信消息。大致意思是女儿要准备结婚了，要把这间房收回当婚房，让他们按照合同上的期限，在明年三月前搬出去就行。

看到这条消息，温以凡才恍惚察觉，她跟桑延在这合租房里已经住了快两年了。她收回思绪，迅速回了个"好的"。

坐她旁边的苏恬过来跟她闲聊："以凡。"

温以凡抬眼："嗯？"

"我突然想起一件事儿。"苏恬支着腮帮子，问道，"你之前不是在跟一个男的合租吗？那你现在跟桑鸭王在一起了，他没意见吗？"

温以凡顿了一下，直接承认："他就是我的室友。"

"……"过了好片刻，苏恬才骂了句脏话，"我去，你上哪儿找的室友？我也想找一个。"

温以凡好笑道："你也不怕被林隼听见。"

"他早习惯了。"苏恬笑嘻嘻道，"哎，那你俩现在就算同居了吧？"

温以凡想了想："不算吧。"

苏恬："怎么不算！你俩不睡同一间吗？"

"嗯。"温以凡诚实地说，"我俩还是各睡各的。"

"……"苏恬惊了，完全不敢相信，"我记得，你跟他在一起的时间，好像也不短了吧……还保持在柏拉图的阶段吗？"

温以凡没直接回答："只是不同居。"

苏恬："为啥？"

温以凡很正直："不合法。"

"……"明白过来后，苏恬觉得有点儿好笑。她自顾自地笑了一阵，又道："那你们打算什么时候合法一下？你见过他父母了吗？"

温以凡下意识地说："没——"还没说完，又突然改了口，"我见过他妈妈。"

"啊？"

没等温以凡再解释，放在桌旁的手机忽地响了起来。瞅见来电显示是"钱卫华"，她朝苏恬说了句"你等一下"，而后便接起了电话。

钱卫华的声音顺着电流传来："你现在在单位？"

温以凡："对的。"

钱卫华："大壮呢？"

闻言，温以凡往另一侧看了眼："在旁边写稿。"

钱卫华利落地道："行。下楼，把大壮喊上，跟我到北榆出趟差。"

这种情况也不是一次两次了，两人轻车熟路地拿上设备，之后便下了楼。

温以凡习惯性地上了副驾驶，问着情况："老师，北榆那边出什么突发事件了吗？"

钱卫华发动了车子，顺带说："刚接到的爆料，警方那边的消息都还封锁着。北榆那边四年前有个女大学生失踪案，前段时间有个女人带着录音到派出所举报了，关于这个案子的。"

温以凡边听边打开笔记本电脑，往上边敲着字。

"这个女大学生当初是被奸杀了，已经找到尸体了，在北榆郊区后山那块地。"钱卫华说，"现在已经成立了破案小组，正在通缉这个嫌疑人。"

说到这儿，钱卫华突然想起件事儿："对了，以凡，这嫌疑人你应该也认识。"

温以凡的动作一停，抬头："嗯？"

"是之前总来找你麻烦的那个，"钱卫华抽空看了她一眼，"车兴德。"

听到这话，坐在后头的付壮把脑袋往前探，震惊了："这么巧吗？不是吧，我之前是觉得这人坏，但居然还杀过人……我还跟他交过手！我真是头皮发麻……"

这个消息也让温以凡觉得不可思议，但再一深想，又觉得这确实是车兴德能做出来的事情。

"具体情况还不清楚。"钱卫华说，"现在人也还没抓到。可能是提前听到风声跑了，但他身边的人都被带去审问了，埋尸点是车兴德的姐姐曝出来的。"

温以凡思考了一下，问道："是谁举报的，什么录音？"

听钱卫华说完所有的情况，温以凡才慢慢地捋顺。

去派出所举报的女人叫郑霖，是车雁琴的儿媳妇，也就是温铭的妻子。前几周的一个晚上，她被喝醉酒的车兴德猥亵，因此一家子闹得够呛。

周围的邻居街坊全都知道这件事情。在车雁琴声泪俱下的恳求中，郑霖才勉强同意不把这件事情闹到派出所，但夫妻俩当晚就从家里搬出去了，像是要跟他们断绝来往，之后再没回过家。也因为这个，车雁琴多次联系温铭，试图缓和母子关系。

某次通话结束后，温铭这边没挂好电话，之后，车雁琴又跟车兴德吵了起来，气急之下，说了不少当初的事情。

她说车兴德狗改不了吃屎，之前把隔壁郭家的姑娘弄死了，搞出人命，最后她还得帮他擦屁股，现在还恩将仇报，连她儿媳妇都搞。

当时郑霖在旁边，直接把这段对话录下来了。后来听温铭说，这个郭家的姑娘他认识，没记错的话，确实失踪了好几年，让这段对话更具真实性。

虽然离开了温家，但郑霖一直咽不下被车兴德骚扰加猥亵的这口气，再三考虑后，还是选择到派出所报案。

温以凡沉默着，继续往键盘上敲字。

这个郭家的姑娘，温以凡应该是认识的，就住在温良贤家附近，名叫郭铃，生得秀丽高挑，有些孤僻寡言，但性子是极好的。

温以凡有一次上公交车没带车卡，郭铃看到之后，只一声不吭地帮她投了钱。在那之前，两人一句话都没有说过，之后，也没再有什么交集。

这趟差出得急，温以凡没回家，只带了些长期放在单位的简易行李。路上，她抽空给桑延发了条消息，说明自己要到北榆出差的事情。

钱卫华把车子开到发现尸体的那片后山。现场已经被封锁起来了，入口处还有两个警察在值班。

钱卫华下了车，跟警察沟通了一番，但警察们表现出一副无可奉告的姿态。三人只能大致拍下附近的状况，之后便开车到了附近的派出所。

路上，付壮才觉得这事儿既荒唐又可恨："所以车兴德的姐姐还帮他一起处理尸体了？要不是这个儿媳妇，这姑娘得在那荒郊野岭待多久啊……"

钱卫华叹息："这世上什么样的人都有。"

温以凡的心情也不太好。

北榆是个小城，设施设备都比较落后，除了之前的隧道坍塌，也没出过什么太大的事件。这次的案子，大部分的警力是从南芜调配过来的。

一整天下来，一行人也没问出什么新的情况来，但很巧的是，温以凡在派出所里，遇见了当初收留她的女民警。

几年过去，女民警的模样并没有太大的变化，只是鬓间的白发多了些。见到温以凡，女民警也很快把她认了出来，却似乎不记得她的名字。

温以凡笑着，主动跟她打了声招呼："陈姨，我是以凡。"

陈姨眉眼和蔼，也笑："都多少年没见了，你现在当记者了呀。"

"嗯，我是过来出差的，在南芜电视台当新闻记者。"温以凡说，"您过得还好吗？"

"挺好的、挺好的。"陈姨唠叨着，"陈惜过得也好，刚跟男朋友确定下来，快结婚了。你俩那会儿关系是不是还挺好？你走了之后，她还想了你一段时间呢，成天跟我念叨你。"

"我看到了，她朋友圈发了的。"温以凡弯唇，"等她结婚，我一定会来参加婚礼。"

"行，那到时候一定要过来啊。"陈姨抬手摸了摸她的脑袋，"姑娘，挺好。我那会儿还怕你走不出来，哪知道这么厉害，都当记者了。"

温以凡一顿，眼眶莫名有些热："您放心，那事儿没怎么影响我。"

陈姨又笑："那就好，要好好的。"

从派出所出来后，时间已晚。

三人打算在附近找个小民宿住下，隔天再去采访郭爷的家属或者街坊邻居。上车后，付壮好奇地问了句："以凡姐，你认得刚刚那个女警察吗？"

温以凡点头："我以前在这儿住过两年。"

付壮恍然地啊了一声，也没继续问。

回到民宿里，温以凡趴到床上，也没急着去洗澡。她从包里翻出手机，点亮，恰好看到桑延来了消息："工作完给我打个电话。"

温以凡立刻打通了他的电话，那头接得很快。

桑延的声音顺着听筒传来，比平时多了几分磁性："到酒店了？"

温以凡："对，订了个民宿。"

"困不困？"

"还好，"温以凡把抱枕塞进怀里，轻声道，"桑延。"

"怎么？"

"车兴德这边出了点儿事情，他现在是杀人案的嫌疑人，还在逃逸中。"温以凡嘱咐，"虽然可能是我想太多，但我怕他会去找你，你这几天出门的时候注意点儿。"

闻言，桑延沉默几秒："你到北榆出差是为了这事儿？"

温以凡嗯了一声。

"行，知道了，怎么成天怕我这大老爷们儿出事？"桑延觉得好笑，"温霜降，你自己不是才要注意点儿吗？多听听录音笔里的话。"

听他应下，温以凡才放下心来："有你这个真人在，我为什么要听录音笔里的？"

桑延："直接说不是还挺矫情嘛。"

温以凡忍不住笑起来，也没强求。毕竟录音笔里那话，她都听到能倒背如流了。

"桑延，我今天遇到了以前认识的一个女警察。就是……我那个时候报警了。"温以凡跟他分享今天的事情，"后来从我大伯家搬出来，这个警察就收留了我一段时间。"

桑延安静听着："嗯。"

"我也没想过会遇到她，还挺开心的。"温以凡的唇角弯起来，"她女儿陈惜刚好是我高中的同班同学，当时也很照顾我。"

"是吗？"桑延说，"那找机会咱俩一块儿拜访她们。"

"嗯，我们可以等陈惜结婚的时候一起去。"温以凡说，"我看她前段时间发的朋友圈，她被男朋友求婚了，应该也快结婚了。"

这话一出，桑延那头立刻安静下来。

温以凡继续说："不过也不知道具体是什么时候，得看看你到时候有没有时间。"

桑延拖着尾音噢了一声，笑："温霜降。"

温以凡眨眼："怎么了？"

他的语气带了几分玩味："你在暗示我？"

"……"温以凡有点儿没反应过来，"什么？"

"你生日不是快到了嘛，这次愿望记得好好许。"桑延低笑几声，游刃有余般地，慢悠悠地说，"放心，我呢，会照例帮你实现。"

挂了电话，温以凡还在床上反应了好一阵，想起了去年生日的时候，桑延跟她说的话。

——许了什么愿？

——你不说，我怎么帮你实现？

她当时随口搪塞了一句，是关于自己工作的，然后桑延又说："噢，我还以为是想让我当你对象呢。"

温以凡挠了挠头，思考着刚刚是说了什么话，让桑延说出了"暗示"这样的词。过了好几秒，她突然想起陈惜即将结婚的事情。

结婚。

抓到这个词，温以凡神色怔住，脸瞬间烧了起来。

隔天，三人到郭铃的父母家。

因为这会儿受害者亲属的情绪基本都崩溃了，所以完全没心情跟媒体记者交流。本以为会像以往的每次采访那样吃到闭门羹，然而听到他们的来意后，郭父沉默片刻，还是侧身让他们进去了。

采访全程，郭父都格外配合，按照回忆说起了郭铃出事那天的情况。

郭铃的母亲早逝，她是由父亲一个人带大的，但郭父忮子暴躁，不太懂得怎么跟郭铃这个年纪的姑娘相处，所以父女关系一直很僵。

郭父最后一次见到郭铃，是在家里。两人因为某件事情大吵了一架，郭铃红着眼，愤怒地甩下一句"我再也不会回这个家了"，之后便摔门而出。

说到这儿，郭父低下头，单手捂住眼。他生得高大壮实，在此刻像是瞬间苍老了十年："……我没想过她说完那话之后，就真的再也没有回来过。"

"这些年，我一直当她是在生我的气，不愿意回来见我。"郭父声音哽咽，"如果是这样该多好，我姑娘怎么能出这样的事情……"

其他人都说不出话。在此刻，不论什么安慰的话，都是沉重的。

"我听警察说，那个禽兽还一直没被抓到。"郭父忽地抓住温以凡的胳膊，恳求似的说，"麻烦你们了，能不能在电视上放出那个禽兽的照片，让大家都注意一下，让我姑娘早点儿安息……"

温以凡安抚着："我们会如实报道的。"

出了郭家，三人的情绪都受到了影响。

半天后，付壮才冒出了句："唉，太难受了。看来郭爸爸是因为想让我们多传播车兴德的照片，才这么配合地接受采访，但这哪能放到新闻上？多打草惊蛇，还引人恐慌。"付壮又说，"不过也不好跟他说。"

温以凡看着窗外的公交站，有些失神。

钱卫华："把我们该做的做了，就行了。"

"嗯。"温以凡回过神，慢慢地说，"在这上边没法帮忙，我们只能等嫌疑人落网了，事情水落石出后，再把真相公之于众。"

希望，这是另外一种，能告慰受害者在天之灵的方式。

三人在北榆又待了几天。采访了车兴德当时的朋友和同事，又陆续跟警方交接了几次，之后才返回了南芜。根据负责南芜这边情况的同事的说辞，车兴德还在逃逸中，车雁琴因为帮助毁灭证据也正被拘留。

他身边的亲属都成了重点观察对象。

回南芜之后，温以凡也被叫去公安局做了笔录。之后又得继续跟这件事的后续报道，整个国庆假期都被各种各样的事情缠住，让她连一天假都没有放。

温以凡中间有一天还接到过赵嫒冬的电话。

可能是因为出了那么大的事情，赵嫒冬想找温以凡提一下，但那会儿她正有事在忙，没有及时接到，之后也没再打回去。

这些天，温以凡到家都已经很晚了。洗了个澡之后就立刻闭眼睡觉，一起床又得出门，跟桑延也没什么相处的时间。他对此倒是没有任何怨言，也不找她说话，只会催她赶紧去睡。

国庆假期过后，温以凡才被批了一天假。桑延的假期也同时结束，两人完美地错开来。

温以凡只能自己在家里补了一整天的觉，睡了个天昏地暗，连他下班回来都没察觉到。醒来后，她迷迷糊糊地出了房间，就见桑延正坐在沙发上喝水。

察觉到她的身影，桑延抬眸："醒了？"

温以凡嗯了一声，走过去趴到他身上，像只树袋熊。她的思绪被残留的困意侵占，连话都说得缓慢："你什么时候回来的？"

"刚回来，没过多久。"桑延回抱住她，继续喝着水，"你这是睡了多久？"

"不知道，睡一会儿醒一会儿的。"温以凡说，"你吃晚饭了吗？"

"嗯。"桑延说，"你这晚上还能睡着？"

听到这话，温以凡的眼皮动了动，抬头强调了一句："我没力气。"

"……"桑延瞬间懂了她话里的意思，又气又乐，"我说什么了你就没力气？"

"哦。"温以凡老实认错，"那我理解错了。"

"把我当什么人了？"桑延掐她的脸，盯着她眼下的青灰，"行了，还困的话，就赶紧去洗个澡睡觉，不是只放一天假吗？"

温以凡还趴在他身上："嗯。"

两人就这么安静地待了好一会儿，温以凡忽地出声："桑延。"

桑延："嗯？"

"你说车兴德跑哪儿去了，这都多久了，"温以凡的思绪有点儿飘，小声嘀咕，"他又没钱，现在也没人帮他，怎么一直抓不到人？"

"会抓到的。"不知怎的，桑延总有种不好的预感，又补了句，"这段时间别自己一个人回家。"

"嗯。"

"等我去接你。"

这案子一直没抓到嫌疑人，加上警方一直封锁着消息，也没法继续跟进。组内只能暂时把这个报道搁置，先去做别的选题。

尽管每天都在渴盼着车兴德这样的人渣能早点儿被绳之以法，但温以凡也没把自己所有的精力都放在这上边。

　　周六下午。因为要补国庆多放的一天假，这天桑延也要上班。临近六点时，温以凡收到了他的微信消息，还是像往常一样问她什么时候下班。

　　瞥了眼剩余的工作量，温以凡估摸了个时间："八点半。"

　　桑延："行。"

　　另一边。注意到时间差不多了之后，桑延拿上车钥匙出了公司。他习惯性地把车子开到上安那边，想开到电视台楼下找个地方停车，但不知为何，今天上安这块儿的人流量格外大，就连车位也没剩几个。

　　桑延在周围绕了一圈，轻抬了一下眉梢，正思考着要不要把车子停到堕落街时，忽地瞥见附近有条小巷子。虽然没多大指望，但他还是发动车子，往里头开着。

　　还没开进去，桑延突然注意到墙边站了个男人。男人个头儿不高，身材偏胖，在这样的大热天，还戴着帽子和口罩，把自己捂得严实。他似是在躲着什么人，但又像是在找人，时不时探头往电视台门口看。

　　桑延的指尖在方向盘上轻敲着。巷子内道路狭窄，注意到这车，男人下意识地靠边给他腾位。在这举动中，桑延瞥见他略显熟悉的眉眼，渐渐跟脑子里的猜测重合上。

　　是车兴德。

　　桑延眉目稍敛，戾气再度升了起来。他从一旁拿起手机，迅速地打了110。他别过头，压着声音，平静地把情况叙述完，而后便挂了电话。

　　注意到这车一直在这儿没动静，车兴德慢慢地也察觉到了不对劲。他靠近了几步，当看到车内桑延的脸时，立刻后退两步，随后拔腿就跑。怕他跑了，桑延也下了车，往车兴德跑的方向追。

　　桑延的个头儿比车兴德高，没过多久就从后边抓住他的胳膊，将他钳制住。桑延的胸膛起伏着，把车兴德往墙上摁，极为火大："来这儿干什么？"

　　车兴德的脸被压在水泥墙上，他用力挣扎着："别碰老子！你是不是有毛病？！"

桑延后怕的心理渐消，极为庆幸自己过来了一趟。桑延盯着车兴德，也没因他的污言秽语而生气："喂。"

车兴德费劲地扭头往回看。

"跑那么久也累了吧？为什么给自己找罪受呢？"桑延垂眼，咬着字句，"安安稳稳去吃牢饭，不挺好？"

闻言，车兴德瞬间变了脸色："你才坐牢，老子坐你 × 的牢！"

桑延懒得再跟他废话，将他的双臂固定住，用力往巷子外扯。

车兴德完全敌不过桑延的力气，辱骂了几句之后，又开始求饶："求你了，我也没做什么吧？我什么都没做！我是被冤枉的！"

"这话呢，"桑延懒散道，"你去跟警察说。"

"……"见即将要被桑延扯出巷子，车兴德越发恐慌，逃亡的欲望激发了他的潜能。某个瞬间，他用力将桑延的手甩开。

桑延顺势后退几步，在此过程中口袋里有什么东西掉了出来，滚动了几圈，发出轻微的声响。桑延正对着车兴德，瞬间对上他阴狠的眼眸。

"贱人！"车兴德从口袋里掏出把刀子，朝桑延的方向扑来，银色的刀锋被路灯照耀，晃过一道光，"我倒要看看谁才是吃苦头的人！"

整理好东西，温以凡弯唇，习惯性地给桑延打了个电话，但这次那头不像往常一样响一声就接起。

温以凡边等着，边往桌上瞥了眼，突然注意到漏拿了桌上的录音笔。她下意识地拿起来，与此同时，那边也接了起来。

她正想说话，那边传来的却是个陌生的女声："您好。"

温以凡一顿："您好，请问您是……"

"啊，我刚捡到了这部手机。"女人说，"手机的主人刚抓到个什么犯人，被刀刺伤了，现在被送医院去了。你是他的朋友吗？这手机要不要拿去给你？"

温以凡茫然地啊了一声，像是没听懂她的话："什么？"

女人："我也不知道具体是什么情况，但还流了挺多血的……"

沉默几秒，温以凡的声音带了点儿颤意："伤者是叫桑延吗？"

"我不知道啊。"女人说，"高高瘦瘦的，好像长得还挺帅。"

听着这话，温以凡用指尖掐了一下手心，抬腿往外头跑："您现在在哪儿？"

到了女人所说的那条巷子里，温以凡往里头扫了一眼，立刻看到了地上的血迹。她浑身冰冷，一路的不敢相信在此刻也像是落实了，脑子一片空白，接过女人捡到的桑延的手机。

屏幕已经碎了，有几道裂痕，边角还沾染了灰尘。温以凡点亮屏幕，还能看到两人在摩天轮上的合照。

又问了几句情况，温以凡轻声说了句"谢谢"。她转头，看到桑延停在巷子口的车。她继续往前走，到路边拦了辆的士，上车去往市医院。

所有可怕的念头在此刻钻进脑子里，让她丝毫不敢去联想。

温以凡想到了父亲去世的那一天。可那天，路途上，她有桑延陪着。这一次，她只有自己一个人。

温以凡不想自己吓自己。她相信桑延的承诺，努力控制着自己的情绪，手仍然不受控地发颤。她手上的力道收紧，眼前渐渐有雾气弥漫，一滴又一滴的眼泪顺势砸到手背上。

冰冰凉凉的。

在这大热天似乎能透过皮肤，冻到她的骨子里。视线糊成一块。

温以凡盯着手上的录音笔和桑延的手机，在这个时候，不知道是碰到了录音笔的哪个按键，静谧的车里顿时响起了男人冷淡又傲慢的声音。

——温霜降，工作注意安全。你对象叫你平安回家。

第二十章
你的世界就只剩下光了

再许个愿.
除了我, 还会有很多人爱你.

看到车兴德手上的刀时，桑延瞬间懂了他过来的原因。像是想玉石俱焚，车兴德挥刀的力道发了狠，毫无理智般地胡乱挥舞，其间不经意在桑延的手臂上和腰际都划了道伤口。

　　因为他的举动，桑延唇线拉直，模样在这光线下显得半明半暗。在车兴德再一次把刀刺过来的时候，桑延手疾眼快地抓住他的胳膊，用力一掰。

　　骨头发出移位的咔嗒声。车兴德吃痛地叫了一声，手上的力道一松，刀也落到了地上。

　　桑延的腰际和手上都还流着血。黑衣服看不出暗红的颜色，但他手上的伤痕划得深，血液像蜿蜒的蛇，缠绕手臂，沾染着手腕的红绳，再顺势一滴一滴落到地上。

　　"你运气还挺好，"桑延仍然固定着车兴德那脱臼了的手臂，将他摁在墙上，压低声音说，"如果那年真出了什么事儿，今天这刀就不会是在地上了。"

　　如果那一天，温以凡的大伯再晚点儿回家；如果她跟郭铃得到了同样的结局；如果她也在那么暗无天日的黑暗和寒冷里，独自一人度过那么多年。

　　想到这儿，桑延手上的力道渐渐加重，听着车兴德的惨叫声，恨不得将他千刀万剐。桑延的眼眸暗黑，脖子上青筋凸起，所有嗜血的念头在脑海中冒起。

　　在下一瞬，桑延又想起了温以凡前段时间说的话。

——你受伤了我会给你上药，但我也会生气的。

桑延回过神来，后知后觉地感受到了疼。他垂眸瞥了眼自己身上的血，又拽着车兴德往外头走："你倒是会找地儿捅。"

"这大热天的划手上我怎么遮？"

车兴德完全没力气挣扎，像个麻袋一样被桑延拖着往外走。他疼得话都说不清楚了，又开始求饶："大哥……求你了，我不想坐牢……"

"你不想坐牢？"桑延冷笑，"人家姑娘也不想死。"

注意到这边的动静，陆续有路人围过来。在附近巡逻的民警也恰在这个时候赶来，了解了情况之后，他们把车兴德押上了警车。

民警主动提出送桑延去医院，顺带录一下口供。桑延很配合，只是让他们先等等。他回到车旁，想把车钥匙和手机拿上，翻了一圈却没看到手机。他眉梢轻扬，也没太放在心上，转头跟民警上了警车。

一路上，民警边帮他简单处理伤口，边问着大致的情况。

桑延的伤口还流着血，他捂着肚子，平静地回答着。

过了好半晌，即将到市医院时，民警又问："您跟嫌疑人——"

没等他问完，桑延忽地打断他的话，问道："现在几点了？"

民警："差不多八点四十了，怎么了？"

听到这个时间，桑延顿了一下，侧头问："不好意思，我能借用一下您的手机吗？"

这个时间点儿，上安这一块儿的道路还有些堵。

随着时间的推移，温以凡的心情越发焦虑。她用手背擦了擦眼泪，把桑延的手机和录音笔都放回包里，出声问："师傅，这还得堵多久？"

司机回："过了这段路就好了。"

温以凡正想再问问，在这个时候，手机突然响了起来。她低下头，从口袋里拿出手机。

来电是南芜的陌生号码。她屏住呼吸，脑子里有了个猜测，立刻接了起来。

如她所料，那头瞬间传来桑延的声音："温霜降。"

听到这个声音的同时，温以凡一直紧绷着的情绪也终于放松下来。她用力抿了抿唇，直接就问他的情况，话里还带着浅浅的鼻音："你没事吧？伤哪儿了？"

听这话明显是知道了，桑延也不找理由搪塞了："没事儿，就手破了点儿皮。"

温以凡压根儿不信他说的话，抽了一下鼻子："我看到好多血。"

"那大概是车兴德的，我屁事儿没有。"桑延懒散道，"行了，真没事儿。温霜降，今天自己回家。我还得录点儿口供，没那么快回去。"

温以凡低声说："我去找你。"

听到这话，桑延沉默几秒，似是因无法再隐瞒而叹息了一声："行，那你拦辆车，来市医院急诊这儿。"

温以凡到急诊科的时候，桑延身上的伤已经缝合完了。此时医院的人不算多，他旁边站了两个民警，似乎是在问他问题。她快步走到桑延面前，盯着他手臂上的伤。

桑延偏头："来得还挺快。"

温以凡面上没什么表情，转头跟两个民警打了声招呼。随后，民警也主动说："那差不多就这样，之后如果还有什么问题的话，我们会再联系您的。"

桑延看向他们，颔首："嗯，辛苦了。"

两个民警走后，温以凡重新盯着桑延。他的脸色比平时苍白了些，原本偏淡的唇色在此刻没有半点儿血色，整个人多了几分病态。她低下眼，慢慢地说："破了点儿皮。

"然后缝了六针。"

桑延抬眼瞥她，没再辩解，耐心等待着她之前提及的，会朝他生气发火的情况。他靠在椅背上，手臂上的麻药还没过，习惯性地抬起另一只手去握她的手。

沉默片刻。

没等到她的怒火，桑延就见她的眼眶红了，啪嗒啪嗒开始掉眼泪。

"……"桑延愣了，"不是，你这还没吓唬我，怎么又倒哭上了？"

温以凡坐在他旁边，忍着声音里的颤意，试图让自己冷静一些。她又伸手把眼泪擦掉，问道："你干吗去抓他？"

桑延好笑："我这还做错了吗？"

"你看到他之后，报警就好了，"温以凡的语气有些硬，"多余的事情不需要你来做。"

桑延耐心道："那他要跑了。"

"跑就跑，跑了又怎样！"温以凡真跟他发起了脾气，"他就算跑掉了也跟你没关系，你管这事儿干什么？！就你会见义勇为！"

安静下来。

被她这么说了一通，桑延也不生气，低眼看她："这是怎么了？"

"我不喜欢你这样……"温以凡低着头，哽咽着说，"你能不能不要管这些事情，你不要让我后悔告诉你好不好……你就每天好好上班、好好下班，然后平平安安地回来跟我见面……"

温以凡真的已经不在意别的事情了。就算她厌恶车兴德，恨不得他在牢里坐一辈子，可那些想法，都抵不过桑延的半分丝毫。

——沉默。

"我哪儿不平安了？"过了几秒，桑延反倒笑起来，拖腔拉调地说，"现在还能这么直接在我面前哭，之前不都得躲着？"

温以凡依然保持着原来的姿势，没动。

"温霜降，你为什么不开心？"桑延捏了捏她的指尖，力道不轻不重，"车兴德被抓了，你大伯母付出了代价，那个姑娘也能沉冤昭雪了。"

"还有，"桑延慢慢地说，"这次，我保护你了。"

听到这话，温以凡立刻看向他，眼眶还红着。

两人四目对视，定格住。

"我其实非常在意，在意透了，当时说不缠着你就真不缠了的事情。"桑延眸色纯黑，喉结轻滑着，"想我一大老爷们儿那么要面子干什么呢！"

温以凡动了动唇。

话还没说出来，桑延扯了一下唇角，又道："就这点儿破事儿，跟你计较那么多年干什么？"

那会儿年少气盛，爱一个人的时候，能为她挖空心思，再三地低下头颅，却也会被她的话语轻易击垮，从此寸步不入她的世界，了断得极为干脆。

明知忘不掉，明知自己还在无望地等，却还是为了体面和争一口气，绝不再成为主动的一方。

在那漫长的两年里，他只知道自己在感情里是卑微的那一方，从未察觉过她情绪的不对，从未抓到她那藏得严严实实的痛苦和绝望。从未，试图把她救出来。

温以凡讷讷道："本来就是我的问题。"

"跟你有什么关系？"桑延抬手，轻蹭了一下她的眼角，"是车兴德那个人渣的问题。"

"你能为我高兴一下不？"桑延笑，"我把那个人渣抓进去了。"

是我亲手，抓住了你的阴影。

从此以后，

你的世界就只剩下光了。

像是听进去了，过了好半晌，温以凡才收回视线。她盯着自己的双手，脑袋低垂着，眼泪仍然在往下掉，像是流不尽一样。

桑延凑过去看她哭，眼眸微微敛起："不是，这缝针疼的不是我吗，你哭什么？"

听到这话，温以凡又往他手臂上看了一眼，眼泪掉得更凶了。

"……"桑延压根儿不擅长哄人，莫名还有种是自己把她弄哭的感觉。他有些头疼，认认真真地给她擦掉眼泪："行行行，我不疼。"

温以凡吸了吸鼻子。又过了好几秒，桑延盯着她红通通的眼，声音很轻，似有若无地哄了句："别哭了。"

急诊科室内安安静静的。温以凡用手背把泪水擦掉，勉强地止住眼泪。

见状，桑延才松了口气，又突然想起件事情："温霜降，你怎么回事儿？"

她小声应："嗯？"

桑延："不找我做报道了？你不是在跟这个新闻吗？"

温以凡瞅他："我哪儿有心情？"

桑延把手臂放在她的椅子靠背上，指尖在其上轻敲，悠悠地开始翻旧账："怎么没有，之前我房子烧了，你不挺开心地去做报道了？"

"……"温以凡又看向他的伤口，嘀咕道，"情况不一样。"

桑延自顾自地笑了一会儿："行了，回家吧。"

两人起身出了急诊科。温以凡被他牵着往前走，想到他的伤，还是忍不住说："桑延。"

"怎么？"

"你怎么这么惨，"温以凡叹了口气，"这辈子得遇到我。"

桑延回头："怎么惨了？"

"就是一直在遇到不好的事情。"说到这儿，温以凡想了想，"你上辈子是不是做了什么对不起我的事情？就比如——"

"比如什么？"

"可能我上辈子单身到七老八十，终于有个老大爷跟我看对眼了，结果新婚之夜的时候，人老大爷跟你私奔了。"温以凡合理猜测，"所以这辈子，我就是来给你找不痛快的。"

桑延沉默几秒，忽地笑了："你这是举例子呢，还是在暗示我？"

温以凡慢一拍地抬头："啊？"

"行，"桑延当作是举例子，挑眉，"那我把债还了，你这辈子对我好点儿。"

"什么债？"

"这不是欠你个男人嘛。"

"……"

"这辈子呢，我拿自己来还你。"桑延掀起眼皮，用指尖钩了钩她的掌心，像是在挠痒痒，"行不行？"

他的语气看似是询问，听着却跟通知没什么区别。

温以凡歪头，盯着他矜贵傲气的模样，先前残存的恐慌感也渐渐地随之消散。她用力握住他的手指，唇角弯了起来："可以是可以……"

桑延看过来："怎么？"

"不过，"温以凡忍着笑，"你欠我的不是个老大爷吗？"

"……"沉默几秒，桑延气定神闲地收回视线，声音缓慢而悠哉，"那就先欠着吧。"

温以凡："嗯？"

医院的过道静谧明亮。男人的手臂上绑着纱布，身上的黑T恤蹭了点儿灰，看着却丝毫不显狼狈。他生得高大清瘦，眉眼轮廓锋利冷然，在她面前却像是柔和了几分。

"过五十年再还你。"

两人下到一楼去拿药。

温以凡拿过桑延手上的各种单据，认真看着。看到某张单据时，她的视线一停，忽地问道："你腰上也受伤了？"

"啊。"桑延才想起来，"也破了点儿皮，没缝针。"

"……"温以凡的视线定住，直直地看着他，又莫名有些恼了："医嘱是什么，你听了吗？"

桑延随意说："一周后来换药，两周拆线。"

温以凡："那有什么忌口的？"

"没有，照常吃吧。"桑延全程一副置身事外的态度，仿佛刚出了那么多血的人并不是他，"就这点儿伤，犯不着这么细心呵护。"

"……"温以凡用力抿唇，收回视线，"我还是自己查吧。"

听到她这语气，桑延一顿，意味深长道："温霜降，你现在跟我说话还挺冲。"

温以凡没看他，拿上药剂师给的药，确认了一下每天服用的量后，才回头跟他说："哦，冲吗？"

桑延垂眼。

温以凡抓住他的手腕，往前走："我还怕你听不出来。"

"……"桑延觉得她这模样还挺新鲜，任由她拖着，"没脾气，你今天怎么这么凶啊？"

温以凡生硬地道："我说了会生气的。"

言下之意就是，她早就提醒过他了，如果再犯，他就得承受她的"冲"。

"那你刚刚已经把我骂了一顿了，"桑延似乎是试图把自己放在一个可怜的位置，但说出来的话语调格外欠，"咱俩不是和好了吗，你怎么这会儿又来算账？"

温以凡变得很快："我没跟你和好。"

桑延跟在她身后，安静几秒，忽然低笑了几声。他这笑声，犹如火上浇油。温以凡的唇线抿得更直，觉得他完全不知道问题的严重性，一句话都不想再跟他说。

出了医院，温以凡就拦了辆车，让司机开回上安那边。

路上。温以凡自顾自地拿着手机，搜索着刀伤缝针后的注意事项。她的长相本就带了锋芒，这会儿板着脸又不说话，看着更显得冷漠。

桑延靠在旁边，盯着她的举动："那你要怎么才跟我和好？"

温以凡眼也不抬："等你伤好了。"

"……"桑延差点儿被呛到，有点儿怀疑自己的耳朵，"不是，温霜降，你受伤的时候，我是怎么把你供成祖宗的？怎么换成我就成这待遇了？"

闻言，温以凡瞅他："你哪儿有供我？"

明明也每回都板着脸吓唬人。

"没有？行。"桑延勾唇，开始示弱，"那你来供我。"

温以凡没搭理他。

桑延又笑了一声，欠欠地说："我好疼哦。"

"……"温以凡没半分心软，又继续查缝针后的疤痕怎么去掉。

瞥见她屏幕上的内容，桑延是真有些纳闷了，伸手去抽她的手机："去什么疤，别查了，我一大老爷们儿留个疤怎么了？"

温以凡手一空。顺着这举动，她再度看向桑延。盯着他优哉游哉的模样，她忍着上去扯他脸的冲动，故意气他："留疤了就很丑。"

"……"

"那你就得退任了。"怕他没听懂，温以凡提醒，"头牌。"

桑延眉心微动："脸不是好着呢吗？"

温以凡："这也影响。"

"这不也挺好？"桑延眉梢挑起，懒散道，"我有家室了，该从良了。"

"不行。"温以凡怕他压根儿不把这事儿放在心上，以后还可能会受这么严重的伤，"你要是收山，不再是'堕落街头牌'，那我就没面子了。"

"……"

车子开回南芜广电附近那条巷子，两人下了车。温以凡拿着车钥匙，走到桑延的车旁，上了驾驶座。担心桑延会牵动伤口，她先凑过去帮他系上安全带。

桑延安静地坐在副驾驶，看着她还绷着的脸，弯了一下唇。温以凡生气的次数屈指可数，在其他人的眼里一直是一副好脾气，不在意任何事情的模样，偶尔被他的话弄得有些郁闷，情绪也转眼就消失，别人像是压根儿没法给她的心情造成任何影响。

所以这会儿，桑延感觉自己像是有了受虐倾向。看到她因为他受的伤跟他发脾气，在他面前变得肆无忌惮，不再像先前那样总是小心翼翼，他反倒觉得心情很好。

系好安全带，温以凡也没急着退回去，轻轻地开始掀他的衣服。

"……"桑延顿住，"你干什么呢？"

温以凡的动作未停，直至看到他腰际的纱布，以及上边微微渗着的血，她盯着看了几秒，才松开手，坐直回去，默不作声地开始系安全带。

"完事儿了？"桑延吊儿郎当道，"不想摸一下？"

温以凡不跟他开玩笑，但也没再继续生闷气。她坐在原地沉默了好一会儿，才似有若无地冒出了句："回去再说。"

回到家已经接近十一点了。

桑延习惯性地坐到沙发上。没一会儿，温以凡也坐到他旁边，又开始掀他的衣服，像是在找别的地方还有没有伤口。他耷拉着眼皮，靠在沙发背上，任由她折腾。

过了好一阵，温以凡才停下动作，倒了杯水塞进他手里："你吃晚饭了吗？"

桑延接过喝了几口："嗯。"

温以凡又问："那你饿不饿？"

"不饿。"

她又噼里啪啦地问了一串，桑延看着她，一一回应着。问到最后，温以凡感觉没什么要说的了，又想起件事情："对了，你手机在我包里，被路人捡到了。"

桑延嗯了一声。

说着，温以凡半起身把包钩了过来，从包里翻出手机放到桌上："屏幕摔裂了，但还可以用，你先给你老板打个电话，请几天假休息一下。"

桑延："行，不困吗？先去睡吧。"

温以凡摇头。

桑延扫了眼时间："我先去洗个澡。"

温以凡皱眉："你不能沾水。"

"知道。"桑延站起身，用力揉她的脑袋，"我就擦个身。"

"哦。"

桑延刚走到房间门口，就注意到温以凡也跟了过来。他开门走进房间里，她也跟着进来。他走到衣柜前，她也跟着。

走到哪儿跟到哪儿，他像是长了条尾巴。

桑延翻了翻衣柜，又转头出了房间，往阳台的方向走。身后还能听到温以凡跟着他的动静，他回了头，喊她："温霜降。"

温以凡应："嗯？"

桑延觉得好笑："你还要黏着我多久？"

"我想看看，"虽然主要的想法确实是跟他待在一块儿，但温以凡还是没承认，她眨了眨眼，声音温温和和的，"我有什么能帮你的。"

桑延脚步停下，指尖顺着她的手臂上滑，话里带了几分调情的意味。

"我刚才不是跟你说我要去洗澡吗？"

"……"

他低下嗓音，暗示的意味十足："所以你要帮我什么？"

沉默下来。温以凡面色如常，盯着他看。

帮他什么？

哦。洗澡。

"……"

洗澡！！！

好。

不就洗个澡！

不然他要是碰到水了怎么办？！

过了好半晌，温以凡做好心理准备，温吞地冒出了句："也可以。"

"……"桑延极为无语，这会儿是真觉得车兴德会找地儿捅了。他收回手，看了她好一会儿，无情至极地收回视线："谁跟你可以了？赶紧睡觉。"

说完，他没再跟她交谈，到阳台拿上衣服便进了浴室。

避着伤口，桑延把上衣脱掉，扔到一旁的桶里。随后，他解开皮带。

在这个时候，浴室门把被人从外头拧开，桑延动作一顿。

两人合租之后，浴室都是分开使用的。温以凡一直用主卧的卫浴，从没进过这个浴室，所以桑延每次洗澡还是别的什么，都没有锁门的习惯。

下一刻，门被推开。温以凡镇定自若地走进来，把门关上："我要帮你洗澡。"

"……"桑延气笑了。

这回还是命令式发言。

是"我要"，而不是"我想"。

桑延把皮带抽掉，挂在一边，之后没再有多余的动作。他靠在洗漱台旁，神色漫不经心又带了几分挑衅："行，你来。"

"……"从桑延住进来后，温以凡还是头一回进这个浴室。

此时桑延赤着上身，腰上和左臂上都缠了一小圈纱布。他的发色纯黑，面色比往常更显苍白，多了几分病态和禁欲的气息。

温以凡磨蹭地拿起一旁的毛巾，打开水龙头，调成温水。

她抽空瞅了桑延一眼，只是突然想到他这会儿根本没法自己擦身，背上什么的都擦不到，可能还会在这过程中扯到伤口。那就很得不偿失。

温以凡洗了洗毛巾，拧干，开始顺着他的喉结，到胸膛，再到腹部，认真仔细地往下擦。她努力让自己心无旁骛，不去想别的事情，只当面前的男人是一堵墙。

浴室内静谧得过分，两人没有其他的交流。

擦到第二遍时，温以凡看到他的喉结上下滚动了几下。下一刻，桑延懒懒地喊她："温霜降。"

温以凡抬头："啊？"

桑延眼眸深沉，带着极为明显的欲念。

温以凡舔了一下嘴唇，当没看见，重新垂下头，这一遍加快了速度。把他的上身都擦了一遍后，她把毛巾洗干净，小声说："那你自己冲一下——"

注意到他的某个部位，温以凡莫名说不出"下半身"这个词，她淡定地改了口："——腿，然后准备一下睡觉吧？"

桑延还靠在原来的位置上，眼中的情欲半点儿未退。

"这就睡觉了？"

"嗯？"不知怎的，温以凡莫名有点儿心虚，"怎么了？"

"温霜降，"桑延全身被她摸了个遍，但这触感若即若离的，像是漫长的折磨，"觉得我腰伤了没本事了，是吧？"

温以凡脱口而出："那不确实吗？"

狭小的浴室内再度陷入沉默。过了好几秒，桑延瞧她，不怒反笑："但这不是还有你嘛。"

"……"桑延慢腾腾地、极为无耻地把话说完。

"自己凑过来让我亲。"

话音落下，温以凡的目光下挪，定格在桑延的唇上。她停了几秒，认真考虑过后，往后退了一步，慢吞吞地把毛巾挂回原来的地方。她用余光扫着桑延身上的纱布。

在此刻，温以凡莫名有种，要是真亲上去了，就真成为禽兽不如的那一方了的感觉。觉得刚刚的话有点儿直接，她想着该怎么婉拒，干脆也贬低自己一番。

"我也没什么本事。"

桑延半倚着洗漱台，眼眸低垂着，细密的睫毛覆盖其上。浴室里灯光足，空间又狭窄，两人间的距离近，带着循序渐进的、令人无法忽略的暧昧。

温以凡咽了咽口水，找了个借口："十二点了，那我去洗澡了。"

刚走两步，桑延就拽住了她的手腕，往回扯。她猝不及防，脑子里的一个念头就是别碰到他的伤口，掌心下意识地支住一旁的台面。

她的脑袋稍侧着，跟他的距离再度拉近。

"想什么呢？"桑延低头，直勾勾地盯着她，话里多了几分浪荡，"我还能干什么？"

"……"

"就亲一会儿，"桑延用指腹轻轻摩挲着她的手腕，语速缓慢，似有若无地带着指责，"这也不行？"

温以凡啊了一声，像是被他催眠了，开始觉得如果不做别的，亲一下似乎也不影响什么。她沉默几秒，憋出了句："……这倒是可以。"

他轻扬眉，保持着原来的姿势未动。

没过多久，温以凡感觉到他抓着自己的手腕，贴到他腹部的位置，慢慢往下带。而后，她听到男人的喘息声，茫然地抬起头，撞上了他隐晦深沉的眼。

"头抬高点儿。"

还没懂他这话的意图，温以凡就已经顺从地踮起了脚尖。

桑延的唇顺着滚烫的气息落下，从她的唇角轻挪。她几乎是把自己送了上去，脑袋仰着，脚掌也虚踩着地，有种落不着地的感觉。

察觉到她的状态，桑延抬手抵着她的腰，用力咬住她的唇："不然亲不到。"

回到房间，再翻手机时，温以凡才察觉到两小时前钱卫华给她打了个电话。她顿了一下，立刻打开微信，想跟他道个歉，解释一下状况。

可能钱卫华那边也清楚了情况，给她发了句："我带大壮出现场就行了。你先上医院吧，采访了目击者，应该没多大事儿。"

付壮也发来消息："姐，你好好照顾桑延哥，我替你冲锋陷阵！！！"

付壮："我听民警说桑延哥受伤之后都还生龙活虎的，看起来还能打八百个回合，你别太担心了。"

看着这话，温以凡忍不住笑了一下。她一一回复过去，又是道歉又是道谢的，过了好半晌才放下手机，躺到床上。

温以凡的情感认知尤为迟钝，到《传达》上班之后，一直对这个团队没多大的感觉，只觉得比之前的工作环境好很多。虽然工作量跟从前相比，不减反增，但总觉得比在宜荷广电工作的时候轻松。

但这一瞬间，温以凡突然察觉到，她好像是挺喜欢这个团队的。

自顾自地想了好一会儿的事情，温以凡的思绪从这头神游到那一头，再回到这一头。不知过了多久，她后知后觉地想起了刚刚在浴室里发生的事情，以及桑延的话。

——就亲一会儿。

明明说的，只是亲一会儿。温以凡的耳后慢一拍般地烧了起来，有些不自在地爬起来洗澡。她盯着镜子里的自己，脑子很快就被刚刚的画面一寸寸地侵占。

男人的嘴唇渐渐多了几分血色，吻如碎雨般落下。他的发丝被汗水浸得湿润，眼眸沾染上情意，带着性感又沉到无法忽视的喘息。

不知过了多久。带着檀木香的浴室内，弥漫着旖旎的气味。

"过来。"见她似是要往后退，桑延抓住她，声音有些低哑，"帮你洗手。"

因为这伤，桑延请了一周假在家休息。

温以凡这边要照常上下班，手上只在跟车兴德案件的报道。她尽量腾出时间，每天早起给桑延做早餐，中午也抽空回来一趟，晚上回家前也会问他晚饭想吃什么，像照顾小朋友一样。

桑延倒是过得痛快。

但只享受了三天皇帝的日子，桑延就开始觉得这样来回跑能把她累得够呛，加上他的伤本就不太影响正常生活，很快就销假回去上班了。

在主任的疯狂催促下，温以凡又开始过上了每天加班的日子，跟警察和专家交接，往警局和现场跑。嫌疑人家属那边的采访，由另一个同事在负责。

车兴德被缉捕后，警察调查了他的过往经历。经多次审问，再加上已经在郭铃体内找到了他的毛发，他才承认了犯罪事实，对所有罪行供认不讳。

四年前的那个晚上，车兴德被车雁琴叫去烧烤摊帮忙，快到目的地时，在一条偏僻的巷子碰见了郭铃。他认得这个女生，记得她总是沉默孤僻，看起来软弱无能，对任何事情都会忍气吞声。

他起了色心，上前跟她交谈了几句后，便捂住她的嘴往巷子深处拖。事发过后，车兴德本以为郭铃会忍受着，不敢告诉任何人。哪知跟他想的完全不同，她边哭着边在一旁翻手机，作势要报警。

他威胁了几句，嘴里说着各种肮脏的话，郭铃却不为所动，怎么都要报警。她像是有依靠，有个支柱在，虽然痛苦至极，仍然哽咽着说："我要告诉我爸爸，他一定会杀了你的……"

最后，车兴德在恐慌之下，错手将她掐死。

再之后，他找了在附近的车雁琴帮忙。车雁琴将车兴德从小带到大，对这弟弟极为包容，做什么都有求必应，典型的"扶弟魔"。

所以她就算再害怕，再恼火，也不想看到他坐牢，不得不帮他一块儿处理尸体。两人用店里的大黑色塑料袋，将郭铃装了进去，又在外边裹了好几层，再塞进行李箱里。

两姐弟没跟任何人提及过这件事情，以为能瞒天过海。

敲下新闻稿的最后一个字，温以凡检查了一遍，发给了编辑。

编辑机房内安静如常，盯着屏幕，温以凡有些失神，莫名回想起了多年前将自己困在陈惜家的时候。

听到陈姨说，车兴德被放出来了的那一瞬间，自己内心是在想什么，温以凡也记不太清了，但这一刻，温以凡很想回到过去，回到那个时候的自己的面前。她想摸一摸那个少女的脑袋，想告诉她，她做的一切都是正确的。

不管结果如何，这绝对不是羞耻的事情。

不要因为不小心沾上了坏人身上的污渍，就觉得自己也是脏的。

没关系的。你喜欢的那个人，他也会觉得你很勇敢。

他会谢谢你，保护了他的姑娘。

这个报道在隔天的早间栏目播出。

当天临下班前，温以凡接到了郭铃爸爸的电话。在她回南芜之后，陆续接过他几次电话，都是给她提供消息和询问各种事情。可能是看到了新闻，这次他是来道谢的。

挂了电话，温以凡坐在原地发了会儿呆，才收拾东西出了单位。她到停车场找到桑延的车，上了驾驶座，往他公司的方向开。

这段时间两人完全颠倒了过来。怕桑延在这种状态下开车不安全，温以凡开始每天接送他上下班。

温以凡开到桑延公司门口时，就看到他恰好出来，旁边还跟着郑可佳，像是在跟他说着什么话。没过多久，桑延就走过来上了车。

她侧过头，直直地盯着他。

桑延没注意到她的目光，系上安全带，单刀直入地说："温霜降，你继妹刚才让我转告你，让你有空回她家一趟。"

温以凡倒是没想过是这件事儿，只哦了一声，没说多余的话。

桑延瞥她："要去吗？"

温以凡摇头："没打算。"

桑延也没再说什么。

今天下班早，又想起付壮说的附近有个广场在开美食节。问了桑延的意见后，温以凡把车子开到那儿附近，找了个停车位。下了车，她牵着他的手，算了算时间："明天是不是该去换药了？"

桑延轻嗯了一声。

"我明天刚好轮休，可以跟你一起去。"温以凡声音温和，说话的速度也很慢，开始跟他分享今天的事情，"桑延，我今天又接到郭铃爸爸的电话了。"

美食节刚开始没几天，广场的人流量很大，周围熙熙攘攘。

桑延看着路，扯着她避开行人："说什么了？"

"他说谢谢我如实报道了，也谢谢我这么上心，大概是这个意思。"说到这儿，温以凡莫名有点儿不好意思，"但这不都是我的工作吗？"

桑延随意说："是你的工作，但也能夸你做得好。"

温以凡微顿，沉默了好一会儿，才说："我其实之前不是很喜欢记者这个工作。"

听到这话，桑延侧头："嗯？"

想了想，温以凡又改口："跟这个行业没什么关系。我那时候就是感觉，除了跳舞，做什么事情好像都是一样的。"

头一回听她主动提起这茬，桑延只是看着她，没有说话。

"我其实还有一件事儿骗了你，"提到这个，温以凡眨了眨眼，跟当初的感受比起来只觉得坦然，"我高二转文化生，其实不是因为不能跳了，是因为我继父觉得开销大，我妈就让我别跳了。"

"……"桑延瞬间愣住，似是完全没想过会是这个原因，也不知道该做出怎样的反应。

"当时放弃了，后来也没再想过这个，因为我不太会为自己争取东西。"温以凡说，"之后做什么事情都觉得索然无味。"

桑延停下了脚步，问她："你还想跳舞吗？"

"如果再早几年，应该是想的。"温以凡认真给出了答案，而后笑了笑，"但我昨天写完车兴德那个案子的新闻稿，今天接到郭铃爸爸的电话——"

温以凡眼眸弯起："我就突然发现，我原来也很喜欢当新闻记者。"

原来梦想也可以潜移默化地改变。

以前她觉得自己只擅长跳舞，所以在被剥夺了往上飞的翅膀后，就觉得自己再无别的本事。她只活在阴影之下，不愿意去接受别的东西，觉得人生就这么将就着过，好像也没什么不可以。

注意到她确实是真的感到开心，桑延垂眼，低声说："喜欢就行。"

过了两秒，他又补充："以后只跳给你对象看，也挺好。"

"……"温以凡立刻看他，安静须臾，没忍住笑，"桑延，你以前是不是还挺喜欢看我跳舞的？"

"……"桑延眼皮动了动，倒也直白，"才发现？"

"那我现在不会跳了。"

"那又怎样？"桑延完全不在意，语气很跩，"你别的样儿我也喜欢。"

两人在里边逛了一圈。

温以凡的口味清淡，连饮料都不爱碰，最常喝的就是白开水。她对里边的小吃都没什么兴趣，也不让桑延吃，怕影响到他的伤口。最后温以凡只在一个小摊子上买了袋手工糖。

温以凡拆开袋子，拿出一颗，凑到桑延嘴边："你吃吗？"

桑延对这种甜腻的玩意儿没什么兴趣，扫了眼，便表现出抗拒的意思："不吃。"

"哦。"温以凡知道他的口味。她把糖塞进自己嘴里，尝了下味道，给他"安利"："没那么甜，奶味要重一点儿，你要不要试试？"

说完，她又从袋子里拿了一颗。

桑延意味不明道："行，那我试试。"

"那——"温以凡抬眼，话还没说完，就见他正盯着自己。下一秒，她的后脑勺被他抵住，桑延的唇舌落了下来，钩住她嘴里的糖，咬住，含进自己嘴里。

"……"

温以凡手上还拿着糖，有些蒙圈。

"行，我被骗了。"因这举动，桑延的唇上染了层水光，他盯着她猝不及防的模样，勾起唇角，"这不挺甜的？"

温以凡还没反应过来，口腔里残留着糖的丝丝甜意。她本想问这袋里还有那么多糖，他为什么要吃她嘴里的，但又瞬间被他这话转移了注意力："很甜吗？"

桑延眼睫垂下，眉尾随之轻抬。

想再确认一下，温以凡把手上的糖塞进嘴里，又尝了尝："我感觉还好呀。"

"……"

"你嚼一下会不会好点儿？"温以凡抬头，提了个建议，"这个是牛轧糖，你嚼一下，奶味应该会重一点儿，也没那么甜了。"

"……"桑延有时候真觉得自己是在撩一块石头，他似是有些无语，冷声提醒，"这跟我嚼不嚼关系不大，懂？"

"但嚼一下真的会好吃点儿。"温以凡又拿了一颗递到他唇边，"真不吃了吗？"

盯着她看了几秒，这回桑延没再反驳，顺从地张嘴咬过。见他并不太讨厌这个味道，温以凡弯了弯唇。她也往自己嘴里塞了一颗，感觉确实还挺好吃，而后才把开口封起来。

两人出了广场，往停车场的方向走。人流从密到疏，从一个明亮热闹的地方，走到了一条昏暗安静的街道。温以凡牵着桑延的手，在路边的一辆车旁，看到了一对卿卿我我的情侣。

她的目光一停，再度想起刚刚桑延从她嘴里钩糖的事情。温以凡突然意识到了什么，停下脚步。

桑延侧头："怎么？"

"我才反应过来，你刚刚的意思是，"温以凡顿了一下，没半点儿婉转，直白地描述了刚刚的事情，"从我嘴里吃的糖还挺甜吗？"

"……"

安静的街道，刮着晚秋的风，在耳畔带过呼啦啦的声音。

两人四目对视。温以凡这会儿才感觉自己刚刚的反应过于冷漠无趣。她忽地垂头，又拆开袋子，从里头拿了颗糖。这次不问桑延的意见，她就直接往他嘴里塞，动作有些强硬。

“……”桑延毫无防备，牙齿被磕碰到，稍有些疼。

下一瞬。温以凡就抓住他的衣领，向下扯。她咬住他的唇，抵开牙关。她不太擅长做这种事情，动作比他生涩些，过程也显得迟缓，就这么持续了好半晌。

察觉到她的困难，桑延弯腰，用舌尖抵着糖，缓慢地推进她的嘴里。温以凡钩住，吃到糖后才后退几步，再度对上他漆黑的眼。

“哦。”温以凡镇定道，“是挺甜的。”

回到车上，温以凡习惯性地凑过去给桑延系安全带时，瞅见他仍在笑。她的神情滞住，有点儿忍不住了：“你笑什么？”

桑延偏头，唇边的梨涡浅：“温霜降，跟你说件事儿。”

温以凡：“什么？”

桑延抵了一下牙齿，还感觉有点儿麻。他的神色带了点儿目中无人，看着像是觉得自己是个被所有人争抢的香饽饽，傲慢道：“下次轻点儿。”

“……”温以凡沉默了几秒，真没感觉自己哪儿用力了，“你还挺——”

她又憋出俩字：“娇弱。”

平时总觉得自己是个大老爷们儿的桑延此时倒是厚颜无耻地认下了。“是呢。”

“……”这会儿怎么还乐意当朵桑娇花了？

温以凡发动了车子，没再继续这个话题，随口提道：“我的车子好像又忘了买了。”

国庆假期温以凡都在忙工作，之后桑延又受伤了，导致她早忘了这一茬。她想了想，又问：“春节前买会便宜点儿吗？”

“春节后吧，”桑延先前还记着这事，但最近发生的事情太多了，他也一直忘了提醒她，“到时候我跟你一块儿去。”

温以凡点头。恰好到了红灯，她停下车子，又想起了件事儿："对了，之前房东跟我说，想收回房子，让我们明年三月前搬出去。"

"明年三月……"桑延沉吟须臾，故作隐晦地征求她的意见，"咱再谈半年恋爱？"

温以凡愣了："啊？"

桑延唇角弧度渐深，懒洋洋道："啊什么，问你话呢。"

"不是好好的吗？"温以凡有种猝不及防要被甩的感觉，心情没他那么好，觉得有些憋闷，"怎么突然就只谈半年了？"

他这是什么择偶标准？难道不合租就得分手吗？

"……"桑延眉心一跳，虽说这话确实有点儿歧义，但他倒是没想过能得到这样的回答。他用力掐住她的脸，喷了一声："说点儿人话。"

余光瞥见绿灯亮了，桑延才松开手。

温以凡继续开车，渐渐反应过来。她刚被吓了一跳，这会儿也有点儿郁闷，嘀咕道："你最近说话怎么这么跳脱？"

桑延凉凉地看着她。

温以凡思考了一下，但也不知道一般人恋爱谈多久才结婚。想半天也想不出个所以然，干脆问他："我没太关注别人，其他人一般都谈多久才结婚？"

"嗯？"桑延毫无正形道，"一般都几周吧。"

"……"

桑延似是随意般地说："我们这还算久的呢。"

"哦。"

温以凡收回思绪，又自顾自地思考了一会儿。她其实对这事儿也没有一个太严苛的标准，感觉到合适的时候就可以了，但她现在的工作还不太稳定，总三天两头地加班。

虽说桑延的工作也是，但没她这么不规律。想了想，温以凡还是想等工作稳定点儿，再来考虑这件事情。她在心里预估了个时间，感觉还得延长一点儿："那就——"

"嗯？"

"再谈一两年吧？"

"……"

虽没想过还能得到延长时间的结果，但桑延也不太在意这时间的早晚，毕竟是迟早的事情。这姑娘想谈久点儿恋爱，那就谈。

反正都是跟他。

两人又扯了点儿话，之后桑延也没再打扰她开车。他靠着椅背，眼皮耷拉着，莫名有些困。在此种沉静之下，桑延再度回想起刚刚温以凡提的关于舞蹈的话题，情绪也渐渐因此差了起来。

高中的时候，桑延只见温以凡哭过两次。

一次是那次在公交车上，另一次是她被她的舞蹈老师叫去谈话。

桑延也不知道她们具体说了些什么，只是那会儿刚巧看到她从办公室里出来。他想叫住她，还没出声就见她没往教室的方向走，反倒往另一栋教学楼的方向走，看着情绪极为低落。

不知道她要做什么，桑延顿了一下，而后跟了上去。他看到温以凡走到阅览室旁的楼梯间，这个时间点儿那一块儿基本没有别的人。像是失了魂，她往下走了几层，坐到角落的位置，没发出任何声响。

过了好一会儿，她的肩膀轻颤着，像是强忍着哭泣。

那个时候，桑延不太清楚发生了什么事情，但也能猜到，她也许是因为脚伤的事情影响到了跳舞，觉得难过而无力。

觉得没有任何办法。他只能安静地坐在她后边，说不出任何安慰的话。

可到今天，桑延才知道她哭的真正缘由。她高中所承受的痛苦，都似乎是以那天为序幕。

那一天，他的阿降，被人硬生生地折断了翅膀。

把车子开回小区，温以凡正打算下车，突然注意到桑延失神的模样。她凑过去，在他面前晃了晃手掌，问道："你在想什么？"

桑延回神，看了她一会儿："温霜降。"

"嗯？"

"我是打算一直跟你走下去，才会跟你说这样的话。"桑延对上她的眼，模样一改平时的不正经，认真得过分，"除了想找别的对象，你想去做别的什么，我都支持你。"

"……"

"别让自己的日子过得将就，知道不？你的人生还很长，"桑延碎发散落额前，侧着头对她说，"想做什么，都不算迟。"

温以凡瞬间懂了他的话。她动了动唇，想说点儿什么，在这一刻却什么都说不出来。

似乎也没一定要她给出什么回应，说完之后，桑延用力揉她的脑袋："听进去了？"

温以凡讪讪地点头："嗯。"

桑延："行，那就回家。"

下了车之后，温以凡主动过去牵他的手，轻声说："桑延，我刚跟你说的都是实话。"

"嗯？"

"我以前觉得，我家里人因为觉得跳舞开销大，不让我继续跳了这事情难以启齿，所以才跟所有人撒了谎。"温以凡说，"但我现在觉得没关系，所以我才主动告诉你。"

桑延捏了一下她的指尖。

"我现在跟当时不一样了。当时我觉得我很弱小，对什么都无能为力。"温以凡慢慢道，"觉得反驳和诉说都没有用处，干脆保持沉默。"

因为没有任何依靠。

"但我现在想做什么都可以，也不用再看别人的脸色。"温以凡说，"就像是我爸没去世的时候一样，因为我想做什么他都支持我。"

她抿唇，又道："然后，我现在有你。"

也不知是从何时开始，温以凡极为确定，她重新有了依靠。

"我现在是真觉得当新闻记者挺好的，这些年我的精力全部放在这上面，让我现在放弃记者去做别的，我也不太甘心。"温以凡想了想，笑起来，"但我可以像你一样。"

桑延喉结滑动着，看向她："什么？"

"你不是有个头牌的副业吗？"温以凡认真地说，"我要是之后哪天想继续跳舞了，也可以把这当成我的副业。"

桑延笑了："也行。"

两人走过去等电梯。温以凡正对着他，半靠在墙上。在这安静的氛围里，她莫名有点儿想说句矫情话："桑延，你说，你是不是我爸爸派来对我好的？"

桑延抬眼，否认得很快："不是。"

过了两秒，他又闲散地补充："我是自愿的。"

回到家，温以凡拿了个盒子把手工糖装起来。搬家的话题刚刚被桑延的话直接岔开了，她本想再提提，但想着还有好几个月，也不用太着急。

温以凡像往常一样，把桑延收拾干净之后才回了房间。

桑延受伤这事儿，他似乎没跟他家里人说。这些天温以凡听他家里给他打过几次电话，目的都是让他回家吃个饭，但桑延因为手上的伤每次都在推托，以至于他父母现在对他的意见好像很大。

桑延对此不以为意，似乎是早就习惯了这样的对待。

温以凡猜测，他大概是想等到过段时间天气转凉了，可以穿外套遮挡伤口的时候再回去。她坐到床上，随意翻了一下手机。

注意到赵媛冬的消息时，温以凡又想起了桑延今天转告的郑可佳的话。她点了进去，只扫了眼最新的一条消息。

"阿降，妈妈能见你一面吗？"

温以凡盯着看了许久，点开她的头像，在删除键那里停留了几秒。最后，她轻叹了口气，还是没有摁下去，退了出去。她的思绪放空，想着一堆杂七杂八的事情，记忆很快又回到今晚。

进电梯前，桑延最后说的那句话。

——我是自愿的。

温以凡轻眨了一下眼，那一点点的坏心情瞬间被这男人取而代之。

她的唇角弯起，扯过枕头抱在怀里，在床上打了个滚儿。

隔天，温以凡陪着桑延到医院换药。他的伤口恢复得不错，伤口对合整齐，也没有红肿现象。医生让他过一周再来复诊，看看情况后再决定拆不拆线。

温以凡估算了时间，恰好是她生日那天。仍然是周六，但这回温以凡没轮上轮休日，还得上班。不过记者的工作时间弹性很大，当天她起了个早，陪桑延去医院拆了线之后，才安心地回台里上班。

下午，温以凡跟一个目击者约好见面。地点约在了这位目击者家附近的一家咖啡厅。

采访结束后，温以凡跟对方道了声谢。等人走后，她对着电脑，捋了一下思路就开始写稿。恰好听到手机响了一声，她随意拿起，点亮。

是桑延的消息。

桑延："在哪儿？"

温以凡直接给他发了个定位。

桑延："下班了？"

温以凡："嗯，我写完稿子就回家。"

桑延："我过来接你。"

温以凡回了个"好"，继续写稿。敲完最后一个字后，她检查了一下，而后把稿子发给了编辑。她松了口气，收拾好东西往外走。

刚走出咖啡厅，温以凡就撞上了个跟她差不多高的女人。

温以凡下意识地道歉，想绕过她继续往前走时，手臂就被这女人抓住。耳边传来了熟悉的声音。

"……阿降？"

温以凡抬眼，瞬间对上了赵媛冬显得有些憔悴的脸。她的神色稍滞，完全没想过在南芜这么大的地方，还能碰巧遇上赵媛冬。

赵媛冬的模样比以往更加局促："你来这儿见朋友吗？"

温以凡笑，言简意赅道："不是，工作。"

"我跟你郑叔叔刚才在附近吃饭，"比起上一次见面，赵媛冬看着似是瘦了不少，颊边都凹陷了下去，"他现在回公司加班去了，我走这条路回家。"

温以凡点了点头，也不知道该说什么。她正想着该找个什么理由离开时，赵媛冬又出了声，话里带了点儿恳求："阿降，今天是你生日。咱聊聊好吗？"

两人在店外僵持片刻。温以凡妥协了，声音很轻："我一会儿还有事情，可能聊不了多长时间。"

赵媛冬忙道："妈妈不会占用你太多时间的。"

这儿最近的能谈话的地方，就是温以凡刚出来的这家咖啡厅。这回她挑了个靠店内玻璃墙的位置，边听着赵媛冬的话，边心不在焉地盯着外头人来人往的道路。

这么多年，母女俩的交流少得可怜，关系比陌生人还要尴尬。寒暄了好几句后，赵媛冬才小心翼翼地切入主题。

"阿降，你知道你大伯母和她弟弟的事情吗？"

温以凡嗯了一声。

"也是，你做新闻的……"赵媛冬勉强笑笑，"我也没想过这车兴德是这样的人，本来以为他只是没什么本事，没想到会做出这种事情。"

拿起面前的水杯，温以凡抿了一口。桌上静默半晌。

赵媛冬的尾音发颤，似是憋了很久，才鼓起勇气问出来："阿降，那时候，他应该没对你做什么吧……"

温以凡沉默地看着她，好一会儿后才说："这个问题我应该怎么回答？"

赵媛冬瞬间羞愧到说不出话来。温以凡轻声说："也已经过了很久了。"

"我……"赵媛冬的眼眶红了，声音变得哽咽，"是妈妈对不起你……我那会儿对你的关心太少了，我以为有你大伯看着，不会出什么事情，是我做得不对……"

温以凡安静地听着。

赵媛冬别过头擦掉眼泪："妈妈不奢求你的原谅，只想偶尔能见你一面，行吗？"

看着她愧疚而痛苦的模样，温以凡没立刻回答。她眼睫垂下，扯了一下唇角，慢慢地出了声："其实大伯一家这么对我，我一直也没觉得多难过。"

"因为我觉得，养我这件事儿，确实也不是他们的义务。"温以凡声音很平静，"他们确实没有那个必要，要对我好。"

赵媛冬动了动唇。

话还没出来，温以凡用力抿唇，又说："但你，让我觉得非常难受。"

"让我一直非常怀疑自己。"温以凡喃喃道，"为什么呢，为什么会这样？"

到底是为什么？

比起我，我的妈妈更爱别人的孩子。

我到底是差在哪里了呢？

是不是我做错了什么？是不是我不够好？是不是我一点儿都不值得被爱？

"为什么这个世界上，最该爱我的妈妈，"温以凡盯着眼前的女人，眼角有点儿红，咬字不受控地重了起来，"一点儿都不爱我？"

"……"赵媛冬眼泪还掉着，立刻否认，"不是，是因为……"

她的话停在这儿，再解释不出多余的话。

还能是因为什么呢？

"我知道。"温以凡敛了敛情绪，神色很快就恢复自若，"没关系，你有新家庭了嘛，是该为自己多考虑考虑。"

"在你把我送到奶奶家的时候，我就应该明白的。"温以凡觉得好笑，"在你多次不听我的话，多次为了新家庭而忽视我，在我向你求救，你依然选择遮住自己眼睛的时候。"

温以凡重复一遍："我就应该明白的。"

赵媛冬只低着头，像是愧疚到了极致，觉得自己连掉眼泪的资格都没有。

温以凡的思绪有些飘，也没再说话。她看着眼前瘦弱憔悴的女人，恍惚间，不由得想起了很多年前的事情。

考上南芜一中前，温以凡就知道温良哲生了场病，还到了要做手术的地步。但那个时候，温良哲告诉她，这只是个小病，调养好身体就没什么大碍了。

温以凡向来相信温良哲所说的任何话。也记得，之后温良哲确实仍然保持着先前那副温和又精神的模样。

温以凡也没想太多。

上高一后，因为温良哲的工作地点换到了另一个城市，温以凡见到他的时间明显少了很多，但她经常会接到父亲的电话，对此也没丝毫怀疑。只是格外想他，她每次都在电话里催促他快点儿回家，也没有察觉到他的声音越发虚弱。

那时候，所有人都觉得她年纪还小。所有人都瞒着她温良哲生病的事情。

温以凡赶去见了温良哲的最后一面。他似是完全放心不下，眉眼全是愧疚和痛苦，艰难地跟她说："爸爸的霜降要好好长大。

"要像现在一样每天都快快乐乐的。

"要好好照顾妈妈，你是她唯一的依靠了。"

温以凡流着眼泪，一句一句地应下。她没听到温良哲有没有跟赵媛冬嘱咐什么，但她能猜到，应该也是相似的话。

要赵媛冬好好照顾，他们唯一的女儿。

——你是她唯一的依靠。

当天晚上，温良哲就离世了。再之后，仅仅过了不到三个月的时间。某次放学回家，温以凡就被赵媛冬带去见了现在的继父郑华源。她当时完全无法接受，觉得极其荒唐和离谱。

温以凡并不介意赵媛冬再婚，但不该是在温良哲去世才三个月的时候。

赵媛冬跟她解释，因为温良哲病了很长时间，这段时间她一直过得很痛苦。而郑华源一直在帮她，一直在安抚她的情绪。

到最后，因为温以凡完全没软化的态度，赵媛冬难以启齿地说："我怀孕了。"

"……"

沉默许久后，温以凡问她："你出轨了吗？"

赵媛冬哭着否认，说他们的关系是在温良哲去世之后，才开始发展的。她不可能做对不起温良哲的事情，只是觉得很累，觉得再没有个依靠就要撑不下去了。

最后温以凡只能妥协。她没有办法强硬地要求，所有人都像她一样，花那么多时间来缅怀温良哲。后来，赵媛冬那个孩子也没留住——她不小心摔倒流产了。

一切就这么顺着发展下去。在北榆最后一次见桑延的那一天，温以凡忽然也不想在这个地方待下去了。她回到陈惜家，拜托她到时候帮忙拿录取通知书，之后她便坐上回南芜的高铁。

温以凡知道，当时那件事情出来之后，赵媛冬是来过北榆的，但温以凡并不愿意见她。

到南芜后，温以凡按照自己的印象，回到郑家。她只跟赵媛冬要了温良哲给她留下的钱，最后机械般地说了句："我会跟你保持联系。"

因为爸爸要我好好照顾你。

"唯一的要求，"温以凡说，"你不能把我的联系方式告诉温良贤一家。"

他们那样对我，你就算不站在我这边，也应该考虑一下我的情绪。

赵媛冬同意了。

可温以凡回到南芜后，第一次去郑家，就见到了车雁琴。而赵媛冬，似乎并没有把她说的话放在心上，依然觉得车雁琴是照顾了温以凡好些年的"恩人"。

被服务员上饮品的动静打断了思绪，温以凡回过神，随口问："郑可佳让我回你那儿一趟是什么原因？你跟她说的吗？"

赵媛冬用纸巾擦着泪，表情显得灰暗："她……"

"你继父在外面有人了。"憋了一会儿，赵媛冬苦笑着，把话说完，"吵过几次，他跟我说不会再犯了。佳佳可能是想让你过来陪陪我。"

听到这话，温以凡顿了一下："她陪你不就够了？"

赵媛冬低着头，语气带了点儿失望："毕竟他俩才是亲父女，她还是帮着她爸的……"

像是历史重演，当时落在温以凡身上的事情，此时也让赵媛冬经历了一番。

——他们都不是被坚定选择的那一方。

温以凡没对这话发表言论，也不想去干涉赵媛冬的生活。她注意了一下手机上的时间，笑了笑："这段时间，我一直在考虑，该怎么处理我们之间的关系。一直没删除你的联系方式，总担心你要是出了什么事情，我这边不知情该怎么办。"

毕竟跟其他人不一样，她们是血脉相连的亲母女，是极为难以割舍的关系。

温以凡自嘲般地说："但我好像想太多了——毕竟你那些年，对我也一直不闻不问。我也还是那么过来了。"

"……"

"因为一直没跟你谈过，心里总觉得有块石头压着。"温以凡说，"但今天见完面之后，我会删除关于你的所有联系方式。"

温以凡的瞳色浅，却完全不显柔和，温和的声音带了几分残酷："我希望你能当作，你的女儿在那个晚上，就已经被车兴德杀死了。"

赵媛冬的面色发白。

透过玻璃，在这个时候，温以凡看到了桑延的身影。他穿着短袖、长裤，目光往四周打量着，似乎是在找地点。手上还拿着台手机，指尖在屏幕上敲了两下后，把手机贴到耳边。

温以凡的目光定住，过了几秒，放在桌上的手机如她所料地响了起来。

她接了起来。

桑延直接道："还在写稿？"

温以凡把包背了起来，老实说："写完了。"

"行。"说这话的同时，桑延也看了过来，透过这透明玻璃，与她撞上了视线。他眉梢稍扬，拖腔拉调道："还不出来？等什么呢？"

温以凡好脾气道："马上了。"

似是发现了温以凡对面坐着个人，桑延又问："在跟谁约会？"

温以凡笑："我出去跟你说。"

注意到她的视线，赵媛冬也朝桑延的方向看去。她顿时懂了些什么，忍着哭腔问："阿降，那是你男朋友吗？妈妈能见见他吗？"

温以凡起了身，盯着她的脸："你本来早该见过他的。"在那两次请家长时。

赵媛冬没懂她这话："什么？"

温以凡摇头："不了，没什么必要。"

"不管怎样，我还是希望你能过得好好的。"温以凡没再多言，直接结束了这场对话，"我也会好好过我的生活。"

走出咖啡厅，温以凡小跑过去扑进桑延的怀里。

桑延习惯性地抱住她，稳住她的身子。他的头抬着，还看着赵媛冬的方向，查岗的意味很浓："你见谁呢？"

温以凡老实说："我妈妈。"

"不过，"温以凡补充，"以后就不是了。"

这段时间，偶尔谈起来的时候，桑延也陆续听她提过家里的事情。他大概能明白她的心情，也没再多问："嗯，回去过生日。"

温以凡被他牵着往前走："桑延。"

"嗯？"

"我现在能跟你说生日愿望吗？"

"回去再说，"桑延说，"这不没蛋糕吗？"

"但有你不就够了？"温以凡诚恳道，"蛋糕又不会帮我实现愿望。"

温以凡又道："我想现在说。"

桑延偏头，妥协得很快："行，你说。"

温以凡不好意思直接说，先胡乱提了点儿别的事情，才慢慢切入主题："今年的夏天还挺长的，都到霜降了还那么热。"

桑延："嗯？"

因为他先前提醒了她，所以今年的愿望要好好许。

"桑延，如果明年夏天还那么长的话——"温以凡的脑海里闪过好几种婉转的表达方式，但怕他听不懂，最后还是决定说得直白一点儿，"你就跟我求个婚吧。"

"……"

说完这话，温以凡也有点儿紧张，强装镇定地问："行吗？"

桑延愣了好一会儿，像是没想到她会说得这么明目张胆。他低下头笑了好一阵，肩膀轻颤着，良久后才应了句："行。"

温以凡精神放松下来。

下一刻，桑延又出了声："没了？"

温以凡点头，又觉得他都提了，自己不再说几个有点儿吃亏："还能有吗？"

桑延笑："能。"

"那我还希望，"出于谨慎，温以凡又补了一个，"明年夏天能长一点儿。"

"这不跟刚刚那个一样吗？可以，真会给我省事儿。"桑延慢条斯理道，"每回愿望说的都是我想干的事儿。"

想起去年的生日愿望，温以凡忍不住反驳："我去年的愿望是跟我工作有关的。"

"嗯？你记错了。"桑延很不要脸，"你说的是想让我当你对象呢。"

两人沿着街道往前走。

桑延继续问："还有吗？"

"你是要给我三次许愿机会吗？"但温以凡没什么愿望，盯着他高大宽厚的背影，想了好半天，"那你背我吧。"

话一出口，温以凡又想起他今早才拆线："算了，我还是——"

没等她把话说完，桑延已经半弯了腰："上来。"

"……"温以凡盯着他看，很快就爬了上去，"那背一会儿就好了。"

桑延站起来，背着她往前走，又道："还有没有？"

温以凡突然明白过来，他似乎是会帮她实现很多个愿望。她看着他的侧脸，弯起唇，顿时觉得过生日当寿星真是件令人期待的事情："那你笑一下。"

桑延转头用眼睛扫她。

温以凡伸手钩了钩他的下巴，举止像调戏良家妇女一样："我想看你的梨涡。"

桑延皮笑肉不笑："我没那玩意儿。"

"你为什么不承认你有？"提到这个，温以凡有些纳闷，本着印象去戳他唇边有梨涡的那个位置，"这多可爱，我也想有一个。"

"……"

可爱。

桑延眉心一跳，提醒道："温霜降，别拿这个词来形容我。"

盯着他硬汉包袱很重的模样，温以凡忍不住笑了起来，开始掐他的脸。她的力道不轻不重，像是想把他的梨涡掐出来："桑延，我很喜欢你的梨涡。"

像个受气包一样，桑延任由她掐，这回倒是默认了自己有梨涡这玩意儿。

"我哪儿你不喜欢？"

"说得也是，"温以凡又开始许愿，"那你的梨涡不能给别人看。"

桑延的脚步一停，突然觉得有些好笑："温霜降，你说，你是怎么变得这么专制的？"

温以凡的眼眸弯成漂亮的月牙，语速缓慢却又显得理直气壮："这不是你让我许愿的吗？"

"行。"桑延今天格外好说话，像是完全没有底线，对她有求必应，"以后只在你面前有梨涡这玩意儿。"

温以凡这才笑着收回手。

桑延又道："还有吗？"

温以凡自顾自地想着。

恰好路过一家奶茶店，里头正放着最近大火的歌曲，是 S.H.E 的《你曾是少年》。

/ 许多年前 / 你有一双清澈的双眼 /

/ 奔跑起来 / 像是一道春天的闪电 /

……

/ 爱上一个人 / 就不怕付出自己一生 /

温以凡的眼睫动了动，忽地抬眼盯着眼前的男人。

他正看着前方，黑发黑眸，侧脸的曲线硬朗流畅，带着几分锋利。那么多年过去，他的模样已经成熟了不少，眉眼间的少年感却还十足。

温以凡瞬间想起了，少年时的他把篮球塞进她手里，而后不知跑去哪里帮她借钱的背影。那时候他能拉下脸去帮她借钱，到现在，依然如同当初那样，能耐着性子一个一个地问她生日愿望，再一个一个地帮她实现。

温以凡渐渐发起了呆，鼻尖开始泛酸，莫名回头看了眼。从这个角度，她还能远远地看到咖啡厅的边角，似乎就快要消失不见，完全看不到赵媛冬的身影。

在这一刻，温以凡的那点儿负面情绪才后知后觉地涌了出来。她的心脏有点儿空，真切地感受到自己似乎是彻底跟过去道了别。

像是有什么东西硬生生地从她心脏里被挖了出来，在她二十五岁生日的这一天。

收回视线，温以凡把脸埋进桑延的颈窝里。

注意到她的动静，桑延又看了过来："怎么？还没想好？"

温以凡才意识到，她好像根本不像她表现出来的那么无所谓。她的眼眶渐湿，一点点地沾染着他的脖颈，冰冰凉凉的："桑延。"

桑延顿了一下："怎么了？"

"除了你，"温以凡钩住他的脖子，忍着声音里的颤意，"没有人爱我了。"

"……"

不知从什么时候开始，两人远离了热闹喧嚣的街道。昏暗的路灯之下，桑延停下了脚步。光影交错，他的面容变得不太清晰，只是直勾勾地看着背上的温以凡，眼眸暗沉而不明。

他声音很轻，似有若无地冒出了句："我只爱你。"

从年少时的心动，一直持续到现在，再到未来的每一个瞬间。

我都只爱你。

"……"温以凡抬起头，透过雾气弥漫的眼，对上了他的视线。

"温霜降，"桑延扬眉笑起来，仰头亲了亲她的下巴，缓慢而又认真地说，"再许个愿。"

温以凡说话的鼻音还很重："什么？"

盛大的夜幕之下，街道上吹着燥热的风。周围静谧至极，看不见其他人的身影，整个世界像是只剩下他们两个人。

两人只看着对方，仿若再容不下任何人。

再许个愿。

除了我，还会有很多人爱你。

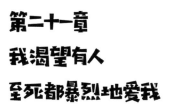

第二十一章
我渴望有人
至死都暴烈地爱我

"阿延。我想比你多活六年。"
"为什么?"
"这样就能,多爱你六年。"

霜降一过，像是把炎热也带走了，南芜市的冬天随之到来。随着时间的流逝，桑延的伤口也渐渐恢复，最后只剩下一道浅浅的疤痕。

温以凡查了好些去疤的方法，折腾了好些天，才让他的疤痕淡化了些。

时间不知不觉就到了年底。某次采访完回台里，温以凡被甘鸿远叫去谈话。大致意思是今年年会快到了，甘鸿远看到她的履历上写着有十年的舞蹈经历，让她去筹备个节目，给《传达》栏目组争争光。

温以凡有些猝不及防："主任，虽然我跳了十年，但我也快十年没跳了。"

甘鸿远笑眯眯地拿着热水瓶，喝着茶："没事儿，有总比没有好。而且就是图个乐呵，咱这儿没几个年轻姑娘，全是大老爷们儿，大家都不爱看。"

温以凡委婉道："但我也没时间练习，基本功也很久没练了，手头上还有一堆后续报道要跟……"

甘鸿远点头，很贴心："你最近不用给我报选题了，好好筹备节目吧。不要弄太喜庆的，我们组要显得与众不同，知道吗？跳点文艺点儿的。"

"……"温以凡又说了几句拒绝的话，都被甘鸿远一一驳回，最后她还是被赶鸭子上架般地揽下了这活儿。

回到位置上，苏恬好奇地凑过来："主任找你干什么？说年会的事情吗？"

温以凡看过去："你也被找了吗？"

"对，但我没什么特长，他说一个，我反驳一个。"苏恬实在干不来这事儿，嬉皮笑脸道，"去年琳姐在的时候都是她主动筹备的，今年找不到人，主任估计也很愁。我看他刚刚找了好几个人，现在看来是定了你了。"

温以凡有些头疼。

"没事儿，就随便跳跳。去年年会你也看到了，没几个表演能看的，就热闹热闹。"苏恬安慰她，"而且还有奖品啥的。对了，你可以让桑鸭王一块儿过来。"

闻言，温以凡稍稍直起身。

苏恬半开玩笑："说不定他还挺想看你跳舞呢。"

温以凡看向苏恬，像是想起了什么，原本脸上带着的无奈一扫而光。她支着侧脸，轻舔了一下唇角："嗯，我回去再想想。"

到家之后，桑延还没回来。她先是回房间洗了澡，等她再回到客厅时，就听到了桑延在跟人发语音的动静："你哥耳我，90后，谢谢。"

听到这句话，温以凡也顿时清楚了手机对面的人是谁。

她从冰箱拿了杯酸奶，坐到桑延旁边时，他又极为欠打地发了条长语音："半天不说正事，你总得先跟我说个原因，为什么不同意。如果是老，我也没什么办法，毕竟你这对象呢，是有点儿。"

温以凡默默地喝着酸奶，也不知道桑延这个性格，是怎么活到这么大的。

等他发完语音，温以凡才问："只只怎么了？"

桑延懒懒道："过年她要带段嘉许回家，说我爸妈不太同意他俩在一起。"

"啊？"温以凡瞬间有了种感同身受的感觉，讷讷道，"为什么不同意？"

桑延似乎也没觉得这是什么大事儿："不知道，估计年纪太大吧。"

温以凡更觉得危险了："我跟段嘉许应该同龄吧。"

桑延倒是理直气壮："咱，90后。"

"……"温以凡也搞不懂他这个"老"的标准是什么。

随后，桑延偏头瞧她，像是以此为引子，忽地提出："温霜降，今年跟我回家过年吧？"

刚听了桑延父母那边对段嘉许的态度，温以凡格外忧愁。

"你爸妈要是也不同意怎么办？"

桑延扬眉："这你倒是不用担心。"

温以凡："为什么？"

"他们对我找对象这事儿要求不高，"桑延似乎也没觉得这种低标准有什么问题，漫不经心道，"是个姑娘就成。"

感觉桑延这条件倒也不至于这么着急，但他妈妈先前好像一直在给他找相亲对象，像是唯恐他找不到老婆。

温以凡不清楚这是什么原因。不过她也没多问，认真答应下来："那我到时候挑一下礼物，你爸爸妈妈有什么喜欢的东西吗？"

"嗯？不买也成。"桑延勾唇，心情似乎不错，"想买的话，我到时候陪你一块儿去。"

"好。"温以凡放下心来，纠结着要不要跟桑延提年会的事情，但又不知道自己到时候能跳成什么样，只好先问问他的时间，"对了，你22号晚上有空吗？"

"不确定，"桑延说，"怎么？"

"没，就是单位年会。"温以凡垂眼，没说得太清楚，"可以带家属。"

桑延立刻懂了："你有表演？"

"……"温以凡也不知道他是怎么猜出来的，故作镇定道，"嗯，跟苏恬合唱一首歌，你要想看的话可以过来。"

桑延没想太多，悠悠道："行。"

年会前一天，温以凡恰好轮休。她本想好好休息一晚，醒来再练练舞，结果却被桑延折腾了一个晚上，直到天明才入睡。

温以凡半点儿不想动弹，半睡半醒之间，能听到桑延的手机似乎一直在响。

后来，可能是怕吵到她，桑延直接起身出了房间。不知有什么事情，她费劲地睁眼看了他几秒，而后又被困意拉扯进了梦境里。

没过多久，温以凡听到玄关处有敲门声。她用枕头捂住耳朵，等着桑延过去开门，但过了半分钟，敲门声仍旧继续着。

温以凡的起床气燃到了顶端，内心憋闷得要命，爬起来出了房间。她面无表情地瞥了一眼，听到浴室有淋浴的声音。

温以凡往玄关处走，打开木门问道："哪位？"

外头的人穿着外卖制服："您的外卖。"

温以凡的大脑完全没法运转，只想赶紧拿完回去睡觉。她接过外卖，而后便关上了门。她看都懒得看，直接把袋子搁到餐桌上，又回到桑延的房间睡觉。

不知过了多久，温以凡听到桑延洗完澡出来的动静。他推开门进来，身上带着铺天盖地的檀木香气，坐到她旁边问："刚才谁来了？"

她把被子盖到头顶，没有要搭理他的意思。

也没继续吵她，桑延起身出去，没过多久又回来了。不知是看到了什么东西，他隔着被子将她抱了起来，问道："喂，温霜降。气气了？"

温以凡快忍够了，把被子扯下来："我要睡觉。"

"那玩意儿是段嘉许给我点——"

"桑延，"温以凡打断他的话，认真道，"你要再打扰我睡觉，我接下来一个星期都不会理你。懂？"

"……"桑延顿了几秒，挑眉笑："你怎么还学我说话呢？"

温以凡重新钻进被子里，翻了个身，背对着他。

"我妹回南芜了，我出去接她。"桑延也不知道这姑娘的起床气怎么能这么大，声音不由得低了几分，"一会儿咱出去吃饭。"

像压根儿没听进去，温以凡完全没搭理他。盯着她这模样，桑延莫名有点儿手痒。他低笑了几声，格外欠打地抓住她，把被子扯了下来，毫无顾忌地扯到怀里用力亲了一下。

察觉到她似乎又要发火了，桑延立刻帮她裹好被子。像是没做任何事情一样，他的模样问心无愧，吊儿郎当道："行，睡吧，我出门了。"

再之后，温以凡翻来覆去好一阵，都睡不太着了。因为睡眠不足，她的心情格外暴躁，爬了起来，恰好看到桑延给她发了消息："醒了跟我说一声。"

温以凡一点儿都不想搭理他，没有回复。

洗漱完后，温以凡看了眼桌上的外卖，注意到小票上的备注。

——我男朋友发烧，三天联系不上人。我在外地无法赶回来，请务必将他叫醒吃饭，谢谢。

"……"

这外卖好像是桑延点的，他备注这话是什么意思？

是怕自己起不来吗？

温以凡也没想太多，拿上外卖坐到沙发前，随手打开电视，找了个最近大火的电视剧看。她边吃边看，手机时不时地响两声。

她瞅了眼，见没什么事儿，仍然没有回复。

吃到一半，玄关处的门突然有了动静。她起身去开门，看到门外的人是桑稚，愣了一下："只只，你怎么过来了？"

"我哥让我上来的。"瞥见外卖上的小票，桑稚指了指，看着似是有些心虚，"以凡姐，你是不是因为这个跟我哥生气了？"

这话一出，温以凡默默思考着自己生气这事儿难道表现得很明显，又顺着看向小票。没过多久，她有些茫然："没有啊，我这都吃上了……"

桑稚松了口气："我还以为你会误会我哥劈腿了。"

安静几秒。温以凡突然意识到，这张小票上的内容呈现出来的好像就是这个意思。她垂下眼，有些慢一拍般地问："啊，这是劈腿的意思吗？"

"……"

又跟桑稚聊了几句。见也到了午饭的时间，怕这小姑娘饿着，温以凡起身进了厨房，打算给她煮碗面吃。桑稚跟在她后边，提起来："以凡姐，我哥让你下楼一块儿去吃饭，我们不去吗？"

温以凡温和地说："我已经吃了，你想去外面吃吗？"

桑稚眨眼："我还是吃你做的吧。"

过了一阵子，玄关处又响起了动静。

桑稚过去开门，桑延从外头走了进来。他穿着黑色的挡风外套，下搭同色长裤，显得肩宽腿长，看着依旧很酷。

注意到他这个模样，温以凡再度想起他早上疯狂吵她睡觉的事情，以及那副丝毫不觉得自己有什么问题的恶劣模样。

温以凡抿唇，一点儿都不想跟他说话。

瞅见她俩都待在厨房，桑延随意问了句："你俩干什么呢？"

桑稚回道："嫂子在给我煮面。"

听到"嫂子"这个词，温以凡侧头，与桑延的视线撞上两秒。而后，她看向桑稚，想起小票上的内容，很刻意地提醒："别这么喊我，你哥劈腿了。"

桑延："……"

感觉到氛围不太对劲，桑稚的目光在他俩身上晃悠了一圈，而后很识时务地出了厨房，给他俩留下了单独相处的时间，走之前还顺手把门给带上了。

温以凡收回视线，继续切着砧板上的肉。她的头发全数扎了起来，留下几缕碎发在耳际和后颈处。模样一改平时的温和带笑，脸上没带任何情绪。

桑延走到她旁边，沉默几秒后，才觉得荒唐般地说："温霜降，你觉得我劈腿你还把那外卖吃了？"

这反将一军的点戳得极准。

温以凡的动作停住，因他这话，差点儿破了功，那一点点的闷气随之消散。她垂眼，强行绷着表情，平静道："买都买了。"

言下之意就是，不吃的话多浪费。

盯着她看了一会儿，桑延没跟她计较这茬。他想起件事情，从口袋里拿出手机，随意晃了晃："怎么不回我消息？"

说完，他又给她台阶下似的补充了句："没看到？"

"看到了。"温以凡打开水龙头，开始洗蔬菜，毫不婉转，"不想回。"

察觉到她的举动，桑延挽起衣袖，把她的手从水池里抓了出来，接过她手里的活儿。他无语到直乐，想去捏她的脸又碍于手上还湿着："行。"

温以凡瞅他，很嚣张地把手上的水擦在他身上。

察觉到她的举动，桑延意味深长地道："温霜降，你现在脾气挺大。"

"……"那还不是你先吵人睡觉的！！！

温以凡的心情莫名又有些憋闷。她没理他，转身拿了个大的锅，往里头盛水，像是要跟他划清界限，装完水就退开几步。

桑延关上水龙头，抽了张纸巾擦手，懒懒道："温霜降。"

温以凡把锅放到电磁炉上，摁了一下开关。他把一句话拆成三句说，以此表示这事儿的严重性。

"你。

"冷暴力。

"我。"

闻言，温以凡立刻看向他。她思考了一下，突然感觉好像确实是这么个情况，便提了个自认为合理的要求："那你别跟我说话。"

桑延眉梢微扬："还能这样？"

怕又被控诉自己冷暴力，温以凡点了点头。

温以凡拆了包挂面，正想着要下多少的时候，桑延忽然从身后抱住她。他的个头儿高，身子稍稍弯着，下颌抵在她的颈窝。

两人身体贴合。像是以她为支撑，他身上的力道松松垮垮的，压了下来。

温以凡立刻回头。

"干什么呢，不就亲你一下？"桑延眉眼漆黑发亮，扯了一下唇角，拖腔拉调地说，"昨晚我亲你多少下？不也没见你生气？"

"……"这俩情况能一样吗？

觉得他格外欠揍，温以凡没忍住去掐他的脸。

像变法术似的，她的动作一出来，桑延唇边的梨涡就陷了下去，将他的五官变得柔和。他忍着笑，话里带了点儿讨饶的意味："行，是我错了。"

温以凡眼睛一眨不眨地看着他。

桑延视线与她对上，又道："别生气了呗。"

定格几秒。见她表情没半点儿松动，桑延语气带着玩味："你这姑娘怎么这么难哄？"

"……"

"你怎么不同情同情我？也没睡几个小时，就被段嘉许那狗东西连番轰炸叫我出去接人。接完那小鬼回来之后呢，"桑延慢条斯理地说，"我媳妇儿还冷暴力我。"

温以凡动了动唇，忍不住说："我也没有多'暴力'。"

桑延闲闲地道："但我好疼哦。"

"……"温以凡改口，"我也没有多'冷'。"

"嗯？我冷呢。"桑延抱她的力道加重，像要把她整个人嵌进怀里。他轻咬了一下她脖子上的软肉，毫无下限地用各种手段将她的火气浇熄："给我取取暖。"

"冷就穿外套，"温以凡觉得痒，火气也早已因他的言行而消散，有点儿想笑，"这么大人了，而且不成天说自己是大老爷们儿吗，怎么还跟我撒娇？"

说这话的同时，恰好，她的余光注意到门的方向。

厨房的门是玻璃门，从这个角度还能看到在沙发上玩手机的桑稚。担心被看到，温以凡的心情瞬间被另一种情绪取而代之，抬手把他的脑袋推开："你注意点儿。"

桑延："怎么？"

"只只在外面，小姑娘多尴尬。"温以凡感觉他坦荡至极，像是不介意被任何人看见，只能耐着性子提醒，"而且，你做哥哥的不想在妹妹面前留点儿好形象吗？"

"好形象？我在她眼里没这玩意儿。"

话音一落，桑延撇过头往客厅扫了眼，悠悠地说："而且，那小鬼有段嘉许这对象呢，也算是见过大风大浪的人了。"

温以凡没太懂他这话的意思："啊？"

虽是这么说，但桑延还是直起了身，改为支着旁边的料理台，歪头瞧着她。

"你以为那畜生能比我收敛？"

听桑延这么一说，温以凡还真有些好奇段嘉许是什么样的一个人物。毕竟从她这边看来，桑延的自恋和厚颜无耻程度已经到了无人能敌的地步。

把面煮完之后，三人坐到餐桌旁。可能是担心温以凡真会因为小票的事情而误会，桑稚难得没跟桑延作对，小心翼翼地解释："以凡姐，那外卖是我男朋友叫的。他是想叫我哥起来接我，然后瞎备注的，不是别的人。"

温以凡笑："我知道，我刚才在跟你哥开玩笑。"

桑稚这才松了口气，目光仍在他们两个身上转。可能是不太适应这个画面，她总觉得不合常理，憋不住般地说："以凡姐，你是不是跟我哥合租久了……"

温以凡："嗯？"

"就……"桑稚咕哝道，"降低了择偶标准？"

"……"桑延侧头，语气凉凉的，"说什么呢？"

感觉这也算是在说温以凡对象的坏话，桑稚忍了忍，还是没继续扯这个。她垂头继续咬面，又瞅了一眼温以凡，换了种方式："以凡姐，你长得太好看了。"

暗示的意味十足。

桑延倒是没想过自己把一潜伏的敌人带回来了，靠在椅背上，面无表情地盯着桑稚："小鬼，你之前让我帮什么忙来着？"

想让他帮忙在父母面前说段嘉许好话的桑稚瞬间噤声："……"

过了须臾，桑稚硬着头皮，很勉强地补充了句："不过我哥也挺帅。"

"……"

饭后，温以凡想回台里再练练舞。想着桑延确实没睡多久，她便让他去补个眠，随便找了理由出门，顺带把桑稚送回家。

差不多两个月的时间，温以凡每天一有空闲时间就在台里的一间空会议室练习。她准备跳的是她从前最擅长的芭蕾舞《胡桃夹子》。

时隔多年，身体的柔韧性和灵活度再没法跟当初相提并论。在这个练习过程中，虽觉得累和疼，但温以凡渐渐找到了当初训练时的感觉。当时被迫放弃的委屈和不甘，也在慢慢地消逝。

　　想到桑延看到之后的表情，温以凡莫名觉得开心，也开始有了无限动力。

　　隔天下午是彩排，年会到晚上七点才正式开始。

　　临近七点时，温以凡收到桑延的消息，说是他那边突然有点儿事情，可能要稍晚点儿过来。她盯着看了好几秒，虽然先前就知道他不一定能过来，但也许是因为准备了好些时间，得到这样的消息时她还是觉得有点儿小失望。因为她的节目排序还挺靠前。

　　不过这情绪也没持续太久，想着能看到就行，温以凡让苏恬一会儿帮她录个像。而后，她给桑延推了付壮的名片，回复道："如果我一会儿没回复你的话，你就让大壮带你上来。"

　　桑延："行。"

　　年会的氛围热闹，连着好几个节目都是在炒热气氛，不是小品就是嗨歌。温以凡边看边笑，时不时看几眼手机，快轮到她的时候，桑延依然没有要到的迹象。

　　温以凡没再等，嘱咐了付壮几句之后，这才起身到了后台。

　　本来一切都很顺利，但桑延准备出公司时，项目临时出了点儿问题，要加个班。勉强忙完之后，他才出了公司，按着温以凡给他发的定位，把车子开了过去。

　　到楼下时，桑延给温以凡发了个消息。没得到回复，桑延便加了付壮的微信。

　　很快，桑延就见到了付壮的身影。

　　一见到他，付壮便非常着急地扯着他往里走："哥，你快点儿！以凡姐开始表演了！我可想看了！你别影响我！"

　　"……"桑延眉心动了动，想说点儿什么，话到嘴边却成了，"那你

281

倒是走快点儿。"

两人坐电梯上楼。付壮极其话痨，见到桑延之后嘴就没停过，叽里呱啦地说着话。围绕的主题基本上都是温以凡，源源不断地赞美着她："以凡姐真的太厉害了，她技能也太多了。而且她为这节目练习了好久，每天都在练！我们下了班就走了，她还得自己去会议室再练习。"

"……"

"唉，要不是我实在跳不来，"付壮叹了口气，"我就陪她一块儿了，不然你说以凡姐多寂寞。不过，哥，你为什么不陪陪她？你在旁边当个摆设也是好看的。"

桑延越听越觉得不对。

但没等他问出口，就已经到了年会的现场。里头灯光昏暗，唯有舞台上光线明亮，此时似乎要开始新一轮的表演。

主持人正说着话。付壮顿时安静下来，生怕影响到其他人。

舞台下方是几十张圆桌，上边摆放着饮料和茶点零食，位置大概是按部门安排的。桑延被付壮摁到其中一个位置上，能看到旁边还放着温以凡的包和手机。

与此同时，主持人也报完了幕，而后下了台。

桑延抬眼看向舞台，神色一愣。

此时此刻，温以凡正独自一人站在台上。她穿着白色的芭蕾舞裙，无袖带纱的设计，露出大片的锁骨和天鹅臂，后背裸露，蝴蝶骨弧度流畅，容貌艳丽出挑，肤色白到反光。

裙子下摆微蓬，裹着一层又一层的纱。

耳畔响起了熟悉的《胡桃夹子》的音乐。

欢快而轻，像是铃铛在耳边晃荡，令人不由得被吸引进去。温以凡正对着观众席，踮起脚尖，身体柔软至极，随着音乐舞动，每个动作都踩在了点儿上。她的脖颈高昂，像一只骄傲的白天鹅，在舞台上旋转。

完全没想过会见到这样的画面，桑延盯着舞台，视线全被温以凡占据，挪不开半分。他的喉结滑了滑，渐渐将这一幕与记忆中的少女重叠。

南芜一中的新生军训为期一周，每年都安排在上学期的期末考后。

地点在市里的农科所。那次的军训晚会，因为舞蹈生的身份，温以凡也被老师硬拉去弄了个节目。

当时是军训结束的前一天晚上，晚会的气氛松懈，教官管得没有平时那么严，一开始让他们端正坐着，后来也没再管。

桑延对这些事情毫无兴趣，全程都在犯困，觉得无聊至极。他只盼着这晚会能赶紧结束，然后回宿舍去睡觉。

直到温以凡出场。

因为是同一个班的，可能是觉得光荣，坐在桑延周围的同学十分捧场，发出各种鬼哭狼嚎。还有个大嗓门儿的男生站起来，大吼了声："温以凡是十七班的女神！"

少女却像是什么都没听见，丝毫不受影响。她站在舞台中央，穿着纯白的裙子，浅色的头发扎起来，露出光洁的额头。周围是一片黑暗，她只沉醉在舞蹈之中，丝毫不怯场，像个精致的洋娃娃，身上像是带了光。

桑延也不太记得自己那会儿的感受了。只知道，那一晚上都在等着晚会结束的自己，似乎是多看了那节目两眼。

军训结束之后，因为这个节目，温以凡在学校里出了名。不光是同年级的学生，甚至还有高年级的学长来找她要联系方式。

也不知道是为何，桑延先前完全没关注过这个女生，但从那次晚会之后，他发现自己每回都能很巧地撞上这些事情。他坐在位置上，冷眼看着温以凡好脾气地拒绝了一个又一个人。

温以凡对待所有人都一视同仁。不论对方性格如何、成绩如何、长相如何，她都像是对待同一个人一样，极为有耐心，不会伤了对方的颜面，却拒绝得格外明确。

跟他一样，却又不太一样。

她骨子里同样骄傲，却跟他的目中无人不同，温和到了极致，像个夺目却又不显刺眼的光芒所在。

某天下午，桑延跟同学打完球回到教室，想拿上钥匙回宿舍洗个澡。他刚走到门口，就见温以凡也刚回来，此时被一个男生拦在门口说话。

桑延看了几秒，没过多久就收回视线，回到座位。从抽屉里翻找到钥匙，不知怎的，他却没急着走，仍然坐在原地。

过了大半分钟，温以凡也走进了教室。她穿着舞蹈练功服，外边套了件外套。她走回位置上，似乎只是回来拿个饭卡，很快就打算往外走。

在这个时候，桑延忽然喊住她："喂，学妹。"

两人的位置靠得近，只隔了一条过道。

温以凡回头，不太介意他这个称呼，应道："怎么了？"

桑延随意问："你有对象吗？"

不知道他为什么问这个，但温以凡还是如实答："没有。"

桑延抬眼，意有所指道："那怎么都拒绝了？"

这些事情其实跟桑延没有半点儿关系，但温以凡性格好，也觉得自己没有不能回答的问题。她想说不能早恋，但又感觉这么说显得有些模糊。想了想，她干脆直接道："没遇到喜欢的人。"

少女的声音清脆，带了点儿温柔，却极为有力地、一字一字地砸在他的心上。

喜欢的人。

沉默下来。教室内除了他俩，没有其他人，寂静得过分，外头天高地远，有阳光洒了进来。空气里弥漫着青春的气息，能听到操场那边同学们奔跑的声音，以及不知从哪儿传来的心跳声。

那一瞬间，桑延彻底明白了什么。

为什么先前从未见到过，现在却老是会碰到这样的事情。为什么原本在他眼里跟其他关系一般的同学没什么区别的少女，突然频繁地出现在他的视野里。

是巧合吗？好像不是的。

他只不过是，从不在意，变成了在意而已。

少年靠在椅背上，微仰着头看她。发梢处还染着湿漉漉的汗，眼眸清澈明亮。他稍偏过头，忽地笑了起来，话里的傲慢一如既往。

"是吗？"

这回却带着极为明显的肯定。

"——那你该遇到了。"

温以凡表演的这支舞蹈时间不长，总时长算起来也只有三四分钟。随着音乐声停下，她的最后一个动作也结束。

在原地定格几秒后，温以凡收起姿势，对着观众席鞠了个躬。这会儿，她才腾出精力看向自己那桌的位置，瞬间就在人群中找到了桑延的身影。

温以凡轻喘着气，眨了眨眼。

下台之后，温以凡快步回到位置上。桑延侧头盯着她。

温以凡脸上化着妆，眼角下还贴了小碎钻，看起来亮闪闪的。其他同事跟她说了几句夸赞的话后，她才看向桑延，弯唇说："你什么时候来的？"

"你那节目开始之前。"桑延扯过她挂在椅背上的外套，给她套上，"你这衣服怎么回事儿？布能再少点儿？"

"……"温以凡没忍住笑，"这样才好看。"

桑延没说话，帮她整理外套，动作不轻不重。

温以凡乖乖地坐着，等着他接下来的话，但半天没听到他再蹦出一句。不知道他是不是在斟酌言语，她又等了一会儿，提醒道："你怎么不评价一下我的表演？"

"之前不是跟我说不会跳了吗？"桑延重新倒了杯水搁在她手里，神色平淡，夸奖的话也显得有些草率，"这不跳得挺好？"

"我练了很久的，"温以凡老实道，"还是跳得很业余。"

"这哪儿业余？"桑延不知道她的标准是什么，用手肘撑着桌沿，支着侧脸，目光一直放在她身上，"还有，大冬天的穿这么点儿跳舞，不冷吗？"

温以凡摇头："有暖气。"

之后桑延也没再提她跳舞的事情，温以凡顿时觉得这男人极为冷酷无情。她自我安慰了一下，"跳得挺好"应该也算是很好的评价了。

接下来的一段时间，温以凡都能用余光注意到，桑延的视线就没从她身上挪开过。次数多了，她转头看他，有些疑惑："你不看表演吗？"

桑延的眉尾稍提，利落地嗯了一声。

"……"感觉他确实对这些不太感兴趣，温以凡也没强迫他，但又怕他无聊，只能看一会儿节目，就抽空跟他说会儿话。

桑延应着声，漫不经心地把玩着她的手指。

晚会结束前是颁奖礼。

温以凡的节目拿了个人气奖第二名，奖金三千块钱。她本来的目的是给桑延个惊喜，倒也没想过自己这水平还能拿奖。

上台拿了红包回来，温以凡直接塞给了桑延。

桑延瞧她："怎么给我了？"

"本来就是想跳给你看的。"温以凡眼角下弯，眼里像是含着璀璨的光，很坦诚，"所以拿到奖金了也该给你。"

"……"桑延倒是没想过，自己有朝一日还能被这姑娘宠着，停了好一会儿，他忽地笑了起来，"行，那我收着了。"

出大厦前，温以凡本想把舞裙换下再回家，哪知桑延却一反常态，没让她去换。他把身上的长大衣裹在她身上，把她身上的每个角落都遮得严严实实，之后便扯着她上了车。

温以凡也没想太多，只觉得他是待太久了觉得无聊，想早些回家。

车上。温以凡的鼻子稍稍被冻红，她捋了捋自己的裙摆，往桑延的方向瞅。一变成单独相处，她又开始觉得他给的反应太敷衍。

真的像是个劈腿了的渣男。

温以凡又提了一下："这个是我提前送给你的新年礼物。"

桑延抽空扫了她一眼，随意答："知道了。"

温以凡："……"

不过确实好像也不需要太大的反应，毕竟桑延本来也不是会说好听的话的人。

再次想通之后，温以凡觉得自己也不该这么小气，心情便没再受这事儿影响。没过多久，她想起了另一件事情，算了算时间，问道："对了，我们大概什么时候搬家比较好？"

先前桑延已经跟她提过，等房子合同到期之后，两人就搬进他之前被火烧了的房子。

当时温以凡才后知后觉地反应过来，他这房子已经装修了两年了，桑延也一直没说要搬。

桑延轻描淡写地回："你想什么时候搬？"

"三月前搬的话，那就等年后的那段时间？"温以凡看向他，轻声说，"到时候我的空闲时间应该会多一点儿。"

"行。"

想着又要联系搬家公司收拾东西，温以凡就觉得是个大工程。在这个时候，桑延又补了句："你把你的行李收拾好就行，别的用不着你操心。"

听到这话，温以凡顿了一下，唇角弯起："好。"

这事儿一决定下来，温以凡又想起很久以前的事情。那会儿因为她梦游做出的举动，桑延说会住到她把欠他的债还了，但也一直没具体说要怎么还。

"对了，你之前让我还的债——"不过温以凡也不知道他还记不记得，接着说，"我们好像还没解决？"

安静片刻。桑延不慌不忙地啊了一声。

这反应也看不出是什么意思，温以凡感觉他早就忘了，也没太在意。很快车子就开到了停车场，两人下车回到家。

温以凡把外套脱掉，挂在一旁的衣帽架上，刚脱掉鞋子想去洗澡，倏忽间，桑延猛地从身后抱住她的腰，身子一压，将她整个人往门上抵。像是按捺了许久，他动作很重，与她的身体紧密贴合。

她有些猝不及防，下意识地回头。

桑延滚烫的唇已经落到她的后颈处，顺着往下，在她光裸的皮肤上游移。他的嗓音很低，像是在用气音说话："不是让我评价？"

"……"说话的同时，桑延另一只手向上探入，用指腹轻轻摩挲着。他咬了一下她的蝴蝶骨，像是在发泄欲念，力道也显得粗野。

芭蕾舞裙贴身，再加上这个动作，温以凡脖子稍往后仰，将她的曲线勾勒得清晰了然。她觉得痒，又隐隐有些生疼："你怎么咬人？"

桑延置若罔闻，继续着这暧昧又带着重重情欲的动作。良久，他直起身，鼻尖轻蹭着她的发丝，细细啃咬着耳骨，贴到她耳畔说着话。

"……想把你藏起来。"

从舞台上看到她的那一瞬间，就想把她抓回自己的世界，将她身上的所有光芒都藏匿进怀中，不让其他人看见。可又觉得，她在所有人眼里就应该是这样的模样。

带着万丈光芒。

温以凡还没反应过来，身体就因他的举动软得一塌糊涂。她感觉到桑延的手在她的身体上落下滚烫的痕迹，裤袜也顺势被往下扯。她轻喘着气，第一反应就是："不能扯……"

温以凡再度看他，对上他漆黑又隐隐带着火的眼。

桑延的长相偏硬朗，眉眼锋芒不收，不说话的时候显得漠然又目中无人。他唇形偏薄，弧度平直，此时眼里带着情意，冷淡中莫名又带了点儿欲。

"怎么不能？"他的动作越发放肆，触碰着她身体的每个位置。

"连体的，"温以凡感觉自己的身体像飘浮在半空中，尽量让自己的声音稳一点，忍着呜咽，"……会坏掉。"

盯着她的模样，桑延不受控地吻上她的唇，舌尖抵入，与她交缠，伴随着含混不清的话："那你教我。"

意乱情迷之际，像是忽然明白了桑延不让她换裙子的原因，温以凡的脑子里闪过一瞬间的念头，却又立刻被他拽入了这场迷乱之中。

温以凡感觉自己带着他，心甘情愿地，将自己一点点地剥开，而后献了上去。

桑延全数收下，举动带着十足的占有欲，以及极为清晰的一句话。

"该还债了。"

可能是考虑到她前一晚没怎么睡觉，桑延也没纠缠她太长时间，在最后关头抱着她回了房间。接下来发生的事情，温以凡也都记不太清了。

临睡之前，温以凡迷迷糊糊地感觉到，桑延在她额头上落下了一吻。"这次就不跟你计较了。"

不知是听错了还是别的什么，他似乎还冒出了句："但以后，只能跳给我看。"

今年温以凡的新年假期仍然是从年初一休到年初三。除夕当晚，她下班之后就被桑延接回家，被他喊着收拾了点儿行李。

桑延边看着她整理，边提："过去住三晚。"

温以凡点头。

"我还没跟我爸妈提你要住下。"桑延用力揉她的脑袋，随意道，"要是不习惯的话，就跟我说一声，咱吃完年夜饭就回来睡。"

温以凡把他的手扯掉："头发被你弄乱了。"

"好好听我说话。"桑延格外恶劣，手重新放了回去，继续将她的头发揉乱，"怎么光注意发型了，有没有良心？"

温以凡抬眼，也踮起脚用力去揉他的头发。桑延扬眉。

温以凡嘀咕了句："你好幼稚。"

不让他做的事情非要做。

她一动手，桑延倒是停下了动作。他反过来帮她整好头发，觉得好笑："谁幼稚？"

温以凡也慢慢停下动作。想着他先前的话，她思考了一下，问道："那我去你家里住的话，睡在哪儿？"

桑延瞥她："跟我妹睡一间房。"

温以凡立刻点头："那可以。"

"……"这次她答应得那么快，桑延莫名又觉得不痛快，"不是，你跟那小鬼有话说吗？跟我一间房不乐意？"

"有的。"温以凡声音温和，直接忽略了"乐不乐意"这个问题，开始有了担心的点，"但是——"

"怎么？"

"我有点儿怕我会梦游，"温以凡说，"吓到只只了怎么办？"

"……"桑延盯着她，觉得这姑娘就像个渣女一样，冷不丁地说，"咱俩一块儿住那么久，怎么不见你怕吓到我呢？"

温以凡也看他，对视三秒。

温以凡别开视线，继续把衣服装进袋子里："那我也没办法。"

"……"

怕桑延父母那边等太久，温以凡也没花太多时间来收拾，很快就整理妥当。出了门，坐上桑延的车，她才后知后觉地有些紧张，全程坐立难安。

大概是察觉到她的情绪，桑延散漫道："放心。"

温以凡："啊？"

"我爸妈只会感谢你，"桑延说，"让我找着对象了。"

因为听桑延提过不少次类似的话，这次温以凡没忍住问："叔叔阿姨为什么这么着急给你找对象？你这不是也才二十六岁？年纪也不大，我感觉还挺早的。"

她觉得三十五岁之前结婚都不算晚。

"条件越好越难找，"桑延的模样不可一世，语气嚣张又狂妄，"懂？"

温以凡习惯了他这副模样，没再说话，思考着一会儿上门之后要说点儿什么。她很怕会落下个不好的印象，又拿出备忘录，开始写稿子般地敲出各种话题。

等绿灯的时候，桑延朝她的方向看。注意到她屏幕上的内容，他弯了一下唇，也没打断她的行为。

没过多久就到了桑延家楼下。温以凡到后备厢拿上自己买的礼物，心里默念着自己刚才在车上写的稿子。她面容如常，想尽可能地表现得跟平时一样从容淡定，给桑延父母留下一个好的印象。

桑延饶有兴致地瞄着她。

两人坐电梯上楼。桑延从口袋里翻出钥匙，瞥见她紧抿着的唇线，他捏了捏她的指尖，安抚了一句："行了，别紧张了，有我给你衬托形象呢。"

"……"温以凡没懂他这话。

打开门，温以凡跟着桑延走了进去。里头宽敞明亮，一进玄关，温以凡就能看到坐在沙发上看电视的桑稚。听到动静，她转过头来，立刻笑起来，露出唇边的两个梨涡。

桑稚乖乖地喊："以凡姐。"

温以凡也笑着跟她打了声招呼。

桑延看她，凉凉地道："没看见我？"

桑稚当没听见，拍了拍旁边的位置，热情地对温以凡说："以凡姐，你坐这儿。"

"……"

下一刻，桑延的父母也从厨房里出来。

温以凡见过桑延的妈妈黎萍，不光是烟火秀那个晚上，还有先前他们被传早恋，叫家长那两次，桑延那边都是黎萍过来的，但温以凡不知道她还记不记得自己。

可能是桑延提前跟他们提过，黎萍笑着喊："是以凡吧？"

温以凡忙点头："对的，叔叔阿姨新年快乐。"说着，她把手上带来的见面礼递了过去，"这是我给你们准备的新年礼物。"

黎萍往围裙上擦了擦手，接过，眉目温和至极："下次直接过来就行，别带礼物了。先坐会儿，我跟你叔叔马上就弄好，可以吃饭了。"

温以凡主动提出："我来帮你们吧。"

桑延的父亲桑荣说："不用，差不多了，你先跟只只看会儿电视。"

整个过程中都被忽略的亲儿子桑延像是毫不在意，懒懒地出声找存在感，打破他们这温馨的氛围："那我也看电视？"

桑延一出声就冷了场，两个长辈没再说话。桑稚像个吃瓜群众一样，在旁边看着戏，不知道氛围为什么会变成这样。

温以凡莫名想到了，桑延每次跟家里打电话都被痛骂的事情。特别是先前他受伤的那段时间，她甚至还听到黎萍在电话里极其火大地说："再不回来，我就跟你爸再生一个。"

桑延还欠欠地说了句："行，我还挺想再有个弟弟。"

温以凡下意识地往桑延的方向看了看，想着要不要出声说点儿什么的时候，黎萍的笑意敛了几分，上下打量着桑延："可以。"

仿若对他的意见积压已久，桑荣像跟黎萍提前约定好了似的。他走过去扶着桑延的肩膀，抬手打开了玄关的门："回你那儿看吧。"

"……"温以凡对这状况有点儿蒙圈，一时间也不知该做出什么反应。她扭头盯着虚开着的门，恍惚间还有种桑延是来送快递的感觉。

"不是，爸，这大过年的您让我上哪儿去？"桑延又看向黎萍，语气玩世不恭，"妈不都说可以了吗？她乐意让我去看会儿电视，您怎么还赶她亲儿子走？您这不是挺叛逆嘛。"

黎萍被他这臭德行气得直乐，也没再跟他犟，抓住他的胳膊往厨房走："看什么电视！一大老爷们儿，回家什么都不干，不嫌丢人？"而后，她还转头对温以凡说："以凡，你先坐会儿。"

温以凡下意识应了声"好"。

桑延任由黎萍扯着，转头瞥了温以凡一眼。桑荣笑着跟温以凡扯了几句，随后也进了厨房："只只，别光坐那儿，给以凡倒杯水。"

"知道了。"桑稚朝她招手："以凡姐，你坐过来。"

温以凡走过去坐下，接过水杯，低声问："你哥是做什么惹叔叔阿姨生气了吗？"

桑稚笑眯眯的："对，你们来之前，我已经听他们唠叨我哥快四小时了。"

"从做年夜饭开始就骂。"桑稚掰着手指，一样一样地数父母指出的桑延的问题，"不回家，不打电话，不发消息，不说近况，找他吃顿饭都得磕头烧香地求，给他约好的相亲每一次都放人姑娘鸽子——"

感觉不太对劲，桑稚忙补充："但我妈已经很久没给我哥找相亲对象了。"

提起这个，温以凡再度问起："阿姨为什么总让桑延相亲？"

桑稚半分不需要考虑，理所当然道："我哥这狗脾气谁能忍？当然得提前找。"

"不过我哥肯定很喜欢你，"桑稚圆眼微弯，似是觉得有些神奇，"我没见过我哥谈恋爱，但还是第一次看到他那么尿。"

温以凡："嗯？什么尿？"

桑稚："就那个'劈腿'，他可担心被你误会了。"

两人坐在客厅里，能断断续续听到厨房传来动静，大多是黎萍和桑荣在围攻桑延。

黎萍："把外套脱了，在屋里穿那么多不嫌闷吗？"

桑延："不呢，我冷。"

桑荣："冷什么冷，这不有暖气吗？"

"你这袖子能不能捋起来，一会儿该弄湿了。还有你这脸色怎么回事儿？这段时间又熬夜，没好好吃饭？"黎萍越说越气，"叫你回家，妈给你熬点儿汤补补身子就死活不回，说出去别人都以为你亲妈要害你命。"

桑延笑："我这年纪补什么？"

没一会儿，黎萍又突然说："你这手上的疤怎么回事儿？"

桑荣也道："什么时候缝的针？"

桑稚本跟温以凡聊着天，听到这话，她话语一停，说了句"以凡姐，你等等"，而后便起身往厨房跑："什么缝针？"

很快，她像是看到了桑延手上的疤，语气炸了："这谁弄的啊？"

"有你什么事儿？"桑延懒散道，"看你的动画片去。"

"臭小子，赶紧给我说，出什么事儿了？"黎萍又生气又心疼，"你能让我好好活一天不？你能不能盼着你妈命长点儿？！"

"哪儿那么严重？整得跟我下一秒要断气了一样。"桑延的语调带着惯有的不耐烦，但还是好好解释了起来，"我见义勇为呢，不小心划破了点儿皮。"

过了几分钟，桑稚才回到位置。她的心情看着差了不少，小声问温以凡："以凡姐，你知道是什么情况吗？"

温以凡捏着杯子："桑延手上的伤吗？"

"嗯，我国庆回来的时候还没见他手上有伤呀。"看到那个疤，桑稚觉得当时的伤势应该不算轻，猜测，"是不是他那个酒吧有人来闹事？他那个性格我也觉得很容易拉仇恨……

"那以后会不会出什么更严重的事情啊？"

"不是，桑延是碰上了一个我大伯母那边的亲戚，"温以凡有些难以启齿，"刚好是通缉犯，在抓他的过程中受伤了。"

桑稚一愣，温以凡也不知道该再说点儿什么。

过了须臾，桑稚松了口气："真是见义勇为啊？我还以为我哥胡说。那是做好事呢，没出什么事情就好。"

她又开始嘀咕："我哥也不知道怎么长的，就特别会打人。"

温以凡啊了一声。

桑稚告状："我男朋友被他打了一顿，脸都青了，身上也没一块肉是好的。"

这话题换得快，温以凡稍顿，把话接了下来："桑延为什么打你男朋友？"

"因为他俩是大学同学，我哥觉得他仗着年纪大骗我感情，然后又一直被他忽悠……"桑稚叹了口气，"反正他打人可狠了。"

"不过我哥也被我男朋友打了。"桑稚鼓了一下腮帮子，吐槽道，"他俩打完之后，我这边气得半死，把我骂了一顿，但他俩还相亲相爱的，搞得我里外不是人。我哥还说他来宜荷不是来找我，是来找他兄弟的。"

温以凡没忍住笑起来。可能是怕她紧张，桑稚的话比以往稍多了些，叽里咕噜地说个不停。说到最后，她忽然重回刚刚的话题："以凡姐，我哥除了手臂上，还有哪儿受伤了吗？"

温以凡："腰上也有，不过没手臂上的严重。现在都好了，别担心。"

"那就好，这段时间是不是你一直在照顾他啊？"桑稚说，"我看我爸妈也不知道这件事情。"

温以凡点头，温声说："不过我也没帮上什么忙。"

桑稚："我看他那伤口恢复得挺好的呀，这才几个月。"

温以凡想说桑延是因为她才会去抓车兴德，不然也不会受这个伤，却说不太出来。

"我哥做了件好事儿，"似乎是察觉到她的状态，小姑娘笑眼澄澈，认真地说，"之后的运气肯定都会好起来的。"

没过多久，两人就被黎萍喊过去吃饭。

年夜饭丰盛至极，什么口味的菜品都有，摆满整张桌子。想着刚刚桑稚安慰她的话，温以凡有些失神。与此同时，桑延从桌底下握住她的手，轻捏了一下。

她侧头看去，桑延也看着她，像是在用眼神问她："还紧张不？"

温以凡弯唇，摇了摇头。

在饭桌上聊了一会儿，黎萍才渐渐反应过来。她盯着温以凡的脸，越看越觉得眼熟："以凡，咱们之前见过吗？"

温以凡没想过她还会记得，忙回道："对的，我高中的时候，在学校见过您。"

"……"黎萍这下记起来了，诧异道："哎，你就是高中跟阿延早恋的那个小姑娘啊？"

这话一出，其余几人的目光也放在了温以凡身上。她缓慢咽下嘴里的汤，解释："对，但我俩当时没早恋，去年才在一起的。"

"但这臭小子当时就是喜欢你，跟我们也不瞒着。"想到这个，黎萍就觉得好笑，"从学校回来之后，我跟阿延谈了好几回，让他把重心放在学习上，先别去考虑这些。"

温以凡："嗯，我们那时候年纪确实也还小。"

"他根本不听我的话，从小叛逆到大。"黎萍轻飘飘地看了桑延一眼，"但后来不知道为什么突然就开始死命学习了，然后到大学毕业几年了都没找过一个对象。"

桑荣也笑起来："把我们吓的，以为这小子是被我们的话影响了。"

桑延这个当事人倒是一声不吭。

桑稚嚼着饭，含混不清地说："有没有可能是他偷偷谈了？"

黎萍："我问过浩安，还有钱飞。他俩都完全不知情，搞得我怕阿延心理上出了什么问题，就一直给他找相亲对象。"

听到这儿像是想到了什么，桑延的筷子停下。他神色懒懒，似笑非笑道："后来还给我找了个男的相亲。"

"……"黎萍一噎，没好气道："那不是姑娘你一个都不愿意见吗？我能不往那块儿想？你妈为了你这都退让到什么程度了！"

桑荣和桑稚同时笑出声。温以凡低下头，莫名也笑了起来。

晚饭结束后，一家子坐到沙发上开始看春晚，但多数时间也是在七拉八扯地说话。熬到守岁结束，两个长辈给他们三个发了红包，随后便回房间睡了。

回到桑稚房间，两人说了会儿话，桑稚的手机就响了起来，打来的人似乎是段嘉许。

见状，温以凡想给桑稚留点儿私人空间，干脆起身出了房间。她走到桑延房门前，轻敲了一下门，里头很快就传来桑延的声音："门没锁。"

温以凡拧开门把手，走了进去，往里头看了一圈。

桑延房间的空间比桑稚的要稍微大些，依然是冷色调装修。床在正中央，除了该有的家具，窗附近的位置还摆放了沙发和小桌，再前面是显示屏。

书柜上放着各式各样的杂物、照片和书籍，能看出男人成长的痕迹。

此时桑延正坐在房间的沙发上，手上拿着游戏手柄，漫不经心地打着游戏。他抬眼，朝她看来："还不睡？"

温以凡把门关上："一会儿再睡。"

"想过来跟我睡？"

"不是。"

桑延抬了抬下巴，很跩地说："那现在就回去。"

"……"当作没听见，温以凡自顾自地坐到他旁边："你在玩什么？"

桑延把手柄塞给她，钩住她的腰，力道加重，将她抱到自己腿上。他似乎也有点儿困了，下巴搁在她的肩膀上，掌心包着她的手："教你。"

被他带着玩了一会儿，虽然自己的手也在动，但全程基本上是桑延在操控。温以凡看着屏幕上属于自己这方的角色血条完全不动，对方的血条却一直减少，直至一点儿都不剩。

在这种情况下，温以凡也有了种自己很牛的错觉。她开始感兴趣，回头说："我自己玩一把试试。"

后头的桑延顺从地松开手，看着她玩。本以为结果会跟刚刚差不多，但自己玩跟桑延带着玩的区别极大，不到一分钟，温以凡操控的角色就惨败，并且对面的连一滴血都没扣。

桑延低笑了几声，胸腔微震着，点评："菜。"

温以凡看他："有双人模式吗？"

"有，"桑延悠悠道，"但我比电脑更牛。"

在温以凡的要求之下，桑延还是切换了双人模式，拿起另一个手柄。他没半点儿要让着温以凡的意思，动作看似随意，但每一下都能扣她小半条血。

被他无情地杀了三次之后，温以凡放下手柄，感觉时间也差不多了，没有继续留下来的欲望。

"我回去睡觉了。"

"干什么呢？"桑延把她扯回来，忍着笑说，"这不是说了要教你吗？才教那点儿时间你就要出师，我这不得给你点儿教训？"

温以凡想了想，觉得他说得好像也对："那你继续教我。"

两人边玩着游戏，边有一搭没一搭地聊着天。

桑延问："明天还住这儿不？"

温以凡点头："嗯，我喜欢你家。"

从认识桑延之初，温以凡就知道，他一定是活在一个很幸福美满的家庭里。不然的话，应该不可能会养出他这样性格的人。

骄傲、自信，而又热烈，像是光一样。

想到桑延家里人对他的称呼。

阿延。

明明只是开头的那个字换了，好像就温柔了起来。

温以凡舔了舔唇，忽地喊他："桑延。"

桑延："嗯？"

"你妹妹有个小名叫只只，你有吗？"也不等他回答，温以凡就继续说，"是不是也改成第一声，叫'烟烟'？"

"……"桑延扯她的脸，有些无语，"没有。"

"那还是继续读第二声吗？"温以凡又道，"叫'延延'？"

"你困了？"桑延盯着她，忽地笑了，"在这儿胡言乱语什么呢？"

"哦，那就是，"温以凡沉默两秒，开口，"阿延。"

瞧见他稍稍发愣的表情，温以凡探头去亲了亲他的嘴唇，而后爬了起来，故作自然地说："我去睡觉了。"

桑延反应很快地把她扯回来："喊我什么？"

温以凡半趴在他身上，没再不好意思，唇角弯起："阿延。"

桑延喉结滑动，轻吻了一下她的唇角："嗯，以后都这么喊。"

这次跟桑延父母的见面，让温以凡每周的日常生活多了个行程。她很喜欢桑延家里的氛围，所以有空就会拉着桑延回他家吃饭，让桑延这段时间回家的次数加起来可以跟去年下半年相抵了。

两人把搬家时间定在 28 号。提前一周就陆陆续续开始收拾东西，搬家前一晚，温以凡继续着收尾的工作。她的房间已经被整理了大半，只剩一些杂物还没清理好。

温以凡收拾了一阵，房门从外头被敲响。她随口说了句："你直接进来就行。"

桑延推开门进来，往她四周扫了一眼，皱眉："别坐地上，不是还在生理期吗？"

温以凡只好站了起来。

桑延："要我帮忙吗？"

温以凡指了指书桌的方向："那你帮我把那边的东西装进去，我已经整理好放桌上了。"

"行。"

说完，桑延搬起桌上的资料，一摞一摞地往箱子里塞。搬到最后一摞时，像是注意到什么，他的动作一顿，慢腾腾地拿起来看了一眼，是一个小本子。

本子此时被反着放，露出背面。上边被人用签字笔签了个巨大的名字，占据了背面的一整页，看着乱七八糟，很难辨认出对应的是什么字。

旁边的温以凡还在说话："你房间收拾得怎么样了？"

桑延没应话。温以凡又说："我一会儿也去帮你吧？"

桑延依然一声不吭。

温以凡觉得奇怪，顺势看了过去。就见桑延手里拿着个本子，神色意味不明。本子上面是很久之前，穆承允给她签的名。

"……"温以凡一顿，头皮发麻，但也觉得他应该认不出是什么字。她又垂下眼，故作平常地继续收拾东西："我们十一点之前应该可以收拾完——"

"温霜降，"桑延打断了她的话，"你胆子还挺大。"

"你倒是给我解释解释，你这么珍藏你那追……噢——"桑延咬字重了些，极为刻意地改了口，"前同事的签名做什么？"

温以凡也不知道他是怎么认出来的，实话实说："我就是放在那儿，没有珍藏。"

"这小子是什么人物？"

"就是《梦醒时见鬼》里那个鬼。"想起之前苏恬提过的话，温以凡又道，"他现在好像参加了个选秀节目，人气还挺高。"

桑延看过这个影片，回想了一下，面无表情地说："我还挺喜欢。"

温以凡："？"

桑延："行，送我了。"

"……"温以凡觉得他这个样子有点儿好笑，"你喜欢就拿云。"

把剩余的一点儿东西收拾完，温以凡觉得差不多了："可以了，剩下一点儿等明早起来再弄。现在去收拾你的房间吧，客厅和厨房也还有些东西没整理。"

桑延嗯了一声，手里拿着写着穆承允名字的那个小破本，跟在她后边。

进了房间之后，桑延把本子随意搁到桌上，恰好碰到鼠标，电脑屏幕亮了起来。温以凡下意识地扫了一眼，突然注意到他桌面上有个熟悉的网游图标。

温以凡盯着看了几秒，指了指："你也玩这个游戏吗？"

桑延轻謦："嗯。"

温以凡跟他分享："我大学的时候也玩过这个游戏，不过好久没玩了。"

桑延笑："是吗？"

之后温以凡也没再注意这个，扫视着房间的模样。比起她的房间，桑延的房间倒是整整齐齐，各种物品都被摆放进了纸箱里，全数搁置在一旁。

看着也没什么要收拾的东西。

"坐着，没什么好收的。"桑延想起件事儿，又往房门走，"我刚给你熬了红糖水，我看看成什么样了。"

温以凡点头，但还是帮他检查着有没有遗漏的东西。往书柜扫了一眼，里头空荡荡的，她转身，打开衣柜，看到里头只剩零星几件外套。

视线自上而下，温以凡突然注意到，衣柜下方角落放了个中等大小的置物箱。以为是他遗漏的东西，她伸手搬出来。箱子很重，不知道里头放了什么东西。

感觉这重量不像是衣服，更像是书。

温以凡随手打开。一入眼，就是一张已经泛黄的报纸。

温以凡顿了一下，又往下翻了翻，发现全部是报纸。也不知道桑延为什么要放这么多旧报纸在这里，她好奇地拿起最上方的那张来看，盯着主版面的字眼。

《宜荷日报》。

2013 年 7 月 27 日，星期六。

宜荷的报纸？为什么会出现在这儿？

温以凡一愣，脑子里瞬间有个念头浮现了出来。她觉得不敢相信，飞速扫着版面上的各个署名。而后，她翻了个面，目光定住。在其中一个版块上，看到了自己的名字。

——《宜荷日报》记者温以凡。

"……"

温以凡的神色僵住，顺着往下翻。

再翻。

再翻。

2012 年 9 月 5 日，星期三。

……

2012 年 4 月 22 日，星期日。

……

2011 年 3 月 11 日，星期五。

直到翻到最下面那张。

2010 年 12 月 13 日，星期一。

这一天，温以凡记得还挺清楚。是她去宜荷日报社实习之后，第一次过稿的那一天。压在这之下的，还有数不清的从南芜到宜荷往返的登机牌、各种不知名的小票，以及，一张封了胶的旧照片。

温以凡屏住呼吸，把手心的汗蹭到衣服上。过了半晌，她才伸手拿起那张照片。

照片里站着大片的学生，全部穿着黑色的学士服，一个外貌格外出众的女生站在中间。她像是听到了什么声音，区别于其他人，朝镜头的方向看来，眼里带着茫然，并没有聚焦。

她看着似乎根本不知道，拿着相机将她拍下来的人是谁。这是她曾以为只是梦境的一幕。

温以凡喉间发涩。她捏紧拳头，迟缓地将照片翻了个面，立刻看到男人力透纸背的字迹。跟以往的肆意狂妄不同，这字写得端端正正，一笔一画，像是认真到了极致。

只四个字。

——毕业快乐。

一时间，所有的记忆顺着此刻往前拉。

生日那晚，他背着她轻声说："温霜降，再许个愿。"

飞到宜荷去找他那次，两人在酒店里，听她诉说完一切后，他郑重而又无所谓似的说："我原谅你了。"

看到她被车兴德弄出的伤口，桑延模样深沉而无力："你能考虑一下我的感受吗？"

再继续往前。两人在一起那天，桑延忽然出现在面馆里。在盛大的雨幕下，他低着眼看她，眉眼间少年感十足："这么多年，我还是只喜欢你。"

向朗回国后，几人吃完饭玩真心话大冒险，他抽到了个"最近坐飞机去的城市"的真心话，无甚波澜地说了"宜荷"两个字。

再往前——因为各种意外，桑延莫名成了她的新室友，也因此，两人争执了一番。他盯着她，语气毫无温度："倒是没想到，我在你心里是这么长情的人。"

直至——重逢后，第一次在"加班"见面的那天。他神色淡淡，往她身上扔了件外套，却像是对待陌生人般地自我介绍了起来："我是这家酒吧的老板，姓桑。"

与此同时，桑延手上端着个碗进了房间。注意到地上的报纸和杂物，以及温以凡手上的照片，他的神色稍愣，却没半点儿被窥探到秘密的情绪，只是说："怎么又坐地上？"

温以凡抬眸看他。

桑延走到她旁边，朝她伸手："赶紧起来。"

温以凡没动，声音轻不可闻："你一直有来宜荷找我吗？"

"嗯。"桑延承认，"我不是跟你说过了？"

"什么？"

桑延没再继续说，从一旁拿了个软垫给她："垫着。"而后，他又将手里的红糖水递过去，抽走她手里的照片，"先喝了，一会儿凉了。"

温以凡顺从地接过，双手捧着碗，低下眼，眼眶渐红。极强的愧疚和不知所措一点点地往她身上压，让她连看桑延表情的勇气都没有。

她想说，你都过来了为什么不告诉我？可她又想起了自己说的那些话。

温以凡垂着头，慢慢道："你干吗来找我……"

她都说过那样的话了。那么多过分的话。

桑延扯起唇角，云淡风轻地说："不是说了，跟你说过了吗？"而后，他又补充了句，"自己想想。"

温以凡盯着碗里的红糖水，脑袋里渐渐浮现起温良哲去世那天，桑延在公交站对她说的话。

——我不是太会说话的人，但不管怎样，我会一直陪着你。

我会一直陪着你，不论你知不知道。

就算已经说过，我不会再缠着你。

也依然会信守承诺。

在你看不见的地方。

温以凡手上的力道渐渐加重，迟钝地喝了一口红糖水。随着下咽的动作，眼泪也掉了出来，砸进碗里。她用力抿唇，又喝了一口。

瞥见她的模样，桑延偏过头，半开玩笑道："不是，这么难喝啊？"

"……"

"温霜降，不准哭，听见没有？这有什么好哭的？"桑延没再避开这话题，伸手帮她擦了擦眼泪，"跟我在一块儿前遇到什么大事儿都不哭，现在哭多少次了？你这样我成什么了？"

温以凡不吭声，边哭边喝着红糖水。

盯着她这模样，桑延心疼之余又莫名有点儿想笑："你怎么这么委屈？不想喝咱就不喝，犯得着边哭边喝吗？"

温以凡停下动作，哽咽着说："我……毕业典礼的时候好像看到你了，但我觉得你不会来的……我就以为是认错了……"

"那不挺好，"桑延轻描淡写地说，"你要认出来了，我多没面子。"

温以凡的眼泪一滴一滴地掉进碗里，溅起浅浅的水花："……我就该跑过去的。"

就算只有丝毫的可能性，也不该就这么忽略掉。

她在那儿跟同学欢声笑语地拍照、聊天的时候，远远地站在人群的另一边，再独自一人离开的桑延是抱着怎样的一种心情？单方面前来，单方面见她一面，再单方面离开。

温以凡的胸口像是有颗石子重重压着："我为什么对你做过那么多不好的事情？"

"干什么呢？这事儿咱不都说好了吗？早翻篇了。"桑延把她手里的碗拿回来，随意搁到地上，"还是你还做过什么对不起我的事儿？"

"……"温以凡抽了抽鼻子，认真思考了一下，却也想不到其余的了。她抬起眼看他，忽地想起件事情，跟他坦白："我占过你便宜。"

桑延挑眉："这事儿不是每天都在发生？"

"……"温以凡本来负面情绪还很重，这会儿被他弄得也有点儿想笑了。她盯着他，忍不住凑过去抱他："就咱俩没在一起前。"

桑延抬手搂住她的腰："嗯？"

"我假装梦游。"温以凡诚恳地说，"抱了你一下。"

"……"

"什么时候？"桑延神色顿了一下，似是觉得难以置信，过了几秒才笑出声，"不是，你还做过这种事？"

温以凡也没觉得心虚，带着鼻音："就当是我提前使用我的权利了。"

"那会儿不是一直表现得挺正直吗？"桑延干脆让她整个人坐到自己腿上，慢条斯理道，"原来背地里呢，抱了这种心思。"

"……"温以凡盯着他，很坦然，"对。"

桑延低笑起来，看着心情似乎很好，低头亲了亲她。他侧头看着散落一地的报纸，提醒："去收拾，还全翻出来了，弄得乱七八糟的。"

温以凡点头，却没半点儿要动的意思。两人就着这姿势，安静地待了一会儿。

温以凡忽地喊他："阿延。"

桑延："嗯？"

"我想比你多活六年。"

桑延眉心微动："为什么？"

温以凡眼角还红着，郑重其事地说："这样就能，多爱你六年。"

咱俩就扯平了。

桑延顿时明白了，低头笑："算了，我还想多活几年。"说完，他把她的身子往自己的方向压，与她对上视线，"留到下辈子再还吧。"

下辈子，你先喜欢我六年。

然后，我也会让你，像我现在这样。

如愿以偿。

隔天是周日，桑延不用上班，温以凡也恰好在这天调休。

两人一大早就醒来，搬家公司准时上来。把房子收拾干净，检查完没有遗漏的东西后，温以凡把钥匙留在鞋柜上，离开了他们两个住了两年的合租房。

注意到她的神色，桑延问："怎么？"

温以凡诚实说："有点儿舍不得。"

"有什么舍不得的，不都是跟我住吗？"桑延用力揉她的脑袋，懒懒道，"你要喜欢呢，咱们以后的房子也装修成这样不就得了？"

温以凡的那点儿惆怅也顺势消散，弯唇说："那咱俩不就像现在一样一直分房睡了？"

"……"桑延脸上情绪收起，手往下挪，改掐她的脸，"我就不该哄你。"

桑延把车子开进中南世纪城的地下停车场。

两人比搬家公司早到一些。下了车，温以凡不知道方向，全程被桑延牵着走。两人进电梯后，上了九楼。这栋楼一层只有两户，他走到 B 户门前，输入指纹开门。

桑延也没急着进去，停在原地，抓着她的手，慢条斯理地把她的指纹也录了进去。而后，他还随意似的提了句："除了咱俩，没别人能进来。"

温以凡心不在焉地点头，目光往里边看。

这房子的面积比他们先前的合租房要稍大些。进门后有个小的入户花园，再往里就是厨房，对面是餐厅，再靠里是客厅。

装修风格现代化，色调偏暖，显得有些温馨。

没等她看完，桑延打断了她的注意力，牵着她往里走："门的密码晚点儿发你微信上。跟以前一样住就行，就换了个地儿，没别的变化。"

温以凡应了声，继续观察着里头的环境。该有的家具都已经有了，但整体还是空荡荡的，桌面和柜子里都是空的，还带着一股长久没人居住的潮湿霉味，不过似乎是有人来打扫过，看着很整洁。

两人到沙发旁坐下。温以凡随口问："我睡哪间房？"

桑延靠在椅背上，慢腾腾地说："想睡哪间就睡哪间。"

温以凡看他。

"想睡厕所、厨房都行，反正呢，我这人也不太挑。不管哪个位置，"桑延偏头，话里的暗示意味很足，"我都能奉陪。"

"……"温以凡感觉自己还是个有点儿底线的人，"那咱们这不就算是婚前同居了吗？"

"那怎么了？"桑延神色傲慢，学着她昨晚的话，"反正是迟早的事情，我怎么不能提前使用我的权利？"

恰在这个时候，搬家公司也到了。

桑延去开门让他们进来，温以凡也起身，打算去主卧看一眼。她觉得自己再纠结这事，反而有种"此地无银三百两"的感觉。

主卧最靠里。温以凡打开门进去。

装修风格偏少女风，淡粉色的墙面，白色的床，旁边放了张小型的梳妆台。窗边还放置了张让她工作的书桌，再旁边是书柜。地上铺着浅色的地毯。

这是桑延的房子，主卧却装修成了女孩子的风格。没过多久，桑延也跟着她走了进来。

温以凡转头："你这房子什么时候装修完的？"

"前年吧。"桑延漫不经心道，"不过这间重新装修了一下。"

温以凡又看向房间："那怎么弄成粉的了？"

"给你弄的，"桑延说，"这不是以防你不跟我睡一块儿吗？"

"所以你要跟我一块儿睡这间吗？"温以凡的唇角弯起，忍着笑说，"那你不就成了个很有少女心的大老爷们儿？"

"……"

外头陆续传来工人搬运行李的动静。桑延又出去跟他们沟通。

温以凡在房间待了一会儿，走到窗边去开窗，给室内通风。又过了好一阵，她正想去客厅看看时，口袋里的手机响了。她拿出手机，垂眸点亮屏幕。

桑延："密码是 150102。"

温以凡看了须臾，明知故问："是数字有什么含义吗？"

过了几秒。

桑延："？"

桑延："你对象的生日。"

温以凡："没了吗？"

两人就这么一个在客厅一个在房间地用微信交流。

桑延直接发了条语音："自己好好想。"

在房间里，温以凡都能听到他在外头不太痛快的语气。

温以凡眼角下弯，立刻顺他的毛："哦，是咱俩在一起的那天。"

也是，她再一次觉得，运气降临到她身上的那一天。

车兴德案的一审宣判在九月的时候下来了，因犯故意杀人罪、强奸罪，数罪并罚，判处死刑。而车雁琴因帮助车兴德毁灭证据，被判处有期徒刑三年。

温以凡负责的这个案子的后续报道，也在这里彻底结束。而这两个人，也自这个时候开始，从她的人生里彻底消失。

今年的 9 月 22 日是南芜一中的百年校庆。

提前两周，温以凡就从钟思乔那儿得知了这件事情，但她对这兴趣不大，也不知道那天能不能腾出时间来参加，便给出了个模棱两可的态度。哪知钟思乔却格外坚持，一定要她一块儿来参加，甚至还让她带上桑延。

温以凡只好提前跟主任申请了调休，又跟桑延提了这件事情。他问了一下是什么事，也没多说什么，很快就同意了下来。

校庆当天，两人下午才出发去南芜一中，到门口跟钟思乔和其他高中同学会合。有很多人温以凡都不太记得了，只觉得眼熟，名字却叫不上来。

见到他俩在一起，好些人的第一反应就是他们从高中谈恋爱到现在。温以凡听了也没反驳。

南芜一中这个校庆办得很大，此时校园里人很多。顺着走下去，到处都是开放着的展览，介绍着办校历史和各种知名人物。

逛了一圈，温以凡和桑延不知不觉就跟其他人走散了。

夏天气温高，阳光也猛烈，像个巨大的蒸笼。加上这儿人流密集，像是把这燥热放大，待久了也有些遭不住。

可能是察觉到她的状态，桑延瞥了眼不远处的教学楼："回教室看看吧。"

温以凡点头。两人进了教学楼内，顺着楼梯往上。

虽然很久没回来过了，但似乎跟从前没有多大的区别，只是有些地方翻新了。温以凡没跟桑延说话，只是观察着四周，像在跟回忆一一对照。

人渐渐少了下来，看着空荡荡的，像是放学之后的校园。

温以凡和桑延都没有主动提及，却都默契地在第四层停下。再往前走，穿过面前的走廊，左转，往内侧的区域走。

她看到了那熟悉的校用饮水机，是温以凡第一次见到桑延的地方。

温以凡突然觉得这种感觉还挺神奇，转头看向他："学长。"

桑延侧头，眉梢微扬。

温以凡笑："你知道高一十七班怎么走吗？"

"知道呢，学妹。"桑延倒是配合，拖着腔，语调欠揍，"往前走右转。"

这回跟当初两人一前一后去到教室不同。温以凡继续牵着他，并肩走着。她顺着记忆，右转，走到最里面的那间教室。很神奇的是，时隔这么久，班牌号仍然是高一十七班。

教室门开着，里头的桌子整齐摆放着，桌面上没有任何东西，像个刚被搬空的旧教室。

温以凡走了进去，坐到两人当前后桌时，自己坐的那个位置，桑延也顺势坐到她后边。时光在此刻像是回到了十一年前的夏天。

刚坐到位置上，温以凡就用余光察觉到了什么，眼眸立刻垂下，看到整个抽屉里都是玫瑰花。

她的目光滞住，有个猜测渐渐在脑子里浮现起来。温以凡屏住呼吸，伸手从里边抽出一朵玫瑰。

在这个时候，温以凡感觉到桑延的腿往前勾，放到她的椅子下方，轻轻一撞。动作恶劣又张狂，像是从前的任何一次。

她回过头。

看到桑延身子靠着椅背，眉眼意气风发，一如当年。他的下巴微扬，轻扯唇角，露出右唇边上浅浅的梨涡，忽然说："温霜降，我给你个承诺。"

温以凡讷讷道："啊？"

"跟我在一起之后，"桑延眼眸漆黑，喉结轻滚了一下，"你的所有愿望都会实现。"

"……"温以凡的视线下滑，这才注意到桌上的戒指盒。她怔怔地盯着里头银色的戒指，这虽然是之前两人已经提及的事情，但真正到来的时候仍觉得惊喜和震撼。

她手执一朵玫瑰，另一只手抬起，像是想碰一下那个戒指。下一瞬间，桑延就抓住了她的手，固定住。

"温霜降，跟我结婚吗？"

温以凡对上他的视线，眼眶莫名其妙就开始发酸。她盯着他难得带了紧张的模样，渐渐与从前那个少年重合，忍不住笑了起来。

"嗯，只想跟你结婚。"

桑延也跟着她笑，缓慢地将戒指套到她的无名指上，往上推，像要将她的一生就此套牢。

——跟我在一起之后，你的所有愿望都会实现。

嗯。

你又实现了我一个愿望。

外头阳光刺眼，毫不吝啬地洒了进来。教室内安静空荡，知了大声叫唤着，带来极为浓厚的夏天气息，沾染着青春的味道。

眼前的男人自始至终，仿佛没有丝毫的改变。

温以凡莫名想起了很久前的一幕，也忘了是哪个午后。

那天也如今天这般天气晴朗，空气燥热而绵长。温以凡坐在位置上，翻阅着珍妮特·温特森的《橘子不是唯一的水果》，看到里头的一句话时，内心一动。

只觉得，她也希望能遇到这样一个人。

温以凡从抽屉里拿出摘抄本，打开笔帽，认认真真地往上写："我渴望有人至死都暴烈地爱我，明白爱和死一样强大——"

还没写完，温以凡的身子突然被人从侧边一撞。她毫无防备，笔尖在本子上重重划过一道，再拉过，蹭到了身旁人的手臂上。

温以凡嘴里的道歉还没说出来，下意识地抬眼。

在那一刻。

她撞上了桑延的目光。

番外一
那熬个夜？

"我喊你起床的时候，都不敢多吱几声。"
"那你就……别喊我起床？"

国庆假期结束前，苏浩安作为发起人，举办了个高中同学聚会。

　　受邀名单上基本都是他们高三时的同班同学，温以凡早在高二时转学，并不在其中。不过苏浩安也把她一块儿叫上了，桑延和钟思乔也都有问她要不要一块儿去。

　　温以凡答应得快，但工作忙起来，到聚会当天又把这事儿给忘了。那天恰好是她的轮休日，她在床上玩了会儿手机，不知不觉就睡着了。

　　迷迷糊糊间听到了桑延起身换衣服的动静。

　　过了几分钟，桑延喊她："温霜降，起床。"

　　温以凡敷衍地应了一声："嗯。"

　　又过了一会儿，桑延瞥她一眼："再不起来该迟到了。"

　　温以凡这才把被子扯下，半睁着眼，迟钝地思考着。没过多久，她反应过来，语气带了几分被打扰的不悦："我今天休息。"

　　桑延言简意赅："聚会。"

　　温以凡也似是终于想起来了，扫了眼时间，而后坐起来。她没再拖拉，到厕所里洗漱。

　　温以凡出来后，就见桑延已经收拾好自己，此时正坐在主卧内的沙发上玩手机。她随便翻了套衣服，边换边跟他说话："我能不能不去了？"

　　桑延抬眼："怎么？"

　　温以凡："困。"

　　桑延把手机搁到一旁，懒洋洋地靠着椅背："那么能睡？整得跟我虐待你了似的。"

温以凡走过去趴到他身上，衣服半卷起，手往后系着内衣带。她神色仍然困倦，听到这话时赞同地点头："你不让我睡觉。"

"你能不能讲点儿道理？什么叫我不让你睡觉？"桑延扬着眉，伸手把她的衣服往下拉，"那叫你主动邀请我熬夜，懂？"

"……"沉默几秒。

桑延盯着她的眼，指尖顺着她的后背向上滑，语气骚包又欠："还出不出门？再不下去，怎么系的老子就怎么帮你解。"

温以凡也看他，哦了一声，几秒后背过身："我还没系上。"

"……"

她打了个哈欠："你帮我系一下。"

"……"

把衣服换好，温以凡坐到梳妆台前开始化妆。桑延仍然坐在原来的位置，漫不经心地瞧她："你这起床气什么时候能改改？"

温以凡回头："嗯？"

"睡不够时就翻脸不认人。"桑延神色居高临下，轻啧了一声，说话像在谴责，"我喊你起床的时候，都不敢多吱几声。"

"那你就……"温以凡想了想，也没觉得他不敢，"别喊我起床？"

这么一折腾，温以凡也清醒了不少。她决定跟他讲点儿道理，声音重回平时那般的温和："而且你不光有起床气，平时脾气也不好。"

桑延眉心微跳。温以凡画着眼影，继续说："所以咱们互相迁就，行吗？"

"……"桑延扯了下唇角，想着她每次喊自己起床时那肆无忌惮的模样，觉得这姑娘最近脸皮厚了不少。他偏头，也没跟她计较："行。"

聚会的地点在市区一家酒楼。两人进了电梯，温以凡按了三楼。她百无聊赖地看向桑延，他似乎也困，眼皮半耷拉着，唇线平直，总给人一种拒人于千里之外的矜贵感。

注意到她的视线，桑延也看了过来："怎么？"

温以凡弯唇，随口说："你长得还挺好看。"

"噢，但有摄像头呢。"一出声，桑延就像是被人从神坛拉进了动物世界里，意有所指道，"回家再说。"

"……"

这又说的什么话！

这又说的什么话！！

温以凡就没见过这种人。她面上平静，镇定自若道："那你胆子还挺小。"

不等桑延再说话，电梯已经到三楼了。温以凡牵着他往外走，顺势将话题扯开："苏浩安说是在哪个包厢来着？"

桑延语调闲散，意味深长地说："胆大点儿。"

下一刻，在人来人往的走廊里，桑延突然抵住她的后腰，让她往他的方向靠。而后，他低下头，咬着她的下唇，舌尖往里伸，舔舐着她。

全程大约三秒的时间。温以凡的身体僵在原地，完全没料到他会有这样的举动。

桑延退开来，舔掉唇角沾上的口红渍，眉眼傲慢，又带了点儿调情的意味："温霜降，我长这么大，就没谁挑衅我能赢。"

"既然想要，我当然能给你。怎么样，"桑延抬手，用指腹轻蹭了一下她的唇，语气又跩又牛，"还来不来？"

温以凡是真被桑延的无耻惊到了。

接下来的时间，温以凡终于开始自我反省，觉得自己得洗心革面重新做人，不能再像从前那般有什么说什么。

她这会儿才意识到，桑延不是不敢，而是为了给她点儿面子，以前都装作不敢。

两人进包厢的时候，里头已经坐满了人。左右分别有两张大圆桌，钟思乔旁边的两个位置还空着，似乎是给他俩留的位置。

打了声招呼后，温以凡往四周看了看，发现在场大半的人她都认识。有些前不久在校庆上见过，但大部分人，她已经叫不出名字。

一群人边吃着饭边聊天，饭后也没急着走，直接在包厢里玩起了游戏。人多，苏浩安便建议玩狼人杀，分为两桌。

这游戏，温以凡和桑延都算擅长，但擅长的方式不同。

一个是因为情绪全程没多大起伏，总是平平和和的，让人看不出她说的话是真是假；另一个则是太能扯，懒懒地分析出一大堆对场上局势的看法，还能让人觉得他说得极为有道理，整局游戏把其他人带跑。

到后来，温以凡和桑延就像是被孤立了一样。其他人一于始就把他俩投了出去，导致他们被惩罚的次数也多了起来。

惩罚仍旧是真心话大冒险。新一轮结束，平民胜利。温以凡和桑延的身份牌都是狼人。

两人都得被惩罚。

温以凡抽到大冒险，桑延抽到真心话。

向朗看着桑延，随意地问了句："你的初恋是谁？"

其余人都觉得他这问题像废话似的，发出扫兴的一声叹息。桑延下巴稍扬着，偏头看向温以凡，直截了当道："温以凡。"

另一侧酒量差得不得了的苏浩安站了起来，整张脸喝得通红，看热闹不嫌事大地说："温以凡，你给你初恋打个电话呗。"

桌上安静下来，瞬间明白了刚刚向朗问那问题的原因，明显是串通好给桑延来个不痛快。

桑延抬眼，看向苏浩安，唇线渐渐拉直："有意思吗？"

温以凡在一旁看着他装模作样，沉默了两秒，也配合着说："但我的初恋最近订婚了，这么晚打电话，我担心会造成不好的影响。"

见桑延这模样，喝上头的苏浩安也有点儿屁："行吧，那就不打了，你形容一下吧。"

"行。"温以凡看向桑延，盯着他的五官，慢吞吞地顺着描述，"黑短发，浓眉，眼睛也很黑，内双眼，高鼻梁，薄唇——"

苏浩安饶有兴致地听着。

温以凡顿了一下，继续说："笑起来右唇边上有个梨涡。"

在场其他人顿时清楚她说的是谁，再看着桑延这悠哉的模样，更是肯定了自己的想法。

"可以啊。"但苏浩安压根儿没往桑延那处想，只觉得巧合得要命，"一大老爷们儿还有梨涡这么娘炮的东西，除了桑延这狗，我就没见过谁有了。"

"……"

没过多久，苏浩安像是意识到了什么，瞬间噤了声。话题就这么过去了，又开始新的一轮游戏，气氛再度被带动起来。

这轮结束后，一个男生抽中大冒险，被命令去外边找个女生要微信，好些人跟了出去。平时对这种事情最积极的苏浩安在此刻倒是继续喝着酒，理智在某一刻彻底没了。他突然停下动作，起身走到桑延旁边："兄弟。"

桑延抬头："干什么？"

苏浩安盯着他："我对不起你。"

桑延："？"

温以凡坐在桑延的旁边，也对苏浩安这突如其来的举动感到有点儿茫然。

"我……"苏浩安说话声音浑浊，带着铺天盖地的酒气，一大老爷们儿说着说着就开始哽咽，"都怪我瞎起哄……"

听到动静，另一桌的人也停止游戏看了过来。

桑延见一大男人在自己面前哭，鸡皮疙瘩都要起来了，皱着眉说："你有什么事儿？"

"你都订婚了，好不容易要跟你日思夜想的女神结婚了……都怪我！今天让你认清了事实！"苏浩安嗓门儿很大，生怕全世界听不见似的，"原来你只是个替身！"

"梨涡替身！"

隔壁桌不了解情况，只听到"替身"两个字，又清楚从前桑延苦追温以凡却不得的事情，看向桑延的眼神不自觉地多了几分同情。

桑延额角一抽，抬头面无表情地看他。

在这个时候，苏浩安又看向温以凡，像个老母亲一样："温以凡……虽然我也明白，但桑延这性格正常人承受不来——"

温以凡讷讷听着。

"长的呢，可能也不尽如人意。"苏浩安继续说，"就是命好长了个梨涡，让你给看上了……但是，你也不能因为这个就把他当成——"

桑延听不下去了，起身提溜着苏浩安。他看向温以凡，报备般地说了句"我带他醒酒"，而后便拖着苏浩安往外走，啧了一声："走吧，别丢人现眼了。"

他俩走后，包厢内也没重回闹腾，安静了须臾。温以凡思考了一下，还是问："你们能听出我刚刚说的初恋是桑延吗？"

有个女生回："能猜到。"

陆续也有几人接话，都是肯定的回答。

温以凡这才放心下来，瞅见另一桌还关注着这边的状态，她又笑着补充："那就好。之前我追了桑延很长时间，我不太好意思说。桑延顾及我的面子，也没告诉他朋友这件事儿。"

其他人也笑着应下，话题就这么带了过去。

过了片刻，向朗转头跟温以凡说话，像是觉得有点儿好笑："是你顾及桑延的面子吧？我都听苏浩安说了，桑延到处吹是你追的他，没一个人信。"

"……"

另一边。

苏浩安被桑延摁着洗了把脸，勉强挣脱开来后，意识也清醒了大半："去你的，你是不是想谋杀！那我怎么知道温以凡的白月光也长了个梨涡？！"

"……"桑延松开手，有些一言难尽，"你是不是哪儿有点儿问题？"

苏浩安："？"

不过"白月光"这词倒是取悦了桑延。他勾了一下唇，也懒得跟眼前这个傻×玩意儿计较了："不能喝就别喝，别成天像个二货似的。"

苏浩安撑在洗手台上，把嘴里的水吐掉："老子酒量好着呢。"

桑延从口袋里拿了包烟。

"你怎么不提那事儿了？别忍了，你在我面前装什么。"苏浩安叹了口气，伸手拍了拍他的手臂，"再考虑考虑吧，一辈子也不能这么绿着过。"

桑延偏头，声线微凉："你就没想过那白月光是我？"

苏浩安沉默，又拍了拍他的肩膀："别做梦了。"

两人走到走廊，在尽头的窗边抽烟。

苏浩安拿出打火机，把烟点燃，渐渐也明白了情况："温以凡说的那初恋真是你？"

桑延挑眉，不置可否，但表现出来的意味格外明显。

"我服了，"看着他这嚣张的模样，苏浩安感觉自己刚刚那些内疚就像是喂了狗，"你就实话跟我说吧，你俩这些年是不是一直偷着谈恋爱？"

苏浩安冷笑着拍掌："牛！老子当时让你跟温以凡合租，你还冲老子发火。"

"我呢，"桑延咬着烟，声音多了几分含混，"看不上这种下三烂的手段。"

"不过既然你都把我媳妇儿送上门了，"桑延吐了个烟圈，模样在缭绕的烟雾下有些失真，慢条斯理道，"我当然也没有拒绝的道理。"

苏浩安真想揍烂他这个臭不要脸的，但听到"媳妇儿"这词，又有点儿惆怅："唉，胖子结婚了。我本来以为你还得等个十年八载，现在你也要结婚了。"

桑延瞥他。

苏浩安越想越伤心："就连段嘉许都泡到了你妹。"

"而我，我又被甩——"说到这儿，苏浩安顿住，声音恨恨地改了口，"又分手了。"

"这次又是什么原因？"

"觉得我太傻×了，毫无情商。"苏浩安把手臂搭在栏杆上，不屑地嗤笑，"说我什么都行，说我傻×？没情商？那我能泡到那么多妞？"

桑延闲闲地道："所以你不是一直被甩？"

苏浩安盯着他，情绪没因为他的话而有什么波动。过了几秒，他的表情多了几分释然："也是，帅哥就算一无所有，也是吃香的。"

聚会结束后，两人回到家。

想着苏浩安的话，以及对自己的梨涡一直万分嫌弃的桑延，温以凡慢一拍地猜到了什么，弯着唇喊他："阿延。"

桑延把客厅的空调打开："嗯？"

温以凡凑过去看他唇角的位置："你这梨涡是不是一直被苏浩安说像个小姑娘？"

"他今晚鬼哭狼嚎的，好意思说我像小姑娘？"桑延顺势把她扯到怀里，困倦地道，"不过呢，也有这个可能性。"

"啊？"

"毕竟他先前不是还想泡我嘛。"

温以凡被他抱着，闻到他身上烟酒混杂着檀木香的气息。她又凑近了些，盯着他这自信过度的模样，笑了起来："我喜欢你的梨涡。"

桑延垂睫："嗯，你说过了。"

想了想，温以凡改了苏浩安的话："梨涡头牌。"

"……"

温以凡想打消他被其他人的话弄出的成见："你这梨涡还挺爷们儿的。"

桑延很跩："长我脸上能不爷们儿？你看长那小鬼脸上成什么样儿了！"

"……"温以凡想到桑稚笑起来脸上的两个梨涡，有点儿羡慕，"你这个梨涡会遗传吗？能不能让我以后的小孩也长一对？"

桑延盯着她，吊儿郎当道："你这是找我帮忙？"

温以凡觉得他的话不太准确："这不也是你的小孩？"

下一刻，桑延一只手摁着她的后颈，向下压，另一只手抓着她的手腕。他的唇贴到她的锁骨上，轻咬了一下，发出邀请："那熬个夜？"

温以凡顿时往后退，揪住他的头发。

"不熬，该睡觉了。"

"我过两年再找你帮忙吧，现在还有点儿早。"温以凡声音温和，跟他商量，"你把身体养好，生活作息健康点儿。不沾烟酒，每天早睡早起，我到时候自然会——"

不等她说完，桑延直接抱着她站起来。他扫了眼挂钟上的时间，刚过十点。

"几点算熬夜？"

温以凡愣了一下，随口说："十二点？"

桑延眼眸似点漆，边亲她边往房间走，善解人意般地妥协。

"行，那今天早点儿睡。"

番外二
姐姐喜欢年纪小的？

"每回吃醋，都是因为一个土了吧唧的大老爷们儿。"

这个国庆长假，桑稚也从学校回来了。在她返校的前一天，黎萍打电话让其他人有空都回来吃顿饭，聊聊天聚一聚。

　　温以凡和桑延都还在休息日，当天中午就回了桑家。其他人都在，只有段嘉许还要上班，只能晚饭时间再过来。一家子有一搭没一搭地聊着天，临近饭点的时候，桑荣和黎萍突然被几个老朋友叫去吃饭，毫无心理负担地抛下了他们四个。

　　家里没什么食材，但说起去外面吃又不知道该去哪家店，最后温以凡和桑稚商量之后，还是决定去买点儿食材回来弄个火锅吃。

　　刚出楼下大门，段嘉许的车也恰好到了，三人上了车。

　　年后没过多久，段嘉许就从宜荷回到南芜，在这边开了个游戏工作室。

　　段嘉许身穿白衬衫，桃花眼稍敛，工作了一天，身上也不带丝毫疲倦。他的声线清润，说话时语速不疾不缓，温柔至极："想吃什么？"

　　桑延像个大爷一样靠着椅背，懒洋洋地使唤："开到旁边的超市。"

　　此时桑稚正坐在副驾驶上，安全带都还没系上。听到这话，她回头看了眼桑延，忍了忍，对段嘉许说："你按起步价收吧，但这个点儿应该可以翻倍了。"

　　段嘉许轻笑了一声，侧身帮她系上安全带。

　　桑稚狮子大开口："收他一千。"

　　"行。"桑延悠闲地说，"从你下个月的生活费里扣。"

　　"……"

温以凡安静地坐在旁边，不打算参与这两兄妹之间的斗争，只想当个免费蹭车的人。

前边的段嘉许倒是在此时出了声，轻揉了一下桑稚的脑袋，桃花眼稍敛："没事儿，扣就扣吧，我给你补上。"

桑稚被顺了毛，气势瞬间弱了下去："哦。"

车子发动。桑稚琢磨了一下这一千块钱的流动，很快就觉得不对劲："那好像是你亏了。"

"……"这算起来，不就成了段嘉许白给桑延一千块钱！

她回头："哥，你不用给了。"

桑延拖着语调，听起来很欠："不太合适吧？"

桑稚："合适。你俩关系那么好，算钱才不合适。"

"亲兄弟明算账，不然多伤感情。"桑延把玩着手机，一副公事公办的样子，"我这还带了俩家属呢。兄弟，那就算三千？"

"……"桑稚有种搬起石头砸自己脚的感觉，忍气吞声道，"你就别把我算上了，我这上的是我男朋友的车，不收钱。"

"哥哥，我不也是你的家属？"段嘉许笑，"不算上我吗？"

不管听多少次，桑延听一大老爷们儿这么喊自己，都觉得是人间地狱。他冷笑了一声，声音毫无情绪："你是不是有什么毛病？"

温以凡也被吸引了注意力，轻抿了一下唇，看着桑延那不知是不爽还是恼羞成怒的表情，总有种他在自己面前跟他的小情人调情的感觉。

看桑延终于不痛快了，桑稚就痛快了起来："哥哥，别人身攻击。"

"……"他们一个接一个地，像是在接龙。

温以凡感觉自己一直这么沉默着有点儿扫兴，再加上她的前情敌都喊了桑延这么暧昧的称呼。她犹豫了一下，觉得不能输掉阵势，忍不住凑到桑延旁边。

注意到她的状态，桑延也偏向她，用眼神询问："怎么了？"

温以凡贴近他耳边，跟他说起悄悄话："哥哥。"

"……"

这声音很轻，贴在他的耳际，带过浅浅的呼吸。

桑延的表情稍稍僵住，像没听清似的，眼睫轻动。他直视着她，轮廓明显的喉结缓慢地滑动了一下，脸上情绪难辨："嗯？"

两人目光对上。

盯着桑延的神色，温以凡总算有了点儿参与感。虽没太看出他这是什么反应，但似乎比对段嘉许那态度好了不少。她没再重复，心满意足地坐了回去。

但下一刻，桑延就抓住了她的手腕，挑眉说："再喊一遍。"

闻声，前头的桑稚回过头来，问道："什么？"

段嘉许抽空往桑稚的方向扫了一眼。见桑延没有搭理自己的意思，桑稚眼睛骨碌碌的，忽然对段嘉许说："段嘉许，我哥跟你说话呢。"

言下之意就是，你，再喊一遍，哥哥。

"……"段嘉许再度看向桑稚。

像是在记恨桑延刚刚的行为，桑稚还在千辛万苦地给他找不痛快，并将这希望寄托于段嘉许身上。段嘉许觉得好笑，顺从地妥协道："哥哥，怎么了？"

那点儿旖旎瞬间被这话打散。

桑延眉心一跳，生硬地抬眼，在一瞬间有了直接拉着温以凡下车走人的冲动。他重新靠回椅背，捏着温以凡的力道加重："没怎么。"

他这回反应没先前大，让桑稚没忍住又回头。

桑延声音轻飘飘的："在想怎么杀人能不偿命。"

"……"

段嘉许把车子停到超市外的停车场。

虽然已经谈了好一阵的恋爱，但桑稚还是不太适应在桑延他们面前跟段嘉许谈恋爱，总有种在长辈面前跟对象你侬我侬的感觉。

进了超市之后，她便拉着段嘉许到另一个区域。

温以凡从门口推了辆购物车，被桑延扯过。她想着刚刚在车上的对话，也不知道自己是在计较什么，但又忍不住跟他算账："感觉你在段嘉许面前——"

桑延侧头。温以凡面上平静，边慢吞吞地拿起旁边的商品，边说："还挺不一样的。"

"不过也挺好的，"温以凡又把商品放了回去，唇角弯起浅浅的弧度，声音温和，"也多亏了他，我才能看到你不同的一面。"

桑延手肘撑在购物车上，背脊稍弯，瞧着她："哪儿不同？"

温以凡也说不上来。

"温霜降，你这行为也是新鲜。跟老子在一块儿那么长时间，每回吃醋，"桑延站在原地，神色懒懒，"都是因为一个土了吧唧的大老爷们儿。

"故意找我碴儿？"

这话一出，温以凡回想了一下，好像确实是如此。毕竟这么长时间，她也没在他身边见过什么异性朋友。她不太想承认自己行为是在找碴儿，认真说："那下次段嘉许再喊你'哥哥'，你能不能坦然点儿接受？"

桑延："？"

温以凡补充："不然你俩有点儿像在打情骂俏。"

"你知不知道什么叫打情骂俏？"桑延身子前倾，抬手抵住她的脑袋，笑了，"还是说，你是在怪我没让你尝过打情骂俏的滋味？"

温以凡抬头。

"那畜生这么喊我是在恶心我。你喊我呢，那才叫打情骂俏。"桑延用力揉她的头，将话题重新带回去，"刚刚在车上喊我什么？"

温以凡没好意思重复，改了口："弟弟。"

"噢。"桑延倒也接受，漫不经心道，"姐姐喜欢年纪小的？"

"……"头一回听他这么喊自己，温以凡顿了一下，脸莫名有点儿热。她轻抿着唇，自顾自地往前走，没再继续这话题，装作镇定自若的模样。

桑延跟在她后边，神态懒洋洋的，又喊了声："姐姐。"

温以凡回头："你别这么喊我。"

"怎么？"桑延扬眉，声音带了点儿挑衅，"我看着年纪不够小？"

"……"

另一边。

桑稚边扯着段嘉许在超市里随意逛着，边郁闷地碎碎念："我哥也太烦了，动不动就拿生活费来威胁我。我也不是在意这点儿钱，但他这样也太幼稚了……"

段嘉许笑："他那份以后我给你。"

桑稚立刻瞅他，抓住了其中的重点："你为什么要帮他给？"

"……"

"虽然刚才看你能气到我哥，我还挺高兴的，"桑稚憋了几秒，还是选择过河拆桥，"但我现在越想越觉得不对，你别老那样调戏我哥，我看着都觉得你俩像一对。"

"……"像是觉得荒唐，段嘉许无语到直乐，"什么？"

桑稚盯着他那像是随时在跟人放电的眼，嘀咕道："反正你以后注意点儿。我明天就回学校了，也看不到这边的情况。要不然你就少跟我哥见面。"

段嘉许侧头看她。

"不过我那天看你跟钱飞哥说话，还有浩安哥，"桑稚感觉眼前的男人一言一行都像是在蛊惑人心，很不讲理地开始翻旧账，"也都挺暧昧的。"

段嘉许模样斯文坦然，慢条斯理道："放心，哥哥只喜欢年轻的。"

"……"

说着，段嘉许弯唇捏了捏她的脸，话里带着淡淡的谴责："小白眼儿狼。"

"……"桑稚装作没听见，扯着他继续往前走，顺带把话题扯开，"我哥说今晚吃火锅，那我们去看看蔬菜。对了，你之后就算加班，也要记得吃晚饭。不要老吃外卖，你要是不想做的话，可以去我家吃。"

段嘉许拉长尾音啊了一声："那不得见到你哥？"

"那……"桑稚回头，莫名有些心虚，"那你不跟他说话不就好了……"

从这排货物架穿过，再径直往前，两人走到生鲜区，桑稚一眼就看到站在那边的桑延和温以凡。她牵着段嘉许，下意识地往他们的方向走，刚走到桑延身后，另一端突然有个熟悉的声音叫了她。

"桑稚。"

她闻声望去，瞬间对上自己的小初高中同学傅正初的脸。

其余三人也顺势看过来。

傅正初神色明朗，笑了笑："还挺巧，又见面了。"

段嘉许眉梢轻挑了一下。

注意到桑稚身后的段嘉许，以及他们两个交握着的手，傅正初的表情微滞，脱口而出："这个真不是你哥吗？"

桑稚刚上初一的时候，因为在课堂上惹怒了老师，所以她偷偷拜托了段嘉许去帮她见老师。当时傅正初也在场，因此，他一直认为段嘉许是她亲哥。

前些天，桑稚国庆放假回来，是段嘉许来南芜机场接她的。两人当时恰好碰见了到机场接人的傅正初。

那天，注意到两人亲密的举止，傅正初极其难以接受，像是三观被人颠覆了一样，之后还发微信，委婉地劝导了她一番，试图让她回头是岸。

桑稚觉得无语，指了指桑延："这个才是我哥。"

桑延插兜站在原地，神态居高临下。

"哦哦，哥哥姐姐好。那桑稚，你别把我之前的话放在心上，是我误会了。"傅正初挠了挠头，也解释了一句，"那我先走了？我跟我舅舅出来买……"

没等他说完，突然有人扔了几袋巧克力牛奶到他面前的购物车里，发出啪嗒几声响。

顺着这举动，众人看了过去。来人是个高瘦的男人，穿着深色衬衫，袖子挽到手肘的位置。他的肤色白到病态，额前碎发稍稍遮挡了眉眼，眼角弧度微扬，锐利冷然。

男人的脸上不带任何表情，目光从他们身上扫过，眼神漠然到像是看着一堆死物。

他模样生得极好，却跟桑延和段嘉许的气质全然不同，像是一朵无人能采摘的高岭罂粟。

温以凡和桑稚都不自觉地多看了几眼。

傅正初盯着他扔进来的东西，随口问："舅舅，你什么时候开始喝巧克力牛奶了？"

男人没应声，抬脚往另一头走。

在这个时候，桑延散漫地出了声："傅识则？"

傅识则脚步停住，转头，轻描淡写地往桑延的方向看，仍然没半点儿要说话的意思。旁边的傅正初觉得冷场了，立刻开始缓和气氛："哥，你认识我舅舅啊？"

桑延下巴稍扬，没说话。见状，傅正初看向傅识则，用眼神示意他说几句。

傅识则上下打量着桑延，情绪没任何变化。他微不可察地颔首，冷漠地收回视线，又继续往前走，看着像是很看不上对方这种套近乎的行为。

"……"温以凡还是头一回见到有人这么给桑延脸色看。她觉得稀奇，继续盯着傅识则的方向。

傅正初格外尴尬，勉强解释了句"我舅舅最近嗓子不太舒服，哥你别介意啊"。而后，他跟其他人道了声别，立刻推着购物车追上傅识则。

桑稚又把这件事情点出："哥，人家好像不认得你。"

桑延毫不在意地啊了一声。

温以凡目光还放在傅识则的背影上，也问："你认识吗？"

"嗯。"桑延瞥她，平静地解释，"以前也在一中，比咱们小一级。"

温以凡点头，视线仍然未挪开。

周遭瞬间安静下来。过了一阵子，温以凡突然注意到不对劲，转头看向桑延。

与此同时，桑延也出了声，面无表情地说："好看？"

"……"这话明显是误解了她的行为。

温以凡正想解释，桑延眼眸漆黑，捏住她的下巴，一字一顿道："你眼睛怎么不干脆长他身上？"

"……"

返程的车上。

几人聊着聊着天，不知不觉又说回刚才的事情。说到这儿，桑稚觉得奇怪，忍不住问："哥，我那个同学把段嘉许当我哥了，你怎么不觉得奇怪？"

"哪儿奇怪？"桑延闲闲道，"我以前也以为你把他当亲哥。"

"……"这事儿也过去好几年了，桑稚死猪不怕开水烫般地坦白，"我初中的时候，让段嘉许冒充你去帮我见老师了。"

桑延抬眼："我知道。"

桑稚："？"

"你那老对象经我同意才去的。怎么，你不知道？"桑延看热闹似的，语气很欠，"噢，原来还当成你俩间的小秘密呢。"

"……"桑稚面色一僵。

"行。"桑延痛快地道，"那当我刚刚没说。"

桑稚看向段嘉许，注意到他此时正忍着笑，情绪更加不爽："你笑什么？"

"在想你那时候还挺自来熟。小小年纪就威胁我，不同意就要跟阿姨告状，说我跟你哥对你——"段嘉许回想了一下，眉眼舒展，"男男混合双打？"

"……"这话让桑稚想起了自己以前的丢脸事。她觉得憋闷，不想再跟这两个老东西交谈，回头跟温以凡说话："以凡姐。"

温以凡正看着手机，抬头："嗯？怎么了？"

桑延打断他们的交流："不知道喊嫂子？"

桑稚才懒得理他，跟他作对般地重复："以凡姐，你说我同学那舅舅是不是长得很帅？"

这话让车里安静须臾。段嘉许瞥了桑稚一眼，桑延也顺势看向温以凡，眼神似乎在让她注意点儿回答。

桑稚又刻意道："感觉能吊打这整车的男人。"

"小鬼，你感觉错了，跟我比那叫碰瓷。"桑延目光仍放在温以凡身上，指尖在她手背上轻敲，语气傲慢，"吊打驾驶座呢，倒是绰绰有余。"

"……"桑稚表情一言难尽，继续等着温以凡的答案。

想到刚刚在超市就有点儿惹到桑延了，但傅识则那长相确实也不能说是不帅。温以凡认真想了想，忽略了桑稚那句"吊打"，中规中矩地答："是挺帅的。"

但这回答让桑延的气压明显低了下来，捏着她手的力道也加重了些。

恰好遇上红灯，车子停了下来。前头的桑稚忽地收回视线，看向段嘉许的方向，短暂问了句"干吗"，之后再无动静。两人对视着，没发出什么大的声响。

温以凡这会儿也没精力关注前边，瞅着桑延生硬的表情。她思考着如何哄他，叹了口气，压低声音主动提议："算了，弟弟有点儿不成熟。"

"？"

"我们还是别姐弟恋了。"温以凡弯唇，话锋一转，"行吗，哥哥？"

"……"

此时此刻，前方。

坐在驾驶座上的段嘉许侧过头，直勾勾地盯着桑稚。他的眼眸闪着光，璀璨而分明，嘴巴一张一合，却没发出任何声音。

桑稚没太看懂，把脑袋凑过去："什么？"

段嘉许低头，嘴唇贴在她的耳边，悠悠道："哥哥打算争个宠。"

桑稚茫然："啊？"

沉默几秒，她听到男人的声音更低了些，近似用气音，跟她调起了情："回去再给你看点儿好看的。"

车子开回桑家。

温以凡被桑稚拉着先往大门的方向走。

桑延和段嘉许走到后备厢的位置，将刚买回来的大包小包提出来。桑延双手都是袋子，腾不出手，加之后备厢的盖子也不算高，便直接抬腿将车盖往下踢："你能管好那小鬼？"

段嘉许笑："怎么了？"

"让她注意点儿，想给你找不痛快的时候，就专注这件事儿。"桑延偏头，直截了当道，"别拉着我媳妇儿一块儿。"

"你直接找她谈吧。"段嘉许温文尔雅道，"我不太管她，一般都是她管我。"

"……"桑延有点儿受不了他谈恋爱时这德行，啧了一声。

两人走到楼里等电梯，有一搭没一搭地说着话。

温以凡和桑稚已经上去了。

"为你结婚这事儿，最近苏浩安给我打了好几次电话了。"段嘉许低笑了一声，"每回都问我什么时候结婚，说要赶在我之前。"

桑延散漫道："他哪儿来那么多破事儿？"

段嘉许眼角微弯，十分尊重地询问了一下当事人家属的意见："你觉得什么时候好？"

桑延嗤笑："关我屁事。"

段嘉许："你妹能大三就结婚？"

电梯恰好到一楼，发出叮的一声。

场面静滞住。桑延定定地看着他，忽然转了一下脖子，把袋子扔到地上。而后，他抬手扣住段嘉许的脖子，向下压，感觉自己每天都在被这畜生刷新三观。

"我服了，谈个恋爱连物种都变了。"

因这力道，段嘉许身子前倾，不受控地咳了一声。他好脾气地抬头，神色从容镇定，仿佛并不觉得自己的话有什么问题："什么意思？"

"能再给我看看你当人的时候是什么样吗？"桑延服了，"我压根儿想不起来了。"

"自己注意点儿。"桑延松了手，重新把地上的东西捡了起来，"我家不收畜生玩意儿。"

"……"

番外三
新婚旅行

你出生的那天，
对我来说，就是一年到头最佳的，黄道吉日。

1.

温以凡生日的前一天晚上。

不知剪刀被桑延收到哪里去了，温以凡在客厅翻找了半天，突然在其中一个柜子里，发现了桑延的几台旧手机。

其中一台是老式的按键手机。边缘已经被烧化，变了形，一副完全不能用了的样子，也不知道还留着干什么。

这个痕迹，让温以凡立刻想起这房子被烧的那天，钱卫华采访桑延时，他所说的话。

——除了房子和家具，就烧了台手机。不过也早就不能用了。

这么看的话，烧的好像就是这台。

温以凡怔怔地看了一会儿。恰在这个时候，玄关处响起了开关门的动静。她转过头，跟刚进门的桑延对上视线。他换着鞋子，边问："在干什么？"

温以凡啊了一声："找剪刀。"

桑延："我放厨房了。"

"好。"温以凡把手机放回原处，站起身往厨房走。她的思绪有点儿飘，仍想着那手机，余光见到桑延也跟了进来，便主动承认："我刚才看到你的旧手机了。"

桑延随口应："嗯，拿剪刀做什么？"

温以凡："我想开个面膜，撕不开。"

发现话题被他带走了，温以凡又带回来："那手机里有什么东西吗？你怎么还留着？都烧成那样了。"

桑延言简意赅："咱俩的成绩。"

这话等同于在说，那手机里存着他们从高二到高考结束后的短信。零零散散的对话、偶尔的问候，还有雷打不动地互报成绩。

要仔细想的话，温以凡也能勉强想到他们那时候每天是在说些什么。不夹杂任何暧昧，对话都正常，不含别的意味，却似乎自带甜意。

桑延："明天你生日，下回我过去给你带个礼物？"

温以凡："你生日是什么时候？"

桑延："元旦后一天。怎么？"

温以凡："回礼。"

……

桑延："考差了，安慰我几句呗。"

温以凡："晚点儿行吗？我考得挺好的，还想开心一会儿。"

……

温以凡："今天回家的路上，我在便利店里看到个男生，挺像你的，还以为是你过来了。"

桑延："下周六，行不？"

温以凡："什么？"

桑延："给你看看正品。"

温以凡的回忆被桑延打开水龙头的动静打断，她回过神，盯着他的侧脸，回想起重逢之后他装作不认识自己的模样，问道："你之前为什么装作不认得我了？"

"那么久不见，"桑延抽了张纸擦手，说话毫无正行，"我怕你跟我借钱。"

"……"

瞥见她的表情，桑延没忍住笑了一声，习惯性掐她的脸："你这什么眼神，我还不能给自己留点儿面子？"

温以凡："那你让余卓来跟我说话不就好了？"

"我想给自己留点儿面子，"桑延不知道是她想法有问题，还是自己的逻辑有问题，"不代表我不想跟你说话，懂？"

"……"温以凡顿了几秒，莫名笑了，"所以装作不认识来跟我说话。"

桑延似乎并不在意被她知道这些事情，只看着她笑，也跟着笑起来。他直起身，想拿起一旁的剪刀："不是要用剪刀吗？"

没等他拿起来，温以凡已经钻进他的怀里，伸手抱住他。

桑延动作一停："怎么？"

"没什么，"温以凡也不在意他是不是能听懂，低声自言自语，"抱抱正品。"

厨房内光亮寂静。听到这话，桑延的神色微愣，而后，不知是想起了什么，唇角扯起。良久，他低头吻了一下她的脑袋，喊她："温霜降。"

温以凡抬头，对上他的眼："嗯？"

男人碎发落于额前，在脸上打下细碎的剪影。他的身材高大宽厚，回抱着她，带着极为强烈的安全感。他用鼻尖轻蹭了一下她的鼻子，很自然地说："明天去领证。"

"……"

这话突如其来，像是氛围到了之后的临时起意，又像是深思熟虑过后说出来的。但不管是哪种情绪，都是，在告诉她，他已经把她的一辈子给定下来了。

温以凡眼睛莫名有点儿发热，用力眨了眨，半开玩笑："不挑个黄道吉日吗？"

桑延抬手，轻抚着她的眼角。

"明天就是。"

"明天？"温以凡思考了一下，"明天好像是我的生日。"

"嗯。"

一瞬间，温以凡明白了他话里的意思。

你出生的那天，

对我来说，就是一年到头最佳的，黄道吉日。

2.

领证后的一天晚上，桑延突然提到了新婚旅行这个话题。

当时温以凡刚洗完澡从浴室出来，听到这话时还有些蒙，往桑延那边看了两眼。见他正低着头打游戏，还以为他是在跟朋友语音，没有出声回答。

过了几秒，桑延重复了一遍："去不去旅行？"

温以凡这才意识到他是在跟自己说话，茫然地接了一句："去哪儿？"

桑延反问："你想去哪儿？"

没提前了解过，一时间温以凡也想不到要去什么地方，但在桑延近似审视的目光下，她沉默了一会儿，打算中规中矩地先提一个邻近城市为建议。

"那就去泉——"

桑延打断了她接下来的话："噢，你想去宜荷。"

温以凡："？"

"宜荷啊。"桑延拖着腔调重复一遍，语气仿佛有些勉强，"倒也不是不行。"

话毕，桑延偏头，定定地瞧着她："除了这儿，还有没有想去的地方？"

沉默半晌。

"我没想去宜荷……"说话的同时，温以凡注意到他意味深长的表情，她停顿三秒，犹疑又生硬地补充，"……吧？"

桑延视线未动。场面定格住，两人四目对视。感觉这氛围有些不对劲，温以凡不明状况，只好试探般地改了口："又好像有点儿想去？"

"……"

见他表情没有丝毫变化，温以凡继续试探："好吧，不是有点儿想。"

桑延看她，温以凡正经又淡定地说："是很想。"

桑延稍顿，淡淡地嗯了一声，收回目光，继续打游戏。见还是没效果，温以凡也有些束手无策了，正想着该怎么办的时候，桑延忽地腾出一只手，用力将她拽到怀里。

温以凡背部撞到他的胸膛，猝不及防回头。

"怎么了？"

桑延把她脑袋转了回去："陪我打游戏。"

温以凡眨眼："哦。"

虽是这么说，但温以凡还是忍不住悄悄偷看桑延的表情。她稍抬头，瞬间撞见，他右唇边上浅浅的梨涡。

……

这种状况，温以凡就算再迟钝也能察觉出来，很明显就是桑延想去这个地儿，但是又不想直接承认，所以就故意摆出这种姿态。

温以凡觉得有些奇怪，问过他好几次都没有得到答案，甚至，莫名觉得他的模样嚣张至极，明明白白地写着三个字——"自己想"。

之后，温以凡开始不动声色、旁敲侧击地打探。没几次，桑延就看出了她的意图。仿若来了配合她的兴致，他也没再像之前那般遮得严严实实，零星地给出了点不知是真是假的缘由。

像是逗猫一样，语气不正经又带着几分玩味。

比如——

温以凡："你去宜荷是有什么想看的景点吗？"

桑延："没呢。"

温以凡："那我们去别的地方？"

桑延一停："我刚才说什么了？"

温以凡："你说没有。"

"噢，"桑延懒懒道，"说错了。"

"……"温以凡一噎，"那你想去哪儿？"

桑延思索须臾，声音略带敷衍："州氏观吧。"

温以凡没听过这个地方，以为是宜荷的哪个小景点。她点了点头，而后拿出手机打开浏览器，边问他对应的字，边往上敲。她看了一眼词条，上边的内容基本都是跟某个手游相关的，是里边的一个地名。

她有些纳闷，扫了眼桑延的手机屏幕，就见上边显示的界面恰好就是这个游戏。

温以凡："……"

桑延往后靠在沙发上，坐姿懒散随意，手搭在膝盖上，似乎也不介意被她看到。他侧过头，看着她盯着自己的手机，也垂下眼。

注意到手机上的"州氏观"三个大字，桑延挑了一下眉。

温以凡明知故问道："这是……"

"看不出来？"桑延面上没半点心虚，像是完全没意识到问题的存在，他的指尖在屏幕上轻点两下，一字一顿又厚颜无耻地回，"游戏地名。"

"……"

又如——

温以凡决定用极端一点儿的激将法探得他的口风，便强装平静地说："我想了想，我好像也没有那么想去宜荷。"

桑延冷声说："是吗？"

温以凡点头，忐忑地想着他会给出怎样的反应。下一秒，她看到他收回视线，悠哉地点评："那你想错了。"

"……"

挣扎了好几次之后，温以凡也意识到，如果桑延不想说，自己就算是通过什么物理手段，也无法将他的嘴撬开。

最后也没问出个所以然。想着反正到了宜荷之后就能知道答案，温以凡也没再关注这个原因。

出发那天，两人到宜荷时已经中午十二点了。

十月下旬，南芜还只是微凉，但宜荷的气温已经掉到个位数。跟两人上次来时的温度差距很大，直接从夏天入了冬。

飞机刚落地，温以凡就感觉到了寒意。桑延揪着她，给她裹上外套和围巾，之后又拿了双手套出来。见状，温以凡有些想笑："好像也没这么冷。"

桑延眼皮耷拉，一副没睡醒的模样。他扫了她一眼，却没搭腔，自顾自地继续着手上的动作。

等他套好一只，温以凡顺势扯过另外一只，往他手上套。她一只手光裸，手指光滑白皙，根根细长，无名指上戴着与他同款的对戒。

桑延不太怕冷，此时有些不配合："干什么？"

"留一只手。"温以凡固定住他的手，自然道，"要牵手的。"

"……"闻言，桑延手上的动作停住，没再反抗。等她替他套好后，他站起身朝她伸手，却没牵住她的手。

温以凡也等着，坐在位置上看他。

"你提的要求，所以……"对上她疑惑的视线后，桑延挑眉，理所当然地提醒，"你主动。"

出了机场，两人先去酒店放了行李。酒店是桑延订的，位置依然在宜荷大学附近，但不是两人先前住的那家。

这趟旅行的行程制订桑延全都没让温以凡参与，所以她也不知道过后要去哪儿。她坐在椅子上，趴在椅背上："我们一会儿去吃什么？"

桑延拧开一瓶水，递到她面前，说了个店名。

温以凡听着耳熟，但一时之间也想不起是什么店了。她抿了一口水，看着他进厕所洗了手又出来，顺口问："是什么连锁店吗？"

"不是，"桑延说，"就是附近一个茶楼。"

温以凡抬头，突然反应过来自己对这店名的熟悉感从何而来——这是宜荷大学附近唯一的茶楼，温以凡大学期间来过好几次，所以对这儿并不算陌生。

她顿时有了个猜测，看向桑延，轻声问："你住过这家酒店吗？"

桑延接过她手里的水，灌了一大口，不太在意地嗯了一声。

温以凡沉默两秒，又问："多少次？"

桑延："不记得了。"

这话让温以凡彻底确定，这大概是桑延以前来宜荷时常住的酒店。上一次来宜荷，温以凡只有两天的假，所以那次的行程很赶，两人待了一天就离开了。也因此，他们没在附近溜达多远，她也没怎么跟桑延介绍这周边的事物。

想到这儿，温以凡又想起那家粿条店的老板，以及她看到桑延时，说他有些面熟的反应。

她抿了一下唇。走了一小段路，温以凡眼一抬，往旁边指了指："那家奶茶店……"

桑延转头："嗯？"

温以凡："我大一、大二的时候在那儿兼职过。"

桑延："我知道。"

继续往前。

温以凡也不在意他知不知道，正经地给他介绍："前面那个火锅店，冬天的时候，我们宿舍一周会一起来吃一次，用宜大的学生证可以打七折。"

桑延："嗯。"

"还有那家咖啡馆，"温以凡笑，"有时候学校的图书馆没位置了，我就会来这儿自习。那里的咖啡很便宜，还能续杯。"

桑延："嗯。"

……

边走，温以凡边跟他介绍这一路的东西。直到路边一家报亭，桑延脚步莫名停了半拍，然后拉着她走到报亭门口。里头是个年纪已长的阿姨，目光有些浑浊，正看着面前的小电视。

桑延拿起一份报纸："阿姨，拿一份《宜荷日报》。"

阿姨抬头："一块钱。"

话音刚落，阿姨看到了桑延的脸。她眯起眼睛，而后神色一愣，笑了："小伙子，很久没见你啦！又来宜荷玩了？"

桑延笑："嗯。"

报亭阿姨笑容朴实："你要的报纸我还一直给你留着，你给我留的钱能买好几年的日报了……不过这地儿小，没地方搁，我给放家里了。我现在打个电话让我儿子送过来……"

"不用，占位置的话直接扔了就行，以后不用再给我留了。这段时间麻烦您了。"桑延笑，"我就是刚好路过来看看您。"

"这样啊。"阿姨注意到站在他旁边的温以凡，问了句，"这位是……"

闻言，桑延看了温以凡一眼，唇角浅浅弯起。他轻捏了一下她的指尖，话里的意味多了几分郑重："是我妻子。"

温以凡稍愣。从两人领证之后，桑延对外一直称她为"媳妇儿"，她倒是没听过这么官方的"妻子"二字。

很快，桑延又道："我们是来新婚旅行的。"

倏忽间，温以凡想起了她之前喝醉酒跟桑延说的话。

——我梦到你来宜荷了，带着你……嗯……你妻子，你们是来新婚旅游的。你特别开心，还笑着跟我打招呼了。

然后他说。

——行吧，那咱以后也去宜荷旅游。

这一刻，温以凡终于明白他坚持来宜荷旅行的理由。

温以凡都没太想起来当时的对话，可桑延记得。他曾经给下的承诺，他会始终记得，也会记得替她实现。他在将她的噩梦转变得只剩下美好，然后将之实现。

阿姨又笑起来，语气里多了几分祝福："是吗？恭喜你们。"

"我以前跟您买这个报纸，"桑延眉眼难得温和，语气认真，"是因为我妻子以前是宜荷日报社的记者。"

温以凡的鼻子莫名有些发酸。

阿姨惊叹："小姑娘真厉害。"

她用力眨了眨眼，握着桑延的力道也收紧："谢谢阿姨。"

离开报亭，两人又顺着道路往茶楼的方向走。

温以凡看向他，忍不住问："阿延，你有梦到过吗？"

桑延："什么？"

温以凡思考两秒："来宜荷。"

桑延随意说："当然。"

"你都梦到什么了？"

"怎么？"桑延吊儿郎当道，"做梦也得查岗？"

温以凡没有说话。她觉得自己应该知道他的答案，因为她也是一样的。在那些年里，总会有一个想见却不敢见的人。

一个做梦都不敢去见的人。

——沉默。

直到走到茶楼下，温以凡止住脚步，仰起头看他。对上他不明所以的眼神，她的手掌渐渐握成了拳，认真地说："如果你以后还梦到的话。"

"嗯？"

"醒来的时候，"温以凡说，"要第一个来见我。"

3.

某天凌晨，桑延忽然醒来，下意识地往旁边一搂，却扑了个空。他皱着眉，看向旁边空空如也的床，上边似乎还残留着温以凡身体的余温。

他瞬间清醒了些，往主卫看了一眼，门关着，里头也漆黑一片，看着不像是有人的样子。

桑延起身，瞬间瞧见了整齐摆在地上的温以凡的拖鞋。他顿时明白了什么，往房间外走去，走到客厅，在熟悉的位置看到温以凡正坐在那儿看挂钟。

两人结婚之后，温以凡梦游的次数以肉眼可见的速度变少，已经很久没犯过这毛病了。偶尔梦游了，桑延也基本能及时发现。

桑延走过去蹲在她面前。他盯着她看了一会儿，唇角一勾，顺着她的目光，往后看了眼挂钟的方向。

刚好凌晨三点。再转过头时，就见温以凡的睫毛动了动，视线渐渐下挪，移到了他的脸上。很快，温以凡站了起来。她的双脚赤裸，悄无声息地落到地上，还没走出一步，就被桑延整个抱了起来。

似是因为眼前人的出现，又可能是被这动静吵醒，温以凡仿若有了点儿意识。她的身体也放松了些，习惯性地钩住他的脖子，含糊地说："怎么了？"

桑延低声哄："凌晨三点了。"

隔了几秒，桑延又安抚般地补了句："该睡觉了。"

番外四

去给我讨个公道

"小鬼，你知道牌场上什么人最容易被激怒吗？"

"？"

"就是……像你这么菜的人。"

隔年中秋夜晚，四人回到桑家过节。

　　晚饭还没开始，温以凡就被台里的一通电话叫走，一直到十点都没回来。老人家睡得早，桑荣和黎萍这个点儿就去准备洗漱睡觉了。

　　剩余三人没什么事儿干，干脆玩起了斗地主。只是图个乐子，所以他们定的赌注并不高。一盘一块起价，一个炸弹翻一倍，没有其他繁杂的规则。

　　按照桑稚原本的计划，她是打算一直让桑延当地主，然后她跟段嘉许联合起来对付地主，把他赢到片甲不留。奈何她拿上来的牌都不错，每盘都心痒痒地叫了地主。

　　桑稚并不常玩这类游戏，所以不算擅长。连着几盘牌都被这两个老男人打得毫无抵抗之力，她的火气值逐渐上升，渐渐就升上了顶端。接下来，不论拿到什么牌，桑稚都执意当地主。

　　她抛夫弃兄，彻底把对面两人划为敌方阵营。

　　在新一轮的赌局上，桑稚出了牌，而后改变了称呼。她听从温以凡先前的话，正经地喊："姐夫，该你了。"

　　桑延也不介意，扫了眼牌面："出什么了？"

　　桑稚："三。"

　　"噢。"桑延抬手，悠哉地丢出四张牌，"炸。"

　　"……"桑稚瞪大眼，觉得不可思议。顿了三秒之后，她才茫然地说："我就出了一张三！"

　　桑延懒懒地道："嗯，我知道。"

段嘉许闷笑了一声。这笑声犹如火上浇油，桑稚炸了毛："你笑什么！赶紧出牌！"

段嘉许眼角还弯着，好脾气地揉了一下她的脑袋，像是在顺毛："过。"

桑稚看着手头上唯一的王炸，决定先忍一手："过。"

桑延背靠椅背，装模作样地沉吟片刻。

桑稚催促："快点儿。"

桑延轻描淡写地说："那就四吧。"

"……"桑稚忍了忍。

段嘉许依然没出牌，桑稚觉得这个局面有些奇怪，谨慎地压了一张二。两人都过，她犹豫了一下，感觉继续出单牌局势不妙，又觉得他俩的牌估计很齐，没什么单牌。

她决定冒险一搏，出了个五。

桑延过。

桑稚心下一松。

段嘉许瞧着牌，慢条斯理地说："四个六。"

"……"桑稚盯着段嘉许，完全不知道他们两个在打什么。

顷刻间，桑稚有种回到了初二那个校运会的感觉，觉得荒谬至极。她回想起被这两个人联合起来羞辱她班服丑的场景，也想起了当时的那种屈辱感。她极为火大，决定不再忍，直接出了王炸。

两人过。桑稚把手里的小对子出完，纠结半天，出了个顺子，结果被桑延接上了。

他只剩一张牌，嚣张而又狂妄地说："小鬼，你知道牌场上什么人最容易被激怒吗？"

桑稚："？"

"就是……"桑延的指尖在桌上轻叩两下，难得耐心，"像你这么菜的人。"

"……"唰的一下。

桑稚感觉到一股火苗从心中蹿起，愈燃愈烈，完全无法控制。她正想站起来跟他理论，在这个时候，段嘉许突然接过了桑延的顺子。

瞥见桑延手中的单牌，以及桑稚绷直的唇角，他弯了一下唇，打了个对子。

"……"桑延偏头，面无表情地看他。

最后桑稚获胜。

桑延把最后一张牌搁到桌上，冷笑："你俩牛，以后别找我打牌。"

桑稚心情刚好了点儿，又被他激怒，替段嘉许恶人先告状："谁想跟你玩！你就是在乱打！"

说完，她厚着脸皮，麻利地从桑延面前的零钱里抽了张十块的，还公事公办地找了他两块钱："怕你不认账，我先拿了。"

桑延正想回话，手机在这个时候响了起来。他看了眼，扯唇，忽地站了起来。

见状，桑稚觉得心虚，警惕地躲到段嘉许身后："你要干吗？"

桑延瞥她一眼，没吭声，走了两步，又像是想起了什么，折返将桌上剩余的零钱揣到兜里。

"……"桑稚没忍住吐槽，"这点儿钱也要计较。"

见他沉默着往玄关处走，桑稚觉得莫名其妙，也不知他这突然打算甩门走的情绪从何而来。她探头，称呼依然是很刻意地在跟他断绝兄妹关系。

"姐夫，你干吗去？"

桑延套上鞋子，穿着一身黑，气质冷然傲慢。似乎是眼不见为净，他没看他们，只是拿起鞋柜上的车钥匙，在手中轻抛了一下，而后眉梢轻挑，语气随意又吊儿郎当："去接你姐呢，弟妹。"

走出单位，温以凡在熟悉的位置看到了桑延。

他站姿闲散，靠着背后的支柱，脑袋稍垂，脸上被光打出成片的阴影，看着也不知是等了多久。没等她出声，桑延就抬起了头，准确找到了她的位置。

温以凡走到他面前，桑延习惯性地直起身，伸手握住她的手。温以凡反握住他，仰头，瞅见他板着的脸时，唇角弯起："你怎么看起来这么凶？"

桑延皱眉，温以凡抬手扯他的脸。

"……"桑延的脸被她扯歪，仍然不带表情，"干什么呢？"

温以凡眨眼，手一松，讪讪道："还是很凶。"

"凶还敢掐我。"桑延语气凉凉，但也没跟她计较，他接过她手上的包，牵着她往前走，随口问，"饿了没？"

"有一点儿。"温以凡指了指不远处的一个小摊位，"想吃个煎饼果子。"

闻言，桑延往那边扫了一眼。而后，他从兜里拿出六张一块的，往她的手里塞，很大方地说："去买。"

温以凡愣了一下，第一反应就是想问他怎么带这么多零钱，脱口而出的话却成了——

"还差两块。"

沉默两秒。

"今晚斗地主赢的，都在这儿了。"桑延好气又好笑，捏了捏她的指尖，咬着字句说，"先给我垫两块钱，回去再还你。"

温以凡好奇："你们今晚玩斗地主了？"

桑延："嗯。"

"那你不是赢了吗？"温以凡语气温和，"怎么看起来还不太高兴？"

"这也能看出来？"

温以凡点头："很明显。"

"噢。"看着她认真的模样，桑延眉眼莫名舒展了一些，"没什么事儿，就是我遇到老千了，一会儿回去给我讨个公道。"

温以凡有些蒙："啊？"

"没听懂？"桑延扬眉，"今晚大概是这么个荒唐的情况。"

温以凡等着他的下文："嗯。"

"你听起来可能觉得像是鬼打墙了，但情况就是这样。不管我当不当地主——"说到这儿，桑延一顿，语调多了几分凉意，"我都没有队友。"

"……"温以凡反应了好一阵，没忍住笑出声来。

桑延立刻看她。

见状，温以凡很识相地收敛笑意，清了清嗓子，哄他："没关系。下回你等我在的时候再玩，我给你当队友。"

"行，不过呢，你那牌技，"桑延敛着下巴，轻笑起来，"到时候估计又得让我遭遇一次鬼打墙。"

两人走到摊位前。

桑延要了份煎饼果子，给老板递了钱。余光见到温以凡正低头看着手机，他侧头，懒洋洋道："看什么呢？"

温以凡全神贯注，没回话。以为是她工作上的事情，桑延也没太在意。几分钟后，他接过老板手里的煎饼果子，正想喊她时，发现她的目光仍然放在手机界面上。

桑延低眼望去，就见她的手机界面上大大地亮着七个字。

——斗地主必胜秘籍。

"……"

番外五
论梨涡的传承

"儿子，帮个忙。你爹惹你妈生气了，这两天你自己想想办法，赶紧长个梨涡出来。"

"……"

1.

自从温以凡的怀孕结果出来后，桑延的精力几乎都放在她的身上。

温以凡的妊娠反应大，难受起来什么都吃不下，怀孕了反倒又瘦了一圈。觉比从前多，话也少。一贯的好脾气也被激发出些许坏情绪，偶尔会冷不丁地发起脾气。

温以凡发脾气的方式也另类。对其他人还如常，就是喜欢黏着桑延不放，而且她做什么都要跟他对着干，最后还要恶人先告状地来一句"你脾气好差"。

她不舒服，桑延的心情也好不起来，什么都惯着她，兴致来了还逗着她玩："是好差。"

看温以凡因为他不按常理出牌而发愣，还闲闲地学着她的语气："那你可要小心点儿，下辈子你追我的时候会更差的。"

过了最难受的那段时间，温以凡的注意力渐渐转移到另一件事情上。

出于对桑延梨涡的执念，她不知从哪儿道听途说来了个法子，说是如果想要肚子里的小孩长成什么样儿，就把参照物摆在眼前，尽可能地多看看。

也因此，温以凡每日必做之事的清单里，莫名多了一项。

——用尽各种方式，让桑延笑出个梨涡。

一开始温以凡还算克制，没有直白地表现出自己的目的，而是选择说些好笑的事情逗桑延开心。桑延虽觉得有些奇怪，却也没发现她的居心，只感觉她的精神终于好起来了，也放心了不少。

温以凡绞尽脑汁地掰扯了一周的时间，然而没有源源不断、取之不竭的乐事。又挣扎了几天，她只能选择单刀直入。

比如凑过去挠他痒痒，又或者是委婉地让他抬一下嘴角。

自然而然地，桑延察觉到她这"歪门邪道"的胎教方式，但也由着她去。可能是注意到他的纵容，次数多了，温以凡也变得理直气壮起来。

她不再绕圈子，直接一句："你笑一下。"

到最后，只剩下冷酷的两个字。

"梨涡。"

"……"桑延感觉自己前二十多年笑的次数加起来，都没有这几个月的多。有时候实在笑累了，还要被这"强盗"强行掐住右脸颊，硬捏出个凹陷来。

2.

这种情况一直持续到桑也小朋友出生。

说起这名儿，还是桑延起的。

两人在某个晚上讨论起孩子性别这一茬，但他们都没什么想法，不论是男孩还是女孩，都是同等的期待。聊着聊着，就聊到了孩子的名字。

温以凡琢磨了半晌，到这个时候脑子却一片空白，什么都想不出来。她有些郁闷，干脆把问题交给桑延，让他来解决。

桑延慢条斯理地抚着她无名指上的戒指，目光淡淡，表情看不出是在想什么。

在一起之后，温以凡送给桑延的那条情侣手链，被他当成了"定情信物"。因此，两人结婚时戴的对戒，也用相应的图案定制。

如同手链那般，两个戒指的内侧分别刻了两个人名字的缩写，以及桑叶和雪花。

……

见他半天不说话，温以凡催促道："想到了吗？"

桑延啊了一声，目光仍然放在上边，神态自若地说："要是男孩儿，就叫桑叶，女孩儿呢——"

听到这个开头，温以凡就觉得不太对劲儿。果不其然，下一刻，她就看到他轻挑了一下眉，把剩下的话说完："就叫桑雪花。"

"……"虽然温以凡也没抱太大希望，但仍然希望他能说出几个稍微拿得出手的名字。她抿唇，有点儿不高兴，凑过去掐他的脸："你还能再敷衍点儿吗？"

"哪儿敷衍？"桑延任由她掐，嘴上倒是照例不饶人，悠悠地反将一军，"噢，你的意思就是，给我的定情信物很敷衍。"

"……"温以凡一噎，"这不同。"

温以凡向来讲不过他，也不等他回话，继续说："桑雪花也太……"不想打击他的积极性，她咽回嘴里的"土"字，温吞道，"还不如叫桑霜降。"

"不行。"桑延理当如此地说，"那是你的名儿。"

"……"不知为何，温以凡那点儿闷气也随着这话消散。她把思绪放回名字上，又想了一会儿，而后叹了口气："阿延，你的名字，爸妈是怎么起的？"

桑延正想回答，像是想起了什么，温以凡自顾自地哦了一声，忽地起身，往书房的方向走。

桑延抬眸："上哪儿去？"

"拿个东西，"温以凡边走边说，"你等我一下。"

桑延眼神不明，脑子里浮现起了某个不太明确的猜测。没过多久，他的这个猜测就如他所想般地成了现实。

温以凡重新出现在桑延的视野里，手里多了本《中华大词典》。

见状，桑延眉心微动。温以凡唇角弯起，把词典塞到桑延怀里。她的模样显然是想起桑延高中时吹的牛，认真地说："你也翻三天三夜。"

"找出个最爷们儿——"温以凡停顿两秒，又补充，"以及最姑娘的名儿，然后我们再来开百八十次家庭会议。"

"……"

见她似乎是来真的，桑延也没挣扎，言听计从地接下了这个任务。接下来的三天，他在温以凡面前都装模作样地抱着词典，虽然基本没怎么翻过。

　　出于对"桑叶"不抛弃不放弃的原则，以及温以凡提出的最"爷"们儿的要求，桑延直接翻到"ye"那页，找了个特别的谐音字。

　　这回桑延考虑得倒是多。他甚至还想到这个字的另一个优点，就是笔画少。所以这孩子到时候也不会混得像他妈妈那样，到一年级都不会写自己的名字。

　　桑也这个名字就这么凭空而来。

　　而另外那个没用上的姑娘名，看出温以凡对"雪花"这词格外不满，桑延也没坚持用，深思熟虑一番后，改成了雪花的别称。

　　叫作桑六出。

　　3.

　　虽说温以凡之前三句不离梨涡，但桑也出生之后，她反倒忘了这件事。直到某天晚上，她哄小桑也睡觉的时候，突然注意到了他笑起来时光溜溜的脸颊。

　　那一刻，温以凡发现了不对劲儿的地方。她没立刻反应过来，只是犹疑地碰了碰桑也的小脸，看着他咯咯地笑着。

　　温以凡还没深想，在这个时候，桑延恰好从浴室里出来。他刚洗完澡，头上搭着条半湿的毛巾，边擦头边说："你去洗澡，我来哄。"

　　闻声，温以凡抬眼，没有吭声。看她这副迟钝的模样，桑延似是觉得有些好笑："发什么愣呢？"

　　他一笑，右唇边的梨涡又凹陷下去。温以凡的目光定住，几秒后，渐渐下滑，挪回了桑也那张翻版桑延的脸上，以及他那光溜溜的脸颊。

　　这一瞬间，整个世界似乎都安静了下来。

　　……

　　桑延这辈子都没想过，自己会在这种事情上栽跟头。就算温以凡对他的梨涡"纠缠"得再过分，他也未曾往这件事情可能无法实现的这个念头考虑过。

此时此刻，温以凡难得板着脸，目光也带着谴责的意味。

桑延觉得无语又荒唐："这还能怪我？"

温以凡点头："你没帮上忙。"

"……"那他倒是没想过自己会帮不上忙。

"这点儿小忙你都不帮。"温以凡唇线拉直，生起了闷气。她不想再跟他交谈，把桑也给他，而后往浴室的方向走："我去洗澡了。"

桑延抱着桑也，瞧着她发脾气的样子，倒是乐了："温霜降，你为这事儿跟我生气？"

温以凡没搭理他。

"那谁做事儿总有失手的时候，"桑延眉目舒展，有理有据地为自己辩解，"而且，这还不一定失手呢，说不定只是这小子太小了，看不出来。"

温以凡的脚步停下，再度燃起了希望，正想转头，又听见他说："不过，我有那玩意儿不就得了？"

桑延语气有些欠："跟你过一辈子的又不是这小子。"

回应他的是门被关上的撞击声。

桑延表情顿住，低下头与小桑也对上视线。他观察着桑也的五官，除了嘴巴像温以凡，其他都是随了他。

按苏浩安的话来讲，桑也就是桑延理想中自己的模样。

——因为摘掉了那个娘里娘气的梨涡。

怀里的小桑也眼珠骨碌碌的，也盯着他。

桑延扯唇："干什么，看热闹呢？"

像是听懂了一样，小桑也嘴角上扬，咿咿呀呀地笑了起来。

这小孩的性子也不知是随了谁，格外爱笑，跟他爹娘完全不一样。看着那张酷似自己的脸笑得像个傻子，桑延有些看不下去了："行了，睡吧。"

小桑也继续笑着。

很快，桑延想起了刚刚的事情，又低头看着桑也。他的模样若有所思，仿若想到了什么主意，声音低了下来，语气像是在威胁又像是在哄睡:"儿子,帮个忙。"

小桑也纯真无邪地看着他,手脚不安分地动着,努力张开,想伸手去拽他肩膀上的毛巾。

"你爹惹你妈生气了,"桑延干脆换了个抱他的姿势,懒洋洋道,"这两天你自己想想办法,赶紧长个梨涡出来。"

从浴室出来拿东西刚巧听到这话的温以凡:"……"

4.

家庭地位低下的桑延最终也没威胁成功,并且这事情没有彻底翻篇,虽说频率不高,但只要温以凡想起这件事儿,就会时不时地提起来。

而想起这件事情的触发点,大多是她看到了桑延脸上的梨涡。

像是有受虐倾向,又像是在给自己疯狂找存在感,每次温以凡因为这事儿找他碴儿,桑延反倒心情十分痛快,脸上那梨涡像是嵌上去的一般,怎么都摘不掉。

某个周末,桑延独自在家带桑也。

因为黎萍前些天说想把桑也接过去带几天,温以凡提前一晚把桑也的必用物品收拾好了。打算等时间差不多了再带他出门,桑延跟小桑也一块儿坐在地上的海绵垫上,桑延一边看电视一边注意着他的动静。

小桑也乖乖坐在原地,把玩着手里的机器人,小脸儿严肃异常。随着年龄的增长,桑也的性格越来越像他,多数时候都是冷傲又不爱搭理人。区别就是,只要看到喜欢的人,他就会变得黏人又爱笑。

桑延换了个台,心想着这小屁孩最好就这么维持到自己把他送走时,桑也就像是听到了他心里的话,故意跟他作对般地把手里的机器人丢到一旁,往桑延这边爬。

没一会儿,小桑也就爬到了桑延的面前。他双手搭在桑延的腿上,高兴地笑起来。桑延眉一扬,抓住他的尿布,将他提起,搁到一旁。

"去那儿爬。"

小桑也的地理位置骤变,傻乎乎地转了一圈,找到桑延的方位之后,又锲而不舍地爬回桑延的怀里,笑声软而清脆。

桑延不太想搭理这小屁孩，但又挨不住他的黏人，没过多久也被他逗得笑起来："别跟你妈学，大老爷们儿不能这么黏人，懂？"

小桑也听不太懂，只奶声奶气地重复："懂、懂？"

桑延轻轻捏了一下他的脸。小桑也的眼睛清澈，他盯着桑延的脸，忽然站起来，举起肉肉的小手。怕他摔了，桑延扶住他，问道："干什么呢？"

小桑也指了指桑延的右唇，磕磕绊绊地说："爸爸，你、你介个，介个是神魔？"

"……"桑延没反应过来，"什么？"

桑也重重地戳住他的梨涡："介个！"

"噢，"知道这个年纪的小朋友每天都有十万个为什么，桑延因为先前的敷衍被温以凡教育过好几次，到现在已经习惯有问必答了，"梨涡。"

小桑也小鸡啄米般地点头："哦哦。"

桑延瞥他："干什么？"

桑也又笑起来，另一只手握成拳，挡在嘴巴前面，一副偷笑的表情。他把手收了回来，天真而兴高采烈地说："丑丑！"

"……"桑延眉心一跳，"你说什么？"

桑也重复："梨涡，丑丑！"

确定自己没听错之后，桑延唇边的笑意收起，面无表情道："谁教你的？"

桑也放下手："姑、姑姑……"

桑延替他说完："姑姑教的？"

桑也摇头："姑姑说……"

见事情还有转折，桑延平静地等着这小子用他那十分不流利的普通话，把真正的幕后指使者举报出来。

小桑也思考了一下，认认真真复述："不、不能讲。"

"……"

桑延有种自己被这臭小子耍了的感觉。

晚上，温以凡到家时，小桑也已经被黎萍接走了。她站在玄关处脱鞋，顺带往房子内扫了一圈，注意到桑延此时正躺在沙发上，眼睛闭着，不知睡没睡着。

怕吵醒他，温以凡轻手轻脚地往里走。

刚坐到他旁边的空位上，桑延就出声开始告状："你儿子说我这玩意儿丑。"

"……"温以凡转头，"什么？"

桑延坐了起来，给她倒了杯温水，随意地指了指自己右脸颊的位置。

这个意思十分明显，温以凡喝了口水，迟疑地说："你是不是听错了？"这话一出，见他面色不悦，她慢吞吞地把水咽下，思考着怎么应对，"还不是因为你当初连这点儿小忙都不帮我。"

桑延沉默听着。

"如果阿也也有梨涡，"他不说话，温以凡反倒有些不适应，声音随之温和了些，"你今天不就可以反驳他，说一句彼此彼此？"

安静须臾。桑延冷不丁地冒出了句："行。"

"？"

话音刚落，桑延猛地把她的杯子放回桌上，摁着她的手腕往沙发的方向压。他的目光深邃，身子覆了上去，将她整个人固定住。

桑延与她对视几秒，喉结轻滑，哑声问："还要不要我帮忙？"

温以凡的目光从他的眼睛往下挪，停在了他的嘴唇上。她愣了须臾，莫名也咽了一下口水，慢一拍地啊了一声。

下一刻，她听到桑延低笑了一声，吻如雨点般细碎落下。

"那今天把六出生了。"

番外六

桑延视角

如果你不来.
那么，我就去见你.

2007 年，高考结束，桑延迎来了人生最漫长的一个暑假。从北榆回来之后，有很长一段时间，他都没再听谁提起过温以凡这个人。

　　他考了个好成绩，拿到了国内排名靠前的大学的录取通知书。父母高兴骄傲，亲戚时不时拉他出来夸赞，周围的一切都淹没在喜悦之中。

　　脱离了学习重压的苦海，桑延的时间变得宽裕，生活也丰富而充实。

　　桑延没跟任何人提及与温以凡那段，本以为能看到曙光，却无疾而终的关系。他照常跟朋友出去打球、玩游戏，照常在父母的教训下不耐烦地照顾妹妹，照常熬夜，再睡到日上三竿。

　　照常过着自己的生活。

　　这事儿似乎格外简单。离开了那座城市，只要他不再主动去打探，就等同于切断了两人间的联系。不需要刻意为之，他就能彻底地从她的世界脱离出来。

　　不费吹灰之力。

　　桑延从没刻意去回想过温以凡这个人。他觉得这只是一件运气好，又不太好的事情。

　　运气好，遇见了喜欢的人；运气不好，她不喜欢自己，极为平常。

　　平常到，让他觉得多说一句、多难过一秒、多想起她一次，都显得矫情至极。

　　再次想起温以凡，是到南芜大学报到那天。

　　桑延认识了同宿舍的段嘉许，并得知他不是南芜本地人，是从宜荷考来的。听到这话的同时，他近乎脱口而出："宜荷怎么样？"

"挺好的，有空可以去玩玩。"段嘉许笑，"就是气候跟这边差得挺多，所以我过来南芜还有点儿不适应。"

那会儿，宿舍其余两人，一个在跟家里打电话，另一个在洗澡。

两个大男孩靠在阳台的栏杆上，吹着夏日晚间的风。听到这话，桑延低眼从口袋里摸出烟盒，往嘴里塞了根烟，不发一言。

他沉默地朝段嘉许递了烟盒。段嘉许接过，却只放在手里把玩着，没多余的动静。

桑延掏出打火机，看着火舌舔过烟头，发出猩红的光。他吐着烟圈，模样有些失神，莫名想起了温以凡好像是不太喜欢抽烟的人的。

每回在街上碰到有人抽烟，她都会拽着他的手臂，快步经过。

桑延也记不太起来，自己是从什么时候开始抽烟的，是从什么时候开始，甘愿变成了，她不喜欢的那一类人。

"怎么了？"见他迟迟不说话，段嘉许随口问，"你有朋友考到那边去了？"

"不是，"桑延神色闲散，"是我本来想报。"

"那怎么没报？"

安静的夜晚，风卷着桂花的香气，带来扑面的燥热。桑延穿着黑色的T恤，眸色似点漆，手肘搭在栏杆上，听着外头不知从何处传来的笑闹声。他沉默着，没有回答，将手上的烟抽完。

不知过了多久，在段嘉许都以为他不会回答的时候，桑延忽然轻笑了一声，平静地说："来不及改志愿。"

日子按部就班地过着。

桑延结束了军训，被晒黑了一圈，开始了大学三点一线的生活。在这期间，他被不少女生追求、告白，却对这方面没有任何的心思。

他只觉得又麻烦又累，到最后连拒绝都懒得，丝毫不给人靠近的机会，过得极其清心寡欲。

桑延并没有觉得自己刻意地在等谁，他只是不愿意将就和妥协。他绝不会做出，觉得年纪到了，抑或是觉得遇到了一个合适的时候，就草率地决定随意找个人谈个恋爱的行为。

他从不觉得，人的一生，是必须有另一半的。

运气好能遇到，那当然很好，但如果遇不到，这一生就这么过了，也没什么大不了。

霜降那天的凌晨，桑延莫名梦到了高一开学没过多久的时候，当时在班里人缘并不算好的温以凡。那个被人在背后议论、起外号，仍旧好脾气的"温花瓶"。

醒来时，他皱着眉看了眼时间。

凌晨两点刚过十分，已经到 24 号了。

桑延坐在床上醒了会儿神。也许是夜晚情绪的发酵，在那一瞬间，他彻底没法控制自己的情绪和冲动。他拿上手机，从床上下来，走到阳台。

他熟稔地在拨号键盘上敲下了温以凡的号码。

在拨出去的前一秒，桑延的脑子里还闪过无数的想法。

她听到自己的声音会是什么反应？这个点儿她肯定睡了，被吵醒了会不会生气？会不会看到是他，直接不接？他说了那样的话，再打这个电话是不是不太妥当？

可他想知道，她到了新的环境，能不能适应，会不会被人欺负。可这些念头，都终止于电话那头传来的机械般的女声。

"对不起，您所拨打的号码是空号。"

那是头一回，桑延清晰地感觉到，他原来，是真的，彻底被温以凡抛弃了。

像是堆积起来的情绪在顷刻间爆发，桑延狼狈地低下头，喉结上下滑动着。他把手机从耳边放下，重新拨打了一遍，听着那头一遍又一遍地说着同样的话。

直到自动挂断，他继续重复。

执拗般地，无数遍重复。

静到听不见任何声音的夜，少年靠在栏杆旁，持续做着相同而无意义的事情。直到手机没电关机，他才缓慢地放下手机，独自在阳台待了很久。

看到天渐渐亮起来了，他才回到宿舍内。

桑延好像总有说不出去的话。比如去北榆见她的那一次，他想了很久，练习了很多次的话，也没来得及跟她说。

而这次，这句"生日快乐"，好像也一样。

这大概会成为，这辈子都不能再说给她听的话。

大一的那个寒假，桑延被苏浩安拉着去跟高中同学吃了顿饭。也是那次，时隔半年，他第一次从钟思乔口中听到了温以凡的消息。

当时桑延觉得包厢内太闷，到走廊抽烟。

没过多久，钟思乔也出来接电话。因为光线昏沉，她并没有注意到另一侧的桑延："你寒假真不回来啊？我还想着你来南芜或者我去北榆找你玩几天。"

听到这话，桑延的动作顿了一下。

钟思乔："为什么不回来呀？谈恋爱了吗？"

桑延看了过去。

"不是怎么不回来？你一个人在那边多惨啊……"钟思乔说，"行吧，那你自己在那边注意点儿。对了，你之前跟我说的那个网游我下载好了，今晚回去玩。我忘了你说是哪个区了，2区吗？"

"那我没记错。不过你怎么会开始玩游戏？我还挺惊讶的。"钟思乔说，"你的游戏名叫啥，我跟你起个姐妹名！"

"温和的开水？"钟思乔笑了半天，"你这啥名？好，那我起个'凶猛的冰水'。"

再后来，桑延从苏浩安的口中得知钟思乔玩的那个网游的名字。在除夕前的某个晚上，他在床上躺着，突然起身开了电脑。盯着屏幕半响，他打开网页，下载了那个网游。

桑延下意识地想注册个男号，在想到温以凡的时候，他迟疑了一下，鼠标一滑，改成注册女号。他盯着屏幕，在输入游戏 ID 的界面上停了几秒。而后，他缓慢地敲了两个字。

——败降。

他认输了。他根本就放不下。

桑延玩了几天，直至升到跟温以凡差不多等级时，他才在添加好友的窗口里，输入了"温和的开水"五个字。

这网游可以随机添加好友，其中一个等级任务就是添加五十名好友。

没过多久，温以凡那边就按了"同意"。

通过游戏定位，桑延找到了她的位置。他控制着游戏里的人物，走到她的旁边。看着她独自一人在那儿打着怪，他也做出相同的举动。

过了好一阵，桑延停下动作，开始敲字。

[败降]：组个队？

与此同时，温以凡控制的人物也停下动作。没过多久，她的头顶跳出了个小气泡。

[温和的开水]：好。

那一瞬间，桑延彻底认了命，时隔半年后，觉得轻松至极。他扯了一下唇，想起了两人最后一次见面时，自己说的那句话。

——我不会再缠着你。

是承诺般的话。犹如从前他对她说的那句"我会一直陪着你"。

他既然这么承诺她了，就得做到。

但他做不到。

就只能，换个身份，重新回到她的身边。

温以凡上线的频率不算高，最频繁的是在大一的下学期。两人在这段时间里，渐渐熟稔了起来，偶尔也会说几句三次元里的事情。

他知道她在学校里最常去的地方是图书馆，知道她在校外的奶茶店做兼职，知道她一直没有交男朋友。

……

桑延谨慎而不唐突地，用这种方式打探着她的生活。

之后，也许是因为现实的事情忙碌。

温以凡登录游戏的次数慢慢变少。这个周期逐渐拉长，从几天到一周，再到几周、几个月。但这四年里，她一直没彻底断过这个游戏。两人聊的全是些琐事。

[温和的开水]：你这个名字还挺不吉利的。

[温和的开水]：失败和投降？

[温和的开水]：不对，你这个是读 xiáng 还是读 jiàng？

[败降]：jiàng。

[温和的开水]：那你打错了？不应该是"将"吗？

[败降]："将"被注册了。

……

[温和的开水]：我最近学业太忙了，可能不太会上线了。

[败降]：嗯。

[温和的开水]：感觉咱俩一直一块儿组队，虽然不知道你有没有等，但我还是怕你有时候会等我，所以还是跟你说一声。

[败降]：有在等。

[败降]：但我准备实习了，登录也很少。

[败降]：有空再联系。

……

两人唯一的交流也就此减少。

桑延照常每隔一段时间会去宜荷一趟，偶尔几次没碰上面，但多数时候能看到她的近况。看到她又瘦了些，身边交了个新的朋友，头发剪短了，似乎开朗了些。

再之后，微信这个通信软件上线。某个晚上，桑延看到"新的朋友"那一栏里，多了个红点。他点开一看，看到对方的名字只有一个"温"字，而微信号是 wenyifan1024。

——通过手机通讯录添加。

桑延盯着看了几秒，点了"通过"。

那头没主动跟他说任何话，似乎添加他这件事情，只是失误之下的一个举动。

又过了一段时间，桑延看到她发了第一条朋友圈。图片是一张办公桌上放了一大摞报纸，她配上的文案是："看了一周的报纸，明天再没事干，我就开始背了。"

钟思乔在底下嘲笑："哈哈哈，找到实习就不错了！"

通过图上的字迹，桑延认出那是《宜荷日报》。

再次去宜荷，路过一家报亭时，桑延的脚步稍顿，走了过去。他从钱夹里掏出几张一百，递给报亭的阿姨，轻声说："阿姨，每天的《宜荷日报》，您能给我留一份吗？"

"啊？留一份？"

"嗯，我三个月来拿一次。"

温以凡毕业典礼的那天，桑延进了礼堂，坐在后排看着她上台领了毕业证。他看着毕业典礼结束后，她被朋友拉着出去拍照。

在他眼里，她站在人群之中，永远是最显眼的那一个，永远是能让他第一眼看到的那个存在。

某一刻，桑延从口袋里拿出手机。他盯着远处的温以凡，她身陷人海之中，像是有一道屏障将她与他隔绝开来。

那么多次，她没有一次发现他的存在。自始至终，她似乎从来都看不见他。

桑延身着正式的白衬衫、西装裤，尽管他并不适应这样的穿着。他举起手机，时隔四年，当着她的面，喊出了她的名字："温以凡。"

顺着声音，温以凡茫然地看了过来。

那是桑延第一次，没戴口罩和帽子出现在她的眼前。

他矛盾至极。渴望她发现自己，却又不想被她发现。

在温以凡的视线彻底投到他脸上的那一瞬，桑延还是转了头，往另一个方向走。他低头看着手机屏幕上的温以凡——她的脸上还带着浅显的笑意，似乎还沉浸在毕业的快乐之中。

理应如此。

这是让她开心的日子，不适合见到，不该见到的人。

他弯了一下唇，一步一步地远离了那片热闹。

犹如以往的任何一次。他独自一人前来，又独自一人离开，像是来来回回地重复着，一段孤独而又没有尽头的旅程。

毕业后，桑延跟几个朋友合资开了个酒吧。他留在了大四实习的公司，工作上的事情忙，去宜荷的次数也随之减少。

通过温以凡的朋友圈，桑延知道她换了新工作，去了宜荷广电的新闻栏目组。

其余的，他一概不知。

有空时，桑延会登录一下那个网游。

时隔好几年，这个网游已经渐渐衰败，玩家数量大不如前，好友列表里是一片灰。顺着地图走过去，只能偶尔见到几个刷等级的工作室。

2013年夏天的某个晚上。

桑延在睡前习惯性地登上游戏，这次却意外地看到了已经一年多没登录过的温以凡。他看了好几秒才确定自己没认错，直接飞到她那边去。

[败降]：被盗号了？

[温和的开水]：……你还在玩？

[温和的开水]：我清电脑软件，突然发现这游戏我还没卸载，就上来看一下。

[败降]：嗯。

[败降]：你过得怎么样？

安静了好一会儿。

[温和的开水]：不太好。

[温和的开水]：生活哪有开心的，但也只能这么过了。

桑延一愣。

那是她第一次在自己面前表露出生活的负能量。

两人又瞎扯了几句。

[温和的开水]：我还有事，先下了。

之后，温以凡下了线。桑延盯着屏幕，良久后，订了隔天中午飞宜荷的机票。

到宜荷时已经是晚上了。桑延坐上出租车，到了宜荷广电的门口。还没下车，他就见到温以凡从里头走了出来。她背着个包，慢吞吞地往前走着，神色有些空。

他下了车，沉默地跟在她的身后。

温以凡径直往前走着，穿过一条街道，转弯。路过一家蛋糕店时，她在门外停了三秒，盯着玻璃窗里的草莓蛋糕。像是觉得价格太贵，很快她就收回视线，继续往前。

温以凡在街道边的长椅上坐下，失神地盯着地面，没有哭，没有玩手机，也没有打电话。没有做任何事情，也不知道是发生了什么。

桑延站在转角处，盯着她看了很久。他的眼睫稍动，转头进了那家蛋糕店，把那个草莓蛋糕买下。他付了款，却没接过店员手中打包好的蛋糕盒。

他指了指外头，提了个要求："您能帮我把这个蛋糕给那个坐在长椅上的女人吗？"

店员："啊？"

"就说这是你们店里的新品。"桑延想了个蹩脚的理由，"她发朋友圈宣传一下，就可以免费送她一份。"

回南芜后的三个月，桑延每天都能想起独自坐在长椅上沉默无言的温以凡。某个瞬间，他终于想清楚，起身打开电脑开始写辞呈。如果她过得不好，他好像也没什么要继续纠结的了。

桑延想起了，在游戏上，他未来得及发送出去的那句话。

——你要不要换个地方发展？

可他发送成功后，她已经下了线，从那之后，也没再登录过。

她依然没有收到他的话，但这好像也是一件很容易解决的事情。

如果你不来。

那么，我就去见你。

正式离职的那天晚上，桑延被苏浩安叫去"加班"喝酒。一进门，他就看到了坐在其中一张散台上的温以凡。

她穿着浅色的毛衣，肤色白如纸，唇色却红，笑着跟对面的钟思乔聊天。

一如从前的每个瞬间。

那一刻，桑延有一瞬间的恍惚，像是进入了幻境之中。

桑延没像以往一样直接上二楼，而是走到吧台的位置，跟何明博说起了话。何明博有些纳闷，问道："哥，你咋不上去？"

他心不在焉地应着："啊，等一会儿。"

何明博："那我给你调杯酒？"

"不用。"

两人随意扯了几句。

在这个时候，温以凡那头发出了巨大的动静。他顺势望去，看到余卓手上的酒被打翻，全数淋到了她的身上，正白着脸道歉。

她明显被酒冻到，立刻站了起来。

简单交涉完，温以凡似是打算去洗手间。她抬起眼，跟他的目光撞上。

是时隔六年的对视。桑延定在原处，脑子有些空白。

但似乎是没认出来，也似乎是早就察觉到他的存在，温以凡的眼神很平静，很快就挪开了视线。

隔壁的何明博说着话："哎，这看着还挺好说话的，我让余卓处理吧——"

桑延站直身子，看着温以凡的背影，打断了他的话："我去吧。"

果然，他还是难以忍受，这种被她隔绝在世界之外的感觉。

他想见她，那么，他就应该去见她。

既然再没法爱上任何人。

那就穷极这一生。

去爱那个，死磕一辈子，都还是想拥有的人。

后记

　　敲完番外的最后一个字，突然想说点儿什么，来纪念一下这个瞬间。

　　不知道你们高中住宿时会不会有这种，不知从哪儿传来，但就是尽人皆知的恐怖传闻。

　　比如空的宿舍厕所突然会有淋浴声；又如所有人熟睡时，走廊深处隐隐约约传来的哭声；再如有同学半夜梦游会进别人宿舍……

　　有天想起这些回忆，我忽地就冒起了个恶趣味的念头——想写个女主半夜梦游爬到男主床上，把他吓得"心肌梗死"的梗。后来觉得男女合宿不太现实，女扮男装又写不来，就改成了合租。

　　说起梦游，我想起我小时候也有这毛病，大概是小学初中的年纪，再大点就没有了。经常在自己房间睡了，醒来却在我爸妈房间。听他们说一些我梦游起来哭，起来说一些含混不清的话的事情，我就像在听故事一样，一点印象都没有。

　　没印象就相当于没经历过，所以我一直也没什么感觉。但有次跟我妹睡觉的时候，发现她也会半夜起来，说些让人听不懂的话。

　　就发现，这事儿是真的非常宇宙无敌螺旋霹雳的吓人。

　　这么一想我还挺佩服桑延，他真的都不怕，还能跟梦游中的温以凡对视那么久。

　　……

　　好像扯远了，回归正题。

　　说说这篇文最初的构思吧。我记得我一开始设定的是，温以凡高中从没喜欢过桑延。当时我想当然地认为，她一直赖以生存的温室突然碎裂，世界从此变得煎熬又黑暗，所以她无暇顾及任何事情，抗拒一切光源，也不接受桑延踏入她的世界。

这是我认为非常合理的一个心态。

温以凡脾气好，性格安静、温和又独立。她好像什么都不在意，却也有自尊心，不愿让喜欢的少年看到自己狼狈的样子。她会被打败，又不甘被打败。看似脆弱，又强大至极。跌入泥泞后，那个所有人眼里的"花瓶"，也能活得无所不能，艰难地在低谷开出朵花来。

而桑延这个角色，不论在《偷偷藏不住》还是在《难哄》里，都是个骄傲却又温暖的人。所以我在属于他的世界里，给他多加了一个属于他的设定。

——长情，且深情。

在周围所有人看来，桑延是不可一世的。可谁能想到，这个不把任何人放在眼里的少年，原来一直偷偷地把某个人藏在心里，在没有人看到的地方。

原来他在感情里，是那么卑微的一方。

在第一次写少年桑延出现的时候，我笔下的温以凡就好象有了属于她自己的意识。她推翻了我认为合理的"合理"，像是在告诉我，没有人会抗拒光。

我想也是的。

为什么要抗拒光呢？任何人都有权利站在阳光之下。无论经历过什么事情，只要坚定地向前走，一定会见到属于自己的光。

温以凡见到了，所以产生了属于自己的想法。

那朵在悬崖边上也能顽强绽放的霜花，最终还是决定不再逃避她一直觉得配不上的，却又不断在靠近她的太阳。

她选择追随。

因为她抗拒不了他的光。

那个自信而耀眼的少年，喜欢一个人时，也如同他的人那般热烈至极。

那是一种让人极其渴望的，非常纯粹的情感。他对你好，追寻着你的脚步，仅仅是因为喜欢你。像是少女时期遇到的一个，可能不会拥有，但是一定不会忘记的人。

他那样的存在，只要站在那儿，就像是在说——

"我是你的太阳。"

以前每一本书彻底完结的时候，我都觉得自己像是在经历一次道别。但现在，我突然觉得，似乎并不是在道别。

因为，我开始觉得一个故事无非就给人两种感受。

喜欢，或者不喜欢。

如果不喜欢这个故事，就合上这本书，仅仅当作是看了一本书，而如果喜欢这个故事，就像是体验了一次主角的人生经历，会将他们永远记住。

纸片人也有他们的存在方式。

谢谢你们。

只要还有一个人喜欢，他们就会一直存在。

竹已

2020.12.07

图书在版编目（CIP）数据

难哄．完结篇 / 竹已著 . —— 南京：江苏凤凰文艺
出版社 , 2021.6（2024.5 重印）
ISBN 978-7-5594-5500-0

Ⅰ . ①难… Ⅱ . ①竹… Ⅲ . ①长篇小说 – 中国 – 当代
Ⅳ . ① I247.5

中国版本图书馆 CIP 数据核字 (2020) 第 247316 号

难哄．完结篇

竹已 著

责任编辑	张 倩
特约编辑	刘彤宇 席 凤
封面设计	吴思龙 @4666 啊
出版发行	江苏凤凰文艺出版社
	南京市中央路 165 号，邮编：210009
网 址	http://www.jswenyi.com
印 刷	北京盛通印刷股份有限公司
开 本	880mm×1230mm 1/32
印 张	12
字 数	346 千字
版 次	2021 年 6 月第 1 版
印 次	2024 年 5 月第 23 次印刷
书 号	ISBN 978-7-5594-5500-0
定 价	49.80 元

江苏凤凰文艺版图书凡印刷、装订错误，可向出版社调换，联系电话 025-83280257